Bewilderment

새들이 모조리 사라진다면

Bewilderment

새들이 모조리 사라진다면

리처드 파워스 장편소설
이수현 옮김

RHK
알에이치코리아

Richard Powers

지구의 아름다움을 눈여겨보는 사람들은
생명이 이어지는 한 지속할 힘을 찾아낸다.

_ 레이철 카슨

그러니, 비슷한 이유로 우리는 지구와 태양과 달과 바다와
다른 모든 것들이 유일하지 않으며
헤아릴 수 없이 많은 것 중 하나임을 인정해야만 한다.

_루크레티우스 『사물의 본성에 관하여』

차례

일러두기
· 모든 각주는 옮긴이 주입니다.

'그치만 우리가 그들을 영영 못 찾을 수도 있는 거야?' 우리는 어느 맑은 가을밤, 미합중국 동부에 마지막으로 남은 어둠의 땅 중 한 곳의 가장자리에서 덱 위에 망원경을 설치했다. 이토록 훌륭한 어둠은 흔치 않았다. 한 곳에 이렇게 많은 어둠이 모이면 도리어 하늘이 환하게 켜졌다. 우리는 빌린 오두막집 위에 이리저리 뻗은 나무 틈 사이로 망원경을 댔다. 로빈이 접안렌즈에서 눈을 뗐다. 나의 슬프고 특별하며 갓 아홉 살이 된, 이 세상과 잘 맞지 않는 아들이.

"정확해." 나는 말했다. "아예 못 찾을 수도 있지."

나는 언제나 아들에게 진실을 말하려고 했다. 진실을 내가 알고 있다면 그리고 그 진실이 치명적이지만 않다면 그랬다. 어차피 로빈은 내가 거짓말을 하면 바로 눈치챘다.

'하지만 그들은 사방에 있잖아? 아빠네 사람들이 증명했어.'

11

"음, 증명했다고는 할 수 없지."

'너무 멀리 떨어져 있는지도 몰라. 빈 공간이 너무 많거나.'

로빈은 적절한 말을 찾지 못할 때면 그러듯 두 팔을 빙빙 돌렸다. 잘 시간이 가깝다는 사실도 도움은 되지 않았다. 나는 로빈의 덥수룩한 적갈색 머리에 손을 얹었다. 얼리사와 같은 색깔이다.

"그리고 우리가 저 밖에서 나는 찍 소리 한 번을 못 들었다면? 그게 뭘 말해 줄까?"

로빈이 한 손을 들었다. 얼리사는 로빈이 집중할 때면 윙 하는 소리를 들을 수 있다고 했다. 로빈이 눈을 가늘게 뜨고는 나무 가득한 어두운 골짜기를 내려다보았다. 반대쪽 손으로는 턱의 옴폭 들어간 부분을 톱질하듯 문질렀다. 로빈이 열심히 생각할 때의 습관이었다. 어찌나 맹렬하게 턱을 톱질하는지 내가 막아야만 했다.

"로비! 지상에 내려올 시간이야."

로빈은 손바닥으로 나를 밀어내며 안심시켰다. 아이는 멀쩡했다. 그저 아직 할 수 있을 때 잠시 더 어둠에 대해 파고들고 싶을 뿐이었다.

'만약 우리가 아무것도 못 듣는다면, 그러니까 영원히 못 듣는다면?'

나는 고개를 끄덕여 나의 과학자를 격려했다. 천천히 하라는 뜻이었다. 어차피 오늘 밤 별 보기는 끝났다. 우리는 비가 많이 오기로 유명한 지역에서 가장 청명한 저녁 시간을 보냈다. 지평선에는 붉고 둥근 수렵월*이 걸려 있었다. 은하수가 나무들의 원을 뚫고 손 뻗으면 닿을 듯이 선명하게 쏟아져 내렸다. 새까만 강바닥에 수많은 사금 조각이 흩뿌려진 듯이. 가만히 지켜보면 별들이 회전하는 모습을 볼 수 있을 정도였다.

'확실한 건 아무것도 없어. 그게 뭐든.'

나는 웃음을 터뜨렸다. 로빈 덕분에 폭소하는 일이 하루에 한두 번은 있었다. 저런 반항 정신이라니. 저런 극단적 회의주의라니. 아들은 너무나 나를 닮았고, 또 제 엄마를 닮았다.

"그래." 나는 동의했다. "확실한 건 없지."

'음, 우리가 찍 소리를 들었다면 그건 수많은 의미가 있을 거야!'

"사실이야." 정확히 어떤 뜻인지 말하려면 하룻밤은 더 필요할 터였다. 일단은 잘 시간이었다. 로빈은 마지막으로 망원경에 눈을 대고 안드로메다은하의 빛나는 핵을 보았다.

'오늘 밤은 밖에서 잘 수 있어, 아빠?'

나는 학교를 일주일 쉬게 하고 로빈을 숲으로 데려왔다. 또 같은 반 아이들과 말썽이 있었고, 우리에겐 숨 돌릴 시간이 필요했다. 하룻밤쯤 바깥에서 잘 수도 없다면 스모키산맥까지 오지도 않았을 것이다.

우리는 원정 장비를 갖추기 위해 안으로 돌아갔다. 아래층은 나무 판으로 둘러싸인 큰 방이었고 소나무 향에 베이컨 냄새가 배

---

* 중추의 만월 다음 보름달.

13

어 있었다. 부엌에서는 젖은 수건과 회반죽 냄새가 났다. 온대 우림의 향기였다. 찬장에는 포스트잇이 줄줄이 붙어 있었다. '커피 필터는 냉장고 위.', '제발 다른 접시를 써요!' 이런 식이었다. 낡은 참나무 테이블 위에는 배관 문제, 퓨즈박스 위치, 비상용 연락처 등의 지시 사항이 든 초록색 스프링 폴더가 펼쳐진 채였다. 집 안에 있는 스위치마다 머리 위, 계단, 복도, 부엌 같은 라벨이 붙었다.

내일 아침에 천장 높이의 창문들을 열면 첩첩이 굽이치는 산맥이 내다보일 것이다. 판석 벽난로 양옆에는 보풀이 일어난 투박한 소파 두 개가 놓여 있었고 엘크와 카누와 곰들로 장식되어 있었다. 우리는 그 쿠션들을 약탈하여 밖으로 들고 나가 덱에 깔았다.

'과자 먹어도 돼?'

"안 좋은 생각이야. 우르수스 아메리카누스*가 있거든. 1제곱 킬로미터에 한 마리씩 있는데, 다들 여기에서 노스캐롤라이나의 땅콩 냄새도 맡을 수 있어."

'말도 안 돼!' 로빈은 손가락 하나를 들어 올렸다. '그치만 덕분에 생각났어!'

로빈은 다시 달려 들어갔다가 작은 페이퍼백을 한 권 들고 돌아왔다. 『스모키의 포유동물』이었다.

"진심이야, 로비? 여긴 캄캄한데."

---

* 아메리카 흑곰.

로빈은 크랭크를 돌려서 충전하는 비상용 손전등을 들어 보였
다. 아침에 이곳에 도착했을 때 로빈은 그 손전등에 푹 빠져 어떻
게 마법이 작동하는지 설명해 달라고 했다. 이제는 직접 전기를
만드는 데 질릴 줄을 몰랐다.

우리는 이렇게 임시 베이스캠프에 자리를 잡았다. 로빈은 행
복해 보였고, 애초에 이번 특별 여행의 목적도 그것이었다. 우리
는 휘어진 덱에 침대를 펼쳐 놓고 누워서 함께 아이 엄마가 예전
에 만든 세속 기도문을 외우고, 우리은하 4000억 개의 별 아래에
서 잠들었다.

나는 의사들이 내 아들에게 내린 진단들을 하나도 믿지 않았
다. 한 가지 상태가 수십 년간 세 가지의 다른 이름을 얻을 때, 완
전히 상반된 증상들을 설명하기 위해 두 가지의 하위 범주가 필요
할 때, 이전에는 존재하지도 않던 병명이 한 세대 만에 나라에서
제일 흔하게 진단받는 아동 장애가 될 때, 두 명의 다른 의사가 세
가지 다른 약을 처방하고 싶어 할 때는, 뭔가가 잘못된 거다.

내 아들 로빈은 언제나 잠을 잘 자지 못했다. 한 계절에 몇 번
씩은 침대에 오줌을 쌌고, 그러고 나면 수치심에 등이 굽었다. 소

음에 동요했다. 텔레비전 소리는 내가 듣지 못할 정도로 낮추기를
좋아했다. 원숭이 인형이 세탁실 세탁기 위에 앉아 있지 않으면
싫어했다. 쓸 수 있는 돈을 모조리 트레이딩 카드 게임에 쏟아부
어 카드를 모았지만, 손도 대지 않은 이 카드들을 특별한 바인더
의 비닐에 끼워 숫자 순서대로 보관했다.

사람이 가득한 극장 반대편에서 나는 방귀 냄새도 맡을 수 있
었다. 네바다의 광물이나 잉글랜드의 왕과 여왕들 같은, 표에 든
정보에 몇 시간씩 집중했다. 계속 스케치를 했고 나는 보지도 못
한 세세한 부분들에 신경을 썼다. 일 년 동안은 복잡한 건물과 기
계들, 그다음에는 동물과 식물들을 그렸다.

로빈의 발음은 나를 뺀 모든 사람에게 도무지 이해할 수 없는
수수께끼였다. 영화는 한 번만 봐도 모든 장면을 읊을 수 있었다.
기억하는 내용을 끝없이 되풀이해서 말했고, 세세한 부분을 반복
할수록 더 즐거워했다. 좋아하는 책을 한 권 다 읽으면 바로 처음
부터 다시 읽었다. 아무것도 아닌 일에 자제력을 잃고 폭발했지만
또 그만큼 쉽게 기쁨에 사로잡혔다.

날씨가 험악한 밤이면 로빈은 내 침대로 후퇴했는데, 창밖의
끝없는 두려움에서 제일 먼 곳에 눕고 싶어 했다. (그 아이의 엄마
도 늘 더 안전한 쪽에 눕고 싶어 하긴 했다.) 백일몽에 사로잡혔고, 마
감 시간은 잘 맞추지 못했으며, 그렇다, 관심 없는 것들에 집중하
기를 거부하기도 했다. 하지만 그렇다고 계속 꼼지락거리거나 뛰
어다니거나 멈추지 않고 말하는 일은 없었다. 그리고 자기가 좋아

하는 일이라면 몇 시간씩 꼼짝 않고 집중할 수 있었다. 이 모든 증상에 꼭 들어맞는 병명을 말해 보겠는가? 대체 어떤 장애가 로빈을 설명할 수 있는지?

수많은 답이 제시되었고, 그중에는 해마다 이 나라에 공급되는 식량에 뿌리는 수십억 킬로그램의 독소와 연결되는 몇 가지 증후군도 포함되었다. 로빈의 두 번째 소아과 의사는 로빈을 자폐 '스펙트럼'에 넣고 싶어 열심이었다. 나는 그 남자에게 이 우연한 작은 행성에 살아 있는 사람이라면 누구나 어떤 스펙트럼에 속해 있다고 말하고 싶었다. 스펙트럼이라는 게 그런 것이니까. 인생 자체가 스펙트럼으로 이루어진 무질서이고, 우리 모두가 연속적인 무지개 속 특정 주파수로 진동할 뿐이라고 그 남자에게 말해 주고 싶었다. 그다음에는 한 대 때리고 싶었다. 아마 그런 기분에 붙는 이름도 있으리라.

정신 질환 편람에 사람에게 진단명을 내리고 싶어 하는 강박을 가리키는 병명이 없다니 이상하기도 하지.

학교에서 로빈에게 이틀 정학을 내리고 자기네 의사들을 투입했을 때, 나는 최후의 반동분자가 된 느낌이었다. 설명할 게 무엇이 있단 말인가? 합성 섬유는 로빈에게 끔찍한 습진을 일으켰다. 동급생들은 로빈이 자기들의 잔인한 험담을 이해하지 못한다는 이유로 괴롭혔다. 로빈의 엄마는 아이가 일곱 살 때 교통사고로 죽었다. 몇 달 후에는 로빈의 개가 착란으로 죽었다. 이 정도 이유면 어떤 의사건 불안 행동의 이유를 설명하고도 남을 만하지

17

않은가?

의학이 내 아이에게 도움이 되지 않는 모습을 지켜보며, 나는 별난 이론을 하나 발전시켰다. 인생은 우리가 멈춰 서서 교정해야 하는 대상이 아니라는 이론. 내 아들은 내가 헤아릴 수 있다는 희망을 품을 수도 없는 주머니 우주였다. 우리 모두는 하나의 실험이며, 심지어 우리는 그 실험이 무엇을 시험하는지조차 알지 못한다.

아내였다면 그 의사들에게 어떻게 말해야 할지 알았으리라. 아내는 이렇게 말하기를 좋아했다. '완벽한 사람은 없어요. 하지만 우리 모두가 너무나 아름다운 방식으로 부족하죠.'

로빈은 남자아이였고, 당연하게도 힐빌리 베이거스*를 보고 싶어 했다. 마을 세 개를 합쳐서 팬케이크를 주문할 수 있는 곳이 무려 200개라니. 어떻게 사랑하지 않을 수 있을까?

우리는 오두막집에서 차를 몰고 숨 막히게 아름다운 강을 따라 구불구불 27킬로미터를 달려갔다. 거의 한 시간이 걸렸다. 로

---

* 미국 테네시주에 있는 소도시 개틀린버그의 별명.

빈은 뒷자리에서 물을 바라보며 여울마다 살폈다. 야생 동물 빙고. 로빈이 새로이 제일 좋아하는 게임이었다.

'키 큰 새야!' 로빈이 외쳤다.

"어떤 종류?"

로빈은 휴대용 도감을 넘겨보았다. 저러다가 멀미가 오지 않을까 걱정이었다. '왜가리?' 로빈은 다시 강을 보았다. 굽이가 대여섯 개 지나가고 다시 로빈이 외쳤다.

'여우! 여우야! 여우를 봤어, 아빠!'

"회색, 아니면 빨간색?"

'회색. 우와!'

"회색 여우는 감나무를 타고 올라가서 감을 따먹지."

'말도 안 돼.' 로빈은 『스모키의 포유동물』에서 여우를 찾아보았고, 책에서 내 말을 확인했다. 로빈은 신음하더니 내 팔을 때렸다. '근데 아빠는 어떻게 그걸 다 알아?'

실은 로빈이 깨어나기 전에 그 책을 훑어본 덕분에 한발 앞설 수 있었다. "아들, 아빠는 생물학자 아니겠니?"

'우우······주생물학자잖아.'

로빈은 웃으면서 방금 자기가 넘어선 안 될 선을 넘었는지 아닌지 시험하고 있었다. 나는 반은 놀라고 반은 재미있어 하며 로빈을 바라보았다. 로빈의 문제점은 분노였지만, 그 분노가 비아냥이나 심술로 변한 적은 거의 없었다. 솔직히, 약간의 심술은 부릴 수 있는 편이 아이를 보호할지도 몰랐다.

"워어, 이보세요. 너 방금 지구에서 보내는 여덟 번째 해에서 얼마 안 되는 남은 시간 동안 놀러 나갈 기회를 놓쳤어."

로빈은 더 환하게 웃더니, 강을 살펴보는 일로 돌아갔다. 하지만 구불구불한 산길을 2킬로미터쯤 더 가다가 내 어깨에 손을 올렸다. '그냥 농담한 거야, 아빠.'

나는 길을 보면서 말했다. "나도다."

우리는 리플리의 오디토리엄*에 줄을 섰다. 그곳은 로빈을 당황시켰다. 비슷한 나이의 아이들이 사방을 뛰어다니며 즉석 아수라장 악단을 결성했다. 아이들이 빽빽거리는 소리에 로빈은 움찔했다. 그런 호러 쇼를 삼십 분간 견딘 후 로빈은 나에게 그만 가자고 부탁했다. 아쿠아리움에서는 잘 버텼는데, 로빈이 그리고 싶어 한 노랑가오리가 가만히 있지 않았는데도 그랬다.

우리는 감자와 양파 튀김으로 점심을 먹은 후 엘리베이터를 타고 하늘 전망대로 올라갔다. 로빈은 유리 바닥에 먹은 걸 다 토할 뻔했지만 이를 악물고, 손가락 마디가 하얘지도록 주먹을 쥔 채 환상적이라고 선언했다. 차로 돌아온 로빈은 개틀린버그를 벗어나서 안심한 것 같았다.

로빈은 오두막집으로 돌아가는 길 내내 생각에 잠겨 있었다. '엄마가 이 지구에서 제일 좋아하는 곳은 아니었을 것 같아.'

"그렇지. 아마 상위 셋 안에도 못 들었을걸."

---

* 별난 전시물을 모아 둔 애틀랜틱시티의 박물관.

20

로빈은 웃음을 터뜨렸다. 나도 때를 잘 고르면 로빈을 웃길 수 있었다.

그날 밤은 별을 보기에는 구름이 너무 많았지만, 이번에도 우리는 엘크와 곰이 늘어선 투박한 쿠션들을 깔고 밖에서 잤다. 나는 로빈이 손전등을 끄고 나서 이 분 후에 속삭였다. "네 생일이 내일이야." 하지만 로빈은 이미 자고 있었다. 나는 우리 둘을 위해 아이 어머니가 만든 기도문을 읊었다. 혹시 로빈이 기도를 잊었다고 겁에 질려 깨어나더라도 안심시켜 줄 수 있도록.

로빈은 밤중에 나를 깨웠다. '별이 얼마나 많다고 했지?'

나는 화낼 수가 없었다. 별안간 잠에서 끌려 나온 상황에서도 로빈이 아직 별을 보고 있다는 사실이 기뻤다.

"지구상의 모든 모래 알갱이 숫자에 나무 숫자를 곱한 수. 100 옥틸리언*."

나는 로빈이 0을 스물아홉 개까지 세도록 했다. 열다섯 개까지 말했을 때 로빈의 웃음이 신음 소리로 변했다.

---

* 10^{27}

"네가 로마 숫자를 쓰는 고대의 천문학자라면 그 수를 다 쓰지도 못했을 거야. 평생을 바쳐도 못 써."

'행성은 얼마나 많아?'

그 숫자는 빠르게 변하고 있었다. "대부분의 별에 최소 하나씩은 있지. 몇 개씩 있는 별도 많고. 은하수만 해도 항성들의 생존 가능 영역에 지구와 비슷한 행성을 90억 개는 가지고 있을 수 있어. 거기에 국부 은하군에 존재하는 다른 53개의 은하계를 더하면……."

'그러면, 아빠……?'

로빈은 상실에 민감한 소년이었다. '위대한 침묵'은 당연히 그 마음에 상처를 입혔다. 터무니없는 공허의 크기는 로빈에게 엔리코 페르미가 75년 전쯤 로스앨러모스에서 점심 식사 중에 던진 그 유명한 질문과 같은 질문을 하게 했다.* 우주가 상상도 못할 만큼 크고 오래되었다면, 우리에겐 명백한 문제점이 있었다.

'아빠? 그렇게 살 데가 많은데 어떻게 아무 데도 아무도 없어?'

---

* 페르미는 1950년에 동료들과 점심을 먹던 중, 우리은하에만 수십억 개의 별이 있으니 지적 생명체가 존재해야만 하는데 그러면 '그들은 어디에 있는가?'라는 질문을 던졌다. 이를 페르미의 역설이라 한다.

아침이 오자 나는 무슨 날인지 깜박한 척했다. 갓 아홉 살이 된 아들은 내 속을 꿰뚫어 보았다. 내가 십여 가지 재료가 들어가는 슈퍼디럭스 오트밀을 만드는 동안, 로빈은 흥분해서 머리를 까닥거리고 조리대를 밀고 콩콩거리며 뛰어다녔다. 우리는 신기록을 세울 정도로 빠르게 아침을 먹었다.

'선물 뜯자.'

"뭐라고? 선물이 있을 거라니, 상당히 과감한 추측 아냐?"

'추측 아니야. 가설이야.'

로빈은 무엇을 받을지 이미 알고 있었다. 그 선물을 두고 나와 몇 달이나 실랑이를 했다. 내 태블릿에 달면 화면에 확대된 이미지를 띄워 주는 디지털 현미경이었다. 로빈은 연못 더껑이, 자기 뺨 안쪽의 세포, 단풍잎 아랫면을 확대하면서 오전을 다 보냈다. 남은 휴가 기간 내내 그런 샘플들을 들여다보며 공책에 스케치를 했더라도 행복했을 것이다.

나는 로빈을 지나치게 흥분시키는 게 아닐까 두려운 마음으로 산 아래 1950년대 풍 자그마한 식료품점에서 몰래 사둔 케이크를 카트에 담아 나갔다. 로빈은 자제하지 못하고 얼굴을 환히 밝혔다.

'케이크야, 아빠?'

로빈은 내가 도저히 숨기지 못한 상자로 바삐 다가왔다. 그리고 재료를 열심히 살펴더니 고개를 저었다.

'비건이 아니야, 아빠.'

"로비, 오늘은 네 생일이야. 생일이 어떤 날이지? 일 년에 한 번뿐이던가?"

로빈은 웃지 않았다. '버터, 유제품, 계란. 엄마는 그런 거 안 먹었을 거야.'

"와, 너희 엄마가 케이크를 먹는 모습을 내가 한 번 이상은 봤거든!"

나는 그 말을 내뱉자마자 후회했다. 로빈은 간절히 잡고 싶은 이 호의를 받아들여야 할지, 아니면 숲속으로 도망쳐야 할지 망설이는 소심한 다람쥐 같았다.

'언제?'

"엄마는 가끔 예외를 뒀어."

로빈은 죄 없는 당근색 케이크를 응시했다. 다른 아이라면 누구라도 그런 케이크에는 넌더리를 냈으련만. 로빈의 자그마한 생일 동산에는 이제 막 뱀들이 퍼졌다.

"안 먹어도 괜찮아, 챔피언. 새들에게 먹이면 돼."

'음. 그 전에 조금은 맛을 볼 수 있겠지?'

우리는 그렇게 했다. 로빈은 케이크의 맛에 행복해질 때마다 자신을 다잡고 다시 사색에 잠겼다.

'엄마 키는 얼마였어?'

로빈은 이미 알고 있었지만, 오늘은 정확한 숫자를 필요로 했다.

"158센티미터. 곧 네가 추월하겠지. 엄마는 달리기 선수였어, 기억나니?"

로빈은 고개를 끄덕였다. 나보다는 스스로에게 끄덕이는 몸짓이었다. '작지만 강했어.'

얼리사는 국회의사당에서 전투를 치를 준비를 하면서 스스로를 그렇게 칭했다. 나는 "작지만 행성 같다."고 표현하기를 좋아했다. 언젠가, 가을로 시작되어 겨울로 끝난 어느 밤에 내가 얼리사에게 낭송해 준 네루다의 소네트에서 훔친 표현이었다. 나는 결혼해 달라고 청하기 위해 다른 남자의 언어에 의존해야 했다.

'아빠는 엄마를 뭐라고 불렀어?'

로빈이 내 마음을 읽을 때마다 속이 덜컹거렸다. "아, 온갖 이름으로 불렀지. 기억할 텐데."

'그치만 어떤 이름?'

"얼리사(Alyssa)를 줄여서 얼리(Aly)라고도 했지. 나의 동맹이라는 뜻에서 얼라이(Ally)라고도 불렀고."

'미시 리시.'

"그 애칭은 엄마가 좋아하지 않았어."

'엄마. 엄마라고도 불렀지!'

"가끔은 그랬지."

'그거 되게 이상해.' 나는 녀석의 머리를 헝클어뜨리려 손을 뻗었다. 녀석은 휙 머리를 피했지만, 통과는 시켜 줬다. '내 이름은 어떻게 정했다고 했지?'

로빈은 자기 이름이 어디에서 왔는지 알고 있었다. 그 이야기를 수없이 많이 들었다. 그렇지만 지난 몇 달 동안은 묻지 않았고 나도 이야기를 또 해 주는 것이 좋았다.

"네 엄마와 난 첫 데이트에 탐조, 그러니까 새를 보러 갔어."

'매디슨에 오기 전이지? 모든 일이 있기 전.'

"모든 일이 일어나기 전이지. 네 엄마는 굉장했어! 이쪽저쪽에서 계속 새를 찾아냈지. 휘파람새며 개똥지빠귀며 딱새며…… 그런 새들은 하나같이 오랜 친구였어. 심지어 눈으로 볼 필요도 없었어. 귀로만 듣고도 알았지. 한편 나는 구별하지도 못할 헷갈리는 작은 갈색 덩어리들을 찾으려고 발을 헛디뎌 가면서 뒤지다가……."

'엄마에게 영화 보러 가자고 하고 싶었어?'

"아, 너 아무래도 이 이야기를 전에 들었나 보구나."

'그럴지도.'

"마침내 난 감탄스럽게도 밝은 주홍색을 봤어. 살았구나 싶었지. 그래서 외쳐 댔어. 우와, 우와, 우와! 하고."

'그러자 엄마가 말했지. "뭐가 보여요? 뭐가 보이는데요?"'

"내 대신 신이 나서 어쩔 줄 몰라 했어."

'그때 아빠가 욕을 했지.'

"욕을 했을지도 몰라, 그래. 너무 부끄러웠거든. '이런, 미안해요. 그냥 울새(로빈)네요.' 난 이 여자를 다시는 못 만나겠구나 생각했어."

로빈은 펀치라인을 기다렸다. 이유는 모르지만 아이는 그 말을 꼭 큰 소리로 다시 들어야 했다.

"하지만 네 엄마는 내가 발견한 새가 평생 본 중에 제일 이색적인 생명체라도 된다는 듯이 쌍안경으로 유심히 관찰하고 있었어. 그리고 눈을 떼지 않은 채로 말했지. '내가 제일 좋아하는 새가 울새예요.'"

'그 순간 아빠는 엄마와 사랑에 빠졌어.'

"그 순간 난 네 엄마 곁에서 최대한 많은 시간을 보내고 싶다는 걸 알았어. 나중에, 더 잘 알게 된 다음에 네 엄마에게도 그렇게 말했지. 우린 늘 그 말을 했어. 뭐든 함께 하고 있을 때마다, 신문을 읽거나 이를 닦거나 세금을 내거나 쓰레기를 버리러 나갈 때에도. 당연히 해야 할 어떤 재미없거나 지루한 일에서도, 서로 눈빛을 주고받고, 서로의 마음을 읽을 때면 둘 중 한 사람이 외치곤 했지. '내가 제일 좋아하는 새는 울새야.'라고."

로빈은 일어서서 내 접시에 자기 접시를 겹치더니 싱크대로 들고 가서 수도를 틀었다.

"어이! 오늘은 네 생일이잖아. 아빠가 설거지할게."

로빈은 '내 눈을 똑바로 봐.' 표정으로 내 맞은편에 다시 앉았다.

'뭐 물어봐도 돼? 거짓말은 하지 마. 나한테는 정직한 게 중요해, 아빠. 울새가 정말로 엄마가 제일 좋아하는 새였어?'

나는 부모가 되는 방법을 몰랐다. 대부분 얼리사를 기억하며 흉내 낼 뿐이었다. 매일같이 로빈에게 평생 흉터가 남을 만한 실수를 저지르곤 했다. 그저 실수끼리 서로 상쇄가 됐으면 할 뿐이었다.

"실제로? 네 엄마가 제일 좋아하는 새는 바로 엄마 앞에 있는 새였어."

그 대답은 로빈을 뒤흔들었다. 누구보다 기묘한, 우리의 별난 아들. 말하는 방법을 배우기도 전에 세상의 역사라는 무게에 짓눌린 아이. '육십 같은 여섯 살'이라고, 얼리사는 죽기 한 달 전에 그렇게 말했다.

"그렇지만 울새는 네 어머니와 나에게 국조(國鳥) 같았어. 모든 것을 특별하게 만들어 줬지. 그 말만 외쳐도 인생이 나아졌어. 그러니 네 이름으로 다른 이름을 생각할 수가 없었어."

로빈이 이를 드러냈다. '로빈으로 산다는 게 어떤 건지 알기는 해?'

"무슨 뜻이니?"

'내 말은, 학교에서, 공원에서, 어디에서든? 난 매일 그 문제를 처리해야 해.'

"로비? 내 말 좀 들어봐. 또 애들이 널 괴롭히니?"

로빈은 한쪽 눈을 감고 벗어나려고 했다. '3학년 내내 욕만 먹으면서 지내는 것도 포함이야?'

나는 용서를 빌며 두 손을 뻗었다. 얼리사는 '세상이 이 아이를 갈기갈기 찢고 말 거야.'라고 말하곤 했다.

"로빈은 품위 있는 이름이야. 남자든 여자든 그래. 넌 이 이름으로 좋은 일들을 할 수 있어."

'다른 행성에서라면 그럴지도 모르지. 천 년 전이라면. 다시 한 번 고마워.'

로빈은 나를 피해서 현미경 접안렌즈를 들여다보았다. 공책에 필기하는 손이 바빠졌다. 바깥에서 누가 본다면 녀석의 연구가 진짜라고 생각할지도 몰랐다. 2학년 때 로빈의 담임은 비공개 학생 평가에서 '느리지만 그렇다고 늘 정확하지는 않다.'라고 썼다. 느리다는 점은 맞았고, 정확성에 대한 평가는 틀렸다. 시간만 주어지면 로빈은 담임이 상상도 못할 정도의 정확성을 갖출 수 있었다.

나는 덱으로 나가서 숲의 공기를 들이마셨다. 숲속 산책로가 사방으로 뻗어 있었다. 오 분 후에, 분명히 녀석에게는 영원 같았을 시간이 지난 후에 로빈이 따라 나와서 내 품에 안겼다.

'미안, 아빠. 로빈은 좋은 이름이야. 나도…… 그렇게, 헷갈리는 이름으로 사는 거 괜찮아.'

"누구나 헷갈려. 그리고 누구나 혼란스러워."

로빈은 종이 한 장을 내 손에 쥐여 주었다. '이거 봐. 어떻게 생각해?'

종이 왼쪽 윗면에 색연필로 그린 새의 옆모습이 페이지 중앙을 보고 있었다. 줄무늬가 있는 목이며 눈 주위의 하얀 반점까지 세세하게 잘 그렸다.

"이야, 이것 봐라. 네 엄마가 제일 좋아하는 새구나."

'이건 어때?'

오른쪽 위에서는 두 번째 새가 돌아보고 있었다. 이 새도 바로 알아볼 수 있었다. 턱시도를 입고 뒷짐을 진 남자처럼 날개를 접어 넣은 큰 까마귀였다. 내 성인 번은 브랜(Bran)에서 유래했고, 이 단어는 아일랜드에서 큰 까마귀를 뜻했다. "멋진데. 로빈 번의 머리에서 나온 거야?"

로빈은 종이를 다시 받아 살펴보며 벌써부터 살짝 고칠 계획을 짜고 있었다. '집에 돌아가면 이걸로 편지지를 찍을 수 있을까? 나 진짜, 진짜 편지지가 필요해.'

"그쯤이야 할 수 있지, 생일맞이 꼬마야."

나는 로빈을 드바우 행성으로 데려갔다. 이 행성은 크기와 온도가 우리 행성과 비슷했다. 산맥과 평원과 지표수가 있고, 구름과 바람과 비가 있는 두꺼운 대기권도 갖췄다. 강물이 바위를 파고들어 만들어진 거대한 물길들이 침전물을 굽이치는 바다로 실어 갔다.

내 아들은 그 내용을 흡수하며 안달을 했다. '여기처럼 생겼어,

아빠? 지구처럼 보여?'

"조금은."

"차이는 뭔데?"

우리가 서 있는 불그스름한 바위 해안에서는 그 답이 분명치 않았다. 우리는 몸을 돌려 쳐다보았다. 전체 풍경에서 아무것도 자라지 않았다.

'죽은 행성이야?'

"죽진 않았어. 네 현미경을 써 봐."

로빈은 무릎을 꿇고 바닷물 웅덩이 위를 살짝 떠내어 슬라이드에 놓았다. 사방에 생명체가 있었다. 나선형과 막대기형, 축구공 모양과 필라멘트 모양, 골이 파이거나, 구멍이 뚫리거나, 편모가 늘어선 생물들. 종류별로 스케치하는 데에만도 시간이 끝없이 걸릴 것 같았다.

'그럼 그냥 어린 행성인 거야? 이제 겨우 시작하는?'

"지구의 세 배 나이야."

로빈은 어두운 풍경을 둘러보았다. '그러면 뭐가 문제야?' 내 아들에게는 사방에 대형 생물이 돌아다니는 풍경이 하늘이 준 마땅한 권리였다.

나는 아들에게 드바우가 거의 완벽한 행성이라고 말해 줬다. 딱 맞는 유형의 은하계에 딱 맞는 위치에 있고, 금속 성분도 알맞고 방사선이나 다른 치명적인 폐해로 절멸할 위험도 낮았다. 딱 맞는 유형의 별 주위를 알맞은 거리에서 돌았다. 지구와 비슷하게 유동적인 판과 화산들과 강력한 자기장이 있었고, 이는 안정적인 탄소 순환과 일정한 기온에 도움이 됐다. 지구처럼 드바우도 혜성이 뿌린 물을 받았다.

'세상에나. 지구가 되려면 얼마나 많은 게 필요했던 거야?'

"한 행성이 받아 마땅한 것 이상이지."

로빈이 손가락을 딱 울리려 했지만, 소리가 제대로 나기에는 아직 너무 작고 힘없는 손가락이었다. '알았다, 유성!'

하지만 드바우도 지구처럼 먼 궤도를 도는 큰 행성들이 있어서 극단적인 운석의 폭격을 막을 수 있었다.

'그럼 뭐가 잘못된 건데?' 로빈은 울 것 같았다.

"큰 위성이 없어. 근처에 자전을 안정시켜 줄 만한 물체가 없는 거야."

우리가 가까운 궤도로 올라가자 세상이 흔들렸다. 우리는 하루하루가 혼란스럽게 변화하고 4월 다음에 12월이 왔다가 8월이 되고 5월이 이어지는 모습을 보았다.

우리는 수백만 년을 지켜보았다. 미생물들이 부두를 들이받는 부낭처럼 한계에 부딪쳤다. 생명이 확 풀려나려 할 때마다 행성이 빙그르르 돌면서 극한 미생물 상태로 되돌아갔다.

'언제까지나?'

"태양 표면이 폭발해 대기를 태워 버릴 때까지."

로빈의 얼굴을 보니 이런 이야기를 너무 일찍 해 준 나 자신을 걸어차고 싶었다. '끝내주네.' 아들은 용감한 척 말했다. '뭐 그럭

저럭.'

드바우는 지평선 저 끝까지 황량했다. 로빈은 고개를 내저으며 그 행성이 비극인지 승리인지 판단해 보려 했다. 그리고 나를 쳐다보았다. 입을 열었을 때 나온 것은 생명의 첫 번째 질문, 우주 어디에서나 있었을 그 질문이었다.

'그리고 또? 아빠, 또 뭐가 있어? 다른 것도 보여 줘.'

다음 날, 우리는 숲으로 갔다. 로빈은 흥분해 있었다. '나 아홉 살이야, 아빠. 이제 나 앞에 탈래!' 마침내 뒷좌석에 안전하게 앉아야 한다는 법의 굴레에서 풀려난 탓이었다. 녀석은 평생 앞좌석의 풍경을 기다려 왔다. '우와. 여기가 천 배는 더 좋아.'

첩첩 산줄기에 안개가 엉겨 있었다. 우리는 공원 도로의 양쪽을 따라 두 줄로 건물이 이어지는 작은 마을을 통과해서 차를 달렸다. 철물점, 식료품점, 세 군데의 바비큐장, 타이어 이너튜브 대여점, 야외 장비점…… 그 후에는 재생 중인 50만 에이커의 숲으로 들어갔다.

우리 앞에 한때 히말라야보다도 훨씬 높았던 산줄기의 남은 부분이 둥글게 깎인 언덕처럼 버티고 서 있었다. 분수령을 따라

레몬색, 호박색, 시나몬색처럼 맛있는 빛깔의 향연이 흘러내렸다. 사워우드*와 스위트검**이 진홍빛으로 산마루를 뒤덮었다. 우리는 굽이를 돌아 공원으로 들어갔다. 로빈이 길고 놀라움에 찬 탄성을 내뱉었다.

우리는 차를 등산로의 시작점에 두었다. 나는 텐트와 슬리핑백과 스토브가 든 프레임팩을 짊어졌다. 몸이 호리호리한 로빈은 빵과 콩 수프, 식기, 마시멜로가 가득 든 데이팩을 날랐다. 그 정도 무게로도 로빈의 등이 구부정해졌다. 우리는 어느 산마루를 넘어 오늘 밤 우리의 전부가 될 오지의 캠프장을 향해 내려갔다. 개울물 옆에 위치한 곳으로, 한때는 이 행성 전체에서 나에게 이곳만 있으면 더 필요한 게 없었다.

가을의 장관이 애팔래치아 산맥 남쪽 전체에 넘쳐흘렀다. 로도덴드론***이 협곡을 따라 가파르게 내려갔다가 뭉치뭉치 덤불을 이루어 솟아나며 로빈에게 밀실 공포증을 안겼다. 켜켜이 쌓인 관목들 위로는 히코리, 독미나리, 튤립 포플러들이 못지않게 무성하게 자라 하늘을 덮었다.

로빈은 백 미터를 걸을 때마다 멈춰서 이끼가 덮인 땅이나 우글대는 개미집을 스케치했다. 그래도 나는 상관없었다. 로빈은 황토색 과육을 먹고 있는 동부 상자거북도 한 마리 발견했다. 거북

---

* 철쭉과의 교목으로 산미가 있어 사워우드라고 한다.
** 북미산 풍나무, 추잉 껌의 원료로 단맛이 있다.
*** 서양 철쭉의 일종.

은 우리가 가까이 몸을 구부리자 목을 길게 빼고 반항적으로 섰다. 달아날 생각은 전혀 없는 모양이었지만, 로빈이 그 옆에 무릎을 꿇자 결국에는 목을 집어넣었다. 로빈은 그 거북의 등딱지에서 화성의 설형 문자로 이루어진 읽을 수 없는 메시지를 찾아냈다.

우리는 로빈보다 몇 살 많지도 않을 소년들이, 공동 사업이 적이 되기 이전 시대에 깔아 놓은 CCC(민간자원보존단) 길을 따라서 코브* 견목 숲속으로 올라갔다. 나는 반은 8월의 옥색을 띠고 반은 10월의 벽돌 색을 띤 별 모양의 스위트검 잎사귀를 짓이겨서 로빈에게 냄새를 맡아보라고 했다. 아이는 놀라 소리를 질렀다. 히코리 열매의 긁힌 껍데기에는 더 놀랐다. 나는 암적색 잎의 끝을 씹어 보라고 했다. 그 맛을 보면 사워우드가 왜 그런 이름을 얻었는지 알 수 있다.

부엽토 때문에 공기에도 얼룩이 졌다. 2킬로미터 가까이 층계처럼 가파른 길을 올라갔다. 헐벗은 활엽수들 사이를 지나는 우리를 유령 같은 그림자들이 뒤따랐다. 이끼가 잔뜩 낀 바윗돌들이 노출된 곳을 빙 돌자, 세상이 축축한 산그늘 견목에서 좀 더 건조한 소나무와 참나무 세상으로 변했다. 결실년**이었다. 길에 도토리가 잔뜩 쌓여 있어 우리가 걸음을 옮길 때마다 흩어졌다.

다져진 낙엽 사이에서 솟아오른 그릇 모양의 버섯은 내 평생

---

* Cove. 이 지역 특유의 골짜기를 가리킨다.
** Mast year. 떡갈나무나 너도밤나무 등이 열매를 많이 맺어 떨구는 해를 가리키는 말로, 주로 과일나무의 경우를 가리키는 우리나라의 결실년과는 약간 차이가 있다.

35

본 중에 가장 정교했다. 그 버섯은 내 두 손을 합친 것보다 더 큰 크림색 반구 모양을 이루고 있었다. 세로로 홈이 난 리본 모양의 균사가 퍼져서 마치 엘리자베스 시대의 목깃처럼 구불구불한 표면을 형성했다.

'우와! 이거 뭐야……?'

나도 그 답을 몰랐다.

길을 더 따라가던 로빈은 검은색과 노란색으로 이루어진 노래기를 밟을 뻔했다. 손으로 집어 들자 노래기가 몸을 동그랗게 뭉쳤다. 나는 손 위의 공기를 부채질해서 로빈에게 날려 보냈다.

'우와아아'

"어떤 냄새가 나니?"

'엄마 같은 냄새!'

나는 웃고 말았다. "그렇지. 아몬드 추출물 같은 냄새지. 가끔 엄마가 빵을 구울 때 나는 냄새랑 비슷했겠다."

로빈은 움직이면서 내 손바닥을 자기 코에 갖다 댔다. '진짜 야생 그대로네.'

"바로 그거야."

로빈은 더 알고 싶어 했지만, 나는 그 노래기를 왕골 밭에 내려놓았고 우리는 길을 계속 갔다. 나는 아들에게 그 맛있는 냄새가 청산가리이며, 많은 양을 쓰면 독이 된다는 사실을 말해 주지 않았다. 말해 줬어야 했건만. 로빈에게는 정직함이 아주 중요했다.

✦

내리막으로 1.5킬로미터쯤 걷자 바위투성이의 개울가 공터에
도달했다. 하얗게 부서지는 폭포 조각들이 더 깊고 트인 웅덩이들
에 자리를 내주었다. 양쪽 강둑에 칼미아*와 얼룩덜룩한 플라타너
스가 늘어섰다. 내 기억보다 더 아름다웠다.

우리의 텐트는 공학의 기적 덕분에, 물 1리터보다 가볍고 화장
실 휴지 한 통보다 크지 않았다. 로빈이 직접 텐트를 설치했다. 가
느다란 기둥들을 맞추고 구부려서 텐트 구멍에 끼우고, 바깥 뼈대
를 죄어 직물 클립을 끼우면, 짜잔. 우리의 야간용 집이었다.

'천장 덮개가 필요할까?'

"운이 얼마나 따를까?"

로빈은 우리의 운이 상당히 좋다고 느꼈다. 나도 마찬가지였
다. 사방을 여섯 가지의 다른 나무숲이 둘러싸고 있었다. 꽃이 피
는 식물은 1700가지였다. 유럽 전체를 다 합친 것보다 나무 종수
가 더 많았다. 도롱뇽만 30종이었다. 지배종으로부터 머리를 비울
수 있을 정도로 충분히 떠나 있을 수만 있다면 태양계의 제3행성
이라는 이 작고 파란 점에는 볼 게 참 많았다.

머리 위에서 오즈의 날개원숭이만 한 큰 까마귀 한 마리가 스

---

* 진달래목 진달래과의 상록관목.

트로브잣나무로 날아올랐다. "캠프 번 개장식에 맞춰 왔구나."

우리가 환호하자 까마귀는 날아가 버렸다. 폭염 기록을 5도나 경신한 날에 짐을 지고 힘들게 산을 오른 우리 둘은 헤엄을 치기로 했다.

뚱뚱한 백합 나무를 잘라서 만든 널다리가 폭포가 떨어지는 경사로를 가로질렀다. 양쪽에 놓인 바위들에는 액션 페인팅 물감이 튄 것처럼 지의류*와 이끼와 조류**가 얼룩덜룩했다. 개울물은 돌바닥까지 투명하게 들여다보였다. 우리는 상류로 걸어가다가 평평한 바위를 발견했다. 나는 마음을 단단히 먹고 물에 몸을 넣었다. 내 의심 많은 아들은 믿고 싶어 하는 눈치로 지켜보고 있었다.

물은 내 가슴에 타격을 주며 나를 바위 무더기 쪽으로 밀었다. 물가에서 보면 평평해 보였지만 물 밑에는 작은 산맥이 굽이치고 있었다. 나는 격류 속으로 뛰어들었다가 수백 년 동안 떨어지는 물에 맨들맨들해진 돌을 밟고 미끄러졌다.

그 순간 어떻게 해야 할지가 기억났다. 나는 급류 속에 앉아서 차가운 강물이 나를 때리게 내버려 두었다.

로빈은 차디찬 물에 처음 닿자 비명을 질렀다. 하지만 그 아픔은 삼십 초도 가지 않았고 곧 비명은 웃음소리로 변했다. "몸을 낮춰." 나는 외쳤다. "기어 다니는 거야. 네 안의 양서류와 소통해."

---

* 地衣類. 나무껍질이나 바위에 붙어 자라는 이끼류.
** 藻類. 물속에 사는 하등 식물의 한 무리.

로빈은 그렇게 무아지경으로 회전하는 물거품에 순응했다.

로빈에게 그렇게 위험한 짓을 하게 하기는 처음이었다. 아이는 네 발로 급류와 싸웠다. 일단 아이가 폭포 속에서 발 딛는 법을 터득하자, 우리는 밀려오는 물 한가운데로 갔다. 그리고 움푹 팬 바위 속에 몸을 끼우고 부글거리는 자쿠지 속에 버텨 섰다. 수많은 근육을 끊임없이 조절해서 균형을 잡되 몸을 뒤로 젖힌다는 점에서, 꼭 서핑의 반대 같았다. 돌 위를 덮는 물의 막, 물결치는 수면을 아로새기는 빛 그리고 차디찬 급류 속에 우리가 누운 자리를 시끄럽게 덮쳐드는 기묘하게 확고한 물결의 흐름에 로빈은 넋을 잃었다.

이제는 개울물이 미지근하게까지 느껴졌다. 흐르는 물의 힘과 우리의 아드레날린 때문에 데워진 셈이다. 물은 야생 동물처럼 똬리를 틀었다. 하류로 몰아치는 급류는 양쪽 강둑에 아치형으로 뻗은 오렌지 나무들 아래로 떨어졌다. 등 뒤의 상류에서 달려온 미래가 우리의 등을 넘어 햇빛 아롱진 과거로 흘러내렸다.

로빈은 물속에 있는 제 팔다리를 응시했다. 그러면서 휘고 비트는 물에 맞서 싸웠다. '꼭 중력이 계속 바뀌는 행성에 온 것 같아.'

내 새끼손가락만한 검은 줄무늬 물고기가 몰려와서 우리의 팔다리에 입을 댔다. 나는 잠시 후에야 그 녀석들이 우리 피부에서 떨어진 각질을 먹고 있다는 사실을 알아챘다. 로빈은 그 모습을 질리지도 않고 계속 보고 싶어 했다. 자신만의 아쿠아리움 속 주요 전시품인 모양이었다.

우리는 다리를 벌리고, 두 팔로 물 밑의 잡을 곳을 더듬어가며 게걸음으로 상류를 향했다. 로빈은 이 갑각류 놀이에 빠져서 이쪽 폭포에서 저쪽 폭포로 비스듬히 종종거렸다. 나는 새로운 바위 틈에 몸을 끼우고, 퍼져나가는 물거품을 들이마셨다. 공기와 물이 회오리치며 부서지는 음이온을 흠뻑 들이마셨다. 감각의 놀이에 기분이 고조되었다. 물거품이 부서지는 공기, 얼얼한 급류, 떨어지는 물, 일 년의 끝에 마지막으로 함께 하는 수영. 그리고 나는 바위 개울에 솟아오르는 너울처럼 한순간 올랐다가 추락했다.

100미터 상류에서 얼리사가 피부처럼 딱 맞는 잠수복을 입고 이 급류에 발부터 떨어졌다. 나는 얼리사를 잡으려고 하류에 몸을 고정시켰지만, 아내는 여전히 비명을 지르며 물결에 휩쓸려 미끄러져 내려왔다. 작지만 강한 아내의 몸이 하류에 쓸려 넘실거리며 까닥까닥 다가오더니 내 온몸의 근육이 아내를 붙잡으려고 긴장하는 순간, 나를 통과해서 지나가 버렸다.

로빈이 바닥을 잡고 있던 손을 놓고 급류를 타고 내려왔다. 내가 한 팔을 내밀자 로빈이 붙잡았다. 로빈은 나에게 매달려서 나와 눈을 맞췄다. '아빠. 왜 그래?'

나는 그 눈을 가만히 보았다. "넌 기분이 좋아졌고. 나는 나빠졌어. 그렇지만 별것 아냐."

'아빠!' 로빈은 자유로운 쪽의 손을 흔들어 사방에 널린 증거를 가리켰다. '어떻게 나빠질 수가 있어? 우리가 어디 있는지 좀 봐! 누가 이런 걸 누리겠어?'

누구도. 세상 그 누구도 아니지.

로빈은 여전히 나에게 매달린 채 물속에 앉아서 생각을 했다. 답을 내는 데 삼십 초도 걸리지 않았다. '잠깐만. 엄마와 여기 왔었어? 신혼여행 때?'

정말이지, 내 아들의 초능력이란. 나는 놀라움에 고개를 절레절레 흔들었다. "어떻게 하는 거니, 셜록?"

로빈은 얼굴을 찌푸리고 물 밖으로 몸을 일으켰다. 넘어질 듯 휘청거리면서 새로운 눈으로 개울 전체를 둘러보았다. '그걸로 다 설명이 되네.'

야영지에 돌아온 나는 지금 무슨 일이 일어나는지 알고 싶은 갈망을 느꼈다. 내가 모르는 긴박한 일들이 온 세계에서 벌어지고 있었다. 나의 오프라인 메일함에는 동료들이 보낸 연락이 쌓였다. 다섯 대륙의 우주생물학자들은 최신 출간물을 두고 스크럼을 짰다. 남극에서는 거대한 얼음덩어리가 떨어져 나왔다. 나라의 수장들은 대중이 어디까지 속는지 시험했다. 사방에서 작은 전쟁들이 터졌다.

나는 정보 데이터의 전송을 다시 미뤄 두고 로빈과 함께 불 피우는 데에 쓸 소나무 잔가지들을 잘랐다. 배낭은 동면 전의 살찐 곰이 와도 손이 닿지 않도록 두 그루의 플라타너스 사이에 줄을 치고 걸었다. 불이 타오르고 나니 이 세상에 우리 책임이라곤 콩을 요리하고 마시멜로를 굽는 일밖에 없었다.

로빈은 불 속을 들여다보았다. 그리고 소아과 의사가 들었다면 불안해했을 로봇 같은 단조로운 말투로 중얼거렸다. '좋은 삶이야.' 일 분 후에 또. '난 여기 있는 게 맞다는 느낌이 들어.'

우리는 아무것도 하지 않고 불꽃만 바라보았고, 그 일을 잘했다. 마지막 남은 자줏빛 햇살이 서쪽 능선에 선을 그었다. 하루 종일 숨을 들이마시던 산비탈 숲이 이제 다시 숨을 내뱉기 시작했다. 불 주위로 그림자들이 너울거렸다. 로빈은 소리가 날 때마다 고개를 돌렸다. 그 커다란 눈은 설렘과 두려움 사이를 모호하게 넘나들었다.

'그림 그리기엔 너무 어두워.' 로빈이 속삭였다.

"그래." 나는 말했다. 사실 로빈이라면 어둠 속에서라도 그림을 그릴 수 있을 터였다.

'개틀린버그도 예전에는 이랬어?'

나는 그 질문에 놀라고 말았다. "나무들이 더 컸지. 훨씬 나이가 많았고. 여기 나무들은 대부분 백 년도 안 됐어."

'숲은 백 년 만에 많은 일을 할 수 있구나.'

"그래."

로빈은 눈을 가늘게 뜨고 온갖 곳들을, 개틀린버그와 피전포지*와 시카고와 매디슨을 다 야생으로 되돌렸다. 나도 얼리사가 죽고 나서 최악이었던 밤에 똑같이 했었다. 하지만 나를 계속 살게 하는 이 아이의 마음속에서 그런 소망이 피어나는 건 건강하지 않아 보였다. 세상에 제대로 된 양육자라면 누구라도 그러지 말라고 했을 것이다.

물론 내가 그럴 필요도 없었다. 로빈의 목소리는 아직도 작고, 로봇 같았다. 하지만 나는 불을 바라보는 로빈의 눈동자에 켜진 불꽃을 볼 수 있었다. '엄마가 밤이면 시를 읽어 줬지, 체스터에게?'

로빈이 어떤 식으로 생각에서 생각으로 건너뛰는지 누가 알랴? 나는 아들의 생각을 따라가 보려는 시도를 오래전에 그만두었다.

"그랬지." 그건 얼리사가 제일 좋아하는 의식이었다. 나와 만나기 전부터 그랬다. 레드 와인을 두 잔 따르고, 지상 최고로 못생긴 비글-보더콜리 구조견에게 자기가 제일 좋아하는 사행시를 읊어 주는 것.

'시를, 체스터에게!'

"아빠도 같이 들었어."

'알아.' 로빈이 말했다. 하지만 분명히 나는 셈에 포함되지 않았다.

잉걸불이 타닥거리다가 다시 가라앉아서 불그레한 회색 덩어

---

* 그레이트 스모키산맥 근처에 있는 도시.

리만 남았다. 잠깐이지만 나는 로빈이 얼리사가 제일 좋아하는 시가 뭐였는지 물어볼까 봐 걱정했다. 그 대신 로빈은 이렇게 말했다. '우리는 다른 체스터를 구해야 해.'

체스터가 죽었을 때 로빈은 거의 죽을 뻔했다. 그 늙은 장애견이 숨을 거두자, 얼리사가 죽은 후 나를 지키기 위해 로빈이 억누르고 있었던 슬픔이 한꺼번에 터져 나왔다. 한동안 분노가 아이를 지배했고, 나는 의사들이 한동안 약을 쓰게 두었다. 로빈은 다른 개를 데려오자는 생각밖에 하지 못했다. 오랫동안 나는 그 생각에 반대했다. 어째선지 그 생각을 하면 트라우마가 일었다.

"난 모르겠구나, 로비." 나는 막대기로 잔불을 쑤셨다. "세상에 다른 체스터가 있을 것 같지 않아."

'착한 개들은 있어, 아빠. 어디에나 있어.'

"보통 책임이 아니야. 먹이고, 산책시키고, 그 후에 씻기고. 밤마다 시도 읽어 줘야 해. 너도 알겠지만 대부분 개들은 시를 좋아하지 않는단다."

'난 엄청 책임감 강해, 아빠. 내 평생 어느 때보다 더 책임감이 넘치고 있어.'

"일단 자고 생각하자, 알았지?"

로빈은 자기가 얼마나 책임감을 발휘할 수 있는지 보여 주려고 남은 불에 물을 몇 리터나 부었다. 우리는 2인용 텐트에 기어 들어가서 얼굴을 위로 하고 나란히 누웠다. 덮개를 치지 않아 우리와 우주 사이에는 가볍디가벼운 그물망 하나만 있었다. 수렵월

44

의 달빛 속에 숲우듬지가 살랑거렸다. 그 움직이는 끄트머리를 가만히 보던 로빈은 한 가지 생각을 떠올렸다.

'저 위에다가 커다란 위저 보드를 거꾸로 매달면 어떨까? 그러면 저쪽에서 우리에게 메시지를 보낼 수 있고, 우리도 읽을 수 있을 거야!'

새 한 마리가 우리 머리 뒤쪽의 숲속에서 울기 시작했다. 어떤 인간도 해독하지 못할 또 다른 암호 메시지였다. 쏙독 쏙독. 욕해 봐야 소용없었다. 멈출 기세가 아니었다. 쏙독 쏙독 쏙쏙독 쏙독.

로빈이 내 팔을 잡았다. '미치겠어!'

새는 서늘해져 가는 어둠 속에서 제 이름을 끝없이 반복했다. 우리는 같이 몇 번이나 우는지 소곤소곤 세다가, 백 번까지 세어도 새가 멈출 기미가 없자 포기했다. 새는 로빈의 눈이 스멀스멀 감길 때까지도 울어 대고 있었다. 나는 로빈을 쿡 찔렀다.

"어이, 아저씨! 깜박했잖아. 모든 지성체가……."

'……불필요한 고통에서 해방되기를. 그런데 이 말은 어디서 온 거야? 엄마가 하기 전에 말이야.'

나는 말해 줬다. 이것은 불교의 사무량심*에서 온 말이었다. "실천할 만한 네 가지 훌륭한 일이 있다. 살아 있는 모든 것에 자비로우라. 침착하고 흔들림 없이 있으라. 어디에서든 어떤 존재든 행복을 함께 기뻐하라. 그리고 어떤 고통이든 나의 고통이기도 하

---

* 四無量心. 보살의 네 가지 무량한 마음, 자비희사를 말한다.

다는 점을 기억하라."

'엄마가 불교도였어?'

내가 웃음을 터뜨리자 로빈은 슬리핑백 너머로 내 팔을 쳤다. "네 어머니는 자기만의 종교가 있었어. 네 엄마가 하는 말은 다 가치 있는 말이었고, 엄마가 말을 하면 모두가 귀를 기울였지. 나까지도."

로빈은 아 소리를 내다 말고 제 몸을 끌어안았다. 천막 위쪽 비탈에서 덩치 큰 한 약탈자가 잔가지를 밟는 소리가 났다. 그보다 작은 동물들은 잎사귀 사이를 훑었다. 박쥐들이 우리의 가청영역을 넘어서는 주파수로 나무들의 지도를 그렸다. 하지만 내 아들에겐 아무것도 문제가 되지 않았다. 로빈은 행복할 때면, 사무량심을 다 채우고도 남았다.

"언젠가 너희 엄마는, 낮 동안 아무리 나쁜 일이 많았어도 자기 전에 이 기도를 읊기만 하면 다음 날 아침에 무슨 일이든 맞이할 각오가 생긴다고 했어."

'질문 하나만 더.' 로빈이 말했다. '정확히 아빠가 하는 일이 뭐라고 했지?'

"아, 로빈. 밤이 늦었어."

'나 진지해. 학교에서 누가 물어보면 뭐라고 해야 해?'

그게 한 달 전에 로빈이 정학을 받은 이유였다. 어느 은행가의 아들이 로빈에게 너희 아빠는 뭘 하느냐고 물었다. 로빈은 '태양계 바깥의 생명을 찾아.'라고 대답했다. 그러자 어느 회사 임원의 아들이 물었다. '울새의 아빠가 어쩌다 휴지조각이 됐지? 천왕성 주위를 빙빙 돌면서 클링온*이나 찾고.' 로빈은 격분해서 두 아이 다 죽여 버리겠다고 한 모양이었다. 요새는 그런 말을 하면 퇴학당하고 즉시 심리 상담 치료를 받기 십상이다. 우리는 가볍게 끝난 편이었다.

"복잡해."

로빈은 머리 위의 숲을 향해 손을 내저었다. '우리가 어디 갈 것도 아니잖아.'

"난 종류를 불문하고 모든 행성계에 대해 우리가 아는 모든 것을, 그러니까 암석과 화산과 대양, 물리학과 화학 전부를 가져다가 그 정보를 합쳐서 그 행성 대기에 어떤 기체가 있을지 예측하는 프로그램을 짜."

'왜?'

"대기는 생명 과정의 일부니까. 기체의 혼합 비율을 보면 그 행성이 살아 있는지 알 수 있거든."

---

* 「스타 트렉」 시리즈에 나오는 외계 종족.

'여기처럼?'

"바로 그거야. 내 프로그램은 역사상의 다른 시기에 지구 대기가 어땠는지도 예측했어."

'과거는 예측할 수 없어, 아빠.'

"아직 모르는 거라면 예측이라는 표현을 쓸 수 있어."

'그래서 100광년이나 떨어져 있어서 볼 수도 없는 행성에 어떤 기체가 있는지 어떻게 알아?'

나는 숨을 내쉬어 우리 천막 안의 대기 조성을 바꿔 놓았다. 많은 일을 한 하루였고, 로빈이 알고 싶어 하는 내용을 이해하려면 수업을 십 년은 들어야 했다. 하지만 무릇 모든 것의 시작은 어린아이의 질문인 법. "좋아. 원자가 뭔지 기억하지?"

'응. 아주 작은 거.'

"전자는?"

"아주아주 작은 거."

"한 원자 안의 전자들은 정해진 에너지 상태로만 있을 수 있어. 계단을 하나 밟고 있는 것과 비슷해. 전자가 밟은 계단을 바꾸면, 특정한 주파수로 에너지를 흡수하거나 내보내. 그 주파수들은 어떤 원자인지에 따라 다르고."

'완전 이상하다.' 로빈은 천막 위의 나무들을 보고 히죽 웃었다.

"그 정도를 가지고 이상하다고? 들어봐. 어떤 별의 빛 스펙트럼을 보면, 바로 그런 계단에 해당하는 주파수에 작게 검은 줄이 있는 걸 볼 수 있어. 그걸 분광학이라고 하는데, 그걸 보면 그

별에 어떤 원자들이 있는지 알 수 있지."

'작은 까만 줄. 어마어마어마하게 먼 데 있는 전자들이 만든 줄. 누가 그런 걸 알아냈어?'

"우리 인간은 무척 영리한 종족이야."

로빈은 대답하지 않았다. 나는 다시 잠들었나 보다고 생각했다. 멋진 하루의 좋은 결말이었다. 쏙독새조차 내 생각에 동의했는지 울기를 멈췄다. 쏙독새의 울음소리가 사라진 자리를 윙윙대는 벌레 소리와 강물 소리가 메웠다.

나도 깜박 잠들었던 모양이다. 체스터가 내 다리에 코를 대고 앉아서 낑낑대는 가운데 얼리사가 우리에게 극도의 순수를 회복한 영혼에 대해 읽어 주고 있었다.

'아빠, 아빠! 내가 알아냈어.'

나는 잠의 그물에 얽힌 나머지 말실수를 했다. "알아내다니 뭘, 여보?"

로빈은 신이 나서 그 애칭을 듣고도 그냥 넘겼다. '왜 우리가 외계의 소리를 못 듣는지 말이야.'

반쯤 잠에 취한 나로서는 전혀 이해가 가지 않았다.

'그 돌 먹는 것들을 뭐라고 부른댔지?'

로빈은 아직도 페르미의 역설을 풀어 보려 하고 있었다. 우주의 모든 시간과 공간에도 불구하고 어떻게 저 바깥에 아무도 없는 것처럼 보이느냐는 역설. 내 아들은 오두막집에서 보낸 첫날 밤, 망원경으로 은하수를 보면서 던졌던 질문에 매달려 있었다. 어떻게 아무 데도 아무도 없느냐는 그 질문에.

"무기 영양 생물."

로빈이 제 이마를 찰싹 때렸다. '무기 영양 생물이구나! 어휴, 그래서 말이지, 무기 영양 생물이 단단한 바위 속에 가득 사는 돌 덩어리 행성이 있다고 쳐 봐. 문제가 뭔지 알겠어?'

"아직 모르겠는데."

'아빠, 좀! 아니면 액체 메탄이나 그런 데에 살 수도 있지. 거의 단단하게 얼어붙어서, 엄청나게 느릴 거야. 그 생물들의 하루는 우리의 백 년과 같아. 그러니까 메시지도 너무 느려서, 우리는 그게 메시지인지도 모른다면? 그러니까 그런 생물은 두 음절을 보내는 데 우리식으로 오십 년이 걸릴 수도 있는 거야.'

우리의 쏙독새가 멀리서 다시 울기 시작했다. 내 머릿속에서는 무한히 고통받는 체스터가 아직도 예이츠의 시와 씨름하고 있었다.

"훌륭한 생각이야, 로빈."

'그리고 물로 이루어진 행성이 있어서, 거기에서는 끝내주게 똑똑하고 끝내주게 빠른 새—물고기가 돌아다니면서 우리의 관심을 끌려고 하고 있을지도 몰라.'

"하지만 그런 외계인이 보내는 메시지는 우리가 이해하기엔 너무 빠르겠구나."

'바로 그거야! 우린 서로 다른 속도로도 귀를 기울여 봐야 해.'

"네 어머니는 널 사랑해, 로빈. 알지?" 그건 우리만의 암호였고, 로빈은 그 신호에 따랐다. 하지만 그렇다고 흥분을 가라앉히지는 못했다.

'세티* 사람들에게는 꼭 말해 봐, 알았지?'

"그럴게."

조금 이따가 로빈의 다음 말이 나를 다시 깨웠다. 일 분, 삼 초, 반 시간, 얼마나 지났는지야 누가 알랴.

'엄마가 하던 말 기억해? "넌 얼마나 부자니, 꼬마야?"'

"기억하지."

로빈은 두 손을 들어 올려 달빛이 비치는 산을 증거로 가리켰다. 바람에 구부러진 나무들. 가까운 강에서 나는 요란한 물소리. 특이한 대기 속에서 원자의 계단을 굴러 떨어지는 전자들. 어둠 속에서 로빈의 얼굴은 정확한 말을 찾아 고심하고 있었다. '이만큼 부자야. 이렇게 부자야.'

정작 로빈이 겨우 나를 자게 해 주었을 때는 내가 잠들 수가 없었다. 우리 둘은 이곳에서 잘 지내고 있었다. 숲속에서 야영을

---

* SETI. 외계 지적생명탐사 활동

하고 콩 요리를 해 먹고 스케치북을 들고서. 하지만 문명으로 돌아가는 즉시 나는 일에 목까지 파묻힐 테고, 로빈은 싫어하는 학교로 돌아가 로빈을 섬뜩해하는 아이들에게 둘러싸일 터였다. 매디슨에 돌아가면 낙원은 다시 잘려 나갈 것이다.

나는 부모가 되는 것이 무서웠다. 얼리사가 스털링홀에 있던 내 사무실 문을 박차고 들어와서 "교수님이 준비가 됐든 안 됐든 올 게 왔어!"라고 외치기 한참 전부터 그랬다. 그때 나는 즐거워하는 동료들의 박수갈채를 받으며 얼리사를 끌어안았다. 그러나 내가 아버지로서의 책임을 명백히 성공적으로 수행한 건 그 순간이 마지막이었다.

나에게 아이를 기른다는 건 스와힐리어를 말하는 것과 다름이 없었다. 얼리사조차도, 나름의 열광어린 방식으로 두려워하는 미래였다. 하지만 가족, 친구, 의사, 간호사, 인터넷 조언 사이트들을 다 합친 지혜가 어찌어찌 우리가 모든 것을 무시하고 최선을 다한 추측만 믿으며 헤쳐 나갈 용기를 북돋아 주었다. 아무것도 모르는 수만 명의 세대가 양육의 묘안을 짜 내어 시합을 계속 끌고 오지 않았던가. 나는 우리가 최악은 아니겠지 생각했다. 알고 보니 얼리사와 나에게는 양육 점수를 기록할 시간조차 없었다. 로빈이 인큐베이터에서 나오자마자 인생은 소방 훈련으로 변했다.

그러나 아이들에게는 내가 상상도 못할 만한 내성이 있다. 네 살짜리가 뜨거운 석탄이 가득한 석쇠를 뒤집어쓰고도 허리에 반짝거리는 분홍색 굴 모양의 낙인 말고는 아무 해도 입지 않고 걸어갈 줄이야, 누가 믿었겠는가?

반면 내 쪽은 일이 어떻게 잘못되는지에 끝없이 놀랐다. 여섯 살의 로빈에게 『헝겊 토끼』 책을 읽어 줬다가, 여덟 살이 된 후에야 아들이 그 책 때문에 몇 달 동안 악몽에 시달렸다는 사실을 알게 되기도 했다. 이 년이나 야경증에 시달려 놓고 나에게 그 이야기를 하기가 너무 부끄러웠다니, 그게 로빈이었다. 열한 살의 로빈이 지금 내가 저지른 또 어떤 실수를 말해 줄지 누가 알까. 하지만 제 어머니의 죽음에서도 살아남았으니, 내 선의의 실수들에서도 살아남을 수 있겠지.

나는 그날 밤 천막 안에 누워서 로빈이 이틀 동안 어째서 문명이 가득해야 할 은하계가 침묵하는가를 두고 걱정하던 모습을 생각했다. 그런 아이를 자기 자신의 상상력으로부터 어떻게 지켜 줄 수 있을까? 아이에게 똥을 던져 대는 몇몇 3학년 육식 동물들에게서는 또 어떻게 지킬 수 있을까? 얼리사라면 무한한 용서와 불도저 같은 의지력으로 우리 셋을 전진시켰으리라. 얼리사 없는 나는 허우적댈 뿐이었다.

나는 로빈을 깨우지 않으려고 조심하면서 슬리핑백 안에서 뒤척거렸다. 무척추동물들의 합창 소리가 넘실거렸다. 줄무늬 올빼미 두 마리가 문답을 주고받았다. 구우 쿠우 쿠욱. '누가 널 위해 요리를 해? 누가 너희 모두를 위해 요리를 해?' 나 말고 누가 이 아이를 위해 요리를 하겠는가? 로빈이 이 행성 단위의 다단계 금융 사기에서 살아남을 만큼 강해지는 모습을 상상할 수가 없었다.

아니, 그렇게 되기를 바라지 않는지도 몰랐다. 나는 아들의 별스러움을 좋아했다. 우쭐대는 동급생들을 흔들어 놓을 만큼 천진한 아들이 있어서 좋았다. 삼 년 연속으로 제일 좋아하는 동물이 갯민숭달팽이인 아이의 아버지라서 즐거웠다. 갯민숭달팽이를 비롯한 나새류는 지극히 과소평가되고 있는 것이 사실이다.

우주생물학자가 느끼는 늦은 밤의 불안. 나는 나무들이 호흡하는 냄새를 맡고, 얼리사와 내가 처음 함께 헤엄쳤던 강물이 어둠 속에서 돌을 깎아 내는 소리를 들었다. 옆에 있는 슬리핑백에서 소리가 들렸다. 로빈이 자면서 애원하고 있었다. '그만! 제발 그만해! 제발!'

페르미 역설의 해답 중 하나는 너무나 이상해서, 로빈에게 감히 말해 주지도 못했다. 그 답을 들었다면 몇 달은 악몽을 꿨을 테니까. 내 옆의 공기 주입식 야영 베개 위에는 1000조 개의 신경 연결망이 놓여 있다. 시냅스 하나에 항성 하나라고 치면 은하수가 2500개 있는 셈이다. 과열될 방법도 많고 많다.

내가 말해 주지 않은 답은 이것이다. 생명이 갑자기 시동을 걸기가 쉽다고 해 보자. 지구가 나타나기 전 수십억 년 동안 우주라는 보도에 간 금마다 생명이 나타났다고 해 보자. 결국에는 여기에서도 이 행성이 안정되자마자 생명이 나타났다. 그것도 우주 모든 곳에 존재하는 똑같은 물질에서.

그리고 영겁의 세월 동안 헤아릴 수도 없이 많은 문명이 생겨났고, 그중 많은 수는 우주에 진출할 만큼 오래 이어졌다고 해 보자. 우주를 여행하는 생물들이 서로를 발견하고, 서로 연결되고, 지식을 공유하고, 새로운 접촉이 일어날 때마다 기술 발전이 가속됐다. 그들은 항성 전체를 에워싸고 엄청난 에너지를 수확하는 구를 만들고 항성계 전체 크기만 한 컴퓨터를 구동했다. 퀘이사와 감마선 폭발에서 나오는 에너지를 동력화했다. 그들은 예전에 우리가 여러 대륙으로 퍼져 나갔듯이 여러 은하계를 채웠다. 현실 자체를 엮어 만드는 방법도 배웠다.

그리고 이 공동체는 시간과 공간의 모든 법칙을 터득하자 완성의 슬픔에 빠지고 말았다. 절대 지성은 잃어버린 기원에 존재하던 야영과 목조 기술에 대한 향수에 굴복했다. 그들은 위안을 얻기 위한 장난감을 만들었다. 원시 상태에서 생명이 다시 진화할 수 있는 밀폐된 행성을 수없이 만들었다.

그리고 그런 테라리엄 중 한 곳의 생명이 한 은하계에 있는 항성 수의 2500배에 이르는 시냅스를 가진 생명체로 진화했다고 해 보자. 그런 두뇌를 가졌다 해도 자신들이 가짜로 만들어진 자연 속에 언제까지나 갇혀서 가상의 하늘 밖을 내다보고 있음을 알아내려면 수천 년이 걸릴 것이다. 홀로 유년기에 갇혀 있음을 알기까지는……

페르미 역설에 대한 답변을 모아 놓은 목록에서는 이 답을 '동물원 가설'이라고 부른다. 로빈은 동물원을 역겨워 한다. 지각이 있는 존재가 갇힌 모습을 견디지 못하기 때문이다.

내 부모님은 나를 루터교도로 키웠으나 나는 열여섯 살에 모든 종교심을 잃었다. 평생 동안 나는 한 사람이 죽으면 아름다움, 통찰과 희망, 고통과 두려움을 가리지 않고 그 사람의 1000조에 달하는 시냅스에 저장되어 있던 모든 것이 흩어져 소음이 된다고 믿고 살았다. 하지만 그날 밤 스모키산맥에 친 2인용 천막 속에서 나는 온 세상에서 로빈을 제일 잘 아는 사람에게 탄원할 수밖에 없었다. "얼리사." 십일 년하고 반 년 동안 내 아내였던 사람. "얼리사. 어떻게 해야 할지 말해 줘. 숲속에서 함께 있을 때는 괜찮지만, 로빈을 집으로 데려가기는 두려워."

새벽 세 시, 비가 쏟아졌다. 나는 천막 덮개를 덮으려고 빗속을 뛰어갔다. 로빈은 처음에는 그 난리법석에 무서워하다가, 폭우 속을 뛰어다니더니 까마귀 같은 소리를 내기 시작했다. 로빈은 우리가 어리석은 낙관주의의 대가에 뼛속까지 젖어서 천막 안으로

56

다시 들어올 때까지 계속 웃고 있었다.

"아무래도 덮개를 덮자고 했어야 했나 보다."

'그럴 가치가 있었어, 아빠. 난 그래도 또 열어 놓고 잘 거야!'

"넌 그러겠지. 너와 네 안의 양서류는."

우리는 휴대용 스토브에 오트밀을 데워 먹고 그날 오전 느지막이 야영지를 해체했다. 반대쪽에서 보니 산길이 달라 보였다. 우리는 다시 능선을 타 넘었다. 로빈은 이렇게 늦은 가을에도 얼마나 많은 것들이 아직 자라고 있는지 보고 놀라워했다. 나는 1월에 꽃을 피우려고 기다리는 풍년화를 보여 줬다. 겨울 내내 얼음 위를 지치고 다니며 이끼를 먹는 눈전갈파리*에 대해서도 말해 줬다.

우리는 순식간에 산길의 기점으로 돌아갔다. 나무 사이를 뚫고 이어지는 차도를 보니 마음이 짓밟혔다. 자동차들, 아스팔트, 온갖 규제를 나열한 표지판들. 숲속에서 밤을 지내고 나니 기점에 있는 주차장이 죽음처럼 느껴졌다. 나는 그런 마음을 로빈에게 드러내지 않으려고 최선을 다했다. 아마 로빈도 똑같이 나를 보호하려 하고 있었으리라.

빌린 오두막집으로 돌아가는 길에 차가 막혔다. 나는 고성능 산악자전거를 실은 스바루 아웃백 뒤에 멈춰 섰다. 앞에 멈춰 선 자동차들이 멀리 이어졌다. 동부에 마지막으로 남은 야생의 땅에 굶주린 SUV들이 800미터는 늘어서 있었다.

---

* Snow scorpionfly. 밑들이류 곤충의 하나. 눈밭에 많이 보여서 이렇게 불린다.

나는 옆자리의 승객을 건너다보았다. "이게 뭔지 알아? 곰 구경 때문에 생긴 정체야!" 나는 이 대륙에서 제일 흑곰이 많은 이곳이라면 한 마리쯤 볼 수도 있다고 말했다. "얼른 내려. 길을 따라 걸으면서 한번 봐. 다만 차도에 가까이 붙어서 움직이고."

로빈은 나를 찬찬히 보았다. '진짜로?'

"물론이지! 여기에 널 버리고 가진 않을 거야. 따라잡으면 차를 멈추고 태울게." 그래도 로빈은 움직이지 않았다. "얼른 가 봐, 로비야. 저긴 온갖 사람들이 다 나와 있어. 곰들이 널 해치진 않을 거야."

로빈의 눈빛을 보니 마음이 약해졌다. 그 아이의 걱정거리는 네발짐승이 아니었다. 그래도 아들은 차에서 내려서 비틀비틀, 멈춰 선 차들을 따라 걸어가기는 했다. 나는 이 작은 승리에 기운을 내야 마땅했다.

차량들이 느리게 기어갔다. 사람들은 경적을 울리기 시작했다. 좁은 산길에서 유턴을 하려는 차들도 있었다. 되는대로 차를 갓길에 댄 사람들도 있었다. 그런 차의 승객들은 차량의 사이사이를 돌아다녔다. 사람들이 서로를 다그쳤다. 곰은, 어디 있는데? 어미곰과 아기 곰 세 마리. 저기, 아니, 저기야. 관리인 한 명이 늘어선 차들을 움직이려고 했다. 사람들은 그 여자를 무시했다.

몇 분 후, 나는 군중이 모인 곳에 다다랐다. 사람들이 숲속을 가리키고 있었다. 또 어떤 사람들은 쌍안경에 눈을 대고 있었다. 사람들이 곡사포 같은 렌즈를 낀 카메라를 삼각대 위에 놓고 숲

쪽을 겨눴다. 한 줄로 늘어선 사람들은 자연 앞에 휴대폰을 들이밀었다. 마치 건물 밖에 모여서 어느 회사의 10층 창틀에 올라선 사람을 구경하는 군중 같았다.

그러다가 나에게도 조심스럽게 덤불 속으로 돌아가는 네 마리의 곰 가족이 보였다. 어미 곰은 어깨 너머로 사람들을 건너다보았다. 로빈이 군중 사이에서 엉뚱한 방향을 내려다보는 모습이 보였다. 로빈은 고개를 돌려 나를 보더니 총총히 차로 다가왔다. 도로는 꽉 막힌 상태였다. 나는 차창을 내렸다. "남아서 잘 봐 봐, 로비야."

로빈은 차를 살짝 건드리더니, 올라타서 문을 쾅 닫았다.

"곰 가족 봤어?"

'봤어, 끝내주더라.' 공격적인 목소리였다. 로빈은 앞쪽을, 아직도 우리 앞에 서 있는 스바루 아웃백을 노려보았다. 나는 일이 터지겠구나 하는 예감을 느꼈다.

"로비야, 뭐가 문제야? 무슨 일 있었어?"

로빈은 고개를 반대쪽으로 돌리면서 외쳤다. '아빠는 못 봤어?'

로빈은 무릎에 올린 두 손을 노려보았다. 나도 괜히 더 밀어붙이지 않는 쪽이 좋다는 정도는 알았다. 구경거리가 사라지자 겨우 차들이 움직이기 시작했다. 로빈은 1킬로미터쯤 가서 다시 말했다.

'분명히 우리를 정말 미워할 거야. 아빠라면 괴물 쇼의 스타가 되는 기분이 어떻겠어?'

로빈은 차창 너머로 구불구불 이어지는 강을 보았다. 그리고 몇 분 후에 말했다. '왜가리다.' 아무 감정도 담기지 않은 진술이었다.

나는 3킬로쯤 달릴 때까지 내리 기다렸다. "알겠지만 곰들은 아주 영리해. 우르수스 아메리카누스, 아메리카 흑곰 말이야. 어떤 과학자들은 호미니드*만큼 영리하다고도 하지."

'더 똑똑해.'

"그걸 네가 어떻게 알아?"

우리는 공원을 빠져나와서, 오락 경제의 집중 폭격지 한가운데를 달리고 있었다. 로빈은 두 손으로 그 증거를 가리켰다. '곰들은 이런 짓 안 하니까!'

우리는 사탕 가게와 햄버거 매대, 튜브 대여점, 염가 판매점, 범퍼카 놀이터를 지나쳤고 방문객 센터를 지나 왼쪽으로 꺾어서 다시 언덕 위 우리의 오두막으로 향했다. "저들은 그냥 외로운 거야, 로빈."

로빈은 마치 내가 지성체이기를 포기하겠다고 선언이라도 했다는 듯이 쳐다보았다. '무슨 소릴 하는 거야? 곰들은 외롭지 않았어. 역겨워했다고.'

"소리는 지르지 마라, 알았지? 곰들 이야기가 아니야."

어리둥절해서인지 로빈의 기세가 잠시 둔해지기는 했다.

---

* 사람, 고릴라, 침팬지, 오랑우탄 등의 대형 유인원류.

'인간이 외로운 건 우리가 얼간이라서야. 우린 저들에게서 모든 걸 훔쳤어, 아빠.'

로빈의 뻣뻣해진 손가락이며 경련하는 입술, 목 주변에 올라오는 자줏빛 기운까지 사방에 경고 신호가 떴다. 몇 분만 더 있으면 지난 며칠 동안 얻은 평화가 다 무산될 예정이었다. 나에겐 상처 입어 지르는 비명과 발작을 두 시간이나 견딜 힘이 없었다. 지난 몇 년간의 경험이 지금 다른 곳으로 주의를 돌려야 한다고, 그것이 최선의 방책이라고 가르쳐 주고 있었다.

"로비, 들어 봐. 앨런 망원경 집합체에서 내일 기자 회견을 열어 반론의 여지없는 외계 지성체의 증거를 발견했다는 것을 선언한다고 해 보자."

'아빠.'

"지구상에서 가장 흥미진진한 하루가 되겠지. 그 선언 하나가 모든 것을 바꿀 거야."

로빈은 경련을 멈췄지만, 아직도 역겨워하고 있었다. 그러나 보통 열 번에 아홉 번은 호기심이 역겨움을 이겼다. '그래서?'

"그래서…… 그 사람들이 기자 회견을 열고 외계 지성체가 스모키 전역에서 발견되었다고 하면…….'

'세상에나……!' 로빈의 두 손이 허공을 찔렀다. 하지만 내가 성공적으로 생각의 방향을 바꿔 놓기는 했다. 로빈 특유의 생각에 골몰하는 눈빛이 번득였다. 로빈의 입은 분개하면서도 흥미로움으로 실룩거렸다. 휴대폰을 높이 들고 길가에 늘어서 있던 사람들이 가까스로 우리 종족으로 되돌아왔다. 이제는 로빈도 이해했다. 우리 인간은 동반자를 죽도록 원했다. 우리는 외계와의 접촉에 너무나 간절한 나머지, 조금이라도 영리하고 사람 손을 타지 않은 존재를 찰나라도 보기 위해 몇 킬로미터씩 차를 세워 둘 수도 있는 종이었다.

"누구도 혼자이고 싶어 하진 않아, 로비."

결국 연민이 올바름과 싸우다가 졌다. '예전에는 그런 존재가 사방에 있었어, 아빠. 우리가 괴롭히기 전에는. 우리가 모든 것을 빼앗았잖아! 외로워져도 싸.'

그날 밤 우리는 팔라샤로 갔다. 너무나 어두워서 찾아낸 것도 행운인 행성이었다. 팔라샤는 태양이 없는 고아 행성으로 빈 우주 공간을 떠돌았다. 예전에는 자기 태양이 있었지만 고향 항성계가 골치 아픈 젊은 시절을 보내는 동안 쫓겨나고 말았다. "아빠가 학교에 다닐 때는 아무도 그런 행성들에 대해 말하지 않았어. 지금은 그런 떠돌이 행성이 어쩌면 항성보다 더 많을 수도 있다고 생각해."

우리는 시간이 흐르지 않는 밤과 절대 0도보다 몇 도 위의 기온을 가진 팔라샤가 성간의 공허 속을 떠도는 모습을 지켜보았다.

'우리 왜 여기 온 거야, 아빠? 우주에서 제일 죽은 곳인데.'

"내가 네 나이 때에는 과학계도 그렇게 생각했지."

모든 믿음은 시간이 지나면 맞지 않게 된다. 우주의 첫 번째 교훈은 절대로 한 가지 사례만 가지고 판단하지 말라는 것이다. 사례가 하나밖에 없다면 또 모르지만. 그 경우라면, 다른 사례를 찾아야 한다.

나는 두꺼운 온실형 대기와 뜨겁게 열을 내뿜는 핵을 가리켰다. 커다란 위성으로 인한 조석 마찰이 어떻게 행성을 구부리고 꼬집고, 나아가서는 따뜻하게 만드는지 보여 줬다. 우리는 팔라샤의 지표면을 만져 보았다. '따뜻하네!' 신이 난 아들이 말했다.

"물의 녹는점보다 높아."

'텅 빈 우주 한가운데에서 말이지! 그렇지만 태양이 없어. 식물도 없고. 광합성도 없어. 아무것도 없어.'

"생명은 온갖 것들을 다 먹을 수 있어." 나는 아들의 기억을 돌이켰다. "그리고 빛은 그중 하나일 뿐이야."

우리는 팔라샤의 대양 밑바닥, 화산층 속으로 들어갔다. 우리가 머리에 단 램프로 제일 깊은 해구 속을 비추자, 로빈이 숨을 들이켰다. 사방에 생물이 있었다. 하얀 게와 조개들, 자주색 서관충과 살아 움직이는 휘장들. 이 모두가 열수 분출공에서 새어나오는 열기와 화학 성분을 먹고 살았다.

로빈은 질릴 줄을 몰랐다. 미생물과 벌레와 갑각류들이 새로운 기술을 익히고, 먹이를 먹고, 해저를 가로질러 주위 물속으로 영양분을 퍼뜨리는 모습을 계속 지켜보았다. 한 시기가, 시대가, 영겁이 지나갔다. 팔라샤의 대양에 가득 찬 온갖 별난 형태의 생물들이 헤엄을 치고 상대를 피하고 술책을 썼다.

"이제 그만해야겠다." 내가 말했다.

하지만 로빈은 계속 보고 싶어 했다. 분출구에서 열수가 뿜어져 나오다가 식었다. 물의 흐름이 달라졌다. 작은 격변과 지역 참사들은 신중한 생물들에게 더 유리했다. 고착성 만각류들이 자유 유영 동물로 변하고, 유영 동물들은 예측력을 발전시켰다. 이 순례하는 모험가들은 새로이 살 곳을 개척했다.

내 아들은 푹 빠져 있었다. '10억 년이 더 지나면 무슨 일이 일어나?'

"다시 와서 봐야지."

우리는 캄캄한 행성에서 떠올랐다. 팔라샤가 우리의 발 아래로 작아지더니, 순식간에 멀어져 보이지 않게 되었다.

'대체 어떻게 이런 데를 찾아낸 거야?'

그거야말로 이야기가 초현실적이 되는 지점이다. 훨씬 운이 좋은 어느 행성의 느리고, 약하고, 무방비에 서툴기까지 한 생물 계통이 몇 번의 멸종 위기에도 불구하고 살아남아 버티다가 우주 어디에서든 중력이 빛을 구부린다는 사실을 발견하다니. 우리는 그럴싸한 이유도 없이 정신 나갈 정도로 큰 비용을 들여서, 몇십 광년 너머에서 이 작은 천체가 만들어 내는 별빛의 작디작은 구부림을 볼 수 있는 도구를 만들었다.

'관둬.' 아들이 말했다. '아빠가 지어내는 거지.'

우리는, 우리 지구의 아이들은 실제로 그랬다. 나아가면서 이 야기를 지어내고, 그런 다음 온 우주가 볼 수 있게 그 내용을 증명 했다.

우리는 동틀녘에 출발했다. 로빈은 해가 뜰 때 상태가 제일 좋 았다. 그 점은 아침을 먹기도 전에 수십 개의 비영리적인 위기를 해결할 수 있었던 제 엄마를 닮았다. 그날 아침 로빈은 추방마저 도 모험으로 받아들일 태세였다.

우리가 떠날 때 나라가 워낙 불안했던 데다가, 며칠 동안 띄엄 띄엄 소식을 접했더니 세상에 다시 나오면 무엇이 기다리고 있을 지 걱정스러웠다. 나는 테네시주를 벗어날 때까지 기다렸다가 뉴 스를 켰다. 그리고 헤드라인 두 개만 듣고 바로 후회했다. 허리케 인 트렌트의 시속 160킬로미터짜리 바람이 롱아일랜드의 사우스 포크 상당 부분을 바다로 되돌려 보냈다. 미합중국과 중국의 함 대는 하이난섬에서 핵을 가지고 술래잡기를 하고 있었다. '바다의 아름다움'이라는 이름의 갑판 18개짜리 유람선이 안티구아섬 세

65

인트존스시 근처에서 폭발하여 승객 수십 명이 죽고 수백 명이 부상을 입었는데 이를 본인들이 했다고 주장하는 그룹이 몇 개 있었다. 필라델피아에서는 소셜미디어 상호 공격의 부추김을 받은 '트루 아메리카' 의용군이 HUE* 시위를 공격하여 세 사람이 죽었다.

나는 채널을 바꾸려 했지만, 로빈이 반대했다. '우린 알아야 해, 아빠. 그게 훌륭한 시민 의식이야.'

그럴지도 몰랐다. 심지어는 그게 훌륭한 양육 방식일지도 몰랐다. 아니면 로빈이 그런 뉴스를 계속 듣게 두는 것이 어마어마한 판단 실수였는지도 몰랐다.

샌퍼낸도 협곡에서 3000가구를 태운 산불 뉴스에 이어, 대통령이 나무를 탓하고 있었다. 대통령의 행정 명령은 국유림 20만 에이커의 나무를 자르라는 것이었다. 심지어 다 캘리포니아에 있는 숲도 아니었다.

'미쳤어!' 아들이 외쳤다. 나는 굳이 그런 말을 쓰지 말라고 바로잡지 않았다. '저럴 수 있는 거야?'

뉴스 아나운서가 대신 답해 주었다. 국가 안보라는 이름으로 대통령은 거의 무슨 일이든 할 수 있었다.

'대통령은 쇠똥구리야.'

"그런 말 하지 마라."

'맞잖아.'

---

* 가상의 단체 이름

"로빈, 내 말 들어. 그렇게 말하면 안 돼."

'왜 안 돼?'

"이젠 그런 말을 했다고 널 감옥에 넣을 수 있으니까. 지난달에 얘기했던 거 기억하지?"

로빈은 훌륭한 시민 의식에 대해 다시 생각하며 좌석에 등을 기댔다.

'아무튼 대통령은 그거야. 뭔지 알지? 모든 걸 망가뜨리고 있어.'

"알아. 하지만 그런 말을 큰 소리로 할 순 없어. 게다가. 넌 아주 부당한 비유를 하고 있어."

로빈은 어리둥절해서 나를 보다가, 이 초쯤 후에 환상적으로 활짝 웃었다. '맞네! 쇠똥구리는 멋진 곤충이지.'

"쇠똥구리가 머릿속에 든 은하수 지도로 길을 찾는다는 거 알고 있어?"

로빈은 입을 헤벌리고 나를 보았다. 지어내기엔 너무 이상한 소리라서였다. 집에 갔을 때 로빈은 주머니 속에서 수첩을 꺼내더니 내 말이 사실인지 확인해 보려고 적었다.

점차 낮아지는 켄터키주의 산들을 거치고, 크리에이션 뮤지엄

67

과 아크 인카운터*를 지나쳐, 어떤 종류의 과학에도 별 필요가 없는 땅들을 통과하면서 우리는 『앨저넌에게 꽃을』**을 들었다. 이 작품은 내가 열한 살 때 읽은 소설이다. 내가 소장한 2000권의 SF 중에서 첫 번째 책이기도 하다. 어느 중고 서점에서 샀는데, 염가판 페이퍼백 표지에는 쥐와 인간을 반씩 섞은 소름끼치는 얼굴이 그려져 있었다. 내 돈으로 그 책을 사자 어른이라는 암호를 깬 기분이었다. 그 책을 손에 쥐고 펼치면 웜 홀을 타고 다른 지구로 갈 수 있었다. 작고, 가볍고, 휴대 가능한 평행 우주들은 결과적으로 내가 이 삶에서 수집한 유일한 것이었다.

앨저넌이 나를 과학의 길로 이끈 시작점은 아니었다. 그보다는 "바다 원숭이", 그러니까 놀라운 휴면 상태로 나에게 배송된 브라인슈림프***가 시작점이었다. 나는 지금의 로빈 나이일 때에 이미 브라인슈림프의 부화율에 대한 첫 번째 데이터 세트를 표로 만들었다. 하지만 앨저넌은 원생 상태에 있던 나의 과학적 상상력을 일깨웠고, 나는 나와 같은 크기의 무언가에게 실험을 하고 싶어졌다. 그 소설을 읽은 지 수십 년이 지났고, 열두 시간을 운전한다면 로빈과 함께 다시 듣기 딱 좋다 싶었다.

로빈은 그 이야기에 빨려 들어갔다. 자꾸만 오디오북을 멈추게 하고 내게 질문을 던졌다. '앨저넌이 변하고 있어, 아빠. 말이

---

*   노아의 방주 테마파크.
**   지적장애였던 주인공이 실험을 통해 천재가 되어 겪는 일을 그린 소설.
***   갑각류, 사육하는 바다 물고기의 먹이로 쓰인다.

거창해지는 거 들려?' 그리고 잠시 후에는 물었다. '이거 진짜야? 그러니까, 언젠가는 정말로 이런 일이 가능해?'

나는 무엇이든 언젠가, 어딘가에서는 진짜로 이루어질 수 있다고 대답했다. 그게 실수였는지도 모른다.

인디애나주 남부의 길고 긴 공장식 축산 농가들에 이르렀을 즈음 로빈은 이야기에 푹 빠져서, 가끔 환호하거나 야유하는 정도 외에는 논평을 하지 않았다. 우리는 쭉쭉 달렸고, 로빈은 몸을 앞으로 내밀고 대시 보드에 한 손을 올린 채로 창밖을 내다보는 것마저 잊고 귀를 기울였다. IQ가 위험한 수준으로 높아진 주인공 찰리 고든 못지않은 속도로 시냅스를 발생시키는 중이었다. 로빈은 찰리가 동료들에게 거부당하자 얼굴을 일그러뜨렸다. 실험에 나선 과학자 니머와 스트라우스의 애매한 도덕성에는 너무나 상처받은 나머지, 내가 숨 쉬라고 일깨워 줘야 할 정도였다.

앨저넌이 죽자, 로빈은 오디오북을 멈추게 했다. '정말로?' 로빈은 그 사실을 이해하지 못했다. '쥐가 죽었어?' 아이의 얼굴을 보니 이야기를 아예 그만 듣고 싶은 마음이 넘실거렸다. 하지만 아들이 아직 간직하고 있던 순수는 앨저넌에 의해 거의 끝장난 후였다. 마음의 눈이 두 가지 곤혹에 빠졌다. 빛에서 벗어나는 곤혹과 빛 속으로 들어가는 곤혹.

"그게 무슨 의미인지 알겠어? 앞으로 일어날 일을 알겠어?" 하지만 로빈은 찰리에게 닥칠 결과를 보지 못했다. 신경도 많이 쓰지 않았다. 나는 오디오북을 다시 틀었다. 일 분 후, 로빈이 또 이야기를 멈추게 했다.

'하지만 그 쥐는, 아빠. 지, 지, 지, 쥐는!' 로빈의 목소리는 더 작아졌고 어린아이처럼 앵앵거렸다. 그러나 깊이 들여다보지 않아도 그것은 슬퍼하는 척이 아니라 진짜였다.

우리는 밤을 보내기 위해 일리노이주 어바나-샴페인 근처의 어느 모텔에 멈췄다. 로빈은 이야기가 끝날 때까지 자지 않으려 했다. 침대에 누워서 스핑크스와도 같은 극기를 발휘하며 찰리의 마지막 쇠퇴를 견뎌 냈고, 마지막에 이르자 고개를 끄덕이더니 불을 끄라는 몸짓을 했다. 내가 어떻게 생각하느냐고 묻자 로빈은 그저 어깨만 으쓱였다. 진짜 반응은 어둠 속에서 겨우 흘러나왔다.

'엄마는 이 이야기 읽은 적 있어?'

그 질문은 예상치 못한 공격이었다. "모르겠구나. 읽었을 거야, 아마. 이 소설은 고전이거든. 왜 그걸 묻니?"

'왜라고 생각해?' 로빈의 질문은 아마 녀석의 의도보다도 더 날카로웠다. 다시 입을 열었을 때는 후회하는 듯 보였다. 로빈은 빛 속으로 들어가고 있거나, 빛에서 벗어나고 있었다. 어느 쪽인지는 알 수 없었다. '알잖아. 그 쥐 말이야, 아빠. 그 쥐.'

내가 로빈을 학교에 돌려보내겠다고 약속한 바로 그날, 우리는 정오가 조금 지났을 때 매디슨에 도착했다. 나는 로빈이 사전 고지 없이 결석했는데 알고 계시느냐는 (예, 아니요로만 대답해 주세요.) 자동 문자를 받았다. 그러니 곧장 학교에 데려다줘야 마땅했다. 하지만 어차피 수업이 끝날 때까지 몇 시간 남지도 않았고, 나는 아이를 이해하지 못하는 사람들에게 아이를 넘겨줘야 할 때면 늘 느끼던 기분에 사로잡혔다. 로빈을 조금만 더 내가 독차지하고 싶었다.

나는 로빈을 캠퍼스에 데려갔다. 일주일이나 떠나 있다가 들어가려니 두려웠다. 쌓여 있는 우편물을 챙기고 나서, 내가 없을 때 학부생 수업을 맡아 가르치는 조교 진징에게 연락했다. 진징은 마치 선전*에 두고 온 어린 남동생을 대하듯 로빈에게 관심을 기울였고 로빈을 데려가 운석 진열장과 카시니호**에서 보낸 사진들을 보여 주었다. 나는 그 기회를 틈타 내 동료이자 내가 질질 끌고 있는 논문의 공저자 칼 스트라이커에게 호되게 야단을 맞았다. 중력 렌즈***로 발견된 외계 행성에서 생명 지표 기체를 탐지하는 논

---

* 深圳(심천). IT 기업들이 밀집해 있는 중국의 실리콘밸리.
** 유럽과 미국 공동 프로젝트로 발사한 토성 탐사선.
*** 무거운 질량을 가진 천체로 인해 배경 빛이 구부러져 마치 렌즈를 통과하는 것처럼 보이는 현상.

문이었다.

"MIT가 우릴 추월할 거야." 스트라이커가 말했다. 물론 그랬다. MIT 아니면 프린스턴, 아니면 EANA*가 언제나 우리를 앞지르고 있었다. 누구든 그냥 과학을 하는 정도로는 부족했다. 모든 것이 가장 앞서기 위한, 직업상의 입신을 위한, 줄어만 가는 연구비와 투쟁하며 노벨상으로 향하는 복권을 위한 경주였다. 사실 스트라이커와 내가 스웨덴에서 상을 받는 일은 영영 일어나지 않을 터였다. 그러나 지속적인 연구비만 받아도 어딘가. 그런데 나는 논문에 넣을 모델 데이터 개선에 실패해 연구비를 위태롭게 만들고 있었다.

"또 그 녀석 일이야?" 스트라이커가 물었다.

나는 '걔한텐 이름이 있어, 얼간아.'라고 말하고 싶었다. 하지만 나는 맞다고, 아들 일이라고 하면서 동료에게 조금만 여유를 달라고 소리 없이 간청했다. 스트라이커에겐 나를 봐줄 여유가 별로 없었다. 십오 년 전에는 외계 행성 노다지 덕분에 연구비 지급 단체들은 마치 르네상스 궁정이 범선을 타는 모험가들에게 그랬듯 우주생물학에 관대하게 굴었다. 그러나 이제 지구는 전보다 불안해졌고, 연구비의 풍향도 달라졌다.

"월요일까지는 수정본이 나와야 해, 시오. 진심이야."

나는 월요일까지라면 할 수 있다고 대답했다. 그리고 스트라

---

* 유럽 천체 생물학 네트워크 협회.

이커의 사무실을 나서면서, 만약 내가 결혼을 하지 않았더라면 이 신생 분야에서 내 커리어가 어떻게 되었을까 생각했다. 조금 더 운이 좋았을 수도 있겠지. 하지만 존재하는 그 무엇도 얼리사와 로빈만큼 행운일 순 없었다.

✧

먼시에서 자란 어린 시절, 나는 나름의 작은 영겁 같은 지옥을 겪었다. 어디나 지옥이었다. 고맙게도 자세한 부분은 이제 흐릿하다. 나는 빠르게 성장했다. 내 어머니는 대충 계산해도 여섯 가지의 다른 인격을 품고 있었고, 그중 절반은 나와 나의 두 누나에게 제대로 해를 끼칠 수 있었다. 아버지가 진통제를 쓰는 느린 자살에 돌입했을 무렵에 나는 이미 비명 지르기를 그만두고 방에 앉아서 패닉에 빠진다는 더욱 힘든 취미 생활을 누리고 있었다.

내가 열세 살 때, 아버지는 우리를 박박 씻겨 횡령죄를 선고받는 동안 법정에 앉아 있게 했다. 그 꾀가 통했는지 아버지는 8개월 형밖에 받지 않았다. 하지만 우리는 집을 잃었고, 아버지는 두 번 다시 최저 임금 이상을 받지 못하게 되었다. 통 속의 뇌, 다이슨 구체, 생태 건축학, 유령 같은 원격 작용*, 아프로퓨처리즘**, 레트로-펄프 그리고 프사이 머신들***이 아니었다면 나는 도저히 그 시절을 견뎌 내지 못했을 것이다. 알파 빔부터 오메가 포인트까지, 나는 무한히 다양한 시나리오를 낳아 내가 사는 은하계 변방의 작은 바윗덩이를 웃음거리로 만들어 주는 평행 세계 속에 살았다. 합의된 현실이 망망대해에 뜬 자그마한 산호섬에 불과하다면, 그렇기만 하다면 아무것도 나를 해칠 수 없었다.

고등학교 졸업 무렵에 나는 주정뱅이 커리어 견습생으로 승승장구하고 있었다. 지옥의 동반자이자 가장 친했던 친구 두 명은 나를 미친개라고 불렀다. 놀랍게도 나는 감옥에 가지 않고 졸업했다. 아마 어머니의 몇몇 인격이 전자 오르간 회사에서 비서로 일한 덕에 나온 장학금이 아니었다면 대학도 가지 않았을 것이다. 사실 그것도 여름에 "스트레이트 플러시가 풀 하우스를 이긴다."****가 슬로건인 어느 회사의 정화조 청소를 하는 것보다는 대학에 가는 게 나을 것 같아서 갔다.

나는 주 남부 지역의 공립 학교를 다녔다. 그곳에서 필수 일반교양을 듣기 위해 강의 목록에서 아무렇게나 고른 것이 생물학개론이었다. 그 수업은 카차 맥밀리언이라는 박테리아 학자가 가르쳤는데 원통 같고 황새 비슷하면서 심하게 노쇠한 에설 머그

---

* 양자 얽힘에 대해 아인슈타인이 썼던 표현.
** 아프리카(Afro-)와 미래주의(futurism)의 합성어. 아프리카계를 중심으로 한 새로운 문화 철학.
*** SF에 나오는 상상 속의 기계 장치들.
**** 포커 용어에 플러시는 수세식 변기의 물 내림을 뜻하기도 한다는 점을 얹은 말장난.

스* 같은 여성이었다. 하지만 그분은 월요일, 수요일, 금요일이면 불타는 열정으로 400명의 학부생 앞에 섰다. 몇 주씩 계속해서 생명이 무엇을 할 수 있는지 우리가 전혀 모른다는 사실을 알려 줬다.

수명의 반쯤 살다가 전혀 알아볼 수 없는 모습으로 스스로를 재조직하는 생물들이 있었다. 적외선을 보고 자기장을 감지하는 생물들이 있었다. 주변 여론 조사를 근거로 성별을 바꾸는 생물들이 있었고, 정족수를 감지하여 집단 행동을 하는 단세포도 있었다. 강의를 들으면 들을수록 분명해졌다. 《어스타운딩 스토리스》** 도 맥밀리언 박사에 비하면 아무것도 아니었다.

학기가 거의 끝나가는 12주 차, 수업의 진도는 박사가 사랑하는 생물들에 도달했다. 혁명이 진행 중이었고, 맥밀리언 박사는 바리케이드 위에 서 있었다. 연구자들은 과학적인 관점에서 생명이 살 수 없다고 알고 있던 곳에서 생명을 찾아내고 있었다. 생명은 끓는점 위에서나 어는점 아래에서도 삶을 살아내고 있었다. 생명은 예전에 맥밀리언 박사를 가르쳤던 교수들이 너무 소금기가 많아서, 너무 산성이 강해서, 너무 방사능이 강해서 어떤 생물도 생존할 수 없다고 했던 곳에도 잠복했다. 생명은 저 높은 우주 끝을 집으로 삼았고, 단단한 바위 속 깊은 곳에도 살았다.

나는 강당 뒤편에 앉아서 생각했다. '내가 있을 곳을 찾았어. 드디어.'

---

* 만화 출판사 아치 코믹스에 자주 등장하는 캐릭터 이름.
** 과거 미국의 SF계를 대표하던 잡지.

맥밀리언 박사는 여름 현장 원정에 나를 조수로 고용했다. 누군가가 우연히 발견한 휴런 호수 아래 싱크홀 속 이질적인 생명체를 연구하는 여행이었다. 그것들은 이 행성에서 가장 기이하게 창의적인 생명체로 꼽을 만했는데, 지킬 박사와 하이드 씨처럼 무산소 생명체였다가 맛 좋은 유황이 떨어지면 산소 호흡 광합성 생명체로 변했다. 맥밀리언 박사의 양극성 극한 미생물 속 이상한 생화학은 생명이 어떻게 적대적인 행성을 장악하고 그 환경을 좀 더 생명에 좋은 곳으로 빚어내는지를 암시했다. 맥밀리언 박사 밑에서 일한다는 건, 어떤 날씨에서건 바깥에 있기를 좋아하는 남자에게는 그 자체로 꿈이나 다름없었다.

맥밀리언 교수의 부풀린 추천서 (거의 예측이지만 그래도 대체로는 정확하다고, 본인은 그렇게 말했다.) 덕분에 나는 워싱턴 대학에 조교직을 얻었다. 시애틀은 내가 가 본 중에 가장 좋은 곳이었고, 가만히 있기와 이것저것 쳐다보기라는 내 재주를 감안하면 낯설수록 더 좋았다. 미생물학 프로그램은 탄탄했고, 극한 미생물 쪽 사람들은 나를 친족처럼 가까이 받아들였다.

나는 지구가 거대한 스노볼처럼 얼어붙을 경우 빙하와 바다 사이에서 산소를 공급받아 녹은 물이 어떻게 유기체를 살려 두는지를 모델링하는 다학제 팀에 합류했다. 우리의 모델에 따르면, 그 가느다란 생명의 조각은 고통스러울 정도로 긴 시간에 걸쳐 스노볼 행성이 다시 바쁘게 돌아가는 정원으로 돌아가는 데에 도움을 줬다.

내가 공부를 하는 동안, 멀리 떨어진 곳에서는 미친 일들이 일어났다. 태양계 전역으로 날아간 장비들에서 데이터가 돌아왔다. 다른 행성들은 예상을 넘어선 야생의 상태였다. 목성과 토성의 위성들은 의심스러울 정도로 매끄러운 표층 아래에 액체 상태의 바다를 숨긴 것으로 밝혀졌다. 모든 지구 우월주의가 몰락하기 시작했다. 우리는 이제까지 하나의 샘플로만 추론하고 있었던 것이다. 생명은 지표면의 물을 필요로 하지 않는지도 몰랐다. 아예 물이 필요하지 않을 수도 있었다. 아예 지표가 필요하지 않을 수도 있었다.

나는 인류의 거대한 사고 혁명기를 지나고 있었다. 몇 년 전만 해도 대부분의 천문학자는 평생 태양계 바깥에 있는 행성을 발견할 수 없으리라 생각했다. 내가 대학원을 반 정도 다니는 사이 여덟, 아홉 개 정도만 그 존재가 알려져 있던 외계 행성은 수십 개, 수백 개로 늘어났다. 처음에는 주로 거대 가스행성이었다. 그러다가 케플러가 발사되었고, 지구는 쇄도하는 행성들 속에 잠겼다. 그중에는 우리보다 크지 않은 행성들도 있었다.

한 학기가 지날 때마다 우주가 변했다. 사람들은 까마득히 먼 별빛 속에서 극미한 변화를, 백만분의 몇 정도 밝기 감소를 보고 별 앞을 지나며 빛을 가리는 보이지 않는 천체들을 계산했다. 거대한 항성들의 움직임 속에 일어난 작디작은 흔들림, 그러니까 항성의 속도에 일어난 초당 1미터 이하의 변화가 그 항성을 잡아당기는 보이지 않는 행성들의 크기와 질량을 드러냈다. 이런 측량의 정밀함은 믿을 수 없는 수준이었다. 그것은 마치 자를 가지고 그 자가 사람 손의 열기 때문에 팽창하는 정도보다 백 배 작은 길이를 측량하려는 것과 같았다.

그럼에도 우리는 해냈다. 우리 지구인들은.

사방에 새로운 서식지들이 나타났다. 아무도 따라잡을 수 없을 정도였다. 사람들은 뜨거운 목성들과 작은 해왕성들, 다이아몬드 행성과 니켈 행성들, 작은 가스행성과 거대 얼음행성들을 찾아내고 있었다. K형과 M형 별의 생존 가능 지대에 자리한 거대 지구들은 우리의 지구만큼이나 생명의 불꽃에 적합해 보였다. 골디락스 존이라는 아이디어 전체가 크게 한 방을 먹었다. 우리가 지구의 가장 가혹한 환경에서 찾아낸 생명체라면 온 우주에 우후죽순 나타난 행성들 중 많은 곳에서 쉽사리 번성할 수 있었다.

나는 어느 날 아침에 깨어나서 침대에 누운 내 몸을 내려다보았다. 옛 스승인 맥밀리언 박사가 새로운 고세균 종을 가늠해 볼 때처럼 나 자신을 보았다. 나는 내 출신과 성품, 나의 실패와 능력의 총합을 재어 보고 이 거대한 실험 속에서 내가 맡은 작은 역할이 끝나기 전에 무엇을 하고 싶은지 깨달았다. 나는 엔셀라두스와 유로파와 프록시마 센타우리b*에 방문할 것이다. 최소한 분광학을 통해서는 찾아갈 것이다. 그곳 대기의 역사와 전기를 읽어 내는

---

* 엔셀라두스는 토성의 위성, 유로파는 목성의 위성 중에서 얼음 표면 밑에 거대한 바다가 있다는 증거가 다수 발견되었다. 프록시마 센타우리b는 태양계와 가장 가까운 항성계에서 생명거주가능영역을 돌고 있는 외계 행성이다.

방법을 배울 것이다. 그리고 그 먼 공기 바닷속을 촘촘히 훑어서 호흡을 하는 존재의 흔적이 있다면 아무리 작아도 찾아낼 것이다.

✧

박사 과정을 끝내 가던 어느 날이었다. 한 주 동안 현장 표본 조사를 하고 돌아와 캠퍼스 컴퓨터실에 앉은 나는 옆자리에 정신 없지만 상냥한 여자가 앉아 대학 파일 시스템의 골치 아픈 부분을 붙잡고 씨름하고 있는 것을 보았다. 우연히도 나는 그 해결 방법을 알고 있었다. 그 여자는 내 쪽으로 몸을 기울이고 한 가지 도움을 청했는데, 나중에 알고 보니 전에 없던 일이었다. 그 진지한 입에서 튀어나온 첫 마디는 '혹시 그, 그, 그······.'로 어딘가에 심하게 걸려 나왔고, 본인조차도 자기의 말더듬증에 놀랐다.

여자는 겨우 단어를 뱉어 내고, 그다음엔 문장을 말했다. 나는 소소한 디지털 마법을 부려 문제를 해결했다. 여자는 동물 보호법 수업에 낙제할 위험에서 구해 줘서 고맙다고 했다. 세 번째 문장을 말할 즈음에는 말더듬증이 가라앉았다. '혹시 무엇이 법적 잔인함을 구성하는지에 대해 충고가 필요해진다면, 언제든 내가 도와줄게요.'

그 여자의 모든 면이 마치 미리 브리핑이라도 받은 것처럼 친숙했다. 입은 언제든 말하다가도 중단할 것처럼 오므리고 있었다. 적갈색 머리는 가운데에서 가르마를 탔다. 정수리는 내 어깨쯤 왔다. 아담한 몸을 마치 시합 시작 신호가 울리기 전의 달리기 선수처럼 유지했다. 사방을 도전으로 여겼다. 그 여자는 어떤 예견처럼, 여기로 오고 있는 도중의 무엇처럼 느껴졌다. '작지만 행성 같은' 사람. 내가 사랑하는 시인 네루다도 나와 같은 순간에 사랑에 빠졌을 것 같았다.

여자는 밀스펙 하이킹 부츠를 신고 초록색 조끼를 입고 있어 샤이어*에서 온 어떤 존재처럼 보였다. 나는 하나뿐인 선택지에 달려들었다. "난 산후안 제도에서 일주일을 보내고 막 돌아왔어요." 그러자 여자의 얼굴이 밝아졌다. 내가 혹시 우리 현장을 보고 싶느냐고 물어볼 용기를 짜내는 사이에도 여자의 입술은 반은 찡그리고 반은 히죽거리는 특유의 트레이드마크 표정을 자아내고 있었다. 담갈색 눈 주위에 웃음 주름이 팬 얼굴로 내게 말했다. '난 며칠이든 샤워 없이 지낼 수 있어요.' 말더듬증은 온데간데없었다.

나는 몇 달이 지나서야 내 행운을 받아들일 수 있었다. 대부분의 사람들이 잠을 좋아하는 그 이상으로 하이킹을 좋아하는 다른 사람을 만나다니. 그렇게 생긴 여자가 라틴어 명명법에 흥분한다는 사실에는 멈칫할 지경이었다. 그 무엇보다 괴상한 행운으로,

---

* 「반지의 제왕」의 호빗 마을.

그 여자는 내 농담에 환한 웃음을 터뜨렸다. 심지어 나도 내가 농담을 하고 있는 줄 몰랐을 때마저.

우리의 조화는 딱 맞지 않으면서도 훌륭했다. 나는 그 사람에게 체력을 선사하고, 호기심을 채워 주었다. 그 사람은 나에게 낙관주의와 새로운 식성을 가르쳤다. (비록 채식이긴 했지만.) 그건 운명이었다. 주사위를 굴려서 십 분 후였다면, 아니면 세 자리 너머에서 컴퓨터 화면을 보고 있었다면 깊은 우주에서 온 미발견 신호로 남았을 낯선 이로 인해 인생이 변화한다는 건.

내가 박사 학위를 따는 사이 얼리사도 법학 박사 과정을 마쳤다. 우리의 행운은 계속 이어졌다. 우리 둘 다 예상하지 못한 같은 도시에 괜찮은 직장을 얻었다. 치즈랜드의 매드타운.* 유덥**에서 유더블유***로. 우리 둘 다 그렇게 빨리 이 동네에 녹아들 줄은 예견하지 못했다. 우리는 매디슨을 사랑했고, 의견이 달라지는 부분은 동쪽이 더 좋은지 서쪽이 더 좋은지 정도였다. 우리는 캠퍼스에서

---

* 위스콘신주 매디슨의 별명.
** U Dub. 워싱턴 대학을 가리키는 속어.
*** U Double U(UW). 위스콘신 대학.

운동 삼아 걸어갈 만한 모노나 호수 근처에서 살 집을 찾았다. 조금 볼품없고, 조금 낡은 소나무를 짜서 만든 전형적인 중서부식 주택으로 여러 번 수리했으며 천창의 비막이 주변으로 물이 새긴 하지만 좋은 집이었다. 우리 둘에게는 딱 알맞았고, 나중에는 셋 모두에게 아늑한 집이 되었다. 정작 다시 둘이 살게 되자 휑뎅그렁해졌지만.

얼리사는 정력이 넘쳐서, 이 주에 한 번씩 이 나라에서 가장 앞서가는 동물권 NGO 단체를 위해 충분한 연구가 뒷받침된 상세 활동 계획을 내놓으면서도 남은 시간에 수없이 많은 외교적인 이메일과 보도 자료를 날렸다. 사 년 만에 얼리사는 그럭저럭한 기금 조달자에서 중서부 책임자로 승진했다. 비스마르크부터 콜럼버스까지 모든 주 의원들이 얼리사를 두려워하고 존경했다. 내 아내는 다채로운 욕설과 조롱 섞인 환호를 타고 조금씩 앞으로 나아갔다. 고약하기 그지없는 공장식 축산 농가는 얼리사의 강철 같은 의지를 이끌어 냈다. 가끔씩 자신감이 완전히 무너질 때도 있었지만, 보통 얼리사의 낮은 길고 고된 만큼 단호했다. 그리고 밤이면 레드와인과 체스터에게 시를 읽어 주는 시간이 있었다.

위스콘신은 나에게 처음으로 진짜 집을 선사했다. 나는 공동 연구자를 찾아냈다. 스트라이커는 내 능력이 미치지 못하는 우주 화학을 다뤘고 나는 생명 과학 분야에 기여했다. 우리는 힘을 합쳐서 어떻게 멀리 떨어진 행성 대기의 스펙트럼에 나타난 흡수선이 생물의 활동을 드러낼 수 있는지 연구했다. 우리의 생명 지표 데이터를 지구 궤도 위성의 데이터에 적용하고, 먼 우주에서 4미터짜리 망원경으로 본다면 지구가 어떻게 보일지 축소해 보면서 생명 지표를 개선했다. 변동을 거듭하는 이미지를 읽는 방법을 익혔다. 흔들거리는 데이터 점들 속에서 행성의 구성을 탐지하고, 그곳에서 순환하는 요소들을 계산하고, 밝은 대륙과 소용돌이치는 해류를 관찰했다. 가혹한 사하라와 비옥한 아마존, 거울 같은 빙상과 계속 온도가 변하는 삼림. 이 모두가 몇 픽셀의 변동 안에서 나타났다. 그 좁은 열쇠 구멍을 통해 숨 쉬는 지구를 보는 일, 외계 우주생물학자가 1조 킬로미터 떨어진 곳에서 지구를 보듯 바라보는 그 일은 황홀했다.

우리는 운 좋은 날을, 그것도 많이 누렸다. 그러던 중 워싱턴의 분위기가 변했고 연구비가 줄어들었다. 우리에게 필요한 거대한 망원경들, 우리의 모델을 적용해 볼 진짜 데이터를 줄 수 있었을 망원경들은 개발 시한을 맞추지 못했다. 그래도 나는 아직 그곳에서 세상에 우리뿐인지, 아니면 엄청난 이웃들에게 둘러싸여 있는지를 알아낼 방법을 연구하면서 돈을 받고 있었다.

얼리사와 나는 주어진 시간보다 할 일이 많았다. 그러던 중 우리가 선호하던 피임법의 실패 확률 1.5퍼센트 덕분에 삶이 완전히 달라졌다. 이 뜻밖의 주사위에는 우리 둘 다 망연해졌다. 오랫동안 이어지던 우리의 행운이 끊긴 것 같았다. 하필 최악의 순간에 우리가 선택하지도 않은 일이 일어난 셈이었다. 우리의 경력은 이미 우리를 한계까지 몰아붙이고 있었다. 둘 다 아이를 키우는 일에 대한 지식도 수단도 아무것도 없었다.

십 년 후, 나는 아침잠에서 깰 때마다 진실을 보았다. 얼리사와 내가 결정했다면 지금 내 인생 최고의 행운은, 세상 모든 행운이 다 식었을 때에도 나를 계속 살게 한 이 아이는 결코 존재하지 않았으리라. 내 가장 터무니없는 모델 속에서도 그랬으리라.

로빈은 집에 돌아온 첫날 밤을 힘들어 했다. 산으로 도망쳤던 시간이 모든 규칙적인 일상을 박살냈고, 열역학이 오래전에 증명했다시피 뭔가를 분해하기보다 다시 조립하기가 훨씬 힘든 법이다. 로빈은 흥분해서 변덕스럽게 집 안을 헤집었다. 저녁 식사후에 나는 아들이 퇴행하는 것을 느꼈다. 여덟 살, 일곱 살, 여섯살…… 나는 카운트가 0에 달해 발사하는 순간을 대비했다.

'내 농장 확인해도 돼?'

"한 시간은 놀아도 돼."

'조오아써! 보석은?'

"보석은 안 돼. 지난번에 네가 벌인 곡예 값을 아직도 치르고 있거든."

'그건 사고였어, 아빠. 아빠 카드가 계좌에 연결되어 있는 줄

84

몰랐어. 무료로 얻는 건 줄 알았다구.'

로빈은 고통스러운 얼굴이었다. 그 설명이 있는 그대로의 사실이 아니라 해도, 재난이 일어난 후 몇 달 동안 후회하느라 사실보다 더 굳건한 사실이 되었다. 로빈은 사십 분 동안 게임을 하면서 트로피를 딸 때마다 큰 소리로 알렸다. 나는 강의에서 걸어 온 숙제를 채점하고 스트라이커에게 줄 수정 작업을 했다.

유난히 정신없는 추수 게임 후에 로빈은 나를 돌아보았다. '아빠?' 탄원하듯 어깨가 구부정했다. 드디어 올 게 왔다. 우리가 집에 도착한 순간부터 로빈을 괴롭히던 것이. '우리 엄마 볼 수 있어?'

아들은 최근 몇 주 동안 자주 그 질문을 던졌고 점점 건강하지 않은 방식이 되어 가고 있었다. 우리는 얼리사가 나오는 비디오 몇 개를 너무 많이 보았다. 움직이는 얼리사를 보는 시간이 로빈에게 늘 좋은 영향을 준 것은 아니었다. 하지만 비디오 클립이 어떤 영향을 미치든 간에, 아예 금지하는 것보다는 나을 터였다. 로빈은 어머니를 봐야만 했고, 나도 같이 봐야 했다.

나는 비디오 사이트 검색을 로빈에게 맡겼다. 키를 두 번 치자 얼리사의 이름이 이전 검색 맨 위에 떠올랐다. 내 어머니에 대한 영상은 십오 분도 남지 않았건만. 이제는 말하고 움직이는 죽은 사람들이 사방에 있고, 어느 주머니에서든 언제나 꺼낼 수 있다. 언젠가 죽을 우리는 사방에 흘러넘치는 아카이브에 몇 분이라도 더 영혼을 바치며 매주를 지낸다. 내가 어린 시절에 읽은 가장 정신 나간 SF도 이런 미래를 예측하진 못했다. 과거가 결코 사라지지 않고 언제까지나 계속해서 되풀이되는 행성을 상상해 보라. 그 것이 내 아홉 살짜리 아들이 살고 싶어 하는 행성이었다.

"어디 보자. 좋은 걸로 봐야지." 나는 마우스를 잡고 스크롤하며 우리에게 가장 평온하게 다가올 클립을 찾았다. 얼리사가 내 귓가에서 속삭였다. '대체 무슨 생각을 하는 거야? 애가 저런 걸 보게 하지 마!'

허나 내 지위를 이용해 봐야 먹히지 않았다. 로빈이 회전의자를 빙글 돌리더니 마우스를 잡았다. '그거 말고, 아빠! 매디슨으로. 여기.'

마법이 먹히려면 유령이 가까이 있어야 했다. 로빈은 얼리사가 우리의 방 두 개짜리 방갈로에서 한 시간만 걸어가면 나오는 주의회 의사당에서 로비하는 모습을 보고 싶어 했다. 로빈은 그 시절을 기억했다. 얼리사가 거실에서 증언 내용을 몇 번이고 수정하며 연습을 하고, 용기를 끌어내어 열변을 토하던 오후들을. 제 엄마가 올빼미 펜던트와 늑대 귀걸이를 하고 세 벌 있는 전사용 정장 — 각각 검은색, 갈색, 남색 상의와 무릎길이의 스커트에 크림색 블라우스 — 중 하나를 입고 구두를 신고 숄더백을 맨 채 바이크에 올라타 하원 의회로 달려가 전투를 치르는 모습을 보던 그 모든 시간들을.

'이거 볼래, 아빠.' 로빈은 얼리사가 동물 살해 경쟁 금지 법안을 위해 증언하는 클립을 가리켰다.

"저건 나중에 네가 열 살이 될 때를 위해 아껴 두자, 로비. 이쪽에 있는 건 어때?' 주머니쥐 던지기라는 행위에 반대 로비를 하는 얼리사. 연례 '개척자의 날' 행사 기간에 일어나는 돼지 학대에 항의하는 얼리사. 그것들도 골치 아프긴 하지만, 로빈이 보고 싶어 하는 영상에 비하면 나았다.

'아빠!' 로빈의 기세에 우리 둘 다 놀랐다. 나는 이제 분명 로빈이 폭발해서 저녁을 소리 지르기 시합으로 바꿔 놓으리라 확신하며 가만히 앉아 있었다. '난 이제 꼬맹이가 아니야. 우리 농장 클립도 봤잖아. 나 농장 클립 보고도 멀쩡했어.'

멀쩡하지 않았다. 농장 클립을 보여 준 건 어머어마한 실수였다. 기울여 놓은 철망 안에서 키우는 닭들, 서로 너무 가깝게 붙여 놓아서 서로를 쪼아 죽이는 닭들에 대한 얼리사의 묘사를 들은 로빈은 이후 몇 주 동안 밤마다 비명을 지르며 발작했다.

우리의 작은 2인용 썰매가 산비탈로 굴러 떨어지기 직전이었다. 나는 심호흡을 했다. "다른 걸 고르자, 친구. 다 엄마잖아, 그렇지?"

'아빠.' 이번에 로빈의 목소리는 나이 들고 슬프게 들렸다. 로빈이 그 클립의 날짜를 가리켰다. 얼리사가 죽기 두 달 전이었다. 내 아들의 공식이 선명하게 보였다. 유령은 최대한 가까이 있어야 했다. 공간적으로나, 시간적으로나.

내가 링크를 클릭하자 얼리사가 나왔다. 불타오르는 얼리사가. 그 충격은 결코 누그러들지 않았다. 내 휴대폰 카메라에는 이런 특수 효과 기능이 있다. 십자선 속 대상은 진하게 나오고 그 주위는 회색으로 흐릿해지는 기능. 나와 결혼해 준 여성도 그랬다. 정치가들이 가득한 방에 있어도 그 사람이 제일 돋보였다.

리허설을 하는 동안 얼리사가 시달린 불안은 마지막 행동에 이르자 다 사라졌다. 마이크를 잡은 아내는 우리 종족을 마주하고 짙은 당혹감을 번득였지만 완벽하게 침착했다. 목소리는 라디오 아나운서 같았다. 얼리사는 위협하지 않고도 통계와 스토리를 섞을 수 있었다. 모든 단체와 공감하고, 진실을 배신하지 않으면서 타협했다. 얼리사가 하는 모든 말이 너무나도 타당하게 다가왔다. 모여 있던 99인의 하원의원 중 그 누구도 지금 말하는 사람이 어렸을 때 심각한 말더듬으로 고생했고 피가 날 때까지 입술을 씹는 버릇이 있었다고 믿지 못했을 것이다.

얼리사가 마지막으로 녹화된 연설을 하는 동안, 그 아들은 화면 이쪽 편에서 그 모습을 지켜보았다. 모든 세세한 부분에 푹 빠진 나머지 벌린 입술 사이로 질문이 나오지도 않았다. 로빈은 얼리사가 북쪽 슈피리어 호수 근처에서, 그해에만 해당 주에서 스무 번이나 열린 사냥 시합 중 하나를 목격한 과정을 이야기하는 모습을 지켜보았다. 로빈은 허리를 펴고 앉아서 옷깃을 가다듬었다. 언젠가 내가 그렇게 하면 어른스러워 보인다고 말해 줬기 때문이다. 자제력이 부족한 아이로서는 훌륭한 시연이었다.

얼리사는 시합 넷째 날과 마지막 날의 심판석을 묘사했다. 참가자들의 사냥물을 기다리고 있던 산업용 크레인 저울. 사체를 가득 실은 픽업트럭들이 멈춰 서서 그 저울 위로 짐을 부렸다. 상은 나흘 동안 제일 많은 무게를 끌고 온 사람의 것이었다. 상품은 총기, 쌍안경 그리고 다음해의 시합을 더욱 편파적으로 만들어 줄 미끼들이었다.

얼리사는 사실을 나열했다. 참가자들의 수, 수상자들이 기록한 무게, 매해 주 전체에서 열리는 시합으로 살해당하는 동물들의 총 숫자, 파괴된 생태계에서 동물을 잃음으로써 생기는 영향. 그때 그렇게 차분하게 웅변을 해낸 얼리사는 그날 밤늦게 무려 두 시간 동안 침대에서 울었고 나에게는 아내를 위로할 능력이 없었다.

나는 로빈이 이 영상을 받아들일 수 있다고 생각한 걸 후회했다. 하지만 로빈은 엄마를 보고 싶어 했고, 솔직히 말하면 상당히 잘 견뎌 내고 있었다. 아홉 살은 큰 변화가 일어나는 시기다. 어쩌면 인류 자체도 아홉 살인지 몰랐다. 아직 어른은 아니지만, 더는 어린 꼬마도 아닌 나이. 중심을 유지하는 듯 보이지만 언제든 격분을 터뜨릴 수 있는 나이.

얼리사가 연설을 마무리했다. 결론은 노련하게 맺었다. 언제나 착륙까지 안전하게 완수했다. 얼리사는 이번 법안이야말로 사냥의 전통과 품위를 회복시킬 것이라고 주장했다. 지구상에 남은 동물의 총 무게 중 98퍼센트가 호모 사피엔스이거나 호모 사피엔스가 산업식으로 채취하는 식량이라고 했다. 겨우 2퍼센트만이 야생 동물이었다. 남아 있는, 얼마 안 되는 야생 동물에게 약간의 휴식이 필요하지 않을까요?

얼리사의 맺음말을 들으니 다시 한번 오싹했다. 이 증언을 몇 주 동안이나 힘겹게 준비하면서 맺음말을 생각하던 아내가 떠올랐다. '이 주에 사는 생물들은 우리 소유가 아닙니다. 우리가 맡고 있을 뿐이죠. 여기에 처음 살았던 사람들은 모든 동물이 우리의 친척이라는 사실을 알았어요. 우리의 조상들과 우리의 후손들이 우리의 관리 능력을 지켜보고 있습니다. 그들의 자랑이 되도록 행동합시다.'

비디오 클립이 끝났다. 나는 연이어 돌아가려는 영상을 취소했다. 다행히도 로빈은 맞서지 않았다. 로빈은 세 손가락을 입에 대고 있었다. 그러고 있으니 자그마한 애티커스 핀치* 같았다.

'저 법안은 통과됐어, 아빠?'

"아직은 아니야. 하지만 몇 년 안에 비슷한 법이 통과될 거야. 그리고 영상 조회수를 봐. 사람들이 아직도 이 주장에 귀를 기울이고 있어."

나는 아들의 머리를 헝클어뜨렸다. 머리가 사방으로 뻗쳤다. 아들은 나 말고는 아무도 머리카락을 자르지 못하게 했다. 그 점도 사회적인 지위에 도움이 되지는 않겠지.

"잘 준비를 하는 게 어때. 그리고 야간 등을 밝히자." 잘 시간인 여덟 시 삼십 분을 넘기고 이십 분 동안 같이 책을 읽자는 우리만의 암호였다.

---

* 『앵무새 죽이기』의 주인공.

'주스부터 마셔도 돼?'

"자기 직전에 주스를 마시는 건 그리 좋지 않을 텐데." 아무도 새벽 두 시에 닥칠 재난은 원치 않았다. 그러면 비닐을 씌운 시트를 제거해야 할 텐데, 로빈에게 너무 수치스러운 일이었다.

'어떻게 알아? 주스가 좋을지도 모르지. 자기 전에 주스를 마시는 게 완벽한 일일지도 몰라. 이중 맹검법 실험*을 해 봐야 해.'

이중 맹검법 실험에 대해 말해 준 게 실수였다. "안 돼. 우린 데이터를 날조할 거야. 가자!"

내가 방에 들어갔을 때 로빈은 생각에 잠겨 있었다. 나더러 절대 기부하면 안 된다고 철저히 금지한 갈색 격자무늬 카누 파자마를 입고 이불을 덮은 채 누워 있었다. 소맷동은 손목에서 10센티도 넘게 올라갔고 허리는 너무 조여서 배가 머핀처럼 볼록해졌는데도 그랬다. 엘리사가 처음 사 줬을 때는 조금 큰 파자마였다. 이대로라면 로빈이 신혼여행을 갈 때도 입겠다 싶었다.

나는 『대기와 태양의 화학적인 진화』를, 로빈은 『하늘을 달리

* 약의 효과를 객관적으로 평가하기 위해 진짜 약과 가짜 약을 무작위로 섞어 시험하는 방법이다.

는 아이』를 챙겼다. 나는 침대에 들어가 로빈 옆에 자리를 잡았다. 하지만 녀석은 생각을 하느라 책을 읽을 수가 없었다. 그리고 얼리사가 늘 그랬던 것처럼 내 팔에 손을 얹었다.

'우리 조상들이 지켜보고 있다는 말은 무슨 뜻이었어?'

"후손들도 지켜본다고 했지. 그냥 표현이야. 역사가 우리를 심판하리라, 같은 표현."

'진짜 그래?'

"뭐가?"

'역사가 우리를 심판해?'

생각을 해 보고 답을 해야 했다. "역사라는 게 원래 그럴걸."

'그럼 그것도 진짜야?'

"조상들이 우리를 지켜보냐고? 그건 비유적인 말이야, 로빈."

'엄마가 그 말을 했을 때, 난 아빠의 외계 행성 어딘가에 다 함께 있는 모습을 떠올렸어. 트라피스트*가 발견한 행성 어딘가인데, 그곳에 아주 커다란 망원경이 있는 거야. 그 망원경으로 우리를 지켜보면서 우리가 잘 하고 있나 보는 거지.'

"그거 아주 멋진 비유구나."

'하지만 아니지.'

"그건…… 그래. 실제로 보진 않을 거야."

로빈은 고개를 끄덕이고 『하늘을 달리는 아이』를 펼치더니 읽

---

* TRAPPIST. 통과 현상을 이용해 행성을 찾는 망원경/프로젝트.

는 척했다. 나도 『대기와 대양의 화학적인 진화』를 읽는 척했다. 하지만 나는 아들이 적절한 사이를 두고 다음 질문을 던질 것을 알았다. 이 분을 기다리자 어김없이 질문이 날아왔다.

'그러면 신은 어때, 아빠?'

나는 개틀린버그 수족관 속 물고기처럼 입을 뻐끔거렸다. "말이지, 사람들이 '신'이라고 할 때는…… 모르겠다, 그게 언제나 그런…… 내 말은, 신은 증명하거나 반증할 수 있는 대상이 아니야. 내가 보기에 우리에겐 진화보다 더 큰 기적은 필요가 없어."

고개를 돌리자 로빈은 어깨를 으쓱였다. '에이. 우린 우주 공간에 떠 있는 바윗덩이에 살잖아, 그치? 우리 같은 행성이 수십억 개는 있고, 우리가 상상도 못 할 생물들이 가득할 거고? 그런데 신이 우리와 비슷하게 생겼다고?'

나는 다시 얼이 빠졌다. "그러면 왜 물어본 거니?"

'아빠가 혹시 엉뚱한 생각을 하는 건 아닌가 확인하려고.'

세상에나, 이 말을 듣고 크게 웃을 수밖에 없었다. 그게 우리였다. 아무것도 아니면서, 동시에 모든 것이었다. 내 아들과 나. 나는 아들이 용서해 달라고 비명을 지를 때까지 간지럼을 태웠다. 겨우 삼 초밖에 걸리지 않았다.

우리는 정신을 차리고 다시 책을 읽었다. 책장이 넘어가면 우리는 쉽사리 온갖 곳으로 여행을 떠날 수 있었다. 그러던 중 로빈이 책에서 눈을 떼지 않은 채 물었다. '그럼 엄마에게 일어난 일은 어떻게 생각해?'

끔찍하게도 그 순간, 나는 사고가 난 밤에 대한 질문이라고 생각했다. 온갖 거짓말이 머릿속을 둥둥 떠다니다가 뒤늦게 로빈이 훨씬 쉬운 질문을 하고 있음을 깨달았다.

"모르겠다, 로빈. 엄마는 생태계로 돌아갔어. 다른 생물들이 된 거야. 그 안에 있던 좋은 것들은 다 우리 안으로 들어왔어. 이젠 우리가 엄마를 살아 있게 하는 거야. 우리의 기억으로."

로빈은 조금 신중하게 고개를 기울였다. 성장하면서 멀어져 가는 내 아들. '난 엄마가 도롱뇽이나 뭐 그런 거라고 생각해.'

나는 몸을 돌려 아들을 마주했다. "잠깐만…… 뭐라고? 그런 생각은 어디에서 튀어나온 거야?" 물으면서도 알고는 있었다. 스모키산맥엔 도롱뇽 30종이 산다.

'음, 아인슈타인이 어떻게 아무것도 창조되거나 파괴될 수 없다고 증명했는지 아빠가 말해 줬잖아?'

"그건 맞아. 하지만 아인슈타인은 물질과 에너지에 대해 말한 거였어. 계속해서 형태를 바꿀 뿐이라고."

'내 말이 그거야!' 어찌나 거세게 말이 튀어나왔는지 쉿 하고 가라앉혀야 했다. '엄마는 에너지였잖아?'

내 얼굴은 내 말을 듣지 않았다. "그래. 엄마를 굳이 설명하자면, 에너지였지."

'그리고 이젠 다른 형태로 변한 거지.'

나는 물어볼 수 있을 때 물었다. "그런데 왜 도롱뇽이니?"

'쉬워. 엄마는 재빠르고, 물을 사랑하니까. 그리고 아빠가 늘

말하듯이 엄마는 독자적인 종이잖아.'

양서류, 작지만 강력한. 그리고 얼리사는 피부로 호흡을 했지.

'오십 년씩 사는 도롱뇽도 있어. 알고 있었어?' 아들은 필사적이었다. 내가 끌어안으려 했더니 나를 밀어냈다. '아마 그냥 비유적인 표현일 거야. 아마 엄마는 아무것도 아닐 거야.'

나는 그 말에 얼어붙었다. 로빈의 안에서 뭔가 끔찍한 스위치가 눌렸는데, 나는 도통 이유를 알 수가 없었다.

'2퍼센트랬지, 아빠?' 로빈은 궁지에 몰린 오소리처럼 으르렁거렸다. '모든 동물 중에 딱 2퍼센트만 야생이라며? 다른 건 전부 공장처럼 키우는 소와 닭과 우리고?'

"아빠에게 소리치지 말아 줘, 로빈."

'그게 정말이야? 정말 그래?'

나는 버려진 책 두 권을 집어서 협탁에 올렸다. "네 엄마가 의회에서 그렇게 말했다면, 그게 사실이야."

로빈의 얼굴이 한 대 맞은 것처럼 일그러졌다. 눈은 얼어붙었고 입은 소리 없는 비명을 질렀다. 소리 없는 절규는 순식간에 눈물로 변했다. 나는 두 팔을 뻗었지만 로빈은 고개를 내저으며 저항했다. 로빈 안의 무언가가, 그 숫자를 사실로 만들었다는 이유로 나를 미워했다. 로빈은 침대 구석으로 물러나서 벽에 기대더니 불신에 가득 차 고개를 옆으로 돌렸다.

그러고 나서 갑작스럽게 기가 꺾였다. 로빈은 나에게 등을 돌리고, 한쪽 귀를 매트리스에 댄 채 다시 누웠다. 그렇게 누워서 패배의 웅얼거림에 귀를 기울이다가 등 뒤로 손을 뻗어 나를 찾았다. 손이 닿자 이불에 대고 웅얼거렸다. '새로운 행성 이야기해 줘, 아빠. 부탁이야.'

✧

펠라고스 행성은 표면적이 지구보다 몇 배 넓었다. 그 표면은 물에 덮여 있었는데 태평양도 호수로 보일 만큼 거대한 하나의 바다였다. 듬성듬성 이어지는 작은 화산섬들이, 마치 몇백 장짜리 빈 책에 흩뿌려진 구두점 조각들처럼 그 거대한 바다를 관통하고 있었다.

그 끝없는 바다는 얕을 때도 있고, 몇 킬로미터의 깊이일 때도 있었다. 생명은 위도에 따라 고온다습한 곳부터 얼어붙은 곳까지 퍼졌다. 생물체 군집들이 바다 밑을 해저 숲으로 바꿔 놓았다. 거대한 비행체들이 극에서 극으로 이동했는데, 그들은 두뇌 반쪽씩 번갈아 수면을 취하기에 멈추는 일이 없었다. 지성이 있는 몇백 미터짜리 해초가 줄기에 파문을 일으켜 색색의 메시지를 써냈다. 환형 동물들은 농업을 했고 갑각류들은 높이 솟은 도시를 지었다. 어류들은 종교와 구별할 수 없는 집단의식을 발달시켰다. 하지만 불을 사용하거나 광석을 제련하거나 가장 단순한 도구 이상의 것을 지을 수 있는 생물은 없었다. 그렇게 펠라고스는 다양화하며 새로운 생명의 형태를 만들어 냈으며, 그 형태는 갈수록 기묘해졌다.

흩어져 있는 몇 개의 섬들은 오랜 세월에 걸쳐 마치 각각이 행성인 것처럼 생명을 내뿜었다. 그 어느 섬도 거대한 포식자를 키워 낼 만큼 크지 않았다. 작은 땅덩이 하나하나가 작은 지구라고 해도 될 만한 종들을 가진 밀폐된 테라리엄이었다.

흩어져 존재하는 수십 종의 지성체들은 수백만 가지의 언어를 구사했다. 혼합 언어만도 수백 가지였다. 촌락 수준을 넘어서는 큰 마을은 없었다. 몇 킬로미터만 가도 형태와 색과 유형이 완전히 다른 말을 하는 존재와 계속 마주쳤다. 그곳에서는 겸손이 가장 널리 쓸모를 발휘하는 적응 방법으로 보였다.

우리 둘은 깎아지른 벼랑 옆을 따라 해저 숲속으로 헤엄쳐 내려갔다. 우리는 복합 공동체들이 멀리 떨어진 섬들과 거대한 무역망 속에 연결되어 있는 섬으로 재빨리 걸어 올라갔다. 이들이 거래를 끝마치려면 몇 년, 심지어는 몇 세대가 걸리기도 했다.

'망원경이 없어, 아빠. 로켓선도 없고. 컴퓨터도 없고. 라디오도 없고.'

"오직 놀라움만 있지." 그 정도면 터무니없는 거래는 아니지 싶었다.

'이런 행성이 얼마나 있어?'

"없을 수도 있고, 사방에 있을 수도 있지."

'음, 우린 영영 어디에서도 그 소식을 듣지 못할 거야.'

✧

나는 여전히 우리가 창조한 행성에 더할 새로운 층에 대해 꿈
꾸다가 문득 더 이야기할 필요가 없다는 사실을 깨달았다. 몸을
가까이 기울였다. 로빈의 호흡은 가볍고 느렸다. 로빈의 의식이
라는 강이 너른 델타로 흘러갔다.* 나는 조용히 침대를 빠져나와
문가로 향했다. 하지만 조명 스위치를 딸깍 눌러 그자 갑작스러운
어둠에 로빈의 몸이 홱 튀어 올랐다. 아이는 비명을 질렀고, 나는
불을 다시 켰다.

'우리 엄마의 기도를 까먹었어. 그리고 다들 죽어 가.'

우리는 기도문을 함께 읊었다. 모든 지성체가 불필요한 고통
에서 해방되기를.

그러나 이후 두 시간이나 지나서야 겨우 안심하고 다시 잠이
든 소년은 그 기도문이 대단한 역할을 하는지 더 이상 확신할 수
없었다.

---

* 수면 뇌파 중 델타파와 삼각주를 뜻하는 델타를 동시에 가리킨다.

✦

천문학과 유년기는 공통점이 많다. 둘 다 어마어마한 거리를 가로지르는 항해다. 둘 다 자신의 이해를 넘어서는 사실들을 찾으려 한다. 둘 다 엉뚱한 이론을 만들고 가능성이 무한히 증식하도록 놓아둔다. 둘 다 몇 주마다 초라해진다. 둘 다 모르기 때문에 움직인다. 둘 다 시간 때문에 혼란해진다. 둘 다 언제까지나 시작점이다.

십여 년간, 내 직업은 내가 어린아이라고 느끼게 했다. 나는 사무실 컴퓨터 앞에 앉아서 망원경들로부터 얻은 데이터 세트를 보며, 그 데이터를 설명해 줄 공식들을 가지고 놀았다. 나와서 놀고 싶어 할지 모르는 존재를 찾아서 복도를 배회했다. 노란 종이 패드와 까만 펜을 들고 침대에 누워서 백조자리 A로 가거나 거대한 마젤란 성운을 통과하거나 태드폴 은하를 둘러 가는 여행을, 언젠가 펄프 픽션에서 했던 여행들을 되살려 냈다. 이번에는 그곳의 토종 거주민 중 누구도 영어를 하거나, 텔레파시를 하거나, 기생 형태로 얼어붙은 진공 속을 떠다니거나, 서로 결합한 군집 의식으로 마스터플랜을 펼치거나 하지 않았다. 외계 주민들은 그저 신진대사를 하고 호흡할 뿐이었다. 하지만 내가 속한 신생 학문에서 그 정도면 충분한 마법이었다.

나는 수천 개의 세계를 만들었고 그곳의 표면과 핵과 살아 있는 대기를 시뮬레이션 했다. 행성에서 진화하는 거주자들에 따라 축적될 가능성이 있는 기체 비율을 조사했다. 각각의 시뮬레이션을 조정하여 그럴 듯한 신진대사 시나리오에 맞춘 다음, 슈퍼컴퓨터에 몇 시간씩 그 매개 변수들을 배양했다. 때가 오면 펼쳐질 가이아의 멜로디들. 그 결과는 그런 생명의 증거를 드러내 줄 생태계와 생명 지표들의 목록이었다. 나의 모든 모델들이 기다려 온 우주여행 망원경이 마침내 발사되었을 때, 우리에게는 이미 생명이라는 범죄를 드러낼 범인을 대조해서 잡아낼 스펙트럼 지문이 파일로 쌓여 있을 것이다.

내가 시간을 낭비한다고 생각하는 동료들도 있었다. 그렇게 많은 행성을 시뮬레이션해서 무슨 소용인가, 심지어 그중 상당수는 존재하지 않을지도 모르는데? 현재 있는 도구의 탐지 능력을 넘어서는 목표물을 준비하면 무슨 소용인가? 그런 이들에게 나는 언제나 유년기의 쓸모가 무엇이겠느냐고 되물었다. 나는 수백 명의 동료들과 내가 로비한 유사 지구 찾기 프로젝트, 즉 플래닛 시커 망원경이 십 년이 지나기 전에 나올 것이며 내 모델들에 진짜 데이터를 심어 주리라 확신했다. 그리고 그 씨앗들로부터 가장 터무니없는 결론들이 자라나리라.

존재하는 많은 것들은 셋 중 하나의 특질을 나타낸다. 0, 1, 또는 무한이다. '단 하나'는 이야기의 모든 단계에, 모든 곳에 있었다. 우리는 예전에 한 세계에서, 한 가지 액체 매질 속에서, 한 가지 에너지 저장 형태와 한 가지 유전 암호를 써서 생겨난 한 종류의 생명만을 알았다. 하지만 나의 세계들이 지구 같을 필요는 없었다. 나의 세계에서 태어난 생명은 지표수나 골디락스 존을 필요로 하지 않았고 심지어는 탄소를 핵심 요소로 하지 않을 수도 있었다. 어린아이가 그렇듯 나는 편견에서 벗어나 아무것도 추정하지 않으려 했다. 마치 하나뿐인 우리의 예가 오히려 가능성에 끝이 없다는 사실을 증명한다고 생각했다.

나는 생명이 에어로졸 간헐천 기둥 속에 사는, 무겁고 습기 찬 대기를 지닌 뜨거운 행성들을 만들었다. 떠돌이 행성들에 두꺼운 온실가스 층을 씌우고 그 속에 수소와 질소를 결합하여 암모니아로 만들면서 살아남는 생물을 가득 채웠다. 돌에 사는 엔돌리스*를 깊은 틈 속에 빠뜨리고 대사 작용을 할 일산화탄소를 주었다. 유독한 하늘에서 성찬처럼 쏟아지는 황화수소를, 미생물막이 먹고 사는 액체 메탄 행성들을 만들어 냈다.

내가 만든 이 모든 대기권 시뮬레이션은 오랫동안 잉태 상태로 지연되고 있는 우주 망원경이 날아올라 온라인 상태가 되어 우리의 작은 '단 하나의' 희귀한 지구를 터뜨려 줄 그날을 기다렸다. 그날은 우리 인류에게 마치 안과 의사가 나의 자만심 강한 아내에게 진작 맞췄어야 할 첫 번째 안경을 맞춰 준 그날과 같으리라. 안경을 쓰자마자 방 저편에서도 그림을 볼 수 있다는 사실에 기쁨의 탄성을 지르고 말았던 날처럼.

---

* 암석 내부나 광물 입자 사이에 사는 미세한 유기체.

✦

짧고 힘든 밤을 보냈더니 아침이 늦어졌다. 나는 열 시까지 로 빈을 학교에 데려가지 못했다. 우리 둘 다에게 또 벌점이었다. 겨우 학교에 도착했는데 입고 있던 카고 바지의 철제 부속이 보안 스캐너에 걸렸다. 우리는 보안실로 가서 지각 시트에 서명을 해야 했다. 히죽대는 반 아이들과 겨우 합류했을 무렵, 로빈은 굴욕을 느끼고 있었다.

나는 로빈의 학교에서 대학까지 서둘러 달려갔고, 시간을 아 끼려고 불법 주차를 했다가 빳빳한 주차 위반 딱지를 받았다. 학 부 우주생물학 개론용으로 자연 발생설을, 그러니까 생명의 기원 을 강의할 준비 시간이 사십 분밖에 없었다. 고작 이 년 전에 이 수업을 가르쳤지만, 그 사이 수십 가지의 새로운 발견이 있었기 때문에 다시 시작하고 싶었다.

강당에서 나는 자신감이 주는 즐거움 그리고 다른 사람과 아 이디어를 공유하는 데에서 오는 온기를 느꼈다. 나는 동료들이 강 의에 대해 불평할 때마다 당혹스럽다. 가르치기는 광합성과 같다. 공기와 빛으로 먹을 것을 만드는 셈이랄까. 삶의 전망에 조금은 영향을 준다. 나에게는 최고의 수업 시간이 햇빛 속에 눕거나, 블 루그래스 음악을 듣거나, 계곡에서 헤엄치는 일 못지않다.

나는 팔십 분이 넘는 시간 동안 지적 능력의 스펙트럼이 엄청나게 다양한 한 무리의 스물한 살짜리들에게 모든 것이 무(無)에서 튀어나오는 일이 얼마나 말도 안 되는 일인지를 전달하려고 했다. 자가 조립 분자들의 출현에 알맞은 환경이 모두 갖춰지는 상황은 천문학적으로 확률이 낮은 일이다. 그러나 녹아내린 명왕누대*가 식자마자 원세포가 나타났다는 사실은 생명이 평범한 화학 작용의 필연적인 부산물이었음을 시사했다.

"그러니까 우주는 어느 곳에서나 풍요롭거나, 아니면 아예 불모인 겁니다. 내가 둘 중 어느 쪽인지 확실하게 말해 줄 수 있다면 여러분의 공부 습관이 달라질까요?"

수업에 관심을 가지고 기분 좋게 참여하고 있는 몇 명의 학생들은 '예에, 선생님.' 하며 정중한 웃음을 터뜨렸다. 그러나 나머지는 침묵했다. 나는 학생들의 관심을 잃어갔다. 특정한 이상함을 갖춰야만 우주 교향곡을 듣고, 그것이 스스로 연주하면서 또 동시에 듣고 있다는 사실을 깨닫기 마련이었다.

"여기 지구의 생명은 고세균과 박테리아였고, 20억 년 동안은 둘밖에 없었어요. 그러다가 생명 자체의 기원만큼이나 불가사의한 무언가가 나타났죠. 20억 년 전의 어느 날, 미생물 하나가 다른 미생물을 잡아먹지 않고 대신 세포막 안에 받아들여서 같이 장사를 하게 된 겁니다."

나는 노트를 내려다보고 시간의 혼란에 빠졌다. 내 아내가 될

---

* Hadean earth. 비공식적으로. 약 46억 년 전 지구가 형성되면서 시작되어 약 40억 년 전에 끝난 지질 시대.

사람이, 나를 처음으로 가진 지 이십 분 후에, 내 움직이는 갈비뼈에 코를 대고 누워 있었다. '당신 냄새를 사랑해.' 아내가 말했다.

나는 아내에게 말했다. "날 사랑하는 게 아니라 내 인체 미생물계를 사랑하는 거네."

아내가 웃음을 터뜨렸을 때 나는 생각했다. 잠시만 여기 이대로 누워 있자고, 죽을 때까지. 나는 아내에게 사람이 인간 세포의 열 배가 넘는 박테리아 세포를 지니고 있으며 유기체가 계속 살아가려면 인간 DNA의 백 배가 넘는 박테리아가 필요하다는 사실을 말해 줬다.

아내의 눈 주위에 애정 어린 잔주름이 생겼다. '그러니까 우리는 공사장 비계 같은 거네? 박테리아가 건물을 짓고 있고?' 아내의 비계가 다시 웃더니 내 비계 위로 올라왔다.

"그 기이한 협업이 일어나지 않았다면 복합 세포도, 다세포 생물도, 여러분을 아침에 침대에서 끌어낼 그 무엇도 없었을 겁니다. 그 우호적인 인수 합병이 일어나는 데에 엄청난 시간이 걸렸죠. 하지만 이상한 건 이겁니다. 그 일이 일어나는 데에 20억 년이 걸렸지만, 한 번에 그치지 않았다는 것."

내 강의는 거기까지였다. 주머니 속에서 진동이 울렸다. 오후의 차단 목록에 포함되지 않은 몇 안 되는 곳, 바로 로빈의 학교로부터 온 문자였다. 내 아들, 내 혈육이 한 친구의 얼굴을 때려서 광대뼈를 깼다고 했다. 로빈의 친구는 응급실에서 상처를 꿰매고 있었고, 로빈은 내가 도착할 때까지 교장실에 붙들려 있었다.

나는 십 분 일찍 수업을 끝냈다. 내 학생들은 생명의 기원에 대한 나머지 내용을 알아서 이해해야 했다.

✧

학교에서는 바로 아들과 만나게 해 주지 않고, 먼저 내 몫의 벌부터 받게 했다. 교장실 벽에는 리프먼 박사가 받은 온갖 증명서가 빼곡했다. 책상은 크지 않았지만, 대단한 효과를 냈다. 이전에 두 번 호출했을 때는 나에게 공감과 자세 미러링을 시도하더니 이번에는 훨씬 엑셀 시트처럼 굴었다. 박사는 나보다 젊었고 옷을 지나치게 잘 입었다. 교육 심리학 용어에 홀딱 빠져 있었고 자기 나름의 전문적인 방식으로 내 아들에게 마음을 썼다. 개혁가였고, 불안정한 아이들에게 수고를 아끼지 않았다. 이 여성이 보기에 나는 정해진 프로토콜을 따르지 않아서 특별한 아이를 망치는 옹고집 과학자였다.

박사는 사실을 나열했다. 로빈은 하나뿐인 진짜 친구 제이든 애스틀리와 점심을 먹던 중이었다. 두 아이는 긴 식탁에 마주 앉았다. 점심시간의 끔찍한 소음 속에서도 로빈의 고함 소리는 잘 들렸다. 모두가 증인이 되어 로빈이 멈추지 않고 '말해, 말해, 이 빌어먹을 얼간아.'라고 외쳤다고 했다. 식당 감시 요원이 상황을 수습하려고 다가가자 로빈이 폭발하더니, 금속 보온병을 집어서 제이든의 얼굴에 세게 집어던졌다. 광대뼈에 금만 간 것이 기적이었다.

"하지만 무슨 일이 일어난 겁니까? 왜 로빈이 폭발한 거죠?"

질 리프먼은 내가 생명이 어떻게 시작되었는지 묻기라도 한 듯이 노려보았다. "두 아이 다 말을 안 합니다." 교장이 누구 탓으로 보고 있는지는 분명했다. "아버님이 먼저 왜 로빈이 일주일 간 학교에 오지 않다가 오자마자 이런 일이 일어난 것인지를 설명해 주셔야 할 것 같은데요."

"제가 로빈을 데리고 있던 것은 아이의 마음을 가라앉히기 위해서였습니다. 스모키산맥에서 일주일을 보냈기에 하나뿐인 친구의 얼굴을 망가뜨렸다고는 생각하기는 힘든데요."

"로빈은 일주일치 수업을 빠졌어요. 모든 과목을 오 일씩 빠진 거죠. 로빈에게는 지속성과 집중, 사회 통합이 필요해요. 그걸 얻지 못하면 스트레스가 가중되죠."

로빈은 리프먼 박사가 정학을 시켰을 때도 수업에 빠졌다. 하지만 나는 가만히 귀를 기울였다.

"로빈에게는 방향성과 책임이 필요합니다. 그런데 예상하지 못한 자체 방학에 이어 두 번이나 학교에 늦었죠."

"전 한부모입니다. 사태가 제 통제를 벗어나면……."

"아버님의 양육에 대해 이렇다 저렇다 평가하는 게 아닙니다." 물론 그러고 있었으면서. "아이들은 안전하고 확실하며 안정적인 배움의 환경을 누려야 합니다. 그런데 우리는 지금 그러는 대신 다른 아이에 대해 벌어진 폭력 행사에 대처하고 있지요."

금이 간 광대뼈라. 제이든에게는 진통제와 아이스 팩이면 충분했다. 나도 일곱 살 때 공중 사다리에서 떨어져서 광대뼈에 금이 갔다. 아직 학교마다 공중 사다리가 있던 시절에 말이다.

나는 분노로 인해 입을 꾹 다물었다. 고질적인 습관인데, 나를 여러 번 구해 준 습관이기도 했다. 리프먼 박사의 기묘하게 작은 입술이 움직이더니, 더욱 이상한 말들이 흘러나왔다. "아버님에겐 특별한 보살핌이 필요한 아이가 있습니다. 지난번에 이 모든 일이 일어났을 때……."

"지난번에는 이런 일이 일어나진 않았죠."

"이전에 말썽이 있었을 때, 아버님은 의사들의 권고를 무시하셨지요. 이제 다시 선택하셔야 합니다. 아드님이 필요한 치료를 받게 하시거나, 아니면 주 정부의 개입을 받으실 수 있습니다."

내 아들이 다니는 학교의 교장이, 내 3학년짜리 아들에게 정신성 약물 치료를 하지 않으면 수사를 받을 줄 알라고 위협하고 있었다.

"12월까지는 조금이라도 진전을 보아야 합니다."

다시 입을 열었을 때, 내 목소리는 놀랍도록 차분했다. "아들과 이야기를 할 수 있을까요?"

리프먼 박사는 나를 데리고 행정실을 가로질렀다. 따라가는 내내 직원들이 나를 쳐다보았다. 나는 의사들의 지시에 복종하지 않고 아들을 비참하게 방치한 죄인이었다.

로빈은 부교장실 옆에 붙은 구금실인 '진정실'에 갇혀 있었다. 안전 유리판 너머로 로빈이 보였다. 너무 큰 나무 의자에 구부정하게 앉아서, 풀이 죽었을 때면 늘 하는 손장난을 하고 있었다. 엄지손가락을 검지와 중지 사이로 빼내어 손가락이 새빨개질 때까지 주먹을 꽉 쥐는 동작이었다.

문이 열리고 로빈이 고개를 들었다. 나를 보자 로빈의 고통은 더 심해졌다. 아이의 입에서 나온 말은 그 학교에 다니는 어떤 남자아이도 내뱉은 적 없을 말이었다. "아빠, 다 내 잘못이야."

나는 그 옆에 앉아서 가느다란 어깨를 감쌌다. "어떻게 된 거니, 로비?"

"분노가 터져 버렸어. 아빠 말대로 착한 마음이 숨을 쉬게 해 주려고 했는데, 손이 제멋대로 움직였어."

로빈은 제이든 애스틀리가 무슨 말을 했기에 폭발했는지 말하려 하지 않았다. 나는 제이든의 부모에게 전화하면서 반쯤은 전화로 고소장을 받을 줄 알았다. 그런데 상대방이 이상하게 호의적이었다. 제이든이 내 아들보다 많은 정보를 준 모양인데, 나에게는

108

알려 주려 하지 않았다. 관련된 사람 모두가 나를 보호하고 있었다. 무엇 때문인지 알 수가 없었다.

로빈은 내가 그 문제를 계속 캐내지 않는 데에 놀랐고, 나는 로빈이 그날 밤 침대에 오줌을 싸지 않는 데에 놀랐다. 다음 날은 토요일이었다. 나는 아직도 스트라이커에게 줄 수정을 끝내지 못한 상태였다. 우리 둘은 올브리치 가든스* 근처까지 길게 산책을 했다. 점심 식사로는 로빈이 좋아하는 비율에 딱 맞게 검은 소금과 영양 이스트를 쓴 두부 스크램블을 만들었다. 로빈이 제일 좋아하는 유럽 자동차 경주 보드게임도 같이 했다. 내가 일하는 척하는 동안 로빈은 망원경을 가지고 놀면서 수집용 카드 파일을 훑어보았다. 같이 반 시간 정도 평화롭게 책을 읽은 후, 아이는 또 다른 행성 이야기를 해 달라고 했다.

나에게는 온 집 안에 흩어진 2000권의 책들에서 내용을 훔칠 수 있는 삼십 년의 독서 경험이 있었다. SF의 황금시대는 언제였던가? 나에게는 아홉 살부터였다.

나는 지각을 가진 지배종이 각 부분의 힘을 모두 간직한 복합 생명체로 합체할 수 있는 행성 이야기를 들려줬다.

로빈은 계속 질문을 던져 이야기를 끊었다. '진짜야? 그런 게 어떻게 가능해?'

"우리와 다른 행성이니까 그럴 수 있지."

---

* 매디슨의 식물원.

109

'그치만, 합쳐졌을 때도 따로따로인 거야, 아니면 하나의 두뇌
가 되는 거야?'

"따로따로 생각할 수 있는 하나의 두뇌야."

'그러니까, 텔레파시처럼?'

"텔레파시 이상이지. 초유기체거든."

'그러면 큰 사람이 작은 사람들의 머리에 들어갈 수 있어? 그
걸 작동하게 만들려면 그 작은 사람들이 다 필요해? 작은 사람들
중에서 합쳐지기 싫어하는 사람이 있으면 어떻게 해? 아니면 사
실 처음부터 작은 사람들은 큰 사람의 부분일 뿐이야?'

로빈은 우호적 합병과 적대적 인수 사이의 선을 걱정했다. 나
는 아들의 마음을 매혹적인 공포에서 공포스러운 매혹으로 옮기
려 했다. "다들 자발적으로 하는 일이야. 시절이 힘들고 살아남기
위해 뭔가 더 필요해서. 그리고 나중에 상황이 좋아지면 다시 나
눌 수 있어."

로빈은 의심하며 몸을 기울였다. '잠깐만! 점균류처럼?'

로빈에게 대학 연구실에서 보여준 적이 있었다. 합쳐져서 나
름의 집단행동과 기초적인 지성을 지닌 군집이 되는 독립적인 단
세포들을.

'지구에서 훔쳤네!' 로빈은 내 팔을 느리게 몇 번 때리더니 베
개를 베고 누웠다. 나는 위험을 무릅쓰고 로빈의 눈가에 흘러내린
앞머리를 만져 주었다. 어릴 때는 그렇게 해 주면 좋아했다.

"로비야? 너 아직 속상하지. 아빠는 알아."

로빈은 몸을 홱 일으켰다. '어떻게 알아?'

나는 다시 엄지손가락을 꽉 끼워서 빨갛게 되도록 조이고 있는 두 주먹을 가리켰다. 로빈은 제 몸이 자기 뜻대로 조절되지 않는다는 사실에 놀라며 두 손을 보았다. 그리고 손을 털어서 엄지손가락을 해방시켰다. 그러고는 다시 베개에 고개를 떨궜다.

'아빠? 엄마한테 무슨 일이 일어난 거야?' 이번에는 진짜였다. '그날 밤, 차 안에서.'

나는 내게 붙어 있느라 바쁜 두 손을 내려다보았다. "로빈? 제이든이 엄마에 대해 뭐라고 했니?'

다행히도 손 닿는 주변에는 무거운 물건이 없었다. 하지만 나는 로빈의 목소리에 담긴 힘만으로도 얻어맞은 듯 쓰러질 지경이었다. '그냥 말해 줘, 말해!' 로빈은 마구 몸을 흔들었다. '난 아홉 살이야. 그냥…… 말하라고!'

내가 손목을 강하게 붙잡자, 로빈이 아파서 화들짝 놀랐다. "당장 그만둬." 나는 내가 꾸며 낼 수 있는 차분한 권위를 모두 끌어내어 말했다. "그리고 스스로를 다잡아. 그런 다음에 제이든이 뭐라고 했는지 말해 다오."

로빈은 손목을 풀어서 살폈다. '왜 그랬어?'

나는 내 쿵쾅거림이 잦아들기를 기다렸다. 아들은 나를 미워하며 손목을 문지르더니, 눈물을 터뜨렸다. 나는 아직 그럴 수 있을 때 아들을 끌어안았다. 로빈은 쓸모없는 빨간 입을 움직여 보려 애썼다. 나는 시간은 얼마든지 있다는 신호를 보냈다.

로빈이 손바닥을 보이더니 숨을 골랐다. '걔한테 엄마의 비디
오 이야기를 하고 있었어. 그랬더니 걔네 부모님이 엄마의 차 사
고에는 사람들이 모르는 다른 게 있다고 했대. 제이든의 부모님
말로는 우리 엄마가……'

나는 로빈의 입술을 눌렀다. 그러면 생각도 같이 눌러 넣을 수
있다는 듯이. "그건 사고였어, 로비. 아무도 다르게 생각하지 않아."

'나도 그렇게 말했어! 그렇지만 걔가 계속 그러잖아. 자기는
진실을 안다는 듯이. 그래서 내가 터진 거야.'

"그거 알아? 아빠라도 그 애를 때렸을지 모르겠다."

로빈의 목구멍에서 울음과 웃음 사이의 반쯤 먹힌 음절이 반
토막 흘러나왔다. '멋지네.' 로빈은 무턱대고 내 팔을 토닥였다.
'그럼 우리 둘 다 끝이잖아.'

"넌 끝나지 않아, 로비. 휴지 가져와서 닦아."

로빈의 반쯤 완성된 이목구비가 얼굴을 누르는 두 손 아래 뭉
개졌다. 돌풍은 날아가고, 또렷하고 작지만 아직 숨이 찬 아이만
남았다.

'그럼 제이든의 부모님이 한 말은 무슨 뜻이야?'

대체 어떤 부모가 자기들이 한 말을 가지고 제 자식이 내 아이
를 괴롭혔다는 걸 알면서 통화 중에 한마디도 해 주지 않는단 말
인가? 모두가 그렇듯, 겁먹고 허둥대는 사람들이겠지.

'나 아홉 살이야, 아빠. 감당할 수 있어.'

나는 마흔다섯 살이고, 감당할 수 없었다. "로비? 증인들이 있

었어. 모두가 같은 의견이었어. 무언가가 엄마의 차 앞으로 달려들었어."

'무슨 소리야? 사람이?'

"동물이." 로빈은 만화 속에 나오는 소년처럼 당황해서 얼굴을 찌푸렸다. "어둡고 추운 밤이었다는 거 기억하지?"

로빈은 눈앞에 조그맣게 그날 저녁의 모델을 만들어서 바라보는 듯 고개를 끄덕였다. '1월 12일. 밤 아홉 시.'

"어떤 동물이 엄마 차 앞으로 달려들었어. 엄마는 분명히 운전대를 홱 틀었을 거야. 차가 미끄러졌고, 그러다가 중앙선을 넘었어."

로빈은 계속 눈앞의 자그마한 시뮬레이션을 보고 있었다. 그러다가 내가 대비했어야 마땅한 질문을 던졌다. 너무나 당연한 질문을. '어떤 동물?'

내 머릿속이 공백이 되었다. "확실히 아는 사람은 없어."

'담비나, 아주 희귀한 동물이었을까? 울버린*이었을지도 몰라.'

"모르겠구나. 아무도 몰라."

로빈의 머릿속에서 계산이 돌아갔다. 다가오는 차. 근처의 보행자들. 엄마가 집에 오기를 기다리던 우리 둘. 나는 십 초를 버텼다. 사실을 자백하고 느낄 부끄러움도 내가 느끼는 어지러움보다

---

* 북미오소리, 또는 늑대오소리라고도 한다. 한국의 오소리보다 훨씬 크고 생김새도 다른 편이다.

더 나쁠 수는 없었다.

"로비? 사람들은 주머니쥐일 수도 있었다고 생각해. 주머니쥐였어."

'그치만 아빠가……'

이즈음 로빈이 '아빠, 주머니쥐는 북아메리카 유일의 유대목 동물이야.'라고 말해 줘야 했다. 얼리사가 가르친 지식이었다. 겨울이 주머니쥐에게 얼마나 가혹한지, 털이 없는 귀와 꼬리가 얼마나 동상으로 고통받는지. 하지만 로빈은 지구상에서 가장 무시당하는 동물을 생각하며 말없이 얼굴을 찌푸렸다.

그러더니 멍하니 내 쪽으로 고개를 돌렸다. '나한테 거짓말했네, 아빠. 아무도 무슨 동물인지 몰랐다며.'

"로비야, 너무 짧은 순간이었어." 하지만 실은 그렇지 않았다. 영원 같은 시간이기도 했다.

로빈은 고개를 기울이더니, 귀를 틔우려는 듯 흔들었다. 기운 없고 낮은 목소리였다. '모두가 거짓말을 해.' 나는 그게 나를 용서하는 말인지, 모든 인류를 비난하는 말인지 알 수 없었다.

잘 시간이 훌쩍 지났다. 하지만 우리 둘은 로빈의 침대에, 오래전 새로운 고향에 도착할 가능성을 다 잃어버린 세대 간 우주선의 마지막 승무원 두 명처럼 앉아 있었다.

'그래서 엄마는 그걸 치지 않기로 한 거야? 설령……'

"엄마는 아무것도 선택하거나 결정하지 않았어. 그럴 시간이 없었어. 반사적인 움직임이었지."

로빈은 잠시 생각했고, 마침내 진정이 된 것 같았다. 마음속 어딘가에서는 아직도 반사 작용과 선택 사이에서 변화하는 해안선을 찾고 있을지라도.

'그럼 제이든의 부모님은 완전 헛소리를 한 거야? 엄마가 스스로를 해치려고 한 게 아니야?' 나는 그런 말을 하면 안 된다고 말할 필요도 느끼지 못했다. "가끔은 말이야, 사람들이 뭘 잘 모를수록 거기에 대해 말하고 싶어 해."

로빈이 공책을 잡더니, 나에게 보이지 않게 들고 뭔가를 휘갈겨 썼다. 그리고 꼭 닫더니 협탁 서랍 안에 챙겨 넣었다. 아들의 내면에 있는 뭔가가 밝아졌다. 어쩌면 내일은 친구와 다시 친구가 될 수 있다는 생각에 행복한지도 몰랐다.

나는 일어서서 아들의 이마에 입을 맞췄다. 로빈은 자신을 배신했던 두 손에 몰두한 채 내가 마음대로 하게 두었다.

'이건 어때, 아빠? 이건 무슨 뜻이게?'

로빈이 쭉 뻗은 팔 위에 오므린 손을 놓고 앞뒤로 비틀었다. 축 위에서 회전하는 자그마한 행성 같았다.

"뭔데? 말해 줘."

'세상은 돌고 있고 난 무슨 일이 있어도 괜찮다는 뜻이야.'

우리는 그 신호를 주고받았고 로빈은 고개를 끄덕였다. 나는 아들에게 네가 너라서 기쁘다고 말했다. 그리고 잘 자라는 인사로 허공에서 내 손을 비틀었다. 그런 다음에는 불을 끄고 아들이 내 커다란 거짓말의 위안 속에서 잠들도록 두고 나갔다. 나는 언제나 생략을 통한 거짓말에 특히 능숙했다. 그날 밤 나는 그 차에 타고 있던 다른 사람이 로빈의 태어나지 않은 여동생이었다는 사실을 빠뜨림으로써 지독한 거짓말을 했다.

✧

일요일에 로빈은 아주 흥분해서 깨어났다. 해가 뜨기도 전에 내 위로 기어올라서 나를 흔들어 깨웠다. '끝내주는 생각이 났어, 아빠. 들어 봐.'

나는 아직 잠에 취해 있었기에 짜증을 냈다. "세상에, 로비! 겨우 아침 여섯 시다!"

로빈은 뛰쳐나가서 자기 은신처에 틀어박혔다. 사십 분 동안 설득하고 블루베리 팬케이크를 해 준다고 약속한 끝에 겨우 나오게 할 수 있었다.

나는 녀석이 탄수화물에 취해서 느려지기를 기다렸다. "그래서, 그 끝내주는 생각이 뭔지 들어 보자."

로빈은 나를 용서해 주는 대가를 가늠해 보더니 턱을 내밀었다. '어디까지나 아빠의 도움이 필요하니까 말해 주는 거야.'

"알았어."

'난 아메리카에 사는 멸종 위기종을 모조리 그릴 거야. 그런 다

음 내년 봄에 파머스 마켓에서 팔 거야. 그걸로 돈을 벌어서 엄마네 그룹 어딘가에 줄 수 있어.'

나는 로빈이 결코 그걸 다 그리지 못할 것을 알았다. 하지만 동시에 나도 끝내주는 생각이 떠올랐다. 우리는 아침 식사 자리를 정리하고 공립 도서관 피니 분관으로 향했다.

내 아들은 도서관을 사랑했다. 온라인으로 책을 예약해서 대기시켜 놓은 다음, 찾으러 가면 자기 이름이 묶여 있는 모습을 사랑했다. 책 더미가 보여 주는 박애 정신을, 알려진 세계에 대한 지도 같은 면을 사랑했다. 빌리고 싶은 만큼 빌릴 수 있는 뷔페식인 점도 사랑했다. 책마다 앞면에 찍혀 있는 대출 기록도, 앞서서 그 책을 빌려 간 낯선 사람들의 역사도 사랑했다. 도서관은 로빈이 상상할 수 있는 최고의 던전이었다. 발견이라는 약탈을 얼마든지 할 수 있고, 레벨업의 즐거움도 함께했다.

보통 로빈은 똑같은 경로를 따라갔다. 그래픽노블, 검과 마법 판타지, 퍼즐과 수수께끼, 소설 순이었다. 그런데 그날은 미술 수업을 원했다. 서가는 완전히 사탕 가게나 다름없었다. '우와, 어떻게 나한테 이걸 한 번도 말 안 해 준 거야?' 우리는 식물 그리는 법에 대한 책과 간단한 동물 그리는 법에 대한 책을 찾아냈다. 그리고 자연 서가로 가서, 멸종 위기종에 대한 책들로 범위를 좁혔다. 곧 로빈은 허리까지 오는 책 무더기 중에서 하나를 고르려고 했다.

'대출 한도가 넘었어.' 로빈은 짜릿한 듯 신이 난 소리를 냈다.

"네가 한도까지 빌리고, 아빠도 한도까지 빌릴게.'

로빈은 서가 사이 바닥에 앉아서 선택지를 좁히려 했다. 커다란 책 한 권을 펼친 녀석은 신음했다.

"말해 봐."

로빈은 로봇처럼 읽었다. '미합중국 어류 및 야생 동물국이 등재한 북미의 멸종 위기 상태이거나 그에 준하는 종은 이천 종이 넘는다.'

"괜찮아. 조금씩 하면 돼. 한 번에 하나씩 그리자."

로빈은 책 탑을 넘어뜨리고 두 손에 머리를 묻었다.

"로비야. 어이." 나는 애처럼 굴지 말라고 말할 뻔했다. 하지만 그건 내가 아들에게 가장 바라지 않는 일이었다. "엄마라면 어떻게 했을까?"

그 말에 로빈은 일어나 앉았다.

"이 책들을 대출하고 보급품도 사자."

미술용품점 직원은 로빈에게 푹 빠졌다. 졸업한 지 얼마 안 된 미대생이었는데, 로빈을 데리고 가게 안을 돌아다녔다. 로빈은 천국에 온 것 같았다. 둘은 파스텔과 색연필과 밝은 아크릴 물감이 든 튜브들을 보았다.

"뭘 만들고 싶나요?" 로빈은 직원에게 계획을 말했다. "정말 아름다운 생각이네요. 너무 멋진데." 그래도 그 계획이 하루 이상 갈 거라고는 믿지 않는 눈치였다.

로빈은 수채화 붓펜에 반했다. 직원은 로빈이 첫 시도만에 뭘 할 수 있는지를 보고 감탄했다.

"이거면 초보자용으로 좋아요. 48색이니까, 이 이상이 필요하진 않을걸."

'저쪽 건 왜 훨씬 더 비싸요?'

"그건 프로용."

로빈은 내 눈을 피하며 슬쩍 초보자 세트를 집었다. 나는 그 의견을 기각하고 한 단계 높은 세트를 샀다. 투자를 하다 보니 그 정도는 거저였다. 우리는 마이크로펜 파인 라이너도 샀고, 연습용 싸구려 그림 종이도 한 묶음 샀고, 질 좋은 작업용 종이도 샀다. 직원은 로빈에게 행운을 빌어 줬고, 로빈은 나가는 길에 그 직원을 안아 줬다. 로빈은 원래 낯선 사람을 끌어안는 일이 없었다.

로빈은 오후 내내 그림을 그렸다. 욱하는 성격에 제어도 잘 안 되는 내 아들이 몇 시간씩 나무로 만든 접이 의자에 무릎을 꿇고 앉아서 종이에 얼굴을 바싹 붙이고 미술책에 나온 예시를 따라 그렸다. 가끔 좌절감에 콧소리를 내기도 했는데, 그럴 때는 마치 어렸을 때 제일 좋아하던 그림책에 나오는 만화 황소와 비슷했다. 망친 그림은 구겨 버렸지만, 그것도 폭력적이기보다는 예술가스러웠다. 한 번은 수채 연필 그림을 벽에 집어던지더니, 그러면 안 된다고 스스로에게 소리를 치기도 했다.

나는 휴식을 유도했다. 탁구나 근처 산책은 어떠냐고 꾀었다. 로빈은 탈선을 거부했다.

'어떤 생명체로 시작하면 좋을까, 아빠?'

'생명체'는 아이의 엄마가 제일 좋아하던 말이었다. 얼리사는 심지어 나의 극한 미생물들까지 포함해서 모든 것에 그 표현을 썼다. 나는 로빈에게 카리스마 있는 거대 동물을 알현하지 않으려는 사람은 없을 거라고 말했다.

'아니야. 제일 위험한 상황에 처한 생명체를 그려야 해. 도움이 제일 많이 필요한 종으로.'

"페이스를 조절해, 로비. 제일 빠른 파머스 마켓도 몇 달 후에나 있어."

'양서류가 가장 곤란한 상황이니까, 양서류로 시작해야겠어.'

그러고도 한참을 고뇌한 로빈은 리토바테스 세보수스*, 즉 색이 탁한 고퍼 개구리로 결정했다. 물갈퀴가 있는 손가락들을 얼굴 앞에 펼쳐 위험으로부터 눈을 가리는 습성이 있는 기묘하고 비밀스러운 동물이었다. 겁에 질리면 몸을 부풀리고 등에 있는 분비선에서 쓴 젖을 분비했다. 습지 개발 때문에 미시시피에 있는 작은 연못 세 군데로 서식지가 줄어든 상황이었다.

로빈은 의심스러운 눈으로 자기 그림을 살폈다. '사람들이 좋아할까?'

로빈의 창조물은 형태와 색소 모두 비잔틴 양식이었다. 내가 개구리 사진에서 회색과 검은색 덩어리밖에 보지 못할 때, 로빈은 아름다운 무지개색 화구의 절반을 써야 하는 격렬한 소용돌이 무늬를 보았다. 로빈은 칙칙한 원본과 자기가 그린 초현실적 사본

---

* Lithobates sevosus. 미시시피 고퍼 개구리로 멸종 위기에 처한 개구리 종이다.

사이의 차이에 괴로워하지 않았다. 내 아내의 유령도 그런 데에 구애받지 않았다.

작업을 끝낸 로빈은 그림을 거실 전망 창으로 가져가서 들어 올리고 내게 검사를 받았다. 원근법은 왜곡되었고, 표면 질감은 투박했고, 윤곽선에서 경험 부족이 배어났고, 색깔은 이 세상의 것이 아니었다. 그러나 걸작이었다. 울퉁불퉁한 돌기까지 전부 다 사라지면 몇 사람은 비통해할 만한 생명체의 초상이었다.

'누군가 살 것 같아? 좋은 목적이긴 한데.'

"굉장한 작품이야, 로비."

'저 바깥 어딘가에는 양서류들이 그대로인 행성도 있을지 몰라.'

로빈은 그 그림을 열렬히 들여다보고 나서 끝을 냈다. 다른 그림을 보관하는 포트폴리오에 그림을 챙겨 넣고 다시 미술책으로 돌아갔다. 별빛 아래에서 야영하던 날 밤 이후 그렇게 행복한 모습을 보기는 처음이었다.

월요일 아침, 로빈은 침대에서 굴러 나와서 여느 때처럼 옷을 입고, 따뜻한 시리얼 한 그릇을 먹고, 이를 닦았다. 하지만 버스가

도착하기 오 분 전에 선언했다. '오늘은 학교 없어, 아빠.'

"무슨 소릴 하는 거야? 오늘도 당연히 학교 가는 날이지. 서둘러!"

'나는 안 간다는 뜻이야.' 로빈은 거실 테이블 쪽을 가리켰다. 전날의 화실 물건들을 모두 그대로 두게 한 탓이었다. '할 일이 너무 많아.'

"바보 같은 소리 마. 작업은 오후와 저녁에도 할 수 있어. 이러다가 버스 놓치겠다."

'오늘은 버스 안 타, 아빠. 할 일이 너무 많다니까.'

나는 너무 빠르게 이성에 의지했다. "로비야. 아빠는 이미 네 학교와 문제가 있어. 리프먼 박사님이 올해 이미 수업을 너무 많이 빼먹었다고 내게 뭐라고 하셨어."

'교장 선생님이 날 내쫓았던 날은 뭔데?'

"선생님과 의논을 했어. 우리가 같이 행동을 다듬지 않으면 나쁜 일이 일어날 거라고 하시더라."

'어떤 일?'

"자. 그만 나가자. 농담 그만하고. 오늘 밤에 다시 얘기해."

'난 안 가, 아빠.'

얼리사가 죽은 이후 내가 로빈을 힘으로 위협한 일은 단 한 번 있었다. 그때 로빈은 내 손목을 세게 물어서 피를 냈다. 나는 손목시계를 확인했다. 버스는 이미 놓쳤다. 나는 로빈의 어깨에 손을 얹었다. 로빈은 그 손을 밀어냈다.

"제이든과 있었던 일 때문에 학교에서 너에게 보호 관찰 기간을 줬어. 우린 주의 목록에 올라 있다고. 또 말썽이 생기면, 리프먼 박사님이…… 아무튼 당장은 학교에서 더 소란 떨 만한 여지를 줄 수가 없어."

'아빠, 내 말 좀 들어 봐. 이렇게 빌게. 엄마가 모든 것이 죽어 간다잖아. 엄마 말은 믿어?'

"로빈. 제발 가자. 아빠가 태워다 줄게." 내가 듣기에도 허를 찔린 티가 나는 목소리였다.

'엄마 말이 맞다면, 학교에 가 봐야 소용 없어. 내가 10학년이 되기도 전에 모든 게 죽을 거야.'

나는 잠시 과연 이곳이 내가 죽어서 눕고 싶은 언덕인가 생각했다.

'엄마를 믿어, 안 믿어? 그것만 물어볼게.'

나보고 얼리사를 믿느냐고? 얼리사가 말한 사실들은 의심할 여지가 없었다. 얼리사의 주장은 모든 과학자들에게 상식이었다. 하지만 내가 그 말을 믿느냐고? 언제는 대량 멸종이 진짜처럼 느껴진 적이 있었던가?

"넌 학교에 가야 해. 다른 선택권은 없어."

'아빠는 모든 것이 언제나 선택이라고 했어. 예를 들자면, 아빠가 집에서 날 가르칠 수도 있잖아.'

나는 눈앞이 번쩍거릴 때까지 눈을 세차게 문질렀다. 머릿속에서 나는 다시금 죽은 사람과 대화하고 있었다. 얼리사는 나에게

상기시켰다. '귀를 기울여. 이해를 해. 하지만 테러리스트와 협상은 하지 않아!'

"네 말을 믿어, 로비야. 네가 하는 일을 믿어. 하지만 학기 중간에 학교를 바꿀 수는 없어. 봄이 되어도 네 생각이 확고하다면, 그때는 다른 해답을 찾아보자."

'그래서 다들 멸종해 버리는 거야. 모두가 나중에 해결하고 싶어 하기 때문에.'

나는 로빈의 시험 스케치가 널려 있는 테이블 앞에 앉았다. 로빈의 말은 틀리지 않았다. "알았다. 오늘은 그림을 그리도록 해. 곤경에 빠진 모든 생명체를 그리렴. 네가 할 수 있는 만큼."

내가 기가 꺾인 것을 느꼈는지, 작은 승리에도 불구하고 로빈은 되려 어두워졌다. 로빈은 나보고 마음을 바꾸라고 할 태세로 쳐다보았다. '아빠? 그런데 이게 하나도 도움이 안 되면 어쩌지?'

내 연락처 목록에 있는 베이비시터 중에 평일에 이렇게 갑작스럽게 연락해 하루 종일 아이를 봐줄 수 있는 사람은 없었지만 다행히도 강의 일정이 없어서 내가 집에서 일할 수 있었다. 아홉 시 십오 분, 약속을 취소하고 다시 잡는 와중에 자동 문자가 왔다.

'댁의 아이가 이유 없이 결석했습니다. 이 사실을 알고 계십니까? (예, 아니요로 대답해 주세요.)' 나는 '예'를 누른 다음, 학교로 전화를 걸어서 퉁명스럽고 회의적인 직원에게 로빈이 의사를 만나러 가야 하는데 내가 깜박하고 미리 알리지 않았다고 말했다.

나는 이메일을 분류한 다음, 스트라이커를 위해 진작 해야 했던 논문용 데이터 수정을 끝냈다. 우리의 대기 불균형 모델에 디메틸 설파이드(황화물)와 이산화황을 넣는 작업이었다. 탄소가 아니라 유황을 기반으로 하는 생명. 나는 로빈이 좋아하는 방식대로 투명하게 볶은 양파를 잔뜩 넣고 토마토는 넣었나 싶게 조금 넣어 렌틸콩 요리를 하면서 그런 곳에서는 점심 식사가 어떤 모습일까 생각했다. 로빈은 자기 그림에 대해 어떤 대답을 해도 상관없을 작은 질문거리를 몇 개 들고 내 사무실 문을 두드렸다. 외로워서였다. 나는 다음 날 아침이면 로빈도 학교에 다시 갈 준비가 되리라 생각했다.

우리는 저녁 식사를 위해 다시 일을 중단했다. 로빈은 얼리사의 장기였던 가지 캐서롤을 먹고 싶어 했다. 그리고 겹겹의 층을 다 펼쳐 놓으라고 고집했다. 결과물은 결코 성공적이라 할 수 없었지만 로빈은 종일 일한 사람다운 식욕으로 먹어치웠다. 저녁 식사 이후, 나는 그림 전시를 요청했다. 로빈이 화가 나서 망가뜨린 그림도 많았지만, 몇 장은 남아 있었다. 로빈은 재활용 테이프를 써서 그날의 작품을 거실의 빈 벽에 붙였다. 나는 로빈이 오라고 할 때까지 기다려야 했다. 흰부리딱따구리와 붉은 늑대와 프랭클

린뒝벌과 거대한 아놀도마뱀과 사막엘로헤드*가 있었다. 좀 더 능숙한 그림도 있었지만, 아니라도 하나같이 진동을 일으켰고, 색채로는 '우릴 구해 줘.'라고 외치고 있었다.

'조류와 포유류와 곤충류와 파충류와 식물 하나씩이야. 어제의 양서류와 어울리게.'

나는 아직도 어떻게 아홉 살짜리가 그런 그림을 그릴 만큼 오래 집중할 수 있는지 이해가 가지 않았다. 뭔가 다른 창조자와 접선이라도 하는 것 같았다. "로빈. 믿을 수 없을 만큼 좋구나."

'저 딱따구리와 아놀도마뱀은 이미 멸종했을지도 몰라. 얼마를 달라고 해야 할까? 최대한 많이 기부하고 싶은데.'

"사람들에게 내고 싶은 만큼 내라고 할 수도 있지." 중고차에 쓰는 방식을 훌륭한 목적에 접목하는 거다. 로빈은 그림을 다 내려서 포트폴리오에 집어넣었다. "조심해! 구기지 말고."

'할 일이 아직도 너무 많아, 아빠.'

다음 날 아침, 아침을 먹고 난 로빈은 집에 있으면서 일을 더 해야겠다고 선언했다.

"말도 안 돼. 그만 나가야지. 약속했잖아."

'언제? 무슨 약속? 아빠는 날 믿는댔어!'

내 아들은 순식간에 아홉 살에서 열여섯 살로 변해 버렸다. 옳은 일을 하지 못하게 막았다고 증오에 가까운 분노를 담아 나를

---

* 미국 와이오밍주에서만 볼 수 있는 희귀 식물.

노려보았다. 입술을 오므리더니 내 발치에 침을 뱉었다. 그러더니 몸을 휙 돌려 침실까지 달려가서는 문을 쾅 닫았다. 이십 초 후, 몸이 얼어붙을 듯한 비명소리가 가구를 넘어뜨리는 요란한 소리로 바뀌었다. 나는 문 앞에 쌓인 잡동사니를 밀어내고 문을 열었다. 로빈은 1.5미터짜리 책장을 쓰러뜨리고 책들, 장난감, 우주선 모형 그리고 미술 공예로 받은 트로피들을 죄다 침실 바닥에 흩어 놓았다. 내가 방 안으로 들어가자 로빈은 다시 비명을 지르면서 얼리사가 쓰던 우쿨렐레를 창문으로 집어던져 창문 유리와 악기를 둘 다 깨뜨렸다.

　로빈은 울부짖으며 나에게 덤벼들었다. 우리는 싸웠다. 아들은 내 얼굴을 할퀴려 했다. 나는 그 팔을 잡아서 세게 비틀었다. 로빈이 비명을 지르더니 울면서 바닥에 주저앉았다. 나는 죽어 버리고 싶었다. 로빈의 손등은 내 손에 반쯤 짓이겨진 나비 같았다. 얼리사와 맺은 약속이 있었다. 얼리사가 나에게 시킨 유일한 맹세였다. '시오? 무슨 일이 일어나도 우린 절대 아이를 때리지 않아야 해.' 나는 아내에게 용서해 달라고 빌기 위해 방 안을 둘러보았다. 그러나 그 사람은 어디에도 없었다.

✧

게미누스에서, 우리는 끔찍한 자오선을 사이에 두고 서로 반대편에 갇혔다. 이 행성의 태양은 작고 서늘한 빨간색이었다. 게미누스는 그 항성과 너무 가까운 나머지 동주기 자전*을 했다. 한쪽 면은 언제까지나 뜨거운 빛 속에 있고, 반대편은 영원히 차가운 밤에 머물렀다.

생명은 영원한 정오와 영원한 자정 사이의 가늘게 뻗은 중간 지대에 싹텄다. 타지도 않고 얼지도 않는 그 띠 속에서는 바람이 공기를 때리고 흐름이 물을 움직였다. 생명체들은 에너지 순환을 이용하도록 진화하여, 아침의 조각들을 움직여 어둠을 데우고 밤의 조각들로 끊임없는 불을 식혔다.

생명은 바람이 휘몰아치는 풍경의 양쪽으로 더 깊이 밀고 들어갔다. 생존이 가능한 가느다란 촉수들이 계곡과 분수령을 따라 스며들고 기어오르며 온화한 경계선으로부터 극단적인 쪽으로 번져 갔다. 게미누스의 생명은 각각 극단적인 행성 반쪽에 적응해 얼음과 불의 두 왕국으로 분열했다. 담대한 순례자들에게는 돌아갈 길이 없었다. 온화했던 경계선 지역마저도 치명적으로 변해 갔다.

---

* 조석 고정이라고도 한다. 공전 주기와 자전 주기가 일치하는 현상이다.

지성은 두 가지로 발생했고, 각각 자기 쪽의 까다로운 기후를 해결했다. 그러나 낮의 종족은 밤 쪽에 지성이 있다고 여기지 못했고, 밤의 종족은 낮을 이해하지 못했다. 그들은 오직 한 가지 공통 지식만을 공유했다. '경계선 너머'에는 생명이 존재하지 못한다는 지식이었다.

우리는, 내 아들과 나는 함께 게미누스로 여행을 떠났다. 그러나 서로 따로 도착했다. 나는 영원한 낮의 땅 쪽의 바람 부는 수로에 떨어졌다. 거주 가능한 구역을 샅샅이 뒤져도 아들을 찾을 수가 없었다. 지역 주민들은 도움이 되지 않았다. 나는 끝없는 낮의 주민이라면 쾌활하고 낙관적이리라 상상했다. 그러나 그들의 하늘은 우주의 모든 신호를 차단하는 단일하고 변화 없는 빛으로 채워져 있었다. 그들은 여기와 지금 그리고 자기들 외에는 아무것도 있을 수 없다는 듯 살았다. 그런 생각이 그들의 발전을 방해했다. 그들의 과학과 예술은 유아기에 멈춰 있었다. 그들은 결코 망원경을 발명하지 못했다.

게미누스에서는 계절이 곧 장소였다. 경계 지대를 향해 몇 킬로미터 걷자 8월에서 1월로 변했다. 로빈은 영원한 밤 쪽 어딘가에 있을 터였다. 로빈이 그곳에서 찾을 사람들은, 치명적인 추위가 빚어낸 이들은 어땠을까? 그들은 교활하고 재주가 많은 열(熱) 광산 채굴 광부와 지하 균류 농부들이며 거칠고, 야만적이고, 귀중한 칼로리를 두고 경쟁하며 상대를 죽이는 우울한 살인자들이었다.

로빈도 쭉 나를 찾고 있었다. 온화한 경계 지대 근처에서 나는 저 멀리, 반대편에서부터 달려오는 아들을 보았다. 내가 뛰기 시작했더니 로빈이 두 손을 들어 올려 나를 막았다. 나는 어둠의 경계선에 가서야 로빈이 벌거벗은 밤하늘을 보고 있었음을 깨달았다. 로빈은 지구상의 그 누구도 다시 보지 못할 방식으로 별들을 보았다. 변화와 시간, 주기와 다양성을 보았다. 까만 하늘에 빛나는 별자리들만큼이나 헤아릴 수 없고, 섬세하며, 다양한 수학과 이야기들을.

로빈은 어둠의 경계선 너머에서 나를 불렀다. '아빠, 아빠! 아빠는 상상도 못할 거야.' 하지만 나는 빛 속에 갇혀 건너갈 수가 없었다.

많은 사람이 내 아내를 사랑했다. 그리고 얼리사도 그게 세상에서 제일 자연스러운 일이라는 듯 많은 사람을 사랑했다. 나를 만나기 이전에도 파트너가 여럿 있었으며 그들 대부분과 좋은 관계를 유지했다. 심지어는 자기에게 크게 상처를 준 한 여자와도 계속 잘 지냈다. 추파를 던지는 것이 당연한 직업이기도 했다. 나는 아내가 국회의원이 가득한 복도며 기부자가 가득한 연회장에서 모두를 아끼는 친구처럼 대하며 일하는 모습을 보았다.

얼리사는 열 개의 중서부 주 전역에서 NGO 단체를 지휘하느라 매우 바빴다. 결혼하고 첫 두 해에는 나도 그런 점 때문에 죽을 듯 힘들었다. 아내가 어느 주와 주 사이의 중저가 호텔에서 전화를 걸더니 '우리가 시내에 있는 작고 근사한 이탈리아 식당에 갔는데'라고 해서 내가 쉰 목소리로 애써 가볍게 "우리?"라고 물으면 '아, 내가 말 안했나? 마이클 맥스웰이 여기 있어. 학부 시절에 사귀었던.'이라고 하고 나면 이후 여덟 시간은 하지 않아도 될 생각을 하면서 잠을 설치는 식이었다.

얼리사가 맡은 열 개 주에서는 헌신적인 여자와 남자들이 평등한 기회를 쥔 하렘을 이루고 있었다. 이런 우정 중에는 내가 아는 경우도 있었지만, 아내의 추도식에서 완전히 처음 만난 경우도 있었다. 한번은 혹시라도 옆길로 새고픈 유혹이 없었느냐고 물었더니 얼리사는 깜짝 놀라서 입을 떡 벌렸다. '세상에나. 난 그런 식으로 생겨 먹질 않았어! 그러려고 했다간 나는 갈가리 찢어졌을걸.'

나는 그럭저럭 제어 가능한 질투와 자극이 뒤섞인 상태에 정착했다. 훌륭하고 상냥한 많은 이들이 내 아내를 원했다. 아내는 나를 원하는 것 같았다. 얼리사가 자주 알려 줬듯이, 자연은 사람들에게 딱 맞는 정도의 행복을 유지하는 데에 아주 능란했다.

그래서 어느 토요일, 파머스 마켓에 갔던 얼리사가 기분 좋은 관심을 잔뜩 받고 명랑해진 모습으로 늦게 돌아왔을 때 나는 놀라지 않았다. '사과 파는 매대에서 마틴 커리어와 마주쳤지 뭐야. 커피도 한 잔 마셨어. 우리가 어떤 실험에 참여했으면 하더라고!'

마틴 커리어는 위스콘신에서 높은 관심을 받는 과학자였다. 신경과학계의 선도 연구자이자 국립 과학원 회원이며, 휴스* 연구원이기도 했다. 나는 꿈만 꿀 뿐 영영 이루지 못할 수준으로 인정받는 학자였다. 그는 얼리사가 어울려서 뭔가를 배울 수 있는 몇 안 되는 사람 중 한 명이기도 했다. 두 사람은 사계절 내내 같이 다녔고, 나는 미쳐 버릴 지경이었다.

"그렇게 말했다고? 분명 우리가 아니라 당신에게 실험을 하고 싶은 거겠지."

얼리사는 씩 웃더니 권투 선수 같은 자세를 취하고는 상하 좌우로 움직이면서 얼굴 앞에서 주먹을 뱅뱅 돌렸다. 얼리사는 나를 때리겠다고 위협할 때면 언제나 작은 두 주먹을 너무 가까이 붙여 들었다. 나는 그 모습을 사랑했다.

'에이, 그러지 마. 해보긴 해야지. 마틴은 황당무계한 짓을 한단 말이야.'

커리어의 연구소는 '디코디드 뉴로피드백'이라는 것을 탐구하고 있었다. 구식 바이오피드백과 닮았지만, 이것은 실시간 신경 이미징으로 AI가 피드백을 조정했다. 1차 대상 그룹('목표'라고 했다.)이 외부 자극에 응하여 어떤 감정 상태에 들어서면, 연구자들

---

* 하워드 휴스 의학 연구소.

은 fMRI*를 써서 그들의 두뇌에서 해당 부위를 스캔했다. 연구자들은 그다음에 2차 대상 그룹('훈련자'라고 했다.)의 동일한 두뇌 부위를 실시간으로 스캔했다. AI는 신경 활동을 관찰하고 청각, 시각 신호를 보내어 훈련자들을 사전에 기록한 목표 대상의 신경 상태로 몰고 갔다. 이렇게 해서 훈련자들은 목표 대상의 두뇌에 일어난 자극 패턴을 흉내 내는 방법을 배웠고, 놀랍게도 실제로 비슷한 감정을 느낀다고 보고하기 시작했다.

이 기술은 2011년부터 있었고, 인상적인 초기 결과들을 얻었다고 주장했다. 보스턴과 일본에 있던 팀들은 훈련자들이 시각 퍼즐을 더 빨리 풀도록 가르쳤는데, 실제 시도와 오류를 통해서 퍼즐을 익힌 목표 대상들의 시각 피질 패턴만으로 훈련시켰다. 또 어떤 실험에서는 빨간색에 노출시킨 목표 대상들의 시각 영역을 기록했는데, 피드백을 통해서 동일한 신경 활동을 흉내 낸 훈련자들은 마음의 눈으로 빨간색을 보았다고 보고했다.

그 시절 이후, 이 분야는 시각적인 배움에서 감정적인 조건화로 이동했다. 엄청난 연구비가 PTSD를 겪는 사람들을 둔감하게 만드는 데로 흘러가고 있었다. 데크네프**와 연결 피드백은 온갖 정신 장애에 대한 치료법으로 광고되었다. 마틴 커리어는 임상 응용 분야에서 일했다. 하지만 더욱 독특한 도박도 함께 하고 있었다.

---

* 기능성 자기공명 영상 기술.
** DecNef. 디코디드 뉴로피드백의 약자.

"그래. 왜 안 되겠어." 나는 아내에게 말했고, 그렇게 우리는 얼리사의 친구가 하는 실험에 자원했다.

✧

마틴 커리어의 연구소 접수처에서 얼리사와 나는 참가용 질문지를 두고 낄낄거렸다. 우리는 두 번째 목표 대상 집단에 들어갈 테지만, 우선 심사에 통과해야 했다. 수상쩍은 동기를 숨긴 질문이 이어졌다. 과거에 대해 얼마나 자주 생각하십니까? 사람 많은 해변과 텅 빈 박물관 중 어느 쪽에 있고 싶나요? 아내는 이런 조잡한 질문에 고개를 내젓고는 한 손으로 미소를 가렸다. 나는 같이 연결되어 있는 것처럼 또렷하게 그 표정을 읽었다. 연구원들이 얼리사의 안에서 뭘 찾아내든, 징역형으로 이어지지만 않는다면 환영이었다.

나는 내 숨겨진 기질을 이해하려는 마음을 포기한 지 오래였다. 해가 들지 않는 내 마음의 심연 속에는 괴물이 잔뜩 살고 있었지만 대부분 위험하지 않았다. 아내의 답변을 보고 싶어 죽을 지경이었지만, 연구소 기술자 한 명이 서로 질문지를 비교하지 못하게 막았다.

담배를 핍니까? 끊은 지 몇 년 됐습니다. 나는 연필마다 깨문

134

자국이 가득하다는 정보는 굳이 덧붙이지 않았다.

일주일에 알코올은 얼마나 섭취합니까? 나는 마시지 않는다고 썼지만, 내 아내는 정기적으로 개에게 시를 읽어 주며 보내는 야간의 해피아워를 고백했다.

혹시 어떤 알레르기로 고생하십니까? 칵테일파티도 알레르기로 치지 않는다면, 아니요.

우울을 경험한 적 있습니까? 이 질문에는 어떻게 답해야 할지 몰랐다.

악기를 연주하십니까? 과학. 나는 필요하다면 피아노에서 3옥타브의 도를 찾을 수는 있을 거라고 대답했다.

박사 후 과정 두 명이 우리를 데리고 fMRI실로 들어갔다. 이 사람들은 다른 어떤 우주생물학 팀보다 돈을 훨씬 많이 뿌렸다. 얼리사도 빈곤에 시달리는 자기 NGO를 두고 같은 생각을 했다. 나는 질투심이 우리의 두뇌 스캔을 흐리지 않기를 빌었다.

내가 먼저 스캐너에 들어갔다. 얼리사는 마틴 커리어와 함께 통제실에 줄줄이 놓인 모니터들 앞에 앉았다. 내 눈에나 수상쩍지 사실 커리어는 온갖 연구 상을 받은 사람이었다. fMRI 안에 들어갈 때 낀 이어폰에서 긴장을 풀고, 눈을 감고, 호흡 소리에 귀를 기울이라는 지시가 흘러나왔다. 그들은 측정을 위해 나에게 자극을 공급했다. 월광 소나타가 잠깐 흘렀고 귀에 거슬리는 현대 음악도 한 토막 들렸다. 그들은 나에게 눈을 뜨라고 했다. 얼굴 위에 설치된 화면에 차례로 나뭇가지에 앉은 파랑새, 행복한 아기, 성

대한 명절 만찬 그리고 피부를 뚫고 나온 부러진 팔뚝 뼈 클로즈업 사진이 지나갔다. 그 후에는 다시 일 분 동안 눈을 감고 호흡에 귀를 기울이라는 지시를 받았다.

뒤이어 진짜 실험이 이어졌다. 얼리사와 나는 각각 플러칙의 유형학에서 말하는 여덟 가지 핵심 감정 상태 — 공포, 놀라움, 비탄, 혐오, 격노, 경계, 황홀, 감탄을 무작위로 받았다. 우리에게는 주어진 정신 상태로 살 시간이 사 분씩 주어졌다. 우리가 임무에 몰두해 있는 동안 소프트웨어는 우리의 대뇌 변연계를 3차원 지도로 그려 냈다.

그들은 나에게 '감탄'을 내밀었다. 나는 눈을 감고 모호하게 아인슈타인을, 킹 박사를, 시드니 카턴을 생각했다. 하지만 바깥에서는 아내가 내 감정의 변동을 지켜보고 있었다. 아내를 생각하자 사 년 전 중서부 위쪽 지역의 깊은 겨울에 우리가 함께 보낸 어느 저녁이 떠올랐다.

얼리사가 막 중서부 조직 책임자로 임명받은 때였는데, 후임자인 위스콘신 주 담당은 무능한 남자였다. 연 2회 열리는 삼 일짜리 전국 회의에 참석하러 메릴랜드에 간 얼리사는 몇 시간씩 전화기를 붙들고 후임자가 다양한 위기를 헤쳐 나가도록 돌봐야 했다. 그 사이에 끔찍한 감기에도 걸렸다. 눈보라 때문에 돌아오는 비행기는 반나절이나 늦어졌다. 나는 어린 로빈을 데리고 밤 아홉 시에 공항으로 아내를 마중 나갔다. 엄마가 없는 사이 로빈은 귓병에 걸렸다. 로빈이 자정이 넘도록 울어댔기에, 얼리사는 자정쯤

되어서야 겨우 아프고 지친 머리를 베개에 뉘었다.

그리고 한 시 삼십 분에 전화가 와서 깨어났다. 불운한 후임자가 초조한 상태로 전화를 걸어서였다. 한참 외곽에 있는 라인랜더의 어느 월마트 주차장에서 경찰이 십여 마리의 개가 우리에 갇혀 있던 트럭을 발견했는데, 영하에 몇 시간씩 방치되어 있었다고 했다. 트럭의 소재지를 추적한 경찰은 불규칙하게 뻗어 있는 강아지 농장을 찾아 폐쇄했다. 갑자기 생긴 수백 마리의 개를 오나이다 카운티의 하나뿐인 보호소는 감당하지 못했다. 현지인들은 얼리사의 NGO에 연락했다. 사실 얼리사의 조직 활동 분야는 동물권 지향이어서 이 분야와는 한참 간극이 있었지만 말이다.

얼리사의 후임자는 위기를 해결할 사람이 있는지 알고 싶어 했다. 얼리사는 말했다. '무슨 소릴 하는 거예요? 가서 도와줘요.' 그 남자는 자기가 할 일은 아니라고 대답했다. 그들은 이십 분 동안 대화했고, 아내는 좀비나 다름없는 상태로도 한 번도 이성을 잃지 않았다. 그래도 그 남자는 거절했다. 그래서 해가 뜨자 얼리사는 혼자서 얼어붙은 도로를 세 시간 반 동안 운전해 가겠다고 배낭을 챙겼다. 나는 계속 "꼭 그래야겠어?"라고 물었다. 얼리사가 받아 마땅한 지지의 말은 아니었다.

얼리사는 이백 마리의 개를 위스콘신주 북부 전역의 보호소에 나눠 넣고 사십팔 시간 후에 집에 돌아왔다. 차에서 내리는 모습이 폐결핵으로 죽어 가는 19세기 프랑스 소작농 배역을 맡은 배우 같았다. 얼리사는 곧장 울고 있는 로빈에게 가서 한 시간 동안 아이를 달랬다. 그런 다음에는 다음 날 디모인에서 해야 하는 연설 원고를 썼다. 다시 자정이 넘어가자 아내는 우스꽝스러운 사팔 눈을 뜨고 나를 보더니, 녹초가 되었다고 선언하고 쓰러져서 다섯 시간을 내리 잔 후 일어나서 아이오와로 차를 몰았다.

아내가 감탄스러운 사람이라는 건 내 키가 크다는 말과 비슷하게 객관적인 사실이다. 그러나 '감탄'이라는 말로는 턱도 없었다. 내 안에 흐르는 감정은 기하학 증명과 같았다. 나는 아내를 존경했다. 아내야말로 이 세상에 있어야 하는 사람, 단 한 번도 그게 무슨 의미인지 불안해하지 않아도 되는 사람이었다. 나는 흉내 낼 엄두도 내지 못했다. 그저 통제실의 모니터들 앞에 선 아내가 내 두뇌에 넘쳐흐르는 감정을 볼 수 있기를 바랄 뿐이었다.

그 순간은 끝났고 나의 무아지경도 깨졌다. 기술자들은 이미 보여 줬던 이미지들을 다시 보여 주면서 나에게 10부터 1까지 세라고 지시하여 소프트웨어를 재조정했다. 그런 다음 다시 주사위를 굴려서 두 번째 목표를 내밀었다. 비탄이었다.

이어폰으로 그 단어가 들리자마자 맥박이 빨라졌다.

사실 나는 아주 미신적인 사람이다. 과학이 재교육한 두뇌는 다를지 몰라도 몸은 미신에 반응한다. 나는 오래된 감정에 능한데, 슬픔은 경각심보다 더 오래된 감정일 것이다. 내 몸은 너무도 쉽게 최악의 상상을 끌어안는다. 그저 아내에게 찬탄하기만 하던 몇 분이 이제 확 뒤집혔다. 나는 다시금 사방에 재난이 널려 있는 그 생생한 밤으로 돌아갔다. 내 아들의 귓병은 치명적인 패혈증으로 변했다. 강아지 농장의 살해자들이 아내를 붙잡아 고문했다. 수면 부족인 데다 과로 상태였던 아내는 얼어붙은 도로에서 미끄러져 몇 시간 동안 도랑에 누워 있었다.

비탄이란 무엇일까? 세상이 당신이 찬탄하는 무엇인가를 빼앗아 갔다는 뜻이다. 내 안에 가득 찬 온갖 생각들은 다 논리에도 맞지 않고 말도 되지 않았다. 그러나 나는 어느 행성에서는 그 일들이 실제 일어난 것처럼 느꼈다.

내가 통제실로 들어가자 얼리사가 펄쩍 뛰다시피 일어나서 나를 끌어안았다. "아, 우리 귀염둥이!"

우리는 자리를 바꿨다. 나는 커리어의 옆에 앉고, 얼리사가 fMRI 관 속에 들어갔다. 기술자 두 명이 이미지와 음악으로 얼리사를 조정하는 동안, 나는 커리어에게 나의 의혹을 말했다.

"박사님의 방법론은 특별히 통제가 잘 되는 것 같지 않은데요. 결과가 많이 폭넓게 나오지 않습니까? 피험자의……."

"피험자가 얼마나 메소드 배우인지에 따라서 말이죠?" 커리어의 얼굴은 쾌활했지만, 목소리는 우쭐거렸다. 나는 정말이지 이 남자를 대하기가 힘들었고, 그건 얼리사가 많이 좋아하는 사람이라서만은 아니었다.

"바로 그겁니다. 모든 사람이 지시만 받으면 바로 감정을 느낄 수 있는 건 아니죠."

"그럴 필요도 없습니다. 우리는 변연계의 특정 부위를 보고 있어요. 목표 대상 중에 어떤 사람의 반응은 다른 사람보다 더 진실할 겁니다. 어떤 사람들은 정말로 그 감정을 느끼는 반면 또 어떤 사람들은 그 감정에 대해 생각만 하지요. 하지만 AI는 수백 번의 실험에서 공통된 활동 패턴을 추출하여 두드러지는 공통 특징으로 복합 3D 지도를 만들 수 있습니다. 우리는 여덟 가지 핵심 감정의 평균 지문이 그 감정을 흉내 내야 할 훈련자들이 인식할 만큼 뚜렷한지 시험하고 있고요."

"그래서요? 어때 보입니까?"

커리어는 내 아내와 같이 탐조 활동으로 보러 다니던 새처럼 고개를 기울였다. "순전한 우연으로 누군가에게 여덟 가지 선택지를 준다면, 그 사람은 목표 감정을 여덟 번에 한 번 정확하게 식별할 겁니다. 하지만 피드백을 몇 번 돌리고 난 훈련자들은 절반이 넘는 확률로 목표 감정을 정확하게 지목할 수 있습니다."

"이야. 감정 텔레파시군요."

커리어가 눈썹을 치켰다. "그렇게 말할 수도 있지요."

나는 여전히 회의적이었다. 하지만 내가 결정권자였어도 커리어에게 연구비를 줬을 것이다. 결과야 어떻든, 탐구할 가치가 있는 발상이었다. 공감 기계라니. 내가 모아 놓은 2000권의 SF 소설

중 어딘가에 나올 법했다.

방 저편에 있는 내 아내는 스캐너 안에서 평소보다 더 작아 보였다. 그들은 아내에게 '경계'를 내밀었다. 나는 경계심이 여덟 가지 핵심 감정인지는 고사하고, 그걸 감정이라고 하는지도 처음 알았다. 하지만 얼리사에게 경계심이란 중세 수녀들에게 성가와 같은 것이었기에, 얼리사가 그 감정을 요리한 지 삼 분만에 커리어가 모니터에 몸을 숙였을 때에도 나는 놀라지 않았다. "이야. 얼리사는 강렬하군요."

"짐작도 못할걸요."

하지만 사실은 알지도 몰랐다. 우리는 얼리사의 두뇌 활동이 움직이는 지문처럼 소용돌이치는 모습을 지켜보았다. 어쩌면 얼리사도 나와 같은 밤을 다시 사는지도 몰랐다. 하지만 수많은 다른 밤이라도 잘 맞았을 것이다. 나는 화면을 보면서 뭔가를 배웠다. 얼리사는 삶의 모든 기본 음을 풍부한 소리로 노래했지만, 그중에서도 '경계심'은 국가나 다름없었다. 얼리사의 삶 전체가 한 가지 주제곡의 변주였으며 그 주제곡은 이것이었다. 어떤 일을 하든 할 수 있을 때 해라, 지금 해라, 앞으로 갈 곳에서는 할 일이 없을 수도 있으니.

패턴들이 얼리사의 두뇌 안에서 춤을 췄다. 기술자 한 명이 아내에게 심호흡을 하고 긴장을 풀라고 말했다. '풀라고요?' 아내는 관 안에서 외쳤다. '이제 겨우 준비 운동인데요!'

이어서 그들은 '황홀'을 요구했다. 나는 커리어에게 말했다.

"가만. 나는 비탄을 받았는데 얼리사에겐 황홀이요?"

커리어는 씩 웃었다. 그 남자가 매력적이라는 점은 부인할 수가 없었다. "난수 발생기를 한번 들여다보죠."

경계와 황홀은 플러칙의 감정 수레바퀴에서 바로 옆에 위치해 있다. 경계심은 수레바퀴의 바깥쪽으로 가면서 기대와 흥미로 변화한다. 황홀은 기쁨과 평온으로 변한다. 기쁨과 기대감 사이에는 낙관이 있다. 매일매일 반복되는 절망적인 분류 작업은 얼리사를 쓰러뜨리곤 했다. 나는 얼리사가 어느 아이오와 사육장에서 비밀리에 나온 영상을 보고 울던 모습을 기억한다. 한 번은 서식지 파괴에 대한 UN 보고서를 방 저편으로 집어던지면서 인류 따윈 다 지옥에 떨어지라고 한 적도 있다. 하지만 내 아내의 세포는 낙관을 쏟아 냈다. 아내의 영혼은 쇳가루가 자기장을 따라가듯 황홀을 향했다.

나는 얼리사를 갈망하는 게 틀림없는 남자와 나란히 통제실에 앉아서, 얼리사의 행복을 나타내는 화면 속 두뇌 패턴을 바라보았다. 커리어는 피어나는 패턴을 응시하며 외쳤다. "완벽해요!" 그 남자가 무엇을 보는지 알지 못하는 나도 얼리사에게 넘쳐흐르는 이 패턴이 몇 분 전과 얼마나 다른지는 알 수 있었다.

나는 아내를 그 누구보다 잘 알았다. 하지만 얼리사가 지시를 수행하기 위해 어떤 기억을 그렸는지는 짐작이 가지 않았다. 나는 그 속 어딘가에 있을까? 그 기쁨의 중심에 있는 건 우리 아들일까? 아니면 아내의 가장 깊은 행복을 촉발하는 건 다른 것들일까? 번져 나가는 색채의 원천을 알고 싶은 마음이 너무나 간절한 나머지, 플러칙의 수레바퀴 어디에도 없을 아홉 번째 주요 감정이 나를 사로잡았다.

커리어는 모니터로 얼리사의 간뇌를 관찰했다. 그 남자는 사회가 과학을 믿는 한 이어질 길고 멋진 탐험의 일부였다. 하지만 그런 족속이 마침내 타인의 머릿속 잠긴 방을 성공적으로 연다 해도, 우리는 여전히 그곳에 산다는 게 어떤 느낌인지는 결코 알지 못한다. 우리가 어디를 간다 해도, 우리가 보는 풍경은 언제나 여기에서 보는 풍경이다.

기술자 두 명이 fMRI 관에서 나오는 얼리사를 도왔다. 아내는 마치 간호사들이 신생아를 품에 안겨 줬던 그날처럼 즐거움에 상기된 얼굴을 하고 있었다. 얼리사가 살짝 비틀거리면서 통제실에 들어오자 커리어가 휘파람을 불었다. "확실히 저 물건을 몰 줄 아네요."

아내는 들어와서 내 목을 끌어안았다. 마치 망망대해에서 얼리사라는 작은 배를 계속 띄워 줄 수 있는 건 내 몸밖에 없다는 듯이. 우리는 그렇게 꼭 달라붙은 채로 집까지 가서 베이비시터에게 돈을 지불했다. 아들에게 밥을 먹이고, 제일 좋아하는 스타워즈 레고로 주의를 돌리려 했다. 로빈은 뭔가가 있다는 걸 알고 딱 그 순간을 골라서 우리에게 달라붙었다. 나는 아들을 설득했다.

"엄마와 나에게 처리할 일이 몇 가지 있어. 지금 조용히 놀면 나중에 같이 범선을 보러 가자."

이 약속은 얼리사와 내가 침실에 틀어박힐 시간을 벌어 줬다. 아내가 내 옷을 반쯤 벗겼을 때 나는 겨우 맹렬한 첫 마디를 속삭일 수 있었다. "아까 거기서 뭘 생각했어? 꼭 알아야겠어!"

아내는 내 맥박 외에는 내가 내는 모든 소리를 무시했다. 귀는 내 가슴에 대고 손은 그 아래 사방을 돌아다녔다. '아, 우리 귀염둥이. 그 끔찍한 기계 안에 있을 때 금방이라도 울 것 같더라!'

그러더니 아내가 똑바로, 기민하게, 거대하게 내 위로 올라갔다. 야행성 짐승처럼 소리를 지르기도 했다. 그 입을 막으려고 손을 올리느라 흥분이 두 배로 커졌다. 금세 문을 두드리는 소리가 났다. '안에 다들 괜찮은 거야?'

황홀 속에서도 경계심을 잃지 않는 내 아내는 웃음을 터뜨리지 않으려고 온 힘을 다했다. '그럼 괜찮지! 다들 아주 괜찮단다.'

11월의 어느 수요일, 나는 캠퍼스를 가로질러 마틴 커리어가 있는 건물로 걸어갔다. 그 자체로 좋은 하이킹이었지만, 미리 가겠다는 연락을 하지 않은 상황이었다. 행적을 남기고 싶지 않았다. 마틴은 나를 보고 당혹한 얼굴이었다. 플러칙의 감정 바퀴에서 그 표정에 가장 가까운 감정을 찾는다면 아마 '우려'일 것이다.

"시오. 흠, 어떻게 지냈어요?" 진심으로 알고 싶다는 듯한 말투였다. 아마 몇 년간 인간 감정을 연구한 결과이리라. "엘리사의 장례식에 못 가서 정말 안타까웠습니다."

나는 어깨를 치켜 올렸다가 툭 떨궜다. 이 년 전이니, 오랜 옛날 일이다. "솔직히 말할까요? 난 장례식에 누가 있고 없었는지도 잘 몰라요. 대부분 기억도 안 납니다."

"어떻게 도와 드릴까요?"

"비밀리에 물어볼 게 있는데요."

마틴은 고개를 끄덕이더니 나를 데리고 복도를 걸어 건물 바깥으로 나갔다. 우리는 의과 대학 식당에 각자 마시고 싶지도 않은 따뜻한 음료를 하나씩 놓고 앉았다.

"조금 민망하군요. 당신이 임상을 하지 않는다는 건 알지만, 달리 갈 곳이 없네요. 로빈에게 문제가 있어요. 로빈이 다니는 초등학교에서는 내가 아이에게 약을 먹이지 않으면 사회복지기관에 신고하겠다고 위협하고 있고요."

마틴은 로빈이 누구인지 생각해 내느라 잠시 뜸을 들였다. "뭔가 진단을 받은 건가요?"

"지금까지 투표 결과는 아스퍼거가 둘, 강박 장애일 가능성이 하나, ADHD일 가능성이 하나예요."

마틴은 씁쓸하고도 공감하는 미소를 보였다. "이래서 내가 임상 심리학을 그만둔 겁니다."

"이 나라의 3학년 아이들 중에 절반은 지금 말한 카테고리 중 하나에 들어갈 수 있을 거예요."

"그게 문제죠." 마틴은 혹시 우리의 대화를 엿들을 수 있는 동료가 있는지 식당 안을 둘러보았다. "그래서 뭘 먹이고 싶어 하는데요?"

"대형 제약 회사의 손이 닿기만 한다면 교장은 무슨 약이든 신경 안 쓸 것 같네요."

"지금 흔히 쓰는 약은 대부분 표준화되어 있어요, 알겠지만."

"로빈은 아홉 살입니다." 나는 말을 멈추고 마음을 가라앉혔다. "아직 뇌가 발달하는 중이에요."

마틴은 두 손을 들어 올렸다. "향정신성 약물을 쓰기엔 아직 어리군요. 나 같아도 아홉 살짜리 자식을 실험하고 싶진 않을 거예요."

영리한 남자였다. 왜 아내가 이 남자를 좋아했는지 알 수 있었다. 마틴은 내가 솔직하게 말하기를 기다리고 있었다. 결국 나는 고백했다. "자기 친구 얼굴에 보온병을 던졌어요."

"그야 뭐. 나도 예전에 친구 코를 부러뜨렸죠. 하지만 그럴 만했어요."

"리탈린*이 도움이 됐을까요?"

"내 아버지가 고른 치료법은 허리띠였어요. 그 치료법이 날 지금 보는 모범적인 어른으로 만들어 놨죠."

---

* 중추 신경계를 흥분시키는 약. ADHD의 치료에 쓰인다.

나는 웃음을 터뜨렸고 기분이 나아졌다. 대단한 솜씨였다. "우리는 대체 어떻게 어른이 되는 걸까요?"

내 아내의 친구는 눈을 가늘게 뜨고 과거를 돌아보며, 얼리사의 아들을 기억해 내려 애썼다. "로빈의 분노가 어느 정도까지 심해집니까?"

"어떻게 답해야 할지 모르겠군요."

"친구를 겨냥하긴 한 거군요."

"순전히 그 애의 잘못만은 아니었어요." 세상 무엇이든 누구 한 명만의 잘못인 일은 없다. 손이 제멋대로 움직였다고 할 수는 있겠지만.

"로빈이 누굴 해칠까 봐 걱정입니까? 혹시 당신을 공격한 적도 있어요?"

"아뇨. 그럴 리가요. 당연히 아닙니다."

마틴은 내 거짓말을 알아차렸다. "난 의사가 아니에요. 그리고 의사라 해도 정식 상담 없이는 믿을 만한 의견을 말해 줄 순 없습니다. 잘 알 텐데요."

"어떤 의사든 나만큼 내 아들을 제대로 진단하지 못해요. 난 그저 약물 없이 아이를 진정시키고 교장에게 들볶이는 상황에서 벗어나고 싶을 뿐입니다."

마틴은 언젠가 내 아내의 두뇌 스캔을 들여다보던 그때처럼 자세를 바로 했다. 그리고 구부러진 플라스틱 의자 등받이에 등을 기댔다.

"약물이 아닌 치료법을 찾고 있다면, 우리 실험에 들어올 순 있습니다. 데크네프의 행동 조정 효과를 시험하고 있거든요. 그 나이대의 피험자라면 귀중한 데이터 포인트가 될 거예요. 심지어 약소한 사례금도 있어요."

그리고 나는 리프먼 박사에게 로빈이 위스콘신 대학교의 행동 수정 프로그램에 들어갔다고 말할 수 있다. "그렇게 어린 나이의 인간 피험자에 대한 우려는 없습니까?"

"비외과적인 실험이에요. 행동 치료와 마찬가지로 아이에게 자기의 감정을 처리하고 통제하는 방법을 훈련시키는데, 즉각적으로 볼 수 있는 평가표를 가지고 실험할 뿐입니다. 연구 윤리 위원회에서는 우리보다 훨씬 위험한 프로젝트도 승인했어요."

우리는 마틴의 사무실까지 다시 걸어갔다. 나무는 다 헐벗었고 눈의 결정들이 허공에서 비스듬히 흔들거렸다. 올해는 한 해가 조금 일찍 끝날 듯한 냄새가 났다. 하지만 우리 옆을 지나쳐 가는 학부생들은 아직 반바지 차림이었다.

마틴은 얼리사와 내가 목표 대상으로 자원했던 때 이후로 얼마나 많은 것이 달라졌는지를 설명했다. 데크네프는 성숙기였다. 여기에서만이 아니라 아시아 전역의 대학에서 나온 발견과 검증 집단들이 임상 가능성을 탐색하고 있었다. 데크네프는 통증 관리와 강박 장애 치료에서 가능성을 보였다. 연결 피드백은 우울, 조현병, 심지어는 자폐에도 유용함을 증명했다.

"성취도가 좋은 훈련자는, 그러니까 피드백에 재능이 있는 사람은 몇 주 동안 증상 개선을 누릴 수 있습니다."

마틴은 어떤 과정들이 있는지 자세히 설명했다. 스캐닝 AI가 로빈의 두뇌 속 연결 패턴을, 즉 자연스러운 두뇌 활동을 사전에 기록한 견본과 비교할 것이다. "그러면 우리가 그 자연스러운 활동을 시각적, 청각적 신호 형태로 만듭니다. 우린 몇 년 동안 명상을 통해 높은 평정 수준을 획득한 사람들의 혼합 패턴으로 작업에 착수할 겁니다. 그러면 AI가 로빈을 구슬려 피드백을 얻어내는 거죠. 언제 가까워졌는지, 언제 멀어졌는지 알려 주는 방식으로요."

"그 훈련이 얼마나 갑니까?"

"몇 번 만에 눈에 띄게 개선되는 경우도 있습니다."

"위험 요소는요?"

"위험하기로 따지면 아까 말한 학교 식당보다 덜 위험하죠."

나는 분노를 눌러 참았다. 하지만 마틴은 바로 눈치 챘다.

"시오. 미안해요. 내가 가볍게 말했네요. 신경 피드백은 보조적인 절차예요. 로빈의 두뇌에서 일어나는 일은 모두 반사, 집중, 연습을 통해 스스로 배우는 겁니다."

"독서처럼 말이죠. 아니면 수업을 들을 때처럼."

"바로 그거예요. 다만 더 빠르고 더 효과적일 뿐이죠. 어쩌면 더 재미있을지도 모르고."

'재미'라는 표현, 순간 그 얼굴에 스친 표정 그리고 기묘하기 짝이 없는 나의 직관은 마틴이 얼리사를 떠올리고 있다는 것을 알려 줬다. 두 사람은 아무것도 없는 곳에 나란히 앉아서 몇 시간씩 꼼짝 않고 새를 보기만 했었다. '구체적인 필드 마크가 있어야만 알 수 있는 건 아니야.' 얼리사는 내가 지루해져서 탐조를 그만두기 전에 그렇게 가르쳐 줬다. '형태, 크기, 인상으로 알 수 있어. 느끼는 거야. 우린 그걸 '지즈'*라고 해."

"마틴, 고마워요. 덕분에 살았어요."

마틴은 손을 내저었다. "어떤 결과를 얻을지 한번 봅시다."

나는 사무실 문 앞까지 가서 마틴과 헤어졌다. 내가 손을 내밀자, 그는 어색한 반 포옹으로 화답했다. 그의 뒷벽에 걸린 나무가 늘어선 해변 포스터에는 이런 말이 적혀 있었다.

땅의 표면은 부드러워서 사람이 밟으면 자국이 나기 마련이다. 마음이 여행하는 길도 그러하다.**

나는 아직까지도 내 죽은 아내에게 마음이 있는 데다 자기 사무실에 헨리 데이비드 소로의 말을 인용한 싸구려 포스터를 장식하는 출세 지향적인 신경과학자이자 탐조가에게 트라우마를 가진 나의 아들을 맡겼다.

---

* Jizz. 동식물을 식별하는 팁, 인상을 말한다.
** 헨리 데이비드 소로의 『월든』 중에서.

'그러니까, 비디오 게임 같은 거야?' 내 아들은 게임을 좋아하면서 무서워하기도 했다. 빠르게 휙휙 움직이는 총격전이나 시간을 딱 맞춰서 뛰어야 하는 액션에는 광분했다. 격분해서 상대를 맹공격하고, 후퇴하다가 궤멸당했다. 그런 게임들은 로빈 또래의 아이들 사이에서 왕국을 지배하는 짜증스러운 경쟁의 질서를 대표했다. 무슨 경주 게임인가를 하다가 내 태블릿을 거실 저편까지 던져 버리는 모습을 보고 다시는 하지 못하도록 금지했더니 로빈은 오히려 안심하는 것 같았다. 하지만 농장은 아주 좋아했다. 밭을 클릭해서 밀을 얻고 방앗간을 클릭해서 밀가루를 빻고 오븐을 클릭해서 빵을 굽는 게임이라면 온종일도 할 수 있었다.

"그래. 게임과 조금 비슷해. 점 하나를 화면 여기저기로 움직이거나, 음표 소리를 더 작거나 크거나 높거나 낮게 내리려고 하게 될 거야. 연습하면 더 쉬워질 거고."

'그걸 다 뇌로 한다고? 말도 안 돼, 아빠.'

"맞아. 아주 미친 짓이지."

'잠깐만. 비슷한 게 있는데. 다른 게 생각이 나는데……' 로빈은 한 손으로 허공을 휘저으며 반대쪽 손으로 턱을 문질렀다. 생각하게 놓아두라는 경고의 몸짓이었다. 그러다가 딱 소리 나게 손가락을 울렸다. '아빠의 행성 중에 있었잖아. "사람들이 두뇌를 서

로에게 연결하는 행성을 상상해"보라고 했지.'

"그것과는 다르지."

'그 스캐너가 그림을 더 잘 그리게 가르쳐 줄 수 있을까?'

마틴 커리어가 언젠가 시도해 볼 만한 일 같았다. "네 그림은 완벽해. 반대로 네 두뇌를 이용해서 다른 사람들이 그림을 더 잘 그리게 훈련할 수 있겠지."

로빈은 활짝 웃더니 포트폴리오로 달려가서 최신작을 보여 줬다. 새날개 진주홍합*이었다. 새와 물고기와 균류 그림들은 완성했고, 이제는 달팽이와 쌍각류 조개들을 그리고 있었다.

'파머스 마켓에서 큰 테이블을 얻어야 할 거야, 아빠.'

나는 두 손으로 그 그림을 들고서, 어떤 심리 상담도 이보다 나을 수는 없다고 생각했다. 하지만 그때 내 아들이 눈을 내리깔더니 죄지은 듯 두 손으로 종이를 폈고, 나는 화가 나서 구겨 놓은 자국을 보았다. 로빈은 뉘우치는 듯 손가락으로 그림 위를 따라갔다. '이 홍합을 한번 볼 수 있었으면 좋겠어. 실제로 말이야.'

---

* Birdwing pearlymusse. 담수에 사는 희귀 홍합종

＊

나는 커리어가 준 유인물에다 이 연구의 잠재적 치료 효과를 칭찬하는 논문 세 개를 더해서 리프먼 박사에게 제출했다. 교장은 만족하는 것 같았다. 로빈은 두뇌로 손가락 그림을 그리게 된다는 전망에 신이 나서 자비롭게도 이 주를 얌전히 지냈다. 그 이 주 동안 나는 팽개쳐 두었던 의무로 돌아가서 받은 편지함에 벌어진 참사를 복구했다.

추수감사절에 우리는 차를 몰고 시카고 웨스트사이드에 사는 얼리사의 부모님을 찾아갔다. 전후에 지어진 북적이는 튜더풍 교외 주택은 으레 당분에 흥분하는 사촌들, 아무도 보지 않는데 이십사 시간 틀어 놓는 스포츠 중계 그리고 고함을 질러대는 정치 언쟁이 들끓는 압력솥과 다름없었다. 얼리사의 대가족 중 절반은 지금 예비 선거를 준비하는 반대편 후보를 지지했다. 나머지 절반은 세상을 오십 년 전으로 되돌리려는 반항적인 대통령을 지지했다. 목요일 정오쯤에 백악관은 미국 내에 있는 모든 사람이 시민권이나 비자 증명을 가지고 다녀야 한다는 새로운 법령을 내놓았고 그 덕분에 로빈의 친척들은 움직이지 않는 전선의 참호 너머로 서로를 저격해대고 있었다.

로빈의 외할머니 아델이 추수감사절 만찬 기도를 주도했다. 식탁 전체가 아멘이라고 말하고는 사방으로 음식을 건네기 시작했다. 로빈이 말했다. '아무도 그 기도를 듣지 않는 거 알죠. 우린 우주에 뜬 바위 위에 있는데, 우리 같은 다른 바위가 수천억 개나 있어요.'

아델은 공포에 질려서 나를 노려보았다. "이렇게 아이를 기르는 법이 어딨나? 애 엄마가 알면 뭐라고 했겠어?"

나는 그분의 딸이 뭐라고 했을지 굳이 말하지 않았다. 로빈이 대신 대답했다. '우리 엄마는 죽었어요. 그리고 신은 엄마를 도와주지 않았어.'

말다툼을 벌이던 식탁이 일제히 조용해졌다. 모두가 내가 아들을 꾸짖기를 기대하며 바라보았다. 그러나 내가 무슨 말을 하기 전에 아델이 먼저였다. "나에게 사과해야겠다, 젊은이." 아델은 나를 돌아보았고, 나는 로빈을 돌아보았다.

'죄송해요, 할머니.' 로빈이 말하자 식탁 전체가 다시 말다툼으로 돌아갔다. 양옆에 앉아 있던 나와 로빈이 제일 좋아하는 이모만이 아이가 갈릴레오처럼 조용히 하는 말을 들었다. '그렇지만 할머니가 틀렸어요.'

식사 내내 로빈은 콩과 크랜베리 그리고 군대 음식처럼 그레이비가 없는 감자 요리를 깨작거렸다. 아이의 외할아버지인 클리프가 맞은편에서 계속 잔소리를 했다. "칠면조를 조금만이라도 먹으렴. 추수감사절이잖니!"

결국 로빈은 화산처럼 터졌고 소리를 지르기 시작했다. '난 동물을 안 먹어요. 난 동물 안 먹어! 나한테 동물을 먹으라고 하

지 마!'

나는 아들을 밖으로 데리고 나가야 했다. 우리는 그 블록을 세
바퀴 돌았다. 로빈은 계속 말했다. '집에 가자, 아빠. 그냥 집에 가
자. 집에서 감사하기가 더 쉬워.'

우리는 매디슨으로 돌아가서 둘이서 추수감사절을 마무리했
다. 그리고 이어지는 월요일 오후에 치료가 시작되었다. 로빈은
언젠가 제 어머니가 들어갔던 것과 똑같은 fMRI 관 속으로 미끄
러져 들어갔다. 기술자들이 가만히 누워서 눈을 감고, 아무 말도
하지 말라고 했다. 그러나 기술자들이 월광 소나타를 틀자 내 아
들은 까르륵 웃으며 외쳤다. '나 이 노래 알아!'

"화면 한가운데에 있는 점을 봐." 로빈은 스캐너 안에 조그맣
게 누워서, 위에 있는 모니터의 이미지를 노려보았다. 머리는 패
드에 감싸여 고정되었다. 통제실의 패널 앞에는 마틴 커리어가 앉
았고, 나는 그 옆에 앉았다. 마틴은 이어폰을 통해 로빈을 지도했
다. "이제 그 점이 오른쪽으로 움직이게 하는 거야."

내 아들은 조바심을 냈다. 마우스를 클릭하거나, 손을 뻗어서
화면을 밀고 싶어 했다. '어떻게요?'

"기억하렴, 로비. 말은 하지 않는 거야. 긴장 풀고 가만히 있어. 네가 올바른 상태에 들어가면, 그 점이 알고 움직이기 시작할 거야. 그냥 그대로 함께하면서 움직이게 두면 돼. 너무 올라가거나 내려가게는 하지 말고, 중간 높이로 유지하도록 하고."

로빈은 가만히 있었다. 우리는 통제실 안 모니터로 결과를 지켜보았다. 점은 연못 수면을 미끄러지는 소금쟁이처럼 지그재그로 움직였다.

커리어가 나에게 다시 설명했다. "기본적으로 마음 챙김을 연습하는 셈입니다. 명상과 비슷하지만, 원하는 감정 상태로 인도하는 즉각적이고 강력한 신호가 있는 거죠. 로빈이 들어가는 방법을 배우면 배울수록, 그 상태에 진입하기가 쉬워집니다. 충분히 여러 번 그 상태에 들어가게 되면 훈련용 바퀴는 떼어 낼 수 있고, 스스로 방법을 갖게 됩니다."

나는 아들이 생각을 가지고 까막잡기 놀이를 하는 모습을 지켜보았다. '멀어, 멀어, 가까워……'

커리어는 점이 왼쪽 위 사분면으로 확 튀는 모습을 가리켰다. "보이죠? 좌절한 겁니다. 이제는 화가 나고 있군요. 약간은 슬픔도 섞여 있을지 모르고요."

나는 로빈이 도달하려고 애쓰는 오른쪽 중앙 부분을 가리켰다. "이 부분은 어떤 감정입니까?"

커리어는 장난스러운 표정을 지었다. 너무나 짜증스러웠다. "깨우침 1단계죠." 삼십 초가 지나갔다. 또 삼십 초가 지나갔다.

점이 안정되더니 화면 중앙으로 다시 흘러갔다. "이제 요령을 알아가는군요." 마틴이 속삭였다. "로빈은 괜찮을 겁니다." 그 말에 나는 완전히 새롭고도 창의적인 불안에 사로잡혔다.

나는 내 아들의 독특한 머릿속에 무슨 생각이 들어 있는지 알아차린 적이 한 번도 없었다. 아이에게 놀라지 않는 날이 드물었다. 아들이 사는 행성보다는 글리제 667Cc*에 대해 더 잘 알았다. 그러나 로빈이 일단 리듬을 타면 막을 것이 거의 없다는 사실은 알았다. 화면 속의 점은 뚱하고 경계 어린 원을 그렸다.

화면 속 점은 반항하면서도 결국 로빈이 살살 미는 대로 오른쪽으로 기어갔다. 무겁고 마지못한 느낌으로, 마치 눈동자에 들어간 뭔가를 보려고 할 때처럼 움직였다. 눈 더미 위로 차를 밀어 올릴 때처럼 슬슬 기어가다가 다시 밀리고, 다시 기어가기를 반복했다.

로빈은 승리의 예감에 흥분했다. 결승선 직전에 웃음을 터뜨렸고, 그러자 점은 왼쪽 아래 사분면으로 휙 떨어져 버렸다. 관 안에서 로빈이 '아, 씨.'라고 속삭였고, 점은 화면을 마구 돌아다녔다. 뉘우침은 바로 찾아왔다. '욕해서 미안, 아빠. 일주일 동안 내가 설거지할게.'

마틴과 나는 웃음을 터뜨리고 말았다. 기술자들도 마찬가지였다. 모두가 진정하고 다시 할 때까지 일 분은 걸렸다. 하지만 로빈

---

* 글리제 667은 지구에서 22광년 떨어진 삼중성계. 667Cc는 667C 주위를 도는 행성 중 하나이다.

은 이제 요령을 익혔고, 내 아들과 아들의 점은 몇 번인가 더 초반에 실패하더니 빠르게 회복한 후 함께 결승선에 들어갔다.

지니라는 기술자가 스캐너 안에서 로빈의 자세를 바로잡아 주며 말했다. "이야, 타고났는데."

커리어는 소프트웨어를 살짝 바꾸더니 새로운 훈련을 시작했다. "이번에는 점을 배경 그림자만큼 키워 보렴. 그런 다음 그대로 잡고 있는 거야."

새로운 점이 화면 중앙에 나타났다. 그 뒤에는 색이 엷은 원반이 떴는데, 그게 커리어가 겨냥하라고 주문한 목표였다. 로빈의 머릿속 다른 영역에 일어나는 돌발 연주에 따라 점이 줄어들었다가 커졌다. "이제는 집중력 훈련입니다." 커리어가 말했다. 점은 오실로스코프 파형이나 낡은 스테레오의 통통 튀는 볼륨 불빛처럼 위아래로 빠르게 움직였다. 로빈은 몰입에 빠져들었다. 요동치던 점이 진정하더니, 서서히 10센트짜리에서 50센트짜리만큼 커졌다.

로빈은 그 점을 목표 지점으로 가져갔다가 지나치고 말았다. 그 사실에 당황하자 점이 확 쪼그라들었다. 로빈은 다시 시작했고 흔들리는 제 마음의 힘만으로 점을 들어 올렸다.

점은 본보기 원반 크기에 맞춰질 때마다 탁한 장밋빛으로 변했다. 점이 배경 그림자를 충분히 오래 채우고 있으면 빛이 나고, 스캐너가 짧게 승리의 벨 소리를 내고, 점은 다시 처음 상태로 돌아갔다.

"이제 녹색으로 바꿀 수 있는지 보자." 새로운 감정 변수에 새로운 피드백. 나는 로빈이 반항할지도 모른다고 생각했다. 벌써 스캐너 안에 들어간 지 한 시간이 다 되어 갔다. 그런데 로빈은 즐겁게 웃더니 다시 몰입했다. 그리고 오래지 않아서 그 점을 무지개 색으로 바꾸는 방법을 익혔다. 마틴 커리어가 특유의 건조하고 떨떠름한 미소를 지었다.

"이제 이걸 다 합쳐 보자. 배경 그림자 크기의 초록색 점을 가운데 오른쪽 끝으로 몰고 가는 건 어떨까? 거기에 최대한 오래 붙들고 있는 거야."

로빈은 그날의 마지막 과제를 모두가 감탄할 만큼 빨리 끝냈다. 지니가 성공에 취해 얼굴이 붉어진 로빈을 스캐너에서 풀어 줬다. 로빈은 나와 하이파이브를 하려고 손바닥을 머리 위로 들어 올린 채 빠른 걸음으로 통제실에 들어왔다. 내가 밤에 행성 하나를 지어낼 때와 같은 표정이었다. 편안하게 은하수를 탄 표정.

'세상에서 제일 멋진 놀이였어. 아빠도 해 봐야 해.'

"말해 봐."

'그 점의 마음을 읽는 방법을 배워야 하는 것 같아. 점이 내가 무슨 생각을 하길 원하는지를 배우는 거야.'

우리는 그다음 훈련을 다음 주로 잡았다. 나는 건물 밖으로 나갈 때까지 기다렸다가 아들을 닦달했다. 스캔과 데이터 세트와 AI 분석은 커리어가 가질 수 있겠지만, 나는 로빈의 입에서 직접 나온 말을 듣고 싶었다. 그것도 나만 듣고 싶었다.

"어떤 느낌이었어?" 아예 플러칙의 감정 바퀴 그림을 내밀고 정확한 지점을 짚어 달라고 하고 싶었다.

여전히 승리감에 사로잡힌 아들의 머리가 내 옆구리를 들이받았다. '이상해. 좋아. 뭐든 배울 수 있을 것 같아.'

그 말에 나는 피부가 오그라드는 느낌이었다. "어떻게 그 점이 그런 온갖 일들을 하게 한 거야?"

로빈은 마구 들이받기를 그만두고 진지해졌다. '내가 그걸 그린다고 상상했어. 아니다. 가만, 그게 날 그린다고 상상했지.'

그들은 두 번째 시간에는 로빈 혼자이기를 원했다. 커리어는 내가 아이의 주의를 딴 데로 돌릴 수도 있다고 생각했다. 부모됨이라는 고통스러운 피드백 훈련의 일환으로, 나는 항복하고 로빈을 다른 사람들의 손에 맡겼다.

다시 연구소에 데리러 갔을 때 훈련이 잘 돌아갔다는 사실을 알 수 있었다. 커리어는 자기 카드를 보여 주지 않으려고 했지만 만족한 얼굴이었다. 로빈은 구름을 밟는 상태였는데, 그럴 때면 으레 보이던 광기가 빠져 있었다. 낯설고 새로운 경탄이 로빈을 사로잡고 있었다.

'이번엔 나한테 음악을 줬어. 아빠, 그게 완전 장난 아니었어. 내가 원하기만 하면 음을 올리고 내리고, 빠르게 했다가 느리게 하고, 클라리넷을 바이올린으로 바꿀 수 있었어!'

나는 커리어를 보고 한쪽 눈썹을 치켜 올렸다. 속이 메스꺼워질 정도로 유순한 그 미소라니. "음악 피드백을 아주 잘했습니다. 그렇지, 로빈? 아이는 두뇌의 해당 영역 사이에 연결을 유도하는 방법을 익히고 있어요. 함께 발화하는 뉴런들이 서로 연결되는 겁니다."

놀랍게도 로빈은 내가 아닌 다른 어른이 자기의 민감한 옆구리를 간질이게 놓아두었다. 커리어가 말했다. "습관이란 사람의 천성을 바꾸노니."*

'그게 뭔데요?' 로빈이 물었다. '시나 뭐 그런 건가요?'

"넌 정말 물건이야." 커리어가 말하더니, 우리에게 세 번째 약속을 잡아 주었다.

로빈과 나는 신경과학동에서 차를 세워 놓은 자리까지 걸어갔다. 아들은 내 팔뚝을 잡고 재잘거렸다. 여덟 살 이후에는 남들이 보는 곳에서 나에게 그렇게 매달린 적이 없었다. 디코디드 뉴로피드백은 리탈린만큼이나 아들을 바꾸고 있었다. 하지만 어차피 지구상의 모든 것이 그 아이를 바꾸고 있었다. 점심시간에 친구가 던진 공격적인 말 한 마디, 가상의 농장에서 하는 클릭질 한 번,

---

* 『햄릿』3막 4장 중에서.

로빈이 그리는 모든 생물종, 모든 온라인 비디오 클립, 밤에 로빈이 읽는 모든 이야기와 내가 들려 주는 모든 이야기가 로빈을 바꿨다. 이런 자아들의 행렬 속에 영원히 '그대로' 남을 단 한 명의 순례자 '로빈'은 없었다. 시공간을 행진하는 만화경 같은 자아들의 행렬 자체가 로빈의 현재 진행형이었다.

로빈이 내 팔을 잡아당겼다. '그 사람이 누구라고 생각해?'

"어떤 사람?"

'내가 따라하는 두뇌의 주인?'

"한 사람이 아니야. 몇 사람으로 평균을 낸 패턴이지."

로빈은 공을 허공에 띄우듯 아래쪽에서 내 손을 찰싹 때렸다. 그리고 더 어렸을 때 그랬듯 턱을 치켜들고 몇 미터를 깡충거리며 뛰었다. 그러고는 내가 뒤따라오기를 기다렸다. 내 아들이 행복해 보이는데, 나는 한기를 느꼈다.

"왜 묻는 거니, 로비?"

'마치 그 사람들이 우리 집에 놀러오거나 그러는 것처럼 느껴져. 내 머릿속에서 우리가 같이 뭘 하는 것처럼.'

내가 이 글을 적는 오늘 밤 우리 집 뒷마당에서 반딧불이가 내

뿜는 빛을 관장하는 법칙이, 10억 광년 너머에서 폭발한 항성에서 날아온 빛 또한 관장한다. 공간은 아무것도 바꾸지 않는다. 시간도 그러하다. 모든 시공간에서 한 세트의 정해진 법칙이 돌아간다. 그것이 우리 지구인들이 짧은 생애 동안 알아낸 가장 큰 진실이고, 어쩌면 앞으로도 그럴 것이다.

그러나 공간은 크다. 나는 아들에게 전하려 했다. "얼마나 큰지 넌 상상도 못해. 예를 들어서, 제일 말도 안 되는 곳을⋯⋯."

'철로 만든 행성?'

"생각해 봐."

'순수한 다이아몬드 행성?'

"그런 곳들은 있어."

'바다가 수백 킬로미터 깊이인 행성? 태양이 네 개인 행성?'

"그것도 있고, 또 있어. 그리고 여기부터 우주의 가장자리까지 찾아보면 더 이상한 곳들도 찾겠지."

'알았어. 난 내 완벽한 행성을 생각하고 있어. 백만에 하나 있는 곳.'

"백만분의 일이라도, 은하수에만 그런 행성이 대충 천만 개는 있어."

＊

   우리의 상황은 나아지는 것 같았고, 단순히 내 기대감 때문에 그렇게 보이는 것만도 아니었다. 12월에 받은 로빈의 학교 평가는 지금까지 중 두 번째로 좋았다. 담임인 케일라 비숍은 성적표 밑에 메시지를 적어 놓았다. '로빈의 창의력이 성장하고 있네요. 자제력도 좋아지고 있고.' 오후에 버스에서 내릴 때는 흥얼거리기도 했다. 어느 토요일인가는 심지어 잘 알지도 못하는 이웃 아이들 한 무리와 썰매를 타러 갔다. 로빈이 나 말고 다른 사람과 있겠다고 집을 나선 게 언제였는지 기억도 나지 않았다.

   겨울 방학 직전의 금요일에는 허리띠 뒤쪽 고리에 테이프로 붙인 긴 노끈을 달고 집에 왔다. 나는 손가락으로 노끈을 쓸었다.

"이게 뭐지?"

   로빈은 생강과 헤이즐넛을 넣은 우유 잔을 전자레인지에 집어넣으면서 어깨를 으쓱였다. '내 꼬리야.'

"요즘은 과학 시간에 유전 공학을 배우니?"

   로빈의 미소는 5월 같은 12월처럼 온화했다. '어떤 애들이 날 괴롭히겠다고 붙여 놨어. 알잖아. 동물 애호가니 뭐니 하는 거. 그냥 그대로 둔 거야.'

   로빈은 데운 우유를 미술 도구가 몇 주째 펼쳐져 있는 테이블로 가져가더니, 다음은 뭘 그릴까 찬찬히 들여다보았다.

"아, 로빈. 그런 못된 녀석들이 있나. 케일라 선생님도 알아?"

로빈은 다시 어깨를 으쓱였다. '별일 아냐. 애들도 웃었어. 재밌었어.' 아이는 작업하다 말고 고개를 들더니 내 등 뒤쪽 벽에 작은 계시라도 나타난 듯 보았다. 눈은 맑았고 얼굴에는 탐구심이 가득해서, 아이 엄마가 아직 살아 있을 시절 중에서도 로빈의 상태가 제일 좋았을 때 같은 모습이었다. '그러면 어떨 것 같아? 꼬리가 있으면?'

로빈은 혼자 미소 지었고 그림을 그리면서 작게 정글 소리를 냈다. 마음속에서는 나뭇가지에 거꾸로 매달려 허공에 두 손을 흔들고 있었다.

'난 걔네가 안됐어, 아빠. 진짜로 안됐어. 걔들은 자기 안에 갇혀 있잖아, 그렇지? 다들 마찬가지야.' 로빈은 잠시 생각하고 덧붙였다. '나만 빼고. 나에겐 그 사람들이 있으니까.'

나는 섬뜩해졌다. "무슨 사람들 말이니, 로비?"

'알잖아.' 로빈은 얼굴을 찌푸렸다. '우리 팀. 내 머릿속에 있는 사람들.'

크리스마스에 우리는 다시 시카고에 있는 얼리사 부모님 댁으로 차를 몰았다. 클리프와 아델은 조금 딱딱하게 우리를 맞이했다. 아직 내 작은 무신론자 아들이 추수감사절에 두 분의 가장 중요한 믿음을 공격했던 것을 용서하지 않은 상태였다. 하지만 로빈이 두 분의 배에 귀를 붙이고 꼭 끌어안자, 둘 다 사르르 녹아 버렸다. 심지어 로빈은 포옹을 참아 주는 모든 친척을 끌어안아 순식간에 얼리사의 가족 전체를 질겁하게 만들었다.

로빈은 이틀 동안 축구와 종교 이야기를 내내 듣고, 탁구채에 머리를 맞기도 하고, 사촌들이 자기가 선물한 멸종 위기 동물 그림에 대해 다양한 강도로 조롱하는 것을 눌러 참으며 지켜보았다. 이 모든 일을 로빈은 꿋꿋이 해냈다. 마침내 로빈이 무너질 징조가 보였을 때는 이미 출발할 때가 가까웠기에, 얼리사가 죽은 후 처음으로 사고 없이 보낸 휴일을 망치기 전에 얼른 차에 태워서 그곳을 탈출했다.

"어땠어?" 나는 매디슨으로 돌아가는 길에 물었다.

로빈은 어깨를 으쓱였다. '꽤 좋았어. 근데 사람들이 좀 예민하지 않아?'

스테이시스 행성은 지구와 많이 비슷해 보였다. 흐르는 물과 우리가 내려 선 초록 산맥도 그렇고, 나무가 우거진 숲과 꽃이 피는 식물들, 달팽이와 땅벌레와 날아다니는 딱정벌레들, 심지어 척추동물마저도 다 우리가 익히 아는 동물들의 친척이었다.

'어떻게 그럴 수가 있어?' 아이가 물었다.

나는 일부 천문학자들이 지금 생각하는 바를 들려주었다. 은하수에만 우리만큼 운 좋은 행성이 십억 개가 넘는다는 생각. 너비가 930억 광년인 우주에는 희귀한 지구가 잡초처럼 무성했다.

하지만 스테이시스에서 며칠을 지내보면 여기도 다른 곳 못지않게 이상하다는 걸 알 수 있었다. 이 행성은 축이 약간 기울어져 있었기에, 위도마다 단조로운 계절 하나씩만 존재했다. 밀도 높은 대기가 기온 변동을 없앴다. 지구보다 큰 구조판들은 재난을 거의 겪지 않고 대륙을 재활용했다. 근처 행성들이 두꺼운 방어막을 이루고 있어 이를 뚫고 떨어지는 운석도 거의 없었다. 그래서 스테이시스의 기후는 행성의 역사 내내 거의 안정적이었다.

우리는 적도로 걸어가서, 층층이 쌓인 파르페 같은 행성 기후대를 가로질렀다. 어느 곳이나 종수가 엄청나게 많았고 특화종이 가득했다. 포식종 하나가 피식종 하나씩만 사냥했다. 모든 꽃에 꽃가루를 수분하는 생물이 하나씩 있었다. 계절 이동을 하는 생물은 없었다. 많은 식물이 동물을 먹었다. 식물과 동물들이 온갖 공생 형태로 함께 살았다. 더 큰 생물체는 아예 유기체가 아니었다. 연합체이자 조합이고 의회였다.

우리는 극으로 걸어갔다. 생물 군계 사이에는 토지 경계선처럼 분명한 분계선이 있었고, 그 선을 흐리거나 누그러뜨리는 계절 변화는 없었다. 한 발자국만 옮기면 낙엽수가 없어지고 침엽수가 나타났다. 스테이시스의 모든 것은 각자의 홈을 해결하도록 만들어졌다. 모든 것이 하나의 무한히 깊은 대상만, 즉 자기네 위도 지역의 전부만 알았다. 살아 있는 것은 그 무엇도 다른 곳으로 퍼져

갈 수 없었다. 북쪽이나 남쪽으로 몇 킬로미터만 이동해도 치명적이었다.

'지성은 있어?' 아들이 물었다. '뭔가 지각이 있어?'

나는 아니라고 대답했다. 스테이시스에는 지금 이상으로 많은 것을 기억하거나 예측할 필요가 없었다. 그런 불변의 환경에서는 아무것도 적응하거나 급조하거나 추측하거나 모방할 이유가 없었다.

아들은 생각해 보더니 말했다. '말썽이 있어야 지성이 생기는 거야?'

나는 그렇다고 대답했다. 위기와 변화와 격변이 있어야 한다고.

아들은 슬프고도 경이로운 목소리로 말했다. '그럼 우린 영영 우리보다 똑똑한 존재를 못 찾겠네.'

기술자들은 로빈에게 열광했다. 그들은 로빈에게 장난치기를 좋아했고, 놀랍게도 로빈 역시 그걸 좋아했다. 자기만의 피드백 교향곡을 작곡하고 자기만의 훈련용 애니메이션을 감독하는 일 못지않게 기술자들의 장난도 즐겼다. 지니는 이렇게 말했다. '넌 진짜 물건이야, 브레인보이."

"확실히 성취도가 높은 디코더입니다." 마틴 커리어도 같은 의견이었다. 우리 둘은 장난감과 퍼즐, 착시 예술, 삶을 긍정하는 포스터들에 둘러싸인 그의 방에 앉아 있었다.

"워낙 어려서 그럴까요? 아이들이 애쓰지 않고도 새로운 언어를 배우는 것처럼?"

마틴 커리어는 고개를 한쪽으로 기울였다. "유연성은 삶의 모든 단계에서 입증된 특성이에요. 나이를 먹으면 습관이 타고난 능력의 변화 못지않게 방해가 되지요. 요즘 우리는 '성숙'이란 '게으름'의 다른 말에 불과하다고 말하는 편입니다."

"그렇다면 왜 로빈만이 이렇게 훈련에 잘 맞는 거죠?"

"애초에 독특한 아이가 아니었다면 이 훈련 과정에 들어오지도 않았겠죠." 커리어는 책상에 놓인 12면체 루빅큐브를 집어 들고 만지작거렸다. 눈이 흐릿해지는 모습을 보니 누굴 생각하는지 알 수 있었다. 그는 나에게 말한다기보다는 혼잣말을 하는 듯했다. "얼리사는 누구보다 놀라운 탐조가였죠. 그렇게 집중하는 사람은 본 적이 없었어요. 그 사람도 참 독특했죠."

나는 분개해서 고개를 들었다. 다행히 마틴에게 넌 내 아내에 대해 아무것도 모르는 변태라고 쏟아 내기 직전에 문이 열리더니 로빈이 들어왔다.

'내 평생 최고의 게임이야.'

"브레인보이가 오늘 아주 제대로 점수를 냈어요." 뒤에 선 지니가 귀한 선수를 마사지하는 복싱 코치처럼 로빈의 어깨를 주무르며 말했다.

'모두가 이걸 하면 진짜 멋질 텐데.'

"우리 생각도 바로 그렇단다." 마틴 커리어는 퍼즐을 내려놓고 두 손을 들어 올렸다. 로빈은 책상 앞까지 달려가서 양손으로 하이파이브를 했다. 나는 미래의 수호자가 된 기분으로 아들을 집에 데려갔다.

나는 매주의 변화를 알아볼 수 있었다. 로빈은 이제 더 빨리 웃고, 더 느리게 폭발했다. 불만이 있을 때도 더 장난기 있었다. 해 질 녘이면 가만히 앉아서 새소리에 귀를 기울였다. 나는 어떤 특징이 원래 아들의 것이고 어떤 특징이 그 '팁'에서 왔는지 확실히 구별하지 못했다. 매일 작은 변화가 섞여 들며 자연스럽게 정착했다.

어느 날 밤, 나는 몇 종류의 지성체들이 지구의 박테리아가 유전자 정보를 교환하듯 쉽게 기질과 기억, 행동과 경험을 교환하는 행성을 지어냈다. 로빈은 내가 더 자세한 내용을 말하기 전에 웃으면서 내 팔을 잡았다. '그거 어디서 훔쳐 왔는지 알아!'

"벌써 알았어? 누가 말해 줬지?"

로빈은 손가락을 쫙 펴서 내 머리에 대더니 빨아들이는 소리를 냈다. 인격의 파편들이 우리 둘 사이를 오간다는 의미였다. '모두가 그 훈련을 받으면 멋지지 않을까?'

나는 답례로 아이의 머리에 손가락을 대고, 적절한 음향 효과를 내면서 아이의 감정 조각들을 내 안으로 빨아들였다. 우리는 소리 내어 웃었다. 로빈이 마치 잠자리에 보내기 전에 나를 진정시키려는 듯 내 어깨를 탁탁 두드렸다. 기이하게 어른스러웠다. 일주일 전만 해도 없던 몸짓이었다.

"그래서 어떻게 생각해?" 나는 재미있고 가볍게 물어보려 했다. "생쥐가 변하고 있나?"

로빈의 두 눈이 수수께끼를 알아차렸다. 아이는 『앨저넌에게 꽃을』을 기억해 냈고, 두 눈에 답이 반짝였다. '여전히 같은 생쥐야, 아빠. 이젠 도움을 받을 뿐이지.'

"그게 어떻게 돌아가는지 말해 줘, 로비."

'멍청한 사람하고 대화하면 나도 같이 멍청해지는 거, 어떤지 알지?'

"그건 어떤지 알지. 아주 잘 알아."

'하지만 영리한 사람을 상대로 게임을 하면, 게임을 더 잘하게 되잖아?'

나는 한 달 전이었어도 로빈이 이런 식으로 말했을지 기억해 보려 했다.

'그러니까, 그런 거야. 놀이터로 걸어가는 거랑 비슷해. 단지 되게 똑똑하고 재밌는 데다 힘도 센 어른 세 명이 같이 걷는 거야.'

"그…… 사람들에게 이름이 있어?"

'누구?'

"그 세 어른?"

로빈은 어린아이처럼 깔깔거렸다. '진짜 사람이 아니야. 그 냥…… 내 협력자일 뿐이야.'

"하지만…… 세 명이 있다고?"

로빈은 좀 더 방어적으로, 좀 더 내 아들처럼 어깨를 으쓱였다. '세 명이든, 네 명이든 알 게 뭐야? 중요한 건 그게 아니야. 그 냥, 그 사람들이 보트의 노를 젓게 도와주는 거야. 내 팀원들이지.'

나는 로빈에게 넌 생쥐 중의 생쥐라고 말했다. 엄마는 널 사랑한다고 말했다. 그 보트 젓기에 대해 뭐든 재미있는 사실을 알게 되면 언제든 편하게 말해 줘야 한다고도 했다.

내가 방을 나서면서 너무 꽉 끌어안았나 보다. 로빈은 몸을 떼어 내더니 내 팔을 잡고 흔들었다.

'아빠! 별 거 아니야. 그냥…….' 로빈은 양손에서 두 손가락씩 내밀어 서로 교차시켰다. '해시태그 생활 기술, 그런 거야. 알았지?'

✦

봄의 첫 파머스 마켓을 기다리다 보니 예전의 조급함이 돌풍처럼 로빈을 흔들었다. 급기야는 그림을 학교에 가져가서 살 사람을 찾겠다는 생각마저 하고 말았다. 로빈은 그림을 넣은 지관통을 팔에 끼고 한 발은 버스를 타러 가려고 문밖을 내디딘 상태로 그 계획을 발설했다.

"아, 로비야. 그건 좋은 생각이 아니야."

'왜?' 로빈의 목소리 끝이 흔들렸다. '내 그림이 형편없다고 생각해?'

한숨을 돌렸던 지난 시간이 나를 망쳐 놓았다. 나는 너무 쉽게 우리가 위험을 벗어났다고 생각했다. 로빈의 팀이 노를 저어 우리를 안전한 곳으로 데려다 줬다고 생각했다.

"그림이 너무 좋아서 그래. 반 친구들은 그 그림이 받을 만한 가격을 지불할 수가 없어."

로빈은 등을 구부렸다. '뭐든 도움이 될 거야. 해마다 수천 가지 생명체가 멸종하고 있어. 그런데 아직까지 난 그 생물들을 도울 돈을 1센트도 모으지 못했어.'

모든 면에서 그 말이 옳았다. 로빈은 도전적으로 지관통을 들어 올렸다. 내가 턱을 올렸다가 살짝 내리는 사이, 로빈은 그대로 나가 버렸다.

불안하고 산만한 가운데 오전이 지나갔다. 한 시 삼십 분이 되었을 때 나는 초조한 나머지 학교에 전화를 걸어서 수업이 끝나면 로빈을 태우러 갈 테니 전해 달라고 했다. 주차장에서 기다리며 최악의 결과를 상상하며 태연함을 연습하다 보니 로빈이 차에 탔다.

"어떻게 됐어?"

로빈은 마치 모든 그림이 그대로 안에 들어있다는 걸 보여 주는 듯이 지관통을 들어 올렸다. '여전히 1센트도 없어.'

"어떻게 된 건지 말해 봐."

로빈은 1킬로미터를 달릴 무렵까지 아무 말도 하지 않았다. 꾸준히 느리고 우아하게 지관통으로 대시 보드를 두드릴 뿐이었다. 나는 그만하라고 로빈의 어깨를 건드렸다. 로빈은 산소 호흡기를 쓴 사람처럼 숨을 몰아쉬었다.

'애들은 내가 그냥 괴상하게 군다고 생각했어. 날 공격하기 시작했어. 닥터 스트레인지라면서. 그런 거 알지? 그러더니 그림을 두고 욕을 했어.'

"어떤 욕?"

'조젯 바카로는 다른 애들이 없었다면 하나 샀을지도 몰라. 결국 원하는 그림이 있으면 주겠다고, 그러면 원하는 만큼 내면 된다고 했어. 그리고 제이든이 아무르 표범 그림에 25센트를 주겠다고 해서, 걔한테 팔았어.'

"아, 로비."

'이선 월드는 그게 재미있다고 생각했는지 동부 고릴라에 5센트 낸다고 했어. 내가 멸종하면 그 그림으로 날 기억하고 싶다고 했어. 다른 애들도 잔돈을 내기 시작해서, 없는 것보다는 낫지 않느냐고 생각했어. 그래도 얼마라도 보낼 수 있지 않겠느냐고. 그런데 케일라가 돈을 다 돌려주라고 하고 그림도 다 돌려줬어.'

나는 아직도 학생들이 교사를 이름으로만 부르는 데 적응이 되지 않았다. "선생님은 널 구하려고 한 거야."

'나한테 벌점도 줬어. 학교에서 물건을 파는 건 규칙에 어긋난다며, 그 정도는 안내서를 보고 알았어야 한대. 그래서 케일라에게 우리가 선생님 나이가 되면 지구상의 대형 동물 절반이 없어질 걸 아느냐고 물었어. 그랬더니 지금은 생물학이 아니라 사회과학 시간이고 말대꾸하지 말라면서 또 벌점을 줬어.'

나는 차를 몰았다. 적당한 말이 떠오르지 않았다. 인간은 지긋지긋했다. 우리는 집 앞에 차를 댔다. 아들이 내 팔에 손을 얹었다.

'우린 뭔가 잘못된 데가 있어, 아빠.'

또 맞는 말이었다. 우리 둘은 뭔가 잘못된 데가 있었다. 76억 모두에게도 잘못된 데가 있었다. 누구든 구하려면 뉴로피드백보다 더 빠르고, 강하고, 더 효율적인 방법이 필요했다.

✦

　3월 초, 대통령은 1976년의 국가비상사태법을 소환하여 기자 한 명을 체포했다. 이 여성은 백악관의 누군가가 준 정보를 기사로 냈는데, 출처가 누구인지는 밝히기를 거부했다. 그래서 대통령은 법무부에 명하여, 법무부령으로 재무부에 그 기자에 대한 어떤 의심 거래 보고서든 내놓게 했다. 그리고 그 보고서와 대통령이 "외국 세력의 믿을 만한 정보"라고 말한 내용에 근거하여 기자를 군에 억류했다.

　언론에서는 살인이라고 울부짖었다. 최소한 언론 절반은 그랬다. 다음 해 가을 선거에 나올 대선 유력 후보 세 명의 발언을 두고 대통령은 "미국의 적을 돕고 사주한다."고 했다. 상원의 소수당 원내 총무는 대통령의 이번 행위를 이 시대에 가장 심각한 헌정 위기라고 말했다. 그러나 헌정 위기는 흔해진 지 오래였다.

　다들 하원이 움직이기를 기다렸다. 움직임은 없었다. 대통령이 속한 당의 상원 의원들, 즉 표로 무장한 노인들은 어떤 불법도 없었다고 주장했다. 그들은 수정 헌법 1조 위반이라는 소리에 코웃음을 쳤다. 시애틀, 보스턴, 오클랜드에 격렬한 충돌이 번졌다. 그러나 나를 포함한 일반 대중은 인간의 두뇌가 무슨 일에든 쉽게 익숙해진다는 사실을 다시 한번 증명했다.

　모든 일이 훤한 대낮에 벌어졌고, 파렴치함을 상대로 한 격분은 무력하기만 했다. 이 위기는 이틀 후에 일어난 또 다른 광기에 자리를 내어 주었다. 그러나 그 이틀 동안 나는 뉴스에 매달렸다. 저녁마다 내가 최악의 뉴스만 스크롤하는 동안, 거실 테이블에서는 로빈이 멸종 위기 동물들을 그리고 있었다.

가끔은 디코디드 뉴로피드백이 아이를 너무 차분하게 만든 게 아닌지 걱정스러웠다. 저 또래의 남자아이가 외곬이라는 게 자연스러워 보이지 않았다. 하지만 국가 비상사태에 중독된 나는 그런 말을 할 주제가 못 됐다.

어느 날 밤, 내가 제일 불신하는 뉴스 채널이 희미해져 가는 헌정 위기 뉴스를 끝내고 세상에서 제일 유명한 열네 살짜리와의 인터뷰로 화면을 전환했다. 활동가 잉가 알더가 취리히 근처에 있는 자기 집부터 브뤼셀까지 자전거를 타고 가는 새로운 캠페인을 시작했다는 소식이었다. 잉가는 가는 길에 자신과 합세하여 유럽연합회의가 오래 전에 약속한 배기가스 저감 회의를 개최하도록 압박할 십 대들을 모집하고 있었다.

기자는 자전거 여행자가 얼마나 행렬에 합류했는지 물었다. 잉가 알더는 정확한 숫자를 줄 수 없어 얼굴을 찌푸렸다. "숫자는 매일 바뀝니다. 하지만 오늘 우리는 만 명이 넘어요."

기자가 물었다. "학교에 다니는 친구들 아닌가요? 다들 수업이 있지 않아요?"

머리를 뒤로 질끈 묶은 갸름한 얼굴의 소녀는 혀를 내밀어 베에 하고 소리를 냈다. 열네 살 같지 않았다. 아니 열한 살도 안 되어 보였다. 하지만 로빈의 동급생 대부분보다 영어를 잘했다. "아니, 우리 집이 타고 있는데, 불을 끄러 집으로 달려가도 모자랄 판에 학교 종이 울리기를 기다리라고요?"

기자가 무리한 질문을 던졌다. "학교라고 하니 말인데요, 세계 지도자에게 이러니저러니 하기 전에 경제학부터 공부하라는 미국 대통령에게는 어떻게 대답하시겠습니까?"

"경제학이 둥지에 똥을 싸고 알을 다 내다 버리라고 가르치나요?"

나의 기묘하고 창백한 아들이 거실에서 걸어오더니 옆에 섰다. '저건 누구야?' 최면에 걸린 듯한 목소리였다.

기자가 물었다. "이 저항이 성공할 가능성은 있다고 생각하시나요?"

'쟨 나와 비슷해, 아빠.'

두피가 불타는 기분이었다. 나는 잉가 알더가 왜 저렇게 다른 세상 사람처럼 말하는지 그 이유를 떠올렸다. 잉가는 언젠가 자신의 자폐가 특별한 자산이라고 말한 적이 있었다. "현미경, 망원경, 레이저를 합쳐 놓은 셈이죠." 잉가는 심한 우울증으로 고생하다가 자살을 시도한 적도 있었다. 그러다가 이 살아 있는 행성에서 의미를 찾아냈다.

잉가는 멍한 기자를 향해 한쪽 눈을 치떴다. "아무것도 하지 않을 경우에 실패할 확률은 0입니다." 내 말이 바로 그거야! 그거라고!'

로빈이 너무 팔딱거리는 바람에 아이를 진정시키려고 손을 뻗었다. 로빈은 손을 뿌리쳤다. 진정시킬 수 있는 상태가 아니었다. 내 아들이 처음으로 사랑에 빠진 순간에 내가 1미터 떨어진 곳에 앉아 있다는 사실이 왜 그렇게 고통스럽고 막막하게 느껴졌는지, 나도 모르겠다.

✦

로빈은 전에 제 엄마의 비디오에 집착했을 때처럼 잉가 알더를 보고 싶어 했다. 우리는 잉가가 배너를 들고 행진하는 모습을 보았다. 게시글도 따라가며 읽었다. 잉가가 하는 정직하고 진부한 말들이 다급한 계시처럼 들리는 다큐멘터리들도 끝까지 관람했다. 잉가가 G7 회의가 열리는 작은 토스카나 언덕을 장악하는 모습을 보았다. 잉가가 UN에 대고 역사가 그들을 기억하리라 말하는 모습을 보았다. 그것도 역사가 있을 경우의 이야기라고 했다.

로빈은 푹 빠졌다. 아홉 살밖에 안 된 아이가 연상의 여자에게 빠질 수 있는 최대치로 그러나 로빈의 사랑은 희귀한 사랑이자, 어지러운 욕구나 욕망이 배제된 순수한 감사의 마음 그 자체였다. 잉가는 피드백에 조정된 아들의 마음을 단번에 열어젖혀 내가 결코 제대로 이해하지 못한 진실을 들이밀었다. 세상이란 타당성을 만들어 내는 실험이며, 그 증거는 확신뿐이라는 진실이었다.

4월 느지막이 그해 첫 야외 파머스 마켓이 열렸다. 우리는 주의회 의사당 맞은편의 큰 광장으로 내려갔다. 마치 길 건너편에 아이의 엄마가 함께 있는 것만 같았다. 판매대는 몇 개 없었고 벌이는 적었다. 하지만 레몬 맛이 나는 염소 치즈와 작년 가을에 난 마지막 사과와 감자가 있었다. 당근, 케일, 시금치, 풋마늘이 있었고 사람들은 땅이 다시 살아난 것을 기뻐했다. 아미시* 사람들이 온갖 색깔과 신조가 든 케이크와 쿠키를 가져왔다. 모든 대륙의 음식을 파는 푸드 트럭들이 있었다. 손으로 빚은 도자기와 금속 조각을 모아서 만든 장신구, 만돌린-색소폰 듀엣, 강풍에 쓰러진 참나무로 만든 그릇, 대리석 잔 그리고 지역 풍경을 입힌 작은 톱들이 있었다. 늘어지는 담쟁이, 플레임 플라워**, 접란이 있었다. 그런 태양계의 바깥쪽에는 모금 행사자들, 커뮤니티 라디오*** 운영자들 그리고 공무원들이 있었다. 그리고 그들 옆에 펜과 잉크와 수채로 그린, 곧 기억 속으로 사라질 생물체들의 그림 136종을 골라 살 수 있는 한 입장료 지불 매대가 있었다.

다섯 시간 동안, 로빈은 다른 사람이 되었다. 어쩌면 매해 조 단위의 돈을 쏟아부으며 아이들이 스스로를 물건과 혼동하게 가르치는 광고들 때문일까. 지구에서 나고 자란 아홉 살짜리라면 누

---

* 개신교의 한 종파로, 현대 문명을 거부하고 외부 세계와 격리해 살기로 유명하다.
** Flame flower. 남아프리카 식물속의 통칭.
*** Community radio. 공공이나 상업 통신이 아닌 대안형 라디오 방송으로, 특정 지역 청취자들에게 인기 있고 의미 있지만 상업 방송에서 간과하는 내용을 주로 방송한다.

구나 물건 파는 법을 배운 지 오래일 것이다. 하지만 나는 내 아들이 물건을 파는 데 얼마나 교묘할 수 있는지, 얼마나 잘할 수 있는지 상상도 하지 못했다. 어찌나 능숙한지, 그 토요일 만큼은 이 행성의 주민으로 완벽하게 안착할 만한 수준이었다.

로빈은 외판원용 책에 소개되는 사기에 가까운 수법을 모조리 재발명했다. '얼마면 좋다고 생각하세요? 그 그림을 그리는 데 몇 시간은 걸렸어요! 그 황금관시파카*가 선생님 눈동자 색과 잘 어울리네요. 왜 다들 두꺼운입술송사리**를 원하지 않는지 전 이유를 모르겠어요.' 머리가 희끗희끗한 여자들이 보이면 20미터 거리에서부터 말을 걸었다. '아름다운 생명체가 살아 있도록 도와주시겠어요? 몇 달러를 쓰기에 이보다 더 좋은 곳은 없을 거예요.'

사람들은 로빈이 웃음을 주었기에 그림을 샀다. 작은 세일즈맨의 공연을 재미있어 하거나, 새싹 기업가에게 보상을 주고 싶어 산 사람도 있었다. 로빈을 동정한 사람도 있었고, 그저 죄책감을 누그러뜨리고 싶은 사람도 있었다. 어쩌면 그림을 사간 100명 중에 누군가는 그 그림을 벽에 걸어 둘 만큼 좋아했을지도 모른다. 하지만 걸음을 멈추고 그림을 산 사람들 대부분은 그저 부적절한 희망 속에 별로 가치 없는 물건을 만드는 데 몇 달을 쏟은 한 어린 아이에게 윗사람 행세를 하고 있었다.

로빈은 여섯 시간 만에 988달러를 벌었다. 우리에게 자리 비

---

* 마다가스카르에 서식하는 흰색 혹은 크림색 원숭이.
** Thicklip pupfish. 열대 기후에 사는 물고기종.

용을 받아 간 남자가 검은가슴 가시꼬리 이구아나 그림(제일 잘 그린 작품은 아니었다.)을 12달러에 사서 총 1000달러를 채워 줬다. 로빈은 어쩔 줄 몰랐다. 몇 달이나 외곬으로 매달린 일이 승리로 이어졌다. 0이 세 개나 달린 금액이라니, 큰 재산이었다. 그만한 돈이면 무슨 일을 할 수 있을지 누가 알겠는가?

'아빠, 아빠, 아빠. 오늘 밤에 바로 보낼 수 있어?'

이렇게 서둘러 결승선을 끊지 말라고 권유하기에는 로빈이 너무 오랫동안 고생한 게 사실이었다. 우리는 그 돈을 바로 은행으로 가져갔다. 나는 로빈이 몇 시간 동안 고민해서 고른 보호 단체에 보낼 수표를 썼다. 그날 밤, 채식 버거를 먹고 잉가의 영상을 몇 개 본 우리는 소파의 양쪽 끝에 누워서 책을 읽으며 둘 사이의 경계선을 두고 발 싸움을 벌였다. 로빈이 책을 덮더니 구슬 장식이 달린 천장을 유심히 보았다.

'기분이 끝내줘, 아빠. 지금 죽어도 오늘 일로 행복하게 죽을 것 같아.'

"그러지 마."

'어, 오키.' 로빈은 광대 목소리로 대답했다.

이 주 후, 로빈은 수표를 보낸 비영리단체에서 편지를 받았다. 나는 아이가 학교에서 돌아오면 발견할 수 있게 그 편지를 테이블 위에 올려놓았다. 로빈은 신이 나서 봉투를 뜯고 편지를 열었다. 편지는 기부에 감사하는 내용이었다. 그들은 기부하는 돈 1달러 중 70센트 가까이가 직간접적으로 10개국의 서식지 파괴 속도를 늦추는 데 사용된다는 사실을 자랑했다. 혹시 2500달러를 더 기부하고 싶다면 지금이 딱 좋은 때라고, 매칭 펀드와 유리한 환율 덕분에 이번 분기 모금액 목표에 가까워졌다고도 했다.

'매칭 펀드가 뭐야?'

"돈 많은 기부자들이 다른 사람이 1달러 낼 때마다 1달러씩 기부하는 거야."

'그 사람들은 돈이 많을 텐데…… 다른 사람이 안 내면 돈을 안 내?'

"인센티브라는 거야. 파머스 마켓에서 하나 사면 하나 더 주는 것처럼."

'그건 다르지.' 나쁜 생각들이 로빈의 이마에 맺혔다. '돈이 있는데, 그 돈을 안 낸다고? 게다가 내가 보낸 돈 중에 700달러만 동물들에게 가? 생물종들이 죽어 가고 있어, 아빠. 수천이 죽어 간단 말이야!'

로빈은 양손을 휘두르며 나에게 고함을 쳤다. 저녁을 먹자고 해도 거부했다. 자기 방으로 가더니 문을 쾅 닫고, 제일 좋아하는 경주 게임을 하자고 해도 나오지 않았다. 뭔가 부서지는 소리가 나는지 귀를 기울였는데, 고요해서 더 무서웠다. 나는 살금살금 밖으로 나가서 창문 안을 엿보았다. 로빈은 침대에 엎드려서 공책에 뭔가 끼적이고 있었다. 사방이 계획이었다.

십사 개월 전만 해도 로빈은 내가 트레이딩카드 한 장을 어쩌다가 버렸다는 이유로 방문을 세게 쳐서 손뼈 두 개에 금이 갔다.

지금 로빈은 참담한 감사장을 받고도 스스로를 통제하고, 비밀스러운 행동 방침을 세우고 있었다. 이 놀라운 변신에 대해서는 마틴 커리어의 뉴로피드백 훈련에 감사해야 했다. 하지만 어째서일까, 단풍나무가 붉은 꽃을 뿌려 대는 서늘한 봄바람 속에 서 있던 나는, 현재 내가 느끼는 감정이 마틴의 모호한 감정바퀴 속에서도 '감사'에 들어맞지 않을 것 같았다.

로빈은 취침 시간 직전에 방에서 나오더니, 손으로 쓴 종이 몇 장을 흔들어 보였다. '항의 시위 허가를 제출할 수 있어?'

내 머릿속에는 작은 노란색 경고의 삼각형이 가득 차올랐다. "무엇에 항의하려고?"

로빈이 던지는 경멸어린 눈빛에 아버지를 실망시킨 아이가 된 기분이 들었다. 로빈은 대답 대신 스케치북 종이를 내밀었다. 플래카드의 스케치였다. 직사각형의 풍경 한가운데에 이런 말이 적혀 있었다.

도와주세요
죽어 가요

글자 주위로 곧 사라질 식물과 동물들을 그린 우화가 펼쳐졌다. 아들의 그림 실력에 대해 느끼는 자부심이 그 슬로건에 대한 당황스러움으로 상쇄되고 말았다.

"이 항의는…… 너만 하는 거니?"

'그러면 소용없다는 거야?'

"아니야. 그런 말이 아니고. 그냥 항의 시위는 보통 다른 사람들과 함께할 때 더 잘된다는 뜻이야."

'내가 같이할 만한 시위가 있어?' 나는 고개를 떨궜다. 로빈은 내 손목을 잡았다. '어딘가에서는 시작해야 해, 아빠. 내 항의가 다른 사람들에게 영감을 줄지도 몰라.'

"어디에서 항의하고 싶은데?"

로빈은 입술을 오므리고 고개를 절레절레 저었다. 자기와 같이 잉가 알더 영상을 다 본 사람이, 심지어 엄마와 결혼한 사람이 그런 질문으로 위신을 떨어뜨리다니 믿을 수 없다는 듯이 그랬다.

'당연히 의사당 앞이지.'

'누구에게나 평화로운 집회의 권리가 있어.'

내 아들은 나에게 그렇게 알렸다. 그래도 우리는 지방자치법을 꼼꼼히 읽었다. 우리는 헌법과 지역 법 집행이 어떻게 다른지를 배웠다. 그것만으로도 왜 합법적인 대중 시위가 현 상황에 위협이 되지 않는지를 보여 주는 공민학* 수업이라고 할 만했다.

'와. 쉽게 만들어 놓지 않네, 그치? 혹시 아주 나쁜 일이 생겨서

사람들이 모두 같은 날 밤에 다 항의하고 싶어 하면 어떻게 해?'

"좋은 질문이구나, 로비야." 달이 갈수록 질문이 더 훌륭해지고 있었다. 나는 아무리 상황이 추악해지더라도 민주주의에는 해결할 방법이 있다고 말해 주고 싶었다. 그러나 내 아들은 정직함을 아주 중요하게 생각했다.

로빈은 사흘 동안 포스터를 만들었다. 완성하고 보니 삽화가 들어간 원고 같기도 하고 『땡땡의 모험』** 속 한 페이지 같기도 한 아름다운 물건이 되었다. 색깔은 단순하고, 선은 뚜렷했으며, 생기 넘치는 동물들은 멀리서도 보일 만큼 큼지막했다. 다른 사람들의 마음을 이해하기 힘들어 하는 아이치고는 훌륭한 결과였다. 로빈은 또 위스콘신 주에서 멸종 위기거나 그에 준하는 23종을 넣은 그림 유인물도 준비했는데, 여기에는 캐나다스라소니, 회색 늑대, 피리 물떼새 그리고 카너 파랑나비도 포함되었다. '또 뭐가 있지, 아빠? 또 뭐?'

"입법자들에게 짧게 메시지를 덧붙이면 어떨까?"

'무슨 뜻이야?'

"그 사람들이 어떤 행동을 취했으면 좋겠는지를 말한다거나?"

어리둥절하던 표정이 괴로운 얼굴로 변했다. 자기 아버지도 이렇게 멍청하다면, 세상에 무슨 희망이 있을까? '난 그냥 살해를 멈추고 싶어.'

---

* 시민의 기본 권리와 의무, 정부 역할과 구성 등에 대해 배우는 과목이다.
** 1929년 발표된 벨기에 만화.

나는 그게 사서 고생하는 일이 될 줄 알면서도 그 슬로건을 쓰게 놓아두었다. "도와주세요. 죽어 가요." 생판 모르는 사람이 무엇에 움직일지 누구라고 알겠는가? 몇 달 동안 뉴로피드백 훈련을 한 로빈의 공감력이 나를 뛰어넘는데. 로빈과 나는 아이 엄마가 한때 주민처럼 살았던 세상에 들어가는 방법을 함께 배울 터였다.

'아빠? 언제면 다들 거기에 있을까?'

"누구?"

'주지사랑 상원 의원들이랑 주의회. 어쩌면 대법원 사람들도? 최대한 많은 사람이 날 봤으면 좋겠어.'

"아무래도 평일 오전이겠지. 하지만 학교를 더 빼먹을 순 없어."

'잉가는 이제 학교에 아예 가지도 않아. 잉가가 그러는데 오지도 않을 미래에 사는 방법을 배우겠다고 공부를 한다는 건……'

"잉가가 교육을 어떻게 생각하는지는 아빠도 잘 알아."

우리는 리프먼 교장과 케일라 비숍 선생님과 거래를 했다. 로빈은 숙제를 할 것이고, 다음 날 학교에 갔을 때 의사당 앞에서의 경험을 발표하기로 했다.

로빈은 신경 써서 차려입었다. 엄마 장례식 때 입었던 상의를 입고 싶어 했지만, 이 년이 지나 다시 입어 보니 나비를 다시 고치에 밀어 넣는 격이었다. 나는 얇은 옷을 여러 겹 입었다. 그맘때 호숫가는 어떤 날씨든 가능하니까. 로빈은 옥스퍼드 셔츠에 클립으로 고정하는 타이를 달고, 빳빳하게 다린 바지를 입고, 스웨터 조끼 위에 바람막이를 걸치고, 오래 닦아서 반질반질 윤이 나는 어린이용 정장 구두를 신었다.

'나 어때 보여?'

자그마한 신 같았다. "위엄 있어."

'다들 날 진지하게 받아들였으면 좋겠어.'

나는 아들을 태우고 호수와 호수 사이 좁은 지협에 있는 시내, 방사선 중앙에 있는 주의회 의사당으로 향했다. 뒷좌석에 앉은 로 빈은 스티로폼 판에 붙인 포스터를 무릎 위에 올려놓고 가느라 온 신경을 다 쏟아야 했다. 의사당 앞에 도착하자 경비원이 어디에 서면 되는지 알려 줬다. 상원으로 올라가는 사우스윙 계단 옆이었 다. 계단 주변으로 좌천당하자 로빈은 속상해했다.

'들어가는 사람들이 볼 수 있게 문 옆에 서면 안 되나요?'

경비원의 안 된다는 말에 로빈은 암울하면서도 단호해졌다. 우리는 정해진 좁은 공간으로 향했다. 로빈은 주위를 둘러보고 차 분한 오전 풍경에 놀랐다. 정부 직원들이 띄엄띄엄 계단을 올랐 다. 어느 학교에서 온 아이들 한 무리가 권력의 회랑을 둘러보기 전에 도슨트의 설명에 귀를 기울였다. 한 블록 떨어진 메인가와 캐럴가에서는 간절한 보행자들이 온갖 인종으로 이루어진 수많은 노숙자들 사이를 누비며 카페인과 칼로리를 찾아 상점가를 배회 했다. 선출직 공무원처럼 보이지만 아마 로비스트일 사람들은 전 화기를 귀에 바싹 붙이고 지나갔다.

로빈은 이 고요함을 당혹스러워했다. '나 말고는 항의하는 사람이 없어? 이 주에 사는 모든 사람이 전부 지금 이대로에 만족하는 거야?'

로빈이 생각하는 이 장소의 풍경은 자기 엄마가 나오는 영상 클립과 같아야 했다. 관심 있는 시민들의 드라마와 결전과 정당한 정의 호소가 있어야 했다. 그러나 로빈에게 주어진 것은 미국이었다.

나는 아들 옆에 자리를 잡았다. 그러자 아들이 폭발했다. 포스터를 잡지 않은 손을 마구 휘저었다. '아빠! 뭐하는 거야?'

"네 항의 시위 규모를 두 배로 불리고 있지."

'안 돼, 미치겠네. 저쪽으로 가서 서.'

나는 100미터 정도를 걸어갔다. 로빈은 더 가라고 손짓했다.

'거기쯤. 아무도 나랑 같이 있다고 생각하지 않을 만큼 떨어져.'

그 말이 옳았다. 우리 둘이 같이 서 있으면 어른이 꾸민 일로 보일 터였다. 하지만 "도와주세요, 죽어 가요."라고 쓰인 판을 들고 아홉 살짜리가 혼자 서 있으면 누군가 멈춰 서서 말을 걸지도 몰랐다.

나는 내 마음이 허락하는 한 멀리 이동했다. 선의를 가진 누군가가 데인 카운티의 사회복지기관에 연락하면 곤란하다는 점도 감안했다. 겨우 만족한 로빈은 직접 그린 포스터를 허공에 들어 올렸다. 그렇게 우리 둘은 세속 정치의 참호 안에 자리를 잡았다.

나는 일일이 기억할 수도 없을 만큼 자주 그 계단 밑에서 기다렸다. 위스콘신주에서 들은 사람도 얼마 없는 법안들에 대해 증언하고 나오는 얼리사를 만나기 위해서였다. 얼리사는 그날 한 일에 기뻐할 때가 많았고, 행복해할 때도 있었지만, 완전히 만족한 적은 없었다. 아내는 피곤에 절어 계단을 내려와 나를 끌어안았다. 나를 꽉 안고 이렇게 말하곤 했다. '이제 시작이야.'

결국 얼리사의 영역은 아홉 개의 다른 주 의사당까지 넓어졌다. 여행을 더 자주하고 로비는 전보다 덜 했으며, 다른 사람들이 증언을 하도록 훈련시켰다. 얼리사가 그토록 자주 '지금 이대로의 현실'과 맞서 싸우던 곳 계단에 서 있는 아들을 보면서 나는 시간을 되돌아갔다. 내 무질서한 SF 소장본이 동의하는 바, 시간 여행은 가능하기만 한 게 아니라 반드시 일어나는 일이었다.

결혼식 날, 미처 서약이 있는 줄도 몰랐건만, 아내가 될 사람은 서약의 말과 함께 나에게 타원형의 치아바타 한 덩이를 줬다. '이건 상징이 아니야. 은유가 아니야. 그냥 빵 덩어리야. 내가 만들었어. 내가 구웠어. 음식이야. 오늘 밤 우리가 같이 먹을 수 있는 음식. 각자의 능력에 따라,* 알지? 그냥 봄부터 겨울까지 나와

---

* 마르크스의 슬로건에서 따왔다.

190

함께 있어 줘. 아무것도 남지 않았을 때에도 나와 함께 있어 줘. 나도 당신과 함께 있을게. 음식은 언제나 충분할 거야.'

멍청한 나는 그 빵을 잃어버렸다. 심지어 나는 빵을 좋아하지도 않는다. 하지만 나는 혼자가 아니었다. 얼리사는 똑같이 리허설에 없던 침묵 이후에 한숨을 내쉬며 말했다. '좋아. 어쩌면 은유일지도 모르겠네.' 그러자 울던 사람들이 모두 웃음을 터뜨렸다. 내 어머니까지도 그랬다. 그 후에는 멋진 파티가 있었다.

얼리사는 처음에 자기가 악몽을 꿀 거라고 경고했다. '난 암울한 일들을 다뤄, 시오. 그런 날이 많아. 그게 내 꿈에도 스며들어. 정말로 비명을 질러대는 히스테리 환자 옆에서 누워 자고 싶어?'

나는 언제든 밤중에 같이 있을 사람이 필요하면 날 깨우라고 말했다.

'아, 난 당신을 깨울 거야. 그게 문제야.'

처음에 나는 아내가 방에 들어오는 누군가를 보고 비명을 지르는 줄 알았다. 그래서 심장이 튀어나갈 기세로 일어났고, 내 돌진에 아내도 깨어났다. 아내는 비몽사몽 중에 울음을 터뜨렸다.

"여보. 괜찮아, 나 여기 있어." 나는 말했다.

'괜찮지가 않아!'

어찌나 격렬하게 거부하는지 나는 그대로 일어나 다른 방에 가서 잘 뻔했다. 새벽 세 시에 내가 사랑하는 여자가 어둠 속에서 울고 있는데, 나는 방금 당신이 나에게 얼마나 상처를 줬는지 아느냐고 묻고 싶었다. 그게 이 행성을 지배하는 이야기다. 우리는 사랑과 자아 사이에 매달려 산다. 다른 은하계는 다를지도 모르지만, 나는 그렇게 믿지 않는다.

"뭐였어, 얼리사? 말해 봐. 그러면 사라질 거야." 우리는 '나에게 뭐든 말해. 전부 다.'라고 말하기를 좋아한다. 하지만 언제나 정말로 끔찍한 이야기는 하지 말라는 무언의 단서가 붙어 있다.

'당신에겐 말 못해. 그리고 사라지지도 않을 거야.'

잠에서 깨어나자 얼리사의 울음도 잦아들었다. 나는 다시 시도했다. "내가 뭘 할 수 있을까?"

아내는 직접 보여 줬다. 닥치고 끌어안았다. 너무 작은 일, 누구라도 할 수 있는 일 같았다. 아내는 내 품에서 잠들었다.

그리고 일찍 깨어났다. 아침 식사를 먹을 때는 간밤에 아무 일도 일어나지 않은 것 같았다. 아내는 메일을 읽으면서 강인한 녹색 생명체처럼 햇빛 웅덩이에 몸을 녹였다. 이제는 내게 말해 줄지도 모른다고, 비명을 지르면서 깨어나게 만든 끔찍한 꿈이 무엇인지 설명해 줄 수 있을지도 모른다고 생각했다. 그러나 아내가 먼저 말할 기색은 전혀 없었다.

"어젯밤에 아주 힘들어 했잖아. 악몽이었어?"

아내는 몸서리를 쳤다. '아, 자기야. 묻지 말아 줘.'

아내는 표정으로 나에게 그냥 지나가라고 호소하고 있었다. 나를 믿지 않았다. 나는 진정한 신자가 아니었으니까. 나는 그런 생각을 숨겼지만, 아내는 쉽게 내 마음을 읽었다.

'내 최악의 악몽이야.' 얼리사는 자세히 말하지 않고 나를 달랠 방법을 찾아서 방 안을 둘러보았다.

"내 최악의 악몽에서는 당신이 어느 낯선 도시에서 길을 잃는데, 사이렌이 울리기 시작해. 그리고 난 당신을 찾을 수가 없지."

얼리사는 내 손을 잡았지만, 그 얼굴에 떠오른 미소는 불안했다. 우리는 더 큰 재난 가운데 살고 있었는데, 나는 그런 사소한 일을 걱정하면서 에너지를 낭비했으니.

'사람들은 우리가 신경증 환자라고 생각해, 시오. 우리를 미치광이라고 생각한다고.'

나는 그 비난받는 '우리'에 들어가지 않았다. 그 우리는 얼리사와 같은 족속, 종의 경계선을 넘어서 자신들의 길을 느낄 수 있는 사람들을 말했다.

'사람들은 왜 그렇게 뻔히 일어나는 일을 알아보지 못하는 거야?'

나는 한밤의 비명소리에 익숙해진 나머지 언젠가부터 제대로 깨지도 않게 되었다. 얼리사는 시간이 흐른 후에 꿈에 대해 알려줬다. 그 꿈속에서는 다른 생명체들이 말을 할 수 있었고, 얼리사도 그 말을 이해했다. 그들은 이 행성에서 정말로 무슨 일이 일어나고 있는지를, 상상도 하지 못할 규모로 벌어지는 보이지 않는 고통의 시스템을 설명했다. 인간의 욕구에 대한 최종 해결책이 무엇인지를.

햇빛이 있을 때 얼리사는 죽어라 일했다. 아내가 로비를 하는 날이면 내가 의사당까지 태워 주고, 밤에 남쪽 계단 밑으로 태우러 갔다. 아내는 낮에 한 일의 결과에 대체로 만족했다. 그러나 저녁이 깊어지며 레드와인을 두 잔 마시고 구해 온 개에게 시를 읊어주고 나면, 다시 공포에 사로잡혔다.

'그들이 사라지고 나면 어떻게 될까? 우리만 남으면? 이게 대체 어떻게 끝날까?'

나에게는 답할 말이 없었다. 우리는 서로에게 몸을 붙이고, 가능한 위안을 나누면서 잠들었다. 그리고 아내는 며칠에 한 번씩 또 비명을 지르며 깨어났다.

하지만 끝이 올 때까지 싸울 것이었다. 얼리사는 그렇게 타고난 사람이었다. 어느 날 오후, 나는 아내가 욕실 거울 앞에서 전투복을 갖춰 입는 모습을 보았다. 블러시, 마스카라, 헤어젤, 립글로스. 얼리사는 어퍼미드웨스트* 전역에 홍보할 계획으로 비인간 권리에 대한 요구의 초안 작성을 도왔다. 그 말은 열 개 주의 여성과 남성 입법자들 모두의 동물적인 감정을 이용해야 한다는 뜻이었다.

'타협은 없어. 알지?'

문제의 홍보 유세는 그날 저녁, 위스콘신주 의사당 남쪽 건물이라는 홈 구장에서 시작할 참이었다. 얼리사는 준비하면서 노래를 흥얼거렸다. '뻐꾸기는 좋은 새, 날면서 노래를 하지. 그리고 뻐꾸기가 뻐꾹 하고 울면, 여름이 가깝다네.' 얼리사가 지지하는

---

* 중서부 지역 북부.

194

법안은 시대를 몇십 년 앞서 있었다. 그 법안이 통과될 가능성은 전혀 없었다. 본인도 알았다. 그러나 얼리사는 장기적인 게임을 하고 있었다. 남은 시간이 있는 한 계속될 게임을.

얼리사는 눈부신 모습으로 욕실에서 나왔다. 그리고 부끄러운 듯 나를 보았다. '이봐요! 거기 언젠가 내가 어릴 때처럼 다시 말을 더듬게 했던 그 사람 아니에요?' 그런 말을 놀리는 투로 한 것 자체가 나에게는 보상이었다.

얼리사는 나중에 있을 연회에 차를 써야 했다. 그러니 시내에 주차한다는 번거로운 일도 감당할 수 있었다. 나는 집 앞까지 아내를 바래다줬다. 아내는 운전석 문에 한 손을 얹고 몸을 기울여 과장된 몸짓으로 허공을 찔렀다. '좋았어. 어벤져스, 어셈블!' 아내는 나에게 입을 맞추면서 내 입술을 살짝 물었다. 그러고는 주의회 의사당으로 출발했다. 나는 이 행성에서 다시는 아내를 보지 못할 운명이었다. 시신을 확인할 때만 빼고는 두 번 다시.

보행자가 늘어났다. 사람들이 로빈을 알아차리기 시작했다. 여자들 몇 명은 아이가 괜찮은지 확인할 만한 거리까지 접근했다. 남자들은 지나쳐 갔다. 희끗희끗한 머리를 멋지게 빗어 올린,

얼리사의 엄마처럼 생긴 검은 치마 정장 차림의 여성이 911을 부를 태세로 로빈에게 다가갔다. 내가 끼어들려고 하자, 로빈이 말렸다. 그 여성은 핸드백에 손을 넣어 지폐를 한 움큼 꺼내더니 로빈에게 주려고 했다. 로빈은 애원하는 눈으로 나를 보았지만, 규칙을 알고 있었다. 항의 시위에서 모금은 엄격하게 금지되어 있었다.

로빈은 유인물을 몇 장 나눠 주는 데 성공했지만, 대부분의 사람들은 어리둥절할 뿐 멈춰서 읽지는 않았다. 대부분의 유인물은 조경이 잘 된 공원 모퉁이의 쓰레기통까지도 가지 못했다. 나는 로빈의 참여 민주주의 탐구가 앞으로 한 시간쯤 이어질 테고, 다음 날 학교에서 아주 짧은 발표가 있으리라 생각했다. 그러나 성스러운 대의와 오랜 시간의 뉴로피드백 훈련 조합이 내 아들을 선불교 불도그로 바꾼 듯했다. 로빈은 지나가는 사람들에게 속사포처럼 뱉을 즐거운 노래를 개발해 가며 그 널찍한 콘크리트와 마름돌 공간을 버텼다.

나는 노트북을 들고 등받이 없는 벤치에 앉아서, 겨우 30광년 거리에서 발견된 어느 거대 지구에서 진화할 수도 있는 대기 조성 시뮬레이션을 조정했다. 로빈보다 내가 먼저 허기가 졌다. 나는 차가운 주스가 담긴 보온병과 전날 밤에 로빈이 만든 점심 도시락을 들고 다가갔다. 로빈은 허겁지겁 후무스 아보카도 샌드위치 절반을 먹어 치우더니, 먹는 데에 허비한 몇 분을 벌충하려 포스터를 흔들면서 나에게 관찰자 위치로 돌아가라고 지시했다.

점심 식사 이후에는 상대성 사고 실험처럼 시간이 느려졌다. 나는 휴대폰으로 인터넷을 연결한 노트북을 무릎에 올려놓고 일하는 척하면서 한쪽 눈으로는 수련 중인 활동가 아들을 지켜보았다.

내 메일함에는 수신자가 표기되지 않은 긴급 요청이 쌓이고 있었다. 우리 과의 중국인 대학원생들이 학생 비자를 취소당하고 있었다. 심지어 내 조교이자 그린베이 패커스 팀의 골수팬이며, 이 나라에 대해 나보다 더 잘 아는 진징마저도 그랬다. 대통령이 외세와 외세를 지원하는 과학 엘리트들을 상대로 벌이고 있는 양면 전쟁이 또 다른 2차 피해자를 낳고 있었다. 보아하니 신은 오직 하나의 행성에만 생명을 만들고, 그 행성의 지배 종족 중에서도 오직 하나의 나라만이 그 행성을 관리해야 하는 모양이었다. 학과에서는 그날 오후 늦은 시간에 긴급 교직원 회의를 소집했다.

로빈을 확인하려고 고개를 들어보니, 아들은 빳빳하게 다린 회색 정장을 입은 흰머리 흑인 남자에게 설교를 하고 있었다. 내 아들은 손으로 그린 포스터를 흔들면서 사실과 숫자를 늘어놓았다. 상대 남자는 의심스러운 얼굴로 귀를 기울이더니, 로빈을 심문하기 시작했다.

나는 노트북 화면을 닫고 그리로 걸어갔다. "무슨 일 있나요?"

남자는 고개를 돌려 나를 보았다. "당신 아들입니까?"

"죄송합니다. 제 아들이 하는 일에 불만이 있으신가요?"

"당신에게 불만입니다." 남자의 목소리는 우렁차고 절대 어리석음을 용납하지 않을 기세였다. "당신이 아이에게 이런 일을 시

컸습니까? 왜 애가 학교에 있지 않죠? 낯선 사람들을 조종하려고 이런 겁니까? 대체 뭘 노리는 겁니까?'

'이건 제 시위에요.' 로빈이 말했다. '벌써 말했잖아요. 아빠는 상관없다고요.'

"감독하는 사람도 없이 아이를 여기 두다니."

"그런 짓은 안했습니다. 제가 바로 저쪽에 앉아 있었어요."

남자는 로빈을 돌아보았다. "왜 그 말은 안 한 거니?"

'우린 모든 일을 합법적으로 했어요. 난 그저 사람들이 진실을 믿게 하려는 것뿐이에요.'

남자는 다시 나를 돌아보고 포스터를 가리켰다. "도와주세요, 죽어 가요. 어린아이가 저런 피켓을 들고 공공장소에 혼자 서 있게 하면서 뭔가 문제가 있다는 생각을 안 한다면……."

"실례합니다만." 나는 떨리는 두 손을 등 뒤로 감췄다. 언제 다른 사람의 말을 가로막았는지 기억도 나지 않았다. "누구신데 제 아이를 키우는 방법을 두고 이래라저래라 간섭하시는 거죠?"

'난 하원 소수당 원내 총무 보좌관이고, 성공적인 아이들 넷을 키운 아버지요. 아이가 이런 걸 들고 이런 곳에 서 있게 하다니, 아들에게 뭘 가르치는 겁니까? 이미 존재하는 그룹과 연결을 시켜 줘야지. 그러면 다른 아이들을 조직하도록 도울 수도 있잖아요. 편지를 써요. 구체적이고 쓸모 있는 프로젝트에 착수하란 말입니다." 그 남자는 내 눈을 들여다보더니 고개를 내저었다. "아동학대로 보고해야겠군요."

그는 단호하게 몸을 돌리고 계단을 올라 정부 청사 안으로 사라졌다. 나는 그의 등 뒤에 대고 소리치고 싶었다. '성공적인 아이들'이라니 그게 무슨 소리죠? 하고.

나는 로빈을 보았다. 로빈은 포스터의 한 귀퉁이를 구기고 있었다. 내 아들이 처음 겪은 무자비한 입법 패배였고, 로빈의 법안은 초안조차 제출되지 못했다.

'이쪽으로 오지 말라고 했잖아.' 로빈이 외쳤다. '내가 알아서 처리하고 있었어.'

"로빈. 여기 오래 서 있었어. 이제 집에 가자."

로빈은 고개를 들지 않았다. 고개를 젓지조차 않았다. '나 계속 있을 거야. 그리고 내일도 다시 올 거야.'

"로빈. 아빠는 회의에 참석해야 해. 지금 가는 거야."

로빈의 눈에 차오른 동족 혐오는 포스터에 적힌 말만큼이나 선명했다. 로빈의 두뇌는 머릿속의 극장 안에서 음을 높였다가 낮추고, 점을 이리저리 옮기고 키웠다가 줄이느라 분투하고 있었다. 그러더니 어깨가 축 늘어지고, 곧 시선을 돌렸다. 금방이라도 도망치거나 소리를 지르거나 포스터를 땅에 팽개칠 것만 같았다. 겨우 다시 입을 열었을 때, 그 목소리는 작고 갈피를 잃은 듯했다.

'엄마는 어떻게 이걸 한 거지? 매일매일. 몇 년 동안이나.'

✧

행성 아이솔라를 찾을 수가 없었다. 몇 광년에 걸친 넓은 지역을 뒤져도 보이지 않았다. 내 곁을 따라온 아들은 내 혼란을 목격했다.

"분명히 여기 있어야 하는데. 모든 데이터가 그렇게 말하는데 말이야."

아들은 이제 데이터를 별로 신용하지 않았다. 그 아이는 다른 행성들에 대한 믿음을 잃어 가고 있었다.

이상한 것은, 멀리서는 아이솔라를 볼 수 있다는 점이었다. 트랜싯 관측법*도 시선 속도**도 중력 렌즈 현상도 모두 아이솔라의 정확한 위치가 그곳이라는 데에 동의했다. 우리는 아이솔라의 질량과 반지름을 알았다. 자전과 공전 주기도 아주 작은 오차 범위까지 계산했다. 그러나 아들과 내가 몇천 킬로미터 거리까지 접근하니 행성이 사라졌다. 행성이 있어야 할 자리는 어느 모로 보나 텅 비어 있었다.

아들은 뻔한 답을 힘들어 하는 나를 불쌍하게 여겼다. '그쪽에서 숨은 거야, 아빠. 아이솔라의 생명체들이 우리의 머릿속에 들어와서 은폐한 거지.'

---

*   Transit photometry. 외계 행성이 항성 앞을 지나는 통과 현상을 관측해 행성을 찾는 방법.
**   Radial velocity. 천체가 관측자의 시선 방향에 가까워지거나 멀어지는 속도.

"뭐? 어떻게?"

'10억 년은 살아온 존재니까, 몇 가지 재주는 익혔겠지.'

로빈은 이제 지쳤고, 뻔한 사실을 이해하지 못하는 나에게 인내심을 잃었다. 어떤 접촉이든 잘 끝날 확률이 얼마나 되던가? 모든 인간 역사가 대답해 주는 것을.

'그래서 우주가 침묵하는 거야, 아빠. 다들 숨었거든. 어쨌든 영리한 생명체는 다 숨었어.'

"하지만 진짜 진전을 보고 있었는데요." 마틴 커리어가 주장했다. "그걸 부정할 순 없습니다. 기대한 것보다 더 잘되고 있었어요."

우리는 아시아 학생들의 비자 위기 때문에 거의 문을 닫다시피 한 버려진 딤섬 가게의 칸막이 석에 앉아 있었다. 미국 학계의 모든 캠퍼스가 휘청거리고 있었다. 비자 기간이 단축되지 않은 외국 학생들은 실내에 숨었다. 원래대로라면 북적이는 세계인의 여름 학기였을 기간이건만 거리에는 이 사태로부터 안전한 백인 몇 명만 돌아다니고 있었다.

커리어의 턱이 논점을 강조했다. "아무도 치료를 약속하진 않

있습니다."

나는 커리어가 마시려고 들어 올린 커피 잔 바닥을 치고 싶었다. "아이가 침대에서 나오질 않아요. 일으켜서 옷을 입히려고만 해도 전쟁입니다. 밖에 나가는 것도 싫어해요. 점심을 먹자마자 다시 자려고 하고. 그나마 여름 방학이라 다행이지, 아니었으면 학교에서 또 날 몰아세웠을 겁니다."

"그렇게 된 지가……?"

"며칠째죠."

커리어는 만두를 젓가락으로 집어 들어 입에 넣고 오물거렸다. 찻물에 채 녹지 않은 글루텐과 자부심 덩어리가 목울대에 걸렸다. "항우울제를 아주 낮은 용량으로 먹이는 것을 고려해야 할지도 모르겠네요."

그 말에 나는 동물적인 공포에 사로잡혔고, 맞은편에서도 알아보았다.

"이 나라의 800만 어린이가 향정신성 약을 먹어요. 이상적인 일은 아닐지라도 통할 수 있습니다."

커리어는 그렇게 말하고 어깨를 으쓱였다. 인정한다는 뜻인지 반대한다는 뜻인지 알 수 없었다. 나는 출구를 찾아 헤맸다. "혹시 로비가…… 모르겠군요. 훈련 시간을 참는다거나 그 시간에 익숙해지기 시작했을까요? 훈련 효과가 점점 빨리 사라질 수도 있나요?"

"모르겠군요. 대부분 피험자의 경우는 훈련을 받을 때마다 생긴 개선 효과가 몇 주씩은 지속됩니다."

"그렇다면 왜 로빈은 다시 미끄러지는 거죠?"

커리어는 테이블 맞은편 벽에 걸린 텔레비전 화면으로 시선을 돌렸다. 기록적인 더위에 플로리다 해안 전역으로 치명적인 박테리아 감염이 퍼지고 있었다. 대통령이 기자들에게 말하고 있었다. '완전히 자연스러운 일일 수도 있고, 아닐 수도 있습니다. 사람들 말로는⋯⋯.'

"어쩌면 완전히 이해할 만한 반응인지도 몰라요."

"무슨 소립니까?" 그렇게 묻긴 했지만, 내 목덜미의 쭈뼛 선 털은 알아들은 듯했다.

마틴 커리어의 찌푸린 얼굴은 미소 짓는 얼굴과 놀랄 만큼 비슷했다. "임상의와 이론가들은 무엇이 정신 건강을 이루는지에 대해 동의하는 일이 드물어요. 힘든 상황에서 생산성을 유지하는 능력인가? 아니면 적절한 반응 문제에 더 가까운가? 지속적이고, 쾌활한 낙관은 이 상황에 제일 건강한 반응이 아닐 수도 있지요." 그러면서 그는 턱짓으로 텔레비전을 가리켰다.

나는 끔찍한 생각을 했다. 어쩌면 지난 몇 달간의 뉴로피드백이 로빈을 해치고 있었을지 모른다는 생각. 세상이 근본적으로 엉망진창이기 때문에 공감 능력이 크면 그만큼 고통도 깊을 수밖에 없었다. 로빈이 왜 다시 미끄러지는지 물을 게 아니었다. 그보다는 나머지 우리들이 왜 이토록 정신 나간 낙관론을 유지하는지를 물어야 했다.

커리어가 허공에 한 손을 털었다. "로빈은 자제력과 회복 탄성에서 훨씬 높은 점수를 내고 있어요. 처음 우리에게 왔을 때보다 불확실성에 훨씬 잘 대처하죠. 좋아요. 그러니까 그 아이는 아직 화가 난 겁니다. 아직 우울한 거예요. 솔직히 말할까요, 시오? 난 오히려 요새 같은 시절에 아이가 속상해하지 않는다면 그걸 더 걱정할 겁니다."

우리는 점심 식사를 마쳤다. 마틴은 내가 식사 비용을 지불하는 것이 도덕적으로 옳지 않다고 했지만, 격하게 저항하지는 않았다. 우리는 캠퍼스를 가로질러 걸었다. 선블록도 바르지 않고 외출하다니 실수였다. 겨우 6월이었지만 더위로 숨도 쉬기 힘들었다. 커리어도 힘겨워하고 있었다. 그는 수술용 마스크를 얼굴에 썼다. "미안해요. 얼마나 우스꽝스러워 보일지 알지만 알러지 수치가 심각해서요." 그나마 우리가 있는 곳은 산불로 인한 적신호의 공기가 몇 주 동안 수백만 명을 가둬 놓고 있는 남부 캘리포니아가 아니었다.

뉴로피드백의 보호가 끝나 가는 듯했다. 한동안은 이 훈련이 로빈을 행복하게 해 줬고 나도 아들에게 약을 먹이지 않아도 되게 도와줬다. 하지만 이제 마틴 커리어마저도 약물을 제안하고 있었다. 학교에서 작은 사고라도 한 번 더 터지면 선택할 권한 없이 약을 먹여야만 할 것이다.

"로빈은 계속 얼리사가 어떻게 몇 년씩이나 지는 싸움을 하면서도 쓰러지지 않았느냐고 물어요." 마스크를 쓰고 있어서 커리어의 표정을 읽을 수가 없었다. 나는 무턱대고 계속 말했다. "나도 같은 의문이 듭니다. 얼리사는 화를 내곤 했죠. 많이 우울해지기도 했고요." 아내의 예전 탐조 친구에게 얼리사가 밤에 꾸던 악몽까지 이야기하고 싶지는 않았다. "하지만 언제나 뚫고 나갔어요."

마스크 너머로도 커리어의 웃음소리를 들을 수 있었다. "로빈의 어머니에게는 뛰어난 두뇌-신체 화학 작용이 있었죠."

우리는 길이 갈라지는 디스커버리 센터 근처 유니버시티 애비뉴에 멈춰 섰다. 나는 어린이 두뇌 화학의 시행착오를 시도할 때일지도 모른다는 제안을 다시 듣게 되리라 각오했다. 그러나 커리어는 마스크를 벗더니 내가 해석할 수 없는 표정을 지었다.

"그 비밀을 배울 수도 있죠. 로빈이 직접 말해 줄 수도 있어요."

"도대체 무슨 소릴 하는 겁니까?"

"나에게 아직 얼리사의 기록이 있어요."

수많은 방향에서 분노가 쏟아져 들어왔고, 어느 것 하나 쓸모는 없었다. "뭐가 어째요? 우리 기록을 보관하고 있다고?"

"그중에 하나만요."

묻지 않고도 알 수 있었다. 나의 '감탄'과 '비탄', 얼리사의 '경계심'은 버리고 '황홀'만 보관했을 것이다.

"오래전에 얼리사의 두뇌를 스캔한 자료로 로빈을 훈련할 수 있다는 겁니까?"

마틴 커리어는 발치의 포장된 돌에 대고 경이로운 판단을 선고했다. "당신 아들은 언젠가 어머니가 일으켰던 감정 상태에 들어가는 방법을 배울 수 있어요. 동기 부여가 될지도 모릅니다. 그 아이의 질문에 답을 해 줄 수도 있고요."

주위로 플러칙의 색색깔 감정 바퀴가 돌아갔다. 오렌지색의 흥미가 초록색의 두려움 조각으로 넘어갔다. 과거가 미래만큼이나 구멍투성이에 애매모호한 영역이 되어 갔다. 우리는 여기에서 인생의 이야기를 지어내고 있었다. 자기 전에 들려주면 아들이 아직까지 좋아해 주는 외계 행성 이야기를 내가 계속 지어내고 있듯이.

나는 교차로 양쪽으로 뻗은 긴 대각선 보도를 바라보았다. 아시아 학생은 한 명도 보이지 않았다. 나는 삼십 년 넘게 2000권의 SF를 읽으면서 뻔한 사실을 놓치고 있었다. 온 우주에 여기보다 더 이상한 곳은 없다는 사실을.

그 문제에 대해 의견을 묻자 로빈이 침대에서 나와 별을 품은 얼굴로 나를 바라보았다. '그 사람들이 엄마의 두뇌를 갖고 있다고? 엄마도 실험에 참여한 적이 있어?'

나는 어른의 의구심을 모조리 담아서 대답했지만, 상관없었다. 로빈은 나에게 달려들었다.

'세상에, 아빠! 왜 말 안했어?'

로빈은 내 얼굴을 붙들고 거짓말이 아니라고 진지하게 맹세하게 했다. 우리가 우연히, 존재하는 줄도 몰랐던 영상을, 영원히 봉인되어 있던 어느 날의 기록을 발견이라도 한 듯한 반응이었다. 마치 결과가 어찌되든 이젠 모든 게 좋아질 거라는 듯한 반응. 로빈에게 평화가 찾아왔다. 내 아들은 고개를 돌리더니 여름비가 내리는 침실 창밖을 보았다. 아이의 눈에 차분한 결의가 깃들었다. 삶이 무엇을 던지든 받아들이겠다는 결의. 로빈은 두 번 다시 쓰러지지 않을 것이었다.

로빈이 첫 훈련을 마치고 나왔을 때 나는 연구소의 현관을 서성이고 있었다. 훈련은 구십 분이나 이어졌다. 색깔이 들어간 점, 음악, 그 외의 다른 피드백이 아이가 어머니의 두뇌 패턴을 찾아내 따라하도록 도왔다. 나는 침착한 척 미소를 지었다. 하지만 로빈도 분명 내가 무슨 말이든 듣고 싶어 눈이 뒤집힌 상태임을 알았으리라.

지니가 로빈을 실험실에서 데리고 나왔다. 지니의 팔은 아이의 어깨를 감쌌고, 아이의 손은 지니의 실험복 소매를 잡고 있었다. 지니는 내가 애쓰는 만큼이나 태평해 보였고, 몸을 아래로 숙이더니 물었다. "괜찮니, 브레인보이? 내 방에 잠깐 앉아 있을래?"

로빈은 지니의 책상에 앉아서 힙스터 만화 소장본 읽기를 좋아했다. 보통 때라면 이 제안을 덥석 물었을 것이다. 그러나 지금은 고개를 저었다. '괜찮아요.' 그러더니 자기 어머니가 생전에 백만 번은 일깨운 대로 덧붙였다. '고마워요.'

그 아이는 구십 분 동안 얼리사의 대뇌 변연계를 더듬었다. 음을 높이거나 낮출 때마다, 아이콘을 화면에 뜬 목표로 몰고 갈 때마다 몇 년 전에, 다른 면에서는 평범했던 어느 하루에 우리가 참여했던 장난 같은 실험에서 얼리사가 느꼈던 행복의 순간으로 스스로를 몰고 갔다. 로빈은 머릿속에서 다시 엄마와 대화하고 있는 셈이었다. 나는 얼리사가 뭐라고 하는지 알아야만 했다.

로빈이 연구동 저편에서 나를 보았다. 그 얼굴에 흥분과 망설임이 동시에 떠올랐다. 나는 아들이 방금 있었던 곳에 대해 얼마나 말해 주고 싶은지 알았다. 그러나 아이에겐 그 행성을 설명할 언어가 없었다.

로빈이 지니의 소매를 놓고 그 품에서 빠져나왔다. 지니의 전문가다운 얼굴에도 살짝 버림받았을 때의 표정이 스쳤다. 나에게 다가오는 로빈의 걸음걸이가 뭔가 새로웠다. 좀 느슨하면서, 더 실험적인 큰 걸음이었다. 3미터쯤 떨어졌을 때 아들은 고개를 설레설레 저었다. 그리고 다 와서는 내 팔을 잡더니 가슴팍에 귀를 댔다.

"좋았어?" 말이 무기력하게 나왔다.

'엄마였어, 아빠.'

내 얼굴이 아니라 다리 뒤쪽이 달아올랐다. 너무 늦었지만, 로빈처럼 과도한 상상력이라면 그렇게 풍성한 잉크 얼룩을 어떻게 해석할 수 있을까 궁금해졌다.

"다르게…… 느껴지든?"

로빈은 내 질문이 아니라 내 가식에 대고 고개를 저었다. 우리는 다음 주로 다시 약속을 잡았다. 나는 지니와 다른 박사 후 과정 몇 명과 잡담을 나눴다. 대중 앞에서 강연하다가 뒤늦게 내 피부가 초록색이라는 사실을 발견하는 전형적인 악몽 속 같았다. 로빈은 내 등을 두드리더니 복도 쪽으로, 감정 인큐베이터를 벗어나서 세상 속으로 밀었다.

우리는 주차장으로 걸어갔다. 나는 질문을 쏟아 냈다. 내가 너무 어른이라서 물어보기 힘든 것만 빼고 다 물었다. 로빈은 아주 간단하게만 대답했는데, 짜증이 나서라기보다는 내 질문에 방해를 받는 느낌이었다. 로빈은 주차 기기에 패스를 넣고 문이 열린 후에야 마음을 열었다.

'아빠, 산맥에 갔을 때 오두막에서 보낸 첫날 밤 기억해? 망원경을 들여다보던?'

"기억하지. 아주 잘."

'그거랑 비슷했어.'

로빈은 두 손을 얼굴 앞에 들어 올렸다가 펼쳤다. 암흑인지,

별인지는 모르겠지만 어떤 기억이 아이를 경탄시켰다.

나는 캠퍼스 드라이브를 타고, 계속 도로를 보면서 집으로 향했다. 그러던 중 내가 알아듣기 힘든 목소리로, 내 옆자리에 앉은 외계인이 말했다. '아빠 아내는 아빠를 사랑해. 그거 알지?'

나는 달라진 점이 있는지 살폈다. 어쩌면 로빈이 누구의 감정을 모방하려는지 알기에 스스로에게 암시를 줬는지도 모른다. 하지만 의사당 앞에서 겪은 재난 이후에 로빈을 집어삼킨 먹구름이 부서지고 솜털 구름이 되기까지는 두 번의 훈련밖에 필요치 않았다.

6월 하순의 어느 토요일에 로빈을 깨우러 갔다. 아이는 정신이 들고 갑작스레 얼굴로 햇빛이 쏟아지자 신음했다. 하지만 그러면서도 베개에서 고개를 들고 씩 웃었다.

'아빠! 오늘 훈련 날이야?'

"그래."

'신난다!' 작고 우스꽝스러운 목소리였다. '그게 진짜 간절했거든.'

"그 후라면 보트에서 노를 좀 저을 수 있겠어?"

'진심이야? 호수에서?'

"그보다는 뒷마당에서 할까 했지."

로빈은 목 안쪽 깊은 곳에서 으르렁거리더니 이를 드러냈다. '내가 육식을 안 해서 운 좋은 줄 알아.'

로빈은 그날 입을 옷을 고르느라 생각에 잠겼다. '아, 이 셔츠. 셔츠를 잊고 있었네. 이건 좋은 셔츠야! 어쩌다가 이 셔츠를 한 번도 안 입었지?' 그러더니 셔츠를 반쯤 입은 채로 거실로 나왔다. '엄마가 준 털양말 기억해? 발가락이 다 따로 떨어지고, 작은 발톱이 붙어 있던 거? 그 양말 어떻게 됐더라?'

나는 이 질문에 움찔했다. 워낙 오랫동안 로빈의 예전 두뇌에 단련되어 있었기에, 내 대답을 들으면 바로 머리 위로 비가 쏟아질 줄 알았다. "로비야. 그건 이제 사이즈가 한참 작아졌어."

'나도 알아. 그냥 궁금했을 뿐이야. 그러니까 아직 어딘가 있긴 해? 아니면 다른 아이가 그 양말을 신고 자기가 반은 곰이라고 생각하고 있을까?'

"그런 생각은 어쩌다가 했어?"

로빈은 어깨를 으쓱했지만, 회피하는 동작은 아니었다. '엄마.' 으스스한 생각이 들었다. 하지만 내가 이의를 제기하기 전에 아이가 물었다. '아침은 뭐야? 나 배고파!'

로빈은 내가 차려 준 음식을 다 먹었다. 오트밀이 뭐가 달라졌는지 알고 싶어 했고 (아무것도) 왜 오렌지 주스가 그렇게 톡 쏘는지 궁금해했다. (이유는 없었다.) 그릇을 치운 후에는 식탁 앞에 앉아서 내가 알아들을 수 없는 멜로디를 흥얼거렸다. 오래전에 얼리사가 기록한 '황홀'이 어디에서 왔는지를 두고 느꼈던 맹렬한 호기심이 다시 덮쳐 왔다. 내 아들, 얼리사의 아들은 그 출처를 일별했으나 나에게 설명하지는 못했다.

나는 로빈이 다시 엄마의 두뇌 지문으로 훈련할 수 있게 신경연구소에 데려갔다. 로빈과 지니는 익숙한 과정에 빠져들었다. 나는 아들이 텔레키네시스로 화면에 뜬 모형들을 움직이는 모습을 몇 분 정도 지켜보다가 복도를 걸어가 마틴 커리어에게 들렀다.

"시오! 이렇게 반가울 수가!" 그는 반갑다는 말에 다른 사람과 다른 의미를 부여한 게 분명했다. 그 남자가 뱉는 모든 음절이 짜증스러웠다. 나도 커리어의 공감 기계를 한두 번 경험해 볼 필요가 있었다. "로빈은 어때요?"

나는 신중한 낙관론을 펼쳤다. 마틴은 표정을 드러내지 않고 귀를 기울였다.

"아마 로빈은 자기 암시를 상당히 많이 하고 있을 겁니다."

물론 로빈은 자기 암시를 하고 있었다. 나도 그랬다. 변화라는 게 완전히 상상일 수도 있었다. 하지만 뇌 과학은 상상이라 해도 우리의 세포를 실제로 바꿀 수 있음을 알았다.

"혹시 이번 훈련 과정에 새로운 점이 있습니까? AI 피드백에 달라진 점이라거나? 얼리사의 기록은 다른 신경 영역입니까?"

"다르냐고요?" 마틴 커리어가 어깨를 추켜올렸고, 입은 미소 가까운 것을 지었다. "물론이죠. 우린 스캐닝 해상도를 올렸습니다. AI는 계속 로빈에 대해 배우고 있어요. 로빈과 상호 작용을 하면 할수록 효율이 높아집니다. 그리고 맞아요, 얼리사의 스캔은 예전 훈련 시간에 쓰던 목표 대상 견본보다 진화적으로 오래된 두뇌 영역을 씁니다."

"그러니까, 다시 말하면…… 아무것도 전과 같지 않군요." 나는 물어보려고 한 질문을 했다. 내가 가장 알고 싶은 것만 빼고 다 물었다.

나도 얼리사 본인이 말해 주길 거부한 내용을 마틴이 말해 줄 수 있으리라고는 생각하지 않았다.

하지만 그러다가 다시 생각했다. 어쩌면 가능할지도 모른다고. 그런 생각을 하자 축축해진 피부에 소름이 돋았다. 어쩌면 얼리사의 두뇌 지문을 찾은 게 로빈이 처음이 아닐지도 몰랐다. 하지만 그런 질문을 하면 나를 미친 사람으로 여길까 봐 두려웠다. 아니면 대답을 듣기가 두려워서 묻지 못했는지도 모른다.

로빈은 심지어 보트에 바람을 넣는 과정마저 즐겼다. 예전이라면 마지못해 이 분쯤 펌프를 걷어차다가 포기했을 텐데 말이다. 그날은 심지어 도와달라고 하지도 않았다. 아들이 불평 한 마디

안 하는 사이 흐늘흐늘한 폴리염화 비닐이 배가 되어 솟아올랐다.

우리는 스페인어, 중국어, 몽족 언어로 낚시의 허용치를 알려 주는 표지판 근처에 차를 세웠다. 로빈은 배에 오르다가 부두에서 미끄러졌다. 아이는 신발이 진흙에 빠지고 호수가 무릎까지 올라오자 울부짖었지만 다시 배에 오르자 얼떨떨한 얼굴로 자기 다리를 보았다. '어. 이상하네. 물 때문에 그렇게 흥분하다니.'

우리는 바닥이 평평한 소형 보트를 타고 노를 저었다. 100미터를 가는 데에 영원 같은 시간이 걸렸다. 로빈은 노를 저으면서 호숫가를 샅샅이 살폈다. 뭘 찾고 있는지 나도 눈치를 챘어야 마땅했다. 바로 아이 엄마의 고통을 덜어 주던 생명체, 새들이었다. 로빈이 언제나 새들에게 관심이 있기는 했다. 하지만 엄마의 두뇌 지문으로 훈련하는 사이에 관심은 깊은 사랑으로 변했다.

매끈한 회색 형체가 뱃머리를 스치고 지나갔다. 로빈은 노 젓기를 멈추라고 나에게 손을 흔들었다. 며칠 만에 아들의 목소리에 괴로움이 실렸다. '누구야, 아빠? 누구야? 난 못 봤어!'

워낙 흔해서 나도 이름을 모르는 새였다. "방울새 아닐까."

'검은눈, 아니면 청회색?' 로빈은 내가 알려 줄 수 있으리라 믿고 돌아보았지만, 나는 확언할 수 없었다. 아이 엄마가 내 귓가에 대고 말했다. '울새(로빈)가 내가 제일 좋아하는 새야.'

우리는 노를 더 저었다. 인류 역사상 가장 느린 운송 수단이었다. 더 깊은 곳까지 가자 로빈이 노를 들어 올렸다. '아빠가 넘겨 받을 수 있어? 난 바빠.'

나는 배의 꼬리 쪽에 앉아서, 배가 빙글빙글 돌지 않게 이쪽에서 저쪽으로 노를 옮겨 가며 저었다. 쉬고 있는 로빈의 솜털 덮인 팔뚝에 어떤 스테인드글라스 창문보다 눈부신 나비 한 마리가 내려앉았다. 로빈은 나비가 더듬거리다가 날아오르고 다시 얼굴에 내려앉는 동안 숨을 멈추고 있었다. 나비는 로빈의 감은 눈 위를 걷다가 다시 날아갔다.

로빈은 뱃전에 드러누워서 하늘을 가늠했다. 두 눈이 스모키 산맥의 밤에 보았던 수천 개의 빛을, 빠짐없이 그 위에 그대로 있으나 낮의 햇빛에 지워진 별빛들을 찾아 헤맸다. 우리 둘은 팽창식 보트를 타고 평온한 호수 위에 떠서, 보이지 않는 별 아래를 미끄러져 갔다.

나는 우리 둘뿐이라고 생각했다. 그러나 로빈을 계속 쳐다보다가 나도 어느새 무리에 합류했다. 날아다니는 것들, 헤엄치는 것들, 호수 표면을 지치며 다니는 것들, 호숫가에 가지를 드리우고 물 위로 살아 있는 세포 비를 내리는 것들. 나침반의 모든 방위에서, 마치 무작위로 돌아가는 라디오로 이루어진 아방가르드 합창곡 같은 생명의 소리들이 울렸다. 그리고 뱃머리에는 나이면서도 내가 아닌 거대한 생명체가 하나 있었다. 그 생명체가 입을 열었을 때, 나는 배를 뒤집어엎을 정도로 놀라고 말았다.

'그날 기억해?'

전혀 갈피를 잡을 수가 없었다. "무슨 날 말이니, 로비?"

'두 사람이 감정을 기록한 날?'

215

이상하리만큼 정확하게 기억이 났다. 그 후에 얼리사와 내가 어떻게 서로를 갈구했는지, 우리가 어떻게 방에 틀어박혔는지, 얼리사가 자기가 불러낸 황홀의 출처를 말해 주지 않던 모습, 닫힌 문 너머로 얼리사가 우리 아들에게 전부 다, 모두 다 아주 괜찮다고 안심시키던 모습도.

'두 사람에게 희한한 게 있었어. 둘 다 이상하게 행동했어.'

로빈이 그걸 기억할 리가 없었다. 그때는 너무 어렸고, 그날 오후에 로빈에게 강한 인상을 남길 만큼 두드러지는 일은 아무것도 없었다.

'둘이 큰 비밀이라도 있는 것처럼 굴었어.'

그 순간 아내가 속삭였다. '그 비밀이 뭔지 자기는 기억하지, 시오?'

나는 배가 돌지 않게 노를 젓고 숨을 가라앉혔다. "로비. 왜 그런 생각을 했니?"

아들은 대답하지 않았다. 얼리사는 계속 나를 놀렸다. '당연히 로빈도 기억하지. 자기 부모님이 이상하게 굴고 있었는데.'

"커리어 박사님이 그날에 대해 무슨 말이라도 했어? 혹시 너한테 뭔가 물어보든?"

로빈은 배를 흔들면서 몸을 굴려 엎드렸다. 가늘게 뜬 눈으로 먼 호숫가를 바라보는 모습이 마치 과거를 보려는 듯했다. '엄마한테 문신이나 뭐 그런 게 있었어?'

아들이 그걸 알 리가 없었다. 나는 감히 어떻게 알았느냐고 묻

216

지도 못했다. 얼리사는 우리가 만나기 전에 그 문신을 새겼다. 끔찍한 로스쿨 첫해를 이겨 낼 힘을 얻기 위한 심리적인 격려책이 필요해서였다. 사람을 마비시키는 로스쿨 1년 차의 압력을 떨구기 위해, 세상에서 제일 유순한 야생 귀리를 뿌리자는 생각을 해냈다. 작은 수술과 꽃밥 주위에 네 개의 꽃잎을 잉크로 새겼다.

"원래는 작은 꽃을 새기려고 했지. 엄마 이름과 닮은 꽃으로."

'스위트 알리섬?'

"맞아."

'그런데 무슨 일이 생겼어?'

"엄마는 그 꽃의 생김새가 마음에 들지 않았어. 꼭 일그러진 채 웃는 얼굴 같다고 했거든. 그래서 타투이스트에게 그 꽃을 벌로 바꿔 달라고 주문했지."

'그런데 벌도 웃기게 나왔구나.'

로빈은 나를 뒤흔들고 있었다. '맞아. 하지만 엄마는 벌을 고수했어. 웃기게 생긴 말이 온몸에 수놓이는 결과는 원치 않았거든."

로빈은 다시 물 쪽으로 얼굴을 돌렸다. 미소도 짓지 않았다.

"로비야? 그건 왜 물어보니?"

폴로셔츠 안에 도드라진 아들의 어깨뼈가 잘라 낸 날개의 밑동 같았다. '아빠. 그날 엄마가 뭘 생각하고 있었을 것 같아? 너무 이상해. 꼭…… 백만 년 된 숲속에 걸어 들어가는 기분이야.'

나는 애걸하고 싶었다. 말해 달라고, 얼리사에게 일어난 일 중 작은 부분 하나만이라도 들려 달라고. 나는 그 사람의 느낌을 잃

217

었다. 그리고 로비는 나에게 말해 줄 수가 없었다. 말해 주고 싶지 않거나.

로빈은 뱃전에 턱을 얹고 호수를 바라보았다. 흔들리는 수면은 또 다른 세상의 바다였다. 내가 아들과 비슷한 나이였을 때 읽은 이야기 속에 나오는 바다였다. 아들은 공기로 호흡하는 이들에게 발견되지 않게 짙은 녹색 물이 감춰 둔 수천 마리 물고기를 찾고 있었다.

'바다는 어때, 아빠?'

바다가 어떠냐고? 나는 설명해 줄 수 없었다. 바다는 너무 컸고, 내 양동이는 너무 작았다. 게다가 내 양동이에는 구멍이 뚫려 있었다. 나는 아들의 정강이 뒤에 손을 얹었다. 그것이 내가 줄 수 있는 최선의 대답 같았다.

'육 년만 더 있으면 이 세상에서 산호가 다 죽는다는 거 알았어?'

로빈의 목소리는 조용했고 입가는 슬퍼 보였다. 세상에서 가장 눈부신 동반 관계가 끝에 이르고 있는데, 아이는 영영 그걸 보지 못할 테니까. 로빈은 얼리사의 유령을 뇌에 심은 채 나를 올려다보았다. '그런데 우리는 어떻게 해야 하지?'

✦

티디아가 처음 죽었을 때는, 혜성이 그 행성의 삼분의 일을 찢어발겨 달처럼 바꿔 놓았다. 티디아에 있던 그 무엇도 살아남지 못했다.

몇천만 년이 흐른 후, 대기가 돌아오고 물이 다시 흐르고 생명이 두 번째 불꽃을 일으켰다. 세포들이 결합하는 방법을 통해 공생의 재주를 익혔다. 다시 한번 대형 생명체들이 행성 구석구석으로 퍼져 나갔다. 그러던 중 먼 곳에서 감마선이 폭발해 티디아의 오존층을 녹였고 자외선이 방사되어 거의 모든 것이 죽었다.

심해에서 생명이 일부 살아남았기에, 이번에는 돌아오는 시간이 더 빨랐다. 정교한 숲들이 다시금 대륙을 뒤덮었다. 1억 년이 흐르고 고래목에 속하는 어떤 종이 도구와 기술을 만들기 시작할 때쯤, 이웃의 항성계가 슈퍼노바를 일으키면서 티디아는 모든 것을 또 다시 시작해야 했다.

문제는 티디아라는 행성이 은하의 중심부와 너무 가까워, 빽빽하게 모인 다른 항성들의 재앙에 너무 가깝게 노출된다는 점이었다. 멸종은 언제나 멀지 않았다. 그러나 대대적인 파괴 사이에 빛나는 기간이 계속해서 있었다. 마흔 번을 다시 시작한 후, 드디어 문명이 자리를 잡을 만큼 오래 평온이 이어졌다. 지성을 지닌 곰 인간이 마을을 짓고 농사를 지었다. 증기력을 발견하고, 전력을 움직이고, 간단한 기계를 배우고 만들었다. 그러나 고고학자들이 세상이 얼마나 자주 끝났는지를 밝혀내고, 천문학자들이 그 이유를 알아내자 사회는 다음 슈퍼노바가 일어나기 천 년도 더 전에 스스로 무너지고 말았다.

이 일 역시 다시 일어나고 또 다시 일어났다.

'그래도 가서 보자.' 아들이 말했다. '그냥 한번 보자.'

우리가 도착했을 때, 티디아 행성은 천한 번째로 죽었다가 다시 부활한 상태였다. 티디아의 태양은 거의 수명이 다 되어 곧 팽창해 온 세상을 집어삼킬 기세였다. 그러나 생명은 계속해서 끝없이 새로운 기반을 만들어 내고 있었다. 그러지 않을 분별이 없었고, 달리 할 수도 없었다.

우리는 티디아의 삐죽삐죽 날카로운 젊은 산맥 중 높은 곳에서 생명체들을 발견했다. 가느다란 관 같은 모양에 너무나 오랫동안 너무나 가만히 있어서 식물로 착각할 정도였다. 하지만 그들은 우리를 맞이하여 우리 머릿속에 직접 '환영합니다.'라는 말을 넣어 주었다.

그들은 내 아들을 탐색했다. 그들의 생각이 아들에게 들어가는 것을 느낄 수 있었다. '당신은 우리에게 경고를 해야 하는지 알고 싶은 거군요.'

겁에 질린 아들은 고개를 끄덕였다.

'우리가 준비했으면 하는군요. 하지만 그렇다고 우리에게 고통을 주고 싶지는 않고.'

내 아들은 다시 고개를 끄덕였다. 울고 있었다.

'걱정하지 말아요.' 불운한 관 형태의 생명체들이 우리에게 말했다. '무한에는 두 종류가 있지요. 우리의 무한이 더 나아요.'

✧

멕시코만 도처에 일어난 여름 홍수가 3000만 명이 마시는 식수를 오염시키고, 남부에 간염과 살모넬라균을 퍼뜨렸다. 열기가 플레인스 지역을 괴롭혔고 서부에서는 노인들이 죽어 갔다. 샌버너디노에서 화재가 났고, 나중에는 카슨시티에도 번졌다. 플레인스에 속한 주마다 무장 군인들이 시내를 순찰하며 불특정 외국인 침입자들을 찾고 있다는 X가설이라는 게 돌았다. 한편, 신종 검은 녹병 때문에 중국의 황토 고원 전역에서 밀농사가 실패했다. 7월 하순에는 댈러스에서 있었던 '트루 아메리카' 시위가 인종 폭동으로 번졌다.

대통령은 다시 국가 위기를 선포했다. 여섯 개 주의 주 방위군을 동원하여 불법 이민과 싸우라며 국경선으로 군대를 보냈다.

불법 이민이 "미국민 모두의 안전에 가장 큰 위협!"이라면서.

남동부를 휩쓴 기후 격변으로 암블료마 아메리카눔, 일명 론스타진드기가 발생했다. 로빈은 그 이야기를 좋아했다. 그 진드기

221

에 대해 보는 대로 읽어 달라고 했다. '나쁜 일이 아닐 수도 있어, 아빠. 심지어 그게 우릴 구할 수도 있어.'

최근 로빈은 이상한 말들을 했다. 나도 매번 반박하지는 않았는데, 이번에는 반박했다. "로비! 그게 무슨 끔찍한 소리야!"

'진짜야. 그 진드기에 감염되면 고기에 알러지가 생겨. 고기 먹는 사람이 없어진다는 건 멋진 일일 수도 있어. 우리의 식량이 열 배는 더 오래갈 거야!'

그런 말을 들으니 불안해졌다. 얼리사가 나서서 중재해 줬으면 싶었다. 하지만 문제는, 이미 그러고 있다는 점이었다.

로빈은 제 어머니의 '황홀' 견본으로 네 번째 훈련을 했다. 그 다음엔 다섯 번째 훈련을 했다. 훈련할 때마다 조금 더 좋은 쪽으로 당황스러워졌다. 보고 듣기는 늘었고, 말은 갈수록 적어졌다. 성장하는 식물 같은 속도로 공책에 그림을 채웠다.

저녁 식사 후, 코드를 쓰고 있는데 로빈이 서재에 들어왔다. '나 오늘보다 어제가 더 나았어?'

"무슨 소리야?"

'그게, 어제는 아무것도 날 건드릴 수 없다는 느낌이었거든. 오늘은? 아아아아악!'

로빈은 아이의 엄마가 무의미한 관료제에 부딪칠 때마다 못 참고 내지르던 것처럼 격분에 휩싸여 포효했다. 하지만 나에게 발톱을 박고 정확히 이름을 댈 수 없는 좌절감으로 몸을 흔들 때조차도 아이의 오라는 크고 느슨하게 느껴졌다. 아이는 스스로 새로운 모습에 적응하고 있었다.

나날이 밝아졌다. 로빈은 한 번에 몇 시간씩 앉아 디지털 현미경을 보고 있었다. 단순한 물건들을 뚫어져라 보면서 스케치하느라 오후를 보냈다. 뒷마당의 새집, 올빼미가 토해 낸 음식 덩어리, 심지어는 오렌지에 피어난 곰팡이에도 매혹되었다. 여전히 오랜 두려움과 분노에 빠져들기는 했지만 그런 감정에서 전보다 빨리 벗어났다. 썰물이 빠지고 드러난 맑은 웅덩이에 온갖 보물이 남아 있었다.

주의회 의사당 계단에 서서 손으로 만든 플래카드를 흔들던 소년은 사라졌다. 나는 안심해야 마땅했다. 그러나 밤이면 불안에 시달렸던 과거의 내 아이에 대해 애도에 가까운 감정을 느끼며 잠들었다.

나는 해선 안 될 짓을 했다. 아들의 공책을 몰래 보았다. 수천 년 동안 수백만의 부모들이 그보다 더한 짓을 했겠지만, 보통은 나보다 나은 이유에서였다. 나는 로빈에게 감시가 필요하다고 정당화할 수 없었다. 나에겐 아들의 생각을 엿볼 이유가 없었다. 그저 로빈이 엄마의 혼령과 나누는 만남이 궁금했을 뿐이다.

그 일은 8월 1일, 로빈이 마당에서 야영해도 되느냐고 물었을 때 일어났다. '밤에 바깥에 있는 게 좋아. 엄청 많은 일이 일어나잖아. 모든 것이 다른 모든 것에게 말을 해!'

집 안에서도 그 모든 소리들을 들을 수 있었다. 청개구리의 합창, 밀집한 매미들의 울음소리 그리고 그들을 사냥하는 밤새들의 솔로곡까지. 그러나 로빈은 그 소리 안에 있고 싶어 했다. 내 소심한 아들이 혼자 야외에서 밤을 새고 싶어 하다니, 놀라웠다. 나는 기꺼이 용기를 북돋아 주었다. 세상이 무너지고 있을지라도, 우리 뒷마당은 아직 안전하게 느껴졌다.

나는 텐트 치는 것을 도왔다. "정말 혼자서 괜찮겠어?" 같이 있겠다는 말이 진심은 아니었다. 속으로는 이미 해선 안 될 저녁 독서를 계획하고 있었다.

나는 로빈의 텐트 불빛이 꺼질 때를 기다렸다. 공책은 아이 책상 위에, 지오드*로 만든 북엔드 사이에 기대어 있었다. 아들은 나를 믿었다. 내가 절대 염탐하지 않을 줄 알았다. 나는 로빈이 사용하는 공책을 찾아냈다. 표지에 '로빈 번의 개인 관찰장'이라고 또렷이 새겨져 있었다. 나는 그 속을 들여다보면서도, 내용을 읽기 전까지는 아무런 죄책감을 느끼지 않았다. 그 안에 자기 어머니나 나에 대한 말은 한마디도 없었다. 사사로운 희망이나 두려움에 대해서도 한 줄도 없었다. 공책 전체가 다른 생명의 증거에 대한 그림, 메모, 묘사, 질문, 추측, 감탄이었다.

'핀치새는 비가 오면 어디로 갈까?'
'사슴은 일 년에 얼마나 멀리까지 걷지?'
'귀뚜라미가 미로에서 벗어난 방법을 기억할 수 있을까?'

---

* 속이 빈 돌 안에 미네랄 결정이 생긴 형태. 정동석이라고도 한다.

'개구리가 그 귀뚜라미를 먹는다면, 미로에서 나가는 방법을 더 빨리 배우게 될까?'

'내가 입김으로 나비를 데워서 되살려 냈어.'

거의 텅 빈 페이지 한 장에는 이런 선언이 담겼다.

'난 풀이 좋아. 풀은 위가 아니라 아래에서 자라. 뭔가가 끄트머리를 먹더라도 풀을 죽이진 못해. 오히려 더 빨리 자라게 만들어 주지. 진짜 천재적이야!!!'

그 선언문 아래에는 모든 부분에 이름표를 붙여 놓은 풀 줄기를 하나 그려 놓았다. 잎살, 잎줄, 마디, 잎자루, 잎눈, 잎차례, 까끄라기…… 이름들은 어딘가에서 베꼈겠지만, 관찰은 다 직접 한 것이었다. 쭉 뻗은 풀잎 한 지점에는 동그라미를 치고 그 옆에 물음표를 붙여 놓았다. '중간에 접힌 부분은 뭐라고 부르지?'

두 가지 부끄러움에 얼굴이 달아올랐다. 나는 아들의 공책을 훔쳐보고 있었다. 그리고 이렇게 풀잎을 제대로 보기는 이번이 처음이었다. 이루 말할 수 없이 기묘한 감정이 나를 휩쓸었다. 그 페이지들은 무덤에서 온 명령이었다. 나는 공책을 제자리에 돌려놓았다. 다음 날 아침 로빈이 집 안으로 돌아와서 방에 들어갔을 때, 나는 아들이 공책에 묻은 내 지문 냄새를 맡을지도 모른다는 두려움을 느꼈다.

✦

'모험을 떠나 볼래?' 아들이 묻더니, 나를 데리고 동네 산책에 나섰다. 이렇게 천천히 걸으면서 두리번거리는 로빈의 모습은 본 적이 없었다. '황홀'과는 맞지 않았다. 얼리사의 열의는 로빈 안에서 부드러워지면서 좀 더 유동적이고 즉흥적이 되었다. 세상의 생물종 절반이 죽어 가고 있었다. 그러나 로빈의 얼굴은 세상이 계속 푸를 것이라고, 심지어는 더 푸르리라고 말했다. 이제 로빈은 야외에 나갈 수만 있다면 어떤 재난이 다가와도 괜찮았다.

로빈은 우리 쪽으로 다가오던 젊은 커플에게 인사를 해서 나를 놀랬다. '오늘은 얼마나 멀리 가요?'

그 질문에 두 사람은 웃었고, 그렇게 멀리 가진 않는다고 대답했다.

'우리도 멀리 가진 않아요. 블록 한 바퀴만 돌겠죠. 하지만 또 모르죠?'

젊은 여자가 나를 바라보았고, 아이를 잘 키웠다는 찬사의 눈빛을 보냈다. 나는 모든 책임을 부인했다.

로빈은 인도를 걷다가 내 팔꿈치를 잡았다. '저 소리 들려? 솜털 딱따구리 두 마리가 수다를 떨고 있어.'

나는 들어보려고 했다. "어떻게 알았니?"

'쉬워. "솜털이 쓰러지네." 노랫소리 끝이 살짝 내려앉는 거, 들려?

"음, 그래. 하지만 솜털 딱따구리의 노랫소리가 살짝 아래로 내려가는 걸 어떻게 알았어?"

'집 굴뚝새도 있어. 퍼-치커-리!'

나는 아들의 어깨를 잡아 흔들고 싶었다. "로비. 누가 이런 걸 가르쳐 줬니?"

'엄마는 새소리를 다 알았어.'

로빈도 자기가 내게 겁을 주고 있다는 건 알았을 것이다. 내 무식함을 꾸짖고 있는지도 몰랐다. 구애하면서 얼리사와 함께 탐조를 다녔건만, 결혼한 후에는 다른 사람들에게 탐조 일을 떠맡겼으니.

"맞아. 엄마는 알았지. 하지만 몇 년이나 공부해서였어."

'나도 다는 몰라. 내가 아는 소리만 알아.'

"어디에서 공부하고 있니? 온라인이야?"

'딱히 공부하는 건 아니야. 그냥 귀를 기울이고, 그 소리들을 좋아하는 거야.'

그 모든 귀 기울임 동안 나는 어디 있었을까? 다른 행성들에 있었을 것이다.

우리는 계속 걸었다. 로빈은 귀를 기울이고 나는 조바심을 치면서. 나는 어떻게 완수해야 할지 모르겠는 계산을 하고 있었다. 로빈이 몇 달 전과 얼마나 달라졌지? 언제나 스케치를 했고, 언제나 호기심이 많았고, 언제나 생물을 사랑하기는 했다. 그러나 지금 내 오른쪽 옆구리에 붙어 있는 소년은 일 년도 안 된 어느 날 숲속 오두막에서 생일 선물로 받은 현미경을 가지고 놀던 소년과 다른 종이었다. 무언가에 심취하면서 무적이 되었다.

로빈은 두 걸음을 더 옮기더니 멈춰 서서 팬터마임하듯 나에게 앞으로 오라고 손짓하고는 인도를 가리켰다. 근처에 선 나무 그림자가 콘크리트 위에서 모래 빛 햇볕과 시합하고 있었다. 갱지에 잉크로 그려, 팔락팔락 넘기면 허깨비 애니메이션을 만들어 내는 겹겹의 일본화 같았다. 로빈의 얼굴에 전염성 있는 즐거움이 퍼졌다. 그러나 로빈의 행복과 나의 행복은 마치 온난 기류를 탄 제비갈매기와 고무줄로 만든 가짜 비행기처럼 달랐다. 나는 아들보다 훨씬 먼저 조바심을 쳤다. 내가 재촉하지 않았다면 내 아들은 오후 내내 그 자리에 서서 허깨비 실루엣을 구경할 수도 있었을 것이다.

집에서 세 블록을 걸어가자 자그마한 동네 공원이 나왔다. 로빈은 놀이터 구석의 그네 근처에 서 있는, 가느다란 분수 같은 나무줄기를 가리켰다.

'내가 제일 좋아하는 나무야. 나의 빨간 머리 나무라고 불러.'

"너의 뭐라고? 왜?"

'빨간 머리니까. 진짜야! 본 적 없어?'

로빈은 나를 이끌고 낮게 늘어진 나뭇가지들 쪽으로 다가가서 잎사귀를 하나 비틀었다. 잎사귀의 아래쪽, 주맥과 옆으로 이어진 잎맥들이 교차하는 자리에 소복하게 빨간 털이 나 있었다.

228

'진홍참나무야. 멋지지?'

"전혀 몰랐다!"

로빈은 내 등을 두드렸다. '괜찮아, 아빠. 아빠만 모르는 건 아니야.'

길 저편에서 고함소리가 울렸다. 로빈 또래의 남자아이 셋이 정지 표시를 뽑아내려 하고 있었다. 로빈의 얼굴에 걱정이 드리웠다. '사람들은 참 이상해.'

잎을 놓자, 가지가 제자리로 돌아갔다. 나는 이제 모든 잎사귀에 빨간 머리털이 있는 나무줄기를 올려다보았다. "로비야. 이런 건 다 언제 배웠니?"

로빈은 조금 물러서서 얼빠진 표정으로 나를 보았다. 이곳에서 그 아이를 당황시키는 유일한 생명체는 나였다. '언제라니 그게 무슨 소리야? 내내 알았어!'

"하지만 너 혼자 독학한 거야?"

아들은 온몸으로 이의를 제기했다. '여기 있는 모두가 내가 알아주기를 원해.' 그리고 순식간에 로빈은 내가 뭔가를 물었다는 사실조차 잊어버린 채 개미집과 작은 정자의 벽 아래로 파고들어 간 굴을 보여 줬다. '누구의 굴인지는 아직 몰라.' 아이는 엉덩이를 깔고 앉더니 내가 불안해질 정도로 오랫동안 굴의 입구를 바라보았다. '저 안에 누가 있는지는 몰라도 참 환상적이야.'

내 아들은 마리아나 해구 바닥에 내려간 잠수정처럼 단풍나무와 물푸레나무 터널 아래를 걸었다. 나는 구석구석 두리번거리는 아들의 시선을 따랐다. 하지만 여전히 집중하지 못했다. 몇 주 동안 나를 괴롭힌 질문을 머릿속에서 몰아낼 수가 없었다. 그 의문을 숨길 새로운 방법을 생각하는 동안에도 자꾸만 의문이 새어 나왔다. "로비야? 네가 훈련할 때 말이다. 엄마가 거기에 있는 것 같니?"

로빈은 걸음을 멈추고 사슬 울타리 한 부분을 잡았다. '엄마는 사방에 있어.'

"그래, 하지만……."

'커리어 박사님이 하신 말 기억해? 그 패턴에 일치하도록 훈련할 때마다, 내가 느끼는 게…….'

곧 얼리사가 느낀 것이라고 했다. 플러칙의 운명의 바퀴에서 대상 자리를 차지하고 있는 레몬 색 쐐기 부분. 로빈은 '황홀'을 누리는 반면, 나는 불안, 질투, 심지어는 더 나쁜 감정에 붙들려 있었다.

로빈이 다시 걷기 시작했고, 나는 따라갔다. 아이의 손이 길게 뻗은 교외 길거리를 쓸었다. '아빠? 꼭 우리가 갔던 그 행성 같아. 따로따로인 생명체 모두가 같은 기억을 나누는 행성 말이야.'

로빈이 저편에서 표지판을 망가뜨리고 있는 아이들 쪽을 가리켰다. '가서 쟤들이 뭐하는지 보자.'

이건 로빈이 아니었다. 진짜 로빈은 집에서 혼자 농장 게임을 하고, 제일 좋아하는 두 여자가 나오는 비디오를 보며, 나머지 인류에게서 몸을 숨기고 있다. 하지만 이 아이는 내 팔을 잡아끌었다.

'그냥 인사만 하는 거야. 괜찮지?'

이 삶에서 얼리사가 천한 번쯤은 나를 꼬드기며 하던 말이었다. 나는 남성호르몬의 구름 속으로 돌진하는 게 현명할까 의문이었다. 그러다가 문득 떠올랐다. 내 아들이 나에게서 물려받은 최악의 특징을 잊도록 훈련하는 것이 이 실험의 큰 부분을 차지한다는 것. 태양계 제3행성의 이 작은 무법 오지에서 내 아들은 어떻게인가 자신감이라는 왕관을 움켜잡았다.

우리가 다가가자 세 아이는 파괴 행위에서 고개를 들고 우리를 비웃으려 했다. 두 명은 운동화 광고를 달고, 나머지 하나는 군복 바지와 '이 색깔들은 달아나지 않아. 재장전하지.'*라고 적힌 셔츠를 입었다. 아이들은 표지판 걷어차기를 멈췄지만, 우리가 떠나자마자 나머지 일을 끝낼 분위기였다. 일주일 전인가 선거전 여론

---

* These colors don't run, they reload. 9/11 이후 유행한 문구로, 다양한 해석이 있지만 대체로 전쟁과 총기 옹호에 쓰인다.

조사를 보았는데, 이에 따르면 미국인의 21퍼센트는 이 사회가 바닥까지 불타야 한다고 생각했다. 정지 표지판 정도면 쉬운 출발점인지도 몰랐다.

내가 짐짓 권위를 꾸며 내어 집으로 가라고 말하기도 전에, 로빈이 외쳤다. '어이! 너희들 뭐하고 있어?'

재장전 셔츠를 입은 아이가 코웃음 쳤다. "금붕어를 묻고 있지."

로빈이 눈을 휘둥그레 떴다. '진짜?' 세 아이 다 코웃음을 쳤다. 나는 아들이 살짝 움츠러들었다가 마주 웃는 모습을 보았다. '우리 집에서는 개를 묻어야 했던 적이 있어. 부엉이에 대해 알아?'

세 아이는 로빈이 지적 장애가 있는지 판단하려는 듯 빤히 쳐다보기만 했다. 마침내 셋 중에 제일 작은 아이, '정말로 이렇게 못생기진 않았어.'라고 적힌 야구 모자를 쓴 아이가 말했다. "무슨 소릴 하는 거야?"

'미국수리부엉이 말이야. 가톨릭 성당 옆 잣나무에. 엄청 커!' 로빈은 두 손을 자기 키의 절반 정도로 펼쳤다. '가자! 내가 보여줄게.'

작은 아이 둘은 큰 아이를 살폈다. 큰 아이는 혐오와 흥미 사이에서 흔들리고 있었다. 앞장선 로빈이 돌아보더니 따라오라고 손짓했다. 놀랍게도, 아이들은 따라왔다.

로빈은 우리를 이끌고 블록을 돌아서 커다란 스트로브 잣나무 가지 아래 갈색 잎이 수북이 쌓인 곳에 섰다. 로빈이 손가락질을 했고 우리 넷 다 그 방향을 올려다보았다. '쉿, 저기 있어.'

"어디?" 같이 온 어린 깡패가 소리쳤다.

로빈이 다시 과장스럽게 소리를 죽이라는 몸짓을 하더니, 악문 잇새로 속삭였다. '아우! 저기. 바로 저기!'

나는 삼십 초 가까이 찾다가 겨우 내가 그 장엄한 새의 눈을 들여다보고 있음을 깨달았다. 키가 60센티는 될 텐데, 깃털의 완벽한 위장 색 덕분에 길게 갈라진 잣나무 껍질에 녹아들어 있었다. 나무줄기의 흰 빛과 냉혹한 눈동자에 깃든 금빛 고리만 위장에서 벗어나 있었다. 부엉이가 있는 줄 알았다면 온 동네 사람들이 그 나무 밑에 나와 있었을 것이다.

'재장전' 소년이 사진을 찍으려고 휴대폰을 꺼냈다. '못생기진 않았어.' 모자를 쓴 작은 아이도 휴대폰을 꺼내더니 문자를 찍기 시작했다. 세 번째 아이가 "젠장!"이라고 소리치자 거대한 새는 몸을 굽히고 두 번 까딱이다가 곧장 날아올랐다. 그 거대한 날개를 쫙 펼치자 내 키만 했다. 수리부엉이의 날개가 무거운 공기를 누르더니 길 건너편 집 지붕 위로 사라져 버렸다.

로빈은 당장이라도 그 새를 놀라게 한 것을 나무랄 듯한 얼굴을 했지만, 그냥 그런 귀중한 비밀을 날려 보낸 데에 대해 한숨만 쉬었다. 그리고 내 눈을 보더니 고개를 살짝 기울여서 우리의 탈출로를 가리켰다. 로빈은 우리의 목소리가 아이들에게 들리지 않을 만큼 멀찍이 떨어진 후에야 다시 말했다.

'미국수리부엉이의 관리 등급은 "최소 관심종"이야. 얼마나 멍청해? 마치 다 죽기 전까지는 관심을 두지 말아야 한다는 것 같

잖아.'

심지어 그런 분노조차도 너그러워 보였다. 나는 로빈의 어깨를 감쌌다. "수리부엉이는 어떻게 찾은 거냐?"

'쉬운데. 그냥 보였어.'

✦

낮이 점점 짧아지고 여름이 다해 갔다. 8월 중순의 어느 날 밤, 로빈이 잠들기 전에 행성 이야기를 해 달라고 했다. 나는 크로맷이라는 행성 이야기를 들려주었다. 위성이 아홉 개에 태양이 두개, 작고 빨간 해와 크고 파란 해가 뜨는 행성이었다. 덕분에 하루의 길이가 다른 날이 세 종류, 일몰과 일출이 네 종류, 각기 다른일식과 월식이 스무 종류 그리고 헤아릴 수 없이 다양한 황혼과밤이 있었다. 대기권에 먼지가 끼면 두 종류의 햇빛이 소용돌이치는 수채화로 변했다. 그 세상의 언어에서는 위도와 반구에 따라슬픔을 가리키는 말이 200가지, 기쁨을 가리키는 말은 300가지나되었다.

이야기가 끝나자 로빈은 생각에 잠겼다. 두 손을 뒤로 깍지 끼고 베개에 누워서 침실 천장을 올려다보며 크로맷을 생각했다.

'아빠? 나 학교는 다 다닌 것 같아.'

나는 그 말에 무너졌다. "로비야. 이 논쟁을 또 시작할 순 없어."

'홈스쿨링은 어떨까?' 로빈은 지붕 위의 누군가를 설득하는 것 같았다.

"아빠는 상근직 일자리가 있어."

'선생님이잖아?'

아들은 바람 한 점 없는 연못에 뜬 배처럼 차분했다. 반면 나는 뒤집히는 배였다. 소리를 지르고 싶었다. '도대체 왜 네 또래 다른 아이들처럼 교실에 앉아 있을 수 없는지 그럴싸한 이유를 하나만 대 봐!' 그러나 나는 이미 그런 이유를 몇 개나 알았다.

'에디 트레시도 홈스쿨링을 하는데 걔네 부모님도 일해. 쉬워, 아빠. 그냥 서류를 채우고 위스콘신주에 아빠가 나를 가르치겠다고 통보하면 돼. 아빠가 원한다면 수업 패킷이며 온라인 강의도 받을 수 있어. 아빠는 나한테 시간을 쓰지 않아도 돼.'

"로비야, 문제는 그게 아니야."

로빈은 나를 돌아보고 반대하는 이유를 기다렸다. 그러다가 이유가 나오지 않자, 한쪽 팔꿈치를 대고 몸을 굴려서 침대 옆에 놓인 작은 학생용 책상에서 낡은 페이퍼백을 한 권 집었다. 나에게 건네준 책은 미국 동부의 새들에 대한 얼리사의 휴대용 도감이었다.

"이건 어디에서 얻었니?" 내 목소리에 나도 움찔했다. 내가 내 아들을 범죄자로 몰고 있는 것 같아서였다. 당연히 내 침실 책장에서 빼냈겠지, 달리 어디서 얻었을까?

'나 혼자 배울 수 있어, 아빠. 이름만 대 봐. 그러면 어떻게 생긴 새인지 말해 줄게.'

나는 책을 후루룩 넘겨 보았다. 로빈이 아는 종 옆에는 자그마한 체크 부호가 채워져 있었다. 부모 중에 한쪽은 이미 아이를 홈스쿨링으로 가르치고 있었다.

'난 조류학자가 되고 싶어. 그런데 4학년에게는 그런 걸 가르치지 않아.'

휴대용 도감이 목성만큼이나 무겁게 느껴졌다. "학교는 직업만이 아니라 훨씬 많은 것을 준비시키는 곳이야." 로빈은 내가 너무나 지치고 설득력 없이 말한다는 사실을 걱정하는 눈으로 쳐다보았다. 나는 더듬더듬 손가락으로 아들이 가르쳐 준 해쉬태그 사인을 그렸다. "생활 기술 말이야, 로비야. 예를 들면 다른 아이들과 어울리는 방법을 가르쳐 준다거나."

'학교가 정말로 아이들에게 그걸 가르쳐 준다면 나도 가겠어.' 로빈은 침대 위에서 몸을 조금 움직여서 내 어깨를 도닥였다. '내가 보기엔 이래, 아빠. 난 열 살이 다 됐어. 아빠는 내가 어른이 되기 위해 필요한 건 다 배우길 바라지. 그러니까 학교는 지금부터 십 년 동안 나에게 세상에서 살아남는 법을 가르쳐야 해. 그래서…… 아빠가 보기에는 어떨 것 같아?'

올가미가 조여들었고, 나는 빠져나갈 수가 없었다. 이런 논거는 잉가 알더의 비디오들을 보면서 배웠겠지.

'정말이야. 난 알고 싶어.'

지구에는 두 종류의 사람이 있었다. 산수를 하고 과학을 따라갈 수 있는 사람 그리고 자기만의 진실에 더 만족하는 사람. 하지만 어떤 학교를 다니든 매일매일의 교육에서 우리 모두는 마치 내일이 오늘과 똑같이 반복될 것처럼 살았다.

'어떻게 생각하는지 말해 줘, 아빠. 그게 내가 배워야 할 거니까.'

나는 큰 소리로 무슨 말을 할 필요가 없었다. 로빈은 새로 배운 능력으로 내 눈을 들여다보고, 마음속의 점을 움직이고 키우면서 내 마음을 읽었다.

'할아버지가 점점 아파지는데 의사에게 가지 않다가 죽었던 거 기억해?'

"기억하지."

'모두가 그러고 있어.'

그다지 내 아버지를 돌이키고 싶지는 않았다. 아홉 살짜리 아들과 바닥없는 재난에 대해 의논하고 싶지도 않았다. 집은 평화로웠고 밤은 잔잔했다. 나는 새로운 체크 표시가 수백 개나 붙은 얼리사의 책을 만지작거렸다.

"바크먼 솔새."*

'바크먼 솔새.' 로빈은 철자법 대회에 나간 아이처럼 그 이름을 되풀이했다. '수컷은? 까만 머리가 점점 엷어져서 회색이 되지.

---

* Bachman's warbler. 북미 지역에 사는 작은 새로, 이미 멸종되었다고 여겨진다.

몸은 녹색, 배는 노란색이고, 꼬리 아래는 하얘.'

나는 엉뚱한 학교에 다녔다. 로빈은 여름 한철 만에 혼자서 교실에서 일 년을 지냈을 때보다 많은 것을 배웠다. 혼자서 정규 교육이 부인하고 싶어 하는 바를 알아냈다. 생명이 우리에게 원하는 바가 있는데 시간이 다해 간다는 사실을.

'심각한 멸종 위기. 이미 멸종했을 가능성 있음.' 로빈이 말을 맺었다.

"네가 이겼다." 나는 마치 대결이라도 했다는 듯이 말했다. "그리고 제1과는 이 홈스쿨링이라는 게 어떻게 돌아가는지 알아내는 거야."

우리는 교육부에 우리의 의도가 담긴 서류를 제출했다. 나는 읽기, 수학, 과학, 사회과학 그리고 보건 수업이 담긴 약소한 커리큘럼을 짰다. 내가 짠 커리큘럼이 이제까지 로빈이 받은 교육보다 나았다. 학교에서 철수한 날, 로빈은 집 안을 돌아다니며 "성인들의 행진"*을 불렀다. 모든 악기를 흉내 냈고, 가사도 전부

---

* When the Saints go marching in. 민가처럼 널리 불리던 찬송가이자 재즈곡. 루이 암스트롱이 부른 버전이 유명하다.

238

알았다.

변화에는 시간과 땀 그리고 전보다 많은 베이비시터들이 필요했다. 내 근무 시간은 어느 정도 유연성이 있었고, 로빈은 나와 같이 캠퍼스에 가기를 좋아했다. 유사시에는 아이를 도서관에 데려다 두었다. 그러나 나의 다른 학생들은 그 학기에 내게서 최상의 수업을 받지 못했다. 내 논문 출간은 멈췄다. 벨뷰, 몬트리올, 피렌체의 학회 출석도 취소해야 했다.

일 년에 교육을 875시간만 채우면 된다니 놀라웠다. 로빈은 이제 주말에도 무엇인가를 배우고 싶어 했기 때문에, 계산하면 하루에 두 시간 반 이하로 충분했다. 로빈은 어렵지 않게 공립 교과과정을 따라잡았다. 온라인 자체 시험은 기쁘게 해치웠다. 우리는 읽기, 수학, 과학, 사회과학, 보건 수업을 위해 필요한 모든 곳을 여행했다. 집에서, 차 안에서, 식사하면서 그리고 숲속을 오랫동안 걸으면서 공부했다. 공원에서 서로에게 페널티 킥을 차는 일까지도 물리학과 통계학 수업이 되었다.

나는 아이에게 '행성 탐험 중계기'를 만들어 줬다. 기본은 내 낡은 태블릿 컴퓨터에 에나멜을 칠해서 미래적이고 멋있어 보이게 만든 물건이었다. 로빈을 위해 따로 계정도 만들고, 로그인하면 몇 군데 어린이용 사이트와 몇 가지 교육용 게임으로 제한한 초등학생용 브라우저로 연결되게 했다. 로빈은 그런 규제에 신경 쓰지 않았다. 지구에 가까운 궤도라 해도 궤도는 궤도였다.

커리큘럼대로 아들을 가르치려고 하면서 동시에 학부 수업 두

개와 생물 지표에 대한 대학원 수업을 준비하고, 아시아 대학원생들의 비자 위기 앞에서 계속 허우적거리고, 동료들에게는 마감 시한을 맞추지 못해 미안하다는 이메일을 산더미같이 써내려니 챌린저호 사고를 수습하던 나사(NASA)가 된 기분이었다. 스트라이커는 나를 포기하고 우리의 연구 동업 관계를 끝냈다. 위스콘신에 온 이후 처음으로 나는 어떤 의미 있는 출간 업적도 없는 연간 업무 보고를 제출해야 했다.

로빈은 어느 토요일, 해뜨기 삼십 분 전에 나를 깨워 며칠 만에 겨우 얻은 몇 시간의 숙면을 끝내 버렸다. 그나마 성질을 부리는 게 아니라 기뻐서 나를 깨운 것은 다행이었다. '오늘은 나 어디가, 아빠? 얼른 일어나. 새로운 보물찾기 시켜 줘.'

나는 내 밀린 일을 해치울 정도로 긴 시간 동안 아들을 바쁘게 할 만한 일을 찾았다.

"서아프리카 여덟 개의 나라를 그려 줄래? 그런 다음에는 그 안에 각 나라의 토종 식물과 동물 네 종을 그려 넣는 거야."

'그야 쉽지.' 로빈은 믿음직한 반려 그림 도구를 찾아 뛰어나가면서 선언했다. 내가 시킨 일은 오후 세 시에 끝이 났다. 이런 속도라면 여름이 끝날 때쯤 4학년에 필요한 875시간 학습을 다 마칠 조짐이 보였다.

✧

'끝내주는 생각이 났어.' 로빈이 말했다. '커리어 박사님 연구소에는 개를 데려갈 수 있어. 진짜 훌륭한 개로. 하지만 고양이나 곰이나 새도 가능해. 새들이 생각보다 훨씬 똑똑한 거 알지? 어떤 새들은 자기력도 볼 수 있거든. 얼마나 멋져?'

대학의 새로운 학년을 준비하는 오후 시간 동안 로빈을 내 사무실에 데려간 참이었다. 로빈은 목성, 토성, 달, 아니면 태양계 내 어디에서든 몸무게가 어떻게 변하는지 보여 주는 프로그래밍이 가능한 장난감 저울로 놀고 있었다.

"개를 데려다가 뭘 하는데, 로비야?" 최근에 로빈의 생각은 말로 표현하기 어려울 만큼 풍성해졌다.

'데려다가 스캔하지. 개가 진짜 신이 났을 때 뇌를 스캔하는 거야. 그러면 사람들이 개의 패턴으로 훈련할 수 있고, 개로 산다는 게 어떤 건지 배울 수 있어.'

나는 어른처럼 생색내는 태도를 극복하지 못했다. "그거 멋진 생각이다. 커리어 박사님에게 말해 보렴."

내 태도에 대한 반응으로 로빈의 찌푸린 얼굴 정도면 너그러운 축에 속했다. '박사님은 내 말을 듣는 법이 없어. 그게 좀 슬픈 거 알아? 생각해 봐, 아빠. 학교의 정규 과정이 될 수도 있잖아. 모두가 다른 존재로 살면 어떤지 배워야 하는 거야. 그러면 얼마

나 많은 문제가 해결되겠어!'

내가 어떻게 대답했는지 기억할 수가 없다. 삼 주 후, 나는 토론토 대학의 유명한 생태학자가 나의 대기 모델 일부를 활용하여 꾸준히 기온이 올라갈 경우 지구의 생태계가 어떻게 진화할 수 있는지 그려 냈다는 사실을 알았다. 엘런 코울터 박사와 대학원생들은 수천 가지 상호 연결종이 연이어 폭포처럼 떨어져 내리는 모습을 보았다. 완만한 감소가 아니라, 절벽이었다.

로빈이 옳았다. 우리는 헌법 시험이나 운전면허 시험처럼 보편적 의무로 뉴로피드백 훈련을 해야 했다. 본보기 동물이 개일 수도 있고 고양이나 곰이나 내 아들이 사랑하는 새 중 하나라도 좋았다. 우리가 아닌 무언가로 사는 마음을 알게 할 수만 있다면, 어떤 생물이라도 좋았다.

로빈이 부엌 타일 바닥에 유리그릇을 떨어뜨렸다. 그릇은 박살이 났다. 맨발로 펄쩍 뛰어 물러서다가 아이는 유리조각에 발을 베였다. 일 년 전이었다면 한참 울거나 화를 냈겠지만 이제는 그냥 다친 발을 잡아 들어 올리기만 했다. '아, 아얏! 미안해, 미안!' 상처를 씻고 붕대를 감고 나자 로빈은 깨진 유리조각을 직접 쓸겠

242

다고 우겼다. 일 년 전에는 빗자루가 어디에 있는 줄도 몰랐던 아이가.

"대단한데, 로비야. 이 새로운 생활에 완전히 다른 전략으로 접근하는 것 같구나."

로빈은 내 뱃살에 느릿느릿 주먹을 날리는 시늉을 하면서 웃음을 터뜨렸다. '진짜? 좀 그렇긴 해. 예전의 로빈은 온통 와아아 악이었잖아.' 그러면서 천장을 가리켰다. '새로운 로빈은 저 위에서 실험을 내려다보고 있어.'

로빈은 입술에 두 손 끝을 모았다. 셜록 홈스 빙의라도 하는 듯한 괴상한 몸짓이었다. 마치 로빈과 내가 오래된 친구 사이이고, 생활 보호 시설의 휴게실 벽난로 앞에 앉아서 그동안 있었던 길고 구불구불한 인생 경로를 반추하는 것 같기도 했다. '체스터가 어떻게 책을 찢거나 카펫에 오줌을 쌌는지 기억해? 그렇다고 체스터에게 제대로 화를 낼 순 없었잖아, 개니까. 그렇지?'

나는 아이가 그 생각을 끝맺기를 기다렸다. 그러나 그대로가 그 생각의 전부였다.

나는 로빈을 여름의 마지막 훈련에 데려갔다. 그때쯤에는 연구소 전체가 로빈을 경외하고 있었다. 지니는 로빈에게 만화책을 주더니 말소리가 들리지 않게 나를 복도 저편으로 데려갔다. 그러고는 해야 할 말을 어떻게 꺼낼지 몰라 고개를 설레설레 저었다.

"아드님 말이에요, 전 그냥. 선생님 아드님을 사랑해요."

나는 웃었다. "저도 그래요."

"로비는 정말 굉장해요. 그 아이의 옆에 있으면, 뭐라고 해야 하지……." 지니는 갈피를 잃은 눈으로 나를 보았다. "제가 좀 더 여기에 있는 것처럼 느껴진다고 할까요? 로비에겐 전염성이 있어요. 바이러스 매개체처럼요. 로비가 여기 있으면 우리 모두가 좀 더 행복해져요. 다들 그 아이가 오기 이틀 전부터 기대하기 시작하고요." 지니는 민망하지만 행복해하며 훈련을 하러 돌아갔다.

나는 통제실에서 그 훈련을 지켜보았다. 그 사이에 로빈은 거장이 되었다. 로빈이 즐거워할수록 생각만으로 화면을 움직이기도 더 쉬워졌다. 로빈과 AI는 서로 조화의 듀엣을 이루었다. 나는 그렇게 펼쳐지는 교향곡을 한 음도 듣지 못하고 바깥에서 보았다. 로빈이 눈을 가늘게 떴다가, 찡그렸다가, 우쭐한 웃음을 지었다. 마치 신나게 수다를 떠는 데, 오직 둘밖에 쓰지 못하는 언어로 말하는 것 같았다.

이런 모습을 이전에도 본 적 있었다. 로빈이 일곱 살쯤이었다. 로빈과 얼리사가 놋쇠 엘보 램프를 켜 놓고 접이식 카드 테이블 위에서 직소퍼즐을 맞추고 있었다. 조각이 크고 개수는 작았다. 얼리사 혼자라면 이 분만에 다 맞출 수 있었다. 하지만 얼리사는 양보하고 속도를 늦추어, 아이가 게임을 주도하게 하면서 즐거운 저녁 시간을 만들었다. 그리고 로빈은 어린아이의 기쁨이 보여 줄 수 있는 온갖 색채로 그 노력에 보답했다. 두 사람은 찾고 있는 퍼즐 조각에 대해 우스꽝스럽게 설명하고, 줄어 가는 퍼즐 조각 뭉치에 경주하듯 달려들면서 장난을 쳤다. 그리고 네 달 뒤에 얼리사는 사라졌다. 그날 저녁도 함께 사라졌다. 로빈이 다시 한번 어머니와 노는 모습을 지켜보려니 불현듯 그 기억이 살아났다.

마틴 커리어가 잠시 사무실로 같이 가자고 청했다. 나는 스프링 제본이 된 종이 더미를 사이에 두고 책상 맞은편에 앉았다. "시오, 내가 부탁을 하나 해야겠습니다."

이 남자는 나에게 값을 따질 수 없는 무료 치료를 선사했다. 로빈을 바꿔 놓아 눈앞에 닥칠 재난을 피하게 해 줬다. 따지자면 내가 무엇이든 갚아야 마땅했다.

마틴은 달달 외운 순서대로 한참을 수행해야 열리는 정교한 일본의 나무 퍼즐 상자를 만지작거렸다. "우린 성공 가능한 무언가를 포착했다고 생각합니다. 유의미한 치료 방법을요." 나는 얼리사가 읽어 주는 시를 듣던 체스터처럼 고개를 끄덕이고 가만히 기다렸다. "그리고 로빈은 우리에게 가장 강력한 논거예요. 로빈은 언제나 수행 능력이 뛰어난 디코더였지만, 지금은……." 커리어는 반쯤 완성된 퍼즐 상자를 내려놓았다. "이 사실을 널리 알리고 싶습니다."

"그동안에도 논문을 내지 않았던가요?"

마틴은 내가 배트를 힘껏 휘둘러 헛방을 칠 때면 아버지가 짓던 표정처럼 나에게 미소를 지었다. "물론 그랬지요."

"학회나 컬로퀴엄 발표도 하고?"

"물론입니다. 하지만 지금 우리는 연구비를 지키려고 분투하고 있거든요."

"그게 어떤 건지야 잘 알죠." 우주생물학은 십이 년의 영광을 누린 후 구걸에 들어갔다. 하지만 커리어의 실용 과학마저 돈을 받기 어렵다니 놀라웠다. 모든 연구가 이익을 보여 줘야 하리라고는 상상도 하지 못했다. 하지만 생각해 보면 교육부에서 초등학생에게 진화를 가르치는 예산을 삭감한 것도 상상도 못할 일이었지 않은가.

마틴의 눈은 말을 꺼내기 전부터 용서를 구하고 있었다. "우린 할 수 있을 때 기술 이전에 대해 생각해야 해요. 이건 이전할 가치가 많은 기술입니다."

"특허를 내고 싶은 거군요."

"과정 전체를. 복합 심리 장애에 적응력이 높은 치료 요법으로요."

내 아들은 장애가 없었다. "부탁이 뭔지 말해요."

"우린 전문적인 모임에서 연구 결과를 보여 주고 있습니다. 기자들과 민간 기업 사람들에게요. 그때 로빈의 영상을 넣어도 될까요?"

'민간 기업'이라는 말이 걸렸다. 이유는 모르겠다. 이 행성의

모든 것이, 내가 태어나기도 전부터 상품화되었는데 왜일까. 커리
어는 나와 눈을 마주치지 않았다. 일본 퍼즐 상자에 집중하고 있
었다. "훈련의 시작부터 만들어 온 그 비디오를 이용하려 합니다."

마틴이 나에게 비디오를 촬영한다고 말한 기억이 없었다. 하
지만 분명 서류 같은 것으로 동의했겠지.

"물론 익명으로 처리할 겁니다. 하지만 로빈의 진전이 이렇게
나 특별해진 이유에 대해서는 언급하고 싶습니다."

죽은 어머니에게서 행복을 배우는 소년.

내 두뇌는 쏟아지는 계산을 처리하기엔 너무 느렸다. 나는 과
학을 믿었다. 로빈이 더 크고 쓸모 있는 일의 일부가 되기를 원했
다. 사람들이 로빈에게 무슨 일이 일어나는지 보기를 원했다. 내
아들은 지니의 말마따나 행복 바이러스가 될 수도 있었다. 하지만
마틴의 계획을 듣고 있으면 어디에선가 경고음이 울렸다.

"그다지 안전할 것 같지 않은데요."

"화면 변형을 하고 목소리도 변조한 영상을 딱 이 분만 연구자
와 의료 종사자들에게 보여 주는 겁니다."

쩨쩨한 미신 신봉자가 된 기분이었다. 아니, 더 나빴다. 내 잇
속만 차리는 사람 같았다. 나는 밥을 먹어 놓고서 계산서에서 내
몫을 내지 않으려는 사람 같았다. "며칠만 생각해 볼 수 있을까
요?"

"물론이죠." 마틴은 이상하리만큼 안도했다. 그리고 내 환심을
사려는지 이렇게 물었다. "로빈이 연구소에서만큼 집에서도 빛을

발합니까?"

"몇 주 동안은 기쁨이 넘쳤지요. 언제 발작을 일으켰는지 기억도 안 나는군요."

"얼떨떨한가 보네요."

"당연하지 않나요?"

"로빈이 무엇을 살고 있는지 상상해 봐요."

"상상만 하고 싶지 않군요."

커리어는 내 말을 이해하지 못하고 얼굴을 찡그렸다.

"나도 그 훈련을 받고 싶습니다." 로빈의 훈련 시간이 쌓이면 쌓일수록 그 생각에 대한 집착이 강해졌다. 나도 죽은 아내의 마음에 접촉해야만 했다.

마틴 커리어의 찌푸린 얼굴이 민망한 웃음으로 변했다. "미안합니다, 시오. 안타깝지만 그 비용은 정당화할 수가 없어요. 지금 우린 합법적인 실험 비용도 힘겹게 마련하고 있어서요."

나는 허둥지둥 내 생각을 풀어 설명했다. "난 묻고 싶었어요…… 로빈은 훈련을 하면 할수록 얼리사를 닮아가요. 로빈이 관자놀이를 두드리면서 '사실은'이라는 말을 우물거리는 모습은…… 으스스하기까지 해요. 게다가 얼리사가 알았던 새들에 대해서도 절반은 익혔어요."

마틴은 내 생각을 재미있어 했다. "장담하는데 그건 훈련에서 배울 수 없습니다. 모방법을 배우고 있는 한 가지 감정 상태를 제외하면, 그 두뇌 지문에서 아무것도 얻을 수 없어요."

그런데도 얼리사는 로빈을 가르치고 있었다. 나는 더 밀어붙이지 않았다. 내가 마법 화물을 숭배하는 미신적인 수렵 채집인이된 기분이었다. 그래서 나는 말했다. "사실대로 말하면, 난 그 감정 상태가 정말 얼리사였는지 모르겠어요."

"황홀이요? 얼리사가 아니라고요?"

마틴과 나 사이에 보이지 않는 불꽃이 오갔다. 나는 어떤 피드백 훈련 없이도 그 생각을 읽었다. 그 남자의 시선이 나를 피했을 때, 알았다. 일부러 모르려고 했던 내 모든 노력이 부서지고, 언제나 품고 있던 의심 저변의 진실이 드러났다. 내 끝없는 불안 때문에 착각한 게 아니었다. 나는 십여 년 동안 아내를 전혀 알지 못했다. 아내는 자기만의 행성이었다.

그날 밤, 천문학자들은 내가 대학원에 들어간 첫 두 해 동안전 세계 천문학자들 모두가 우주에 대해 모은 것보다 더 많은 정보를 얻었다. 내가 배운 카메라보다 500배는 큰 카메라들이 하늘을 가로질렀다. 성간 의식이 깨어나서 눈을 발달시키고 있었다.

나는 서재에 앉아서 커다란 곡면 모니터로 공유 받은 행성 데이터의 바다에 다가가고 있었고, 내 아들은 다른 방에서 카펫 위에 엎드려 '행성 탐사 중계기'로 제일 좋아하는 자연 웹사이트를 살펴보고 있었다. 국내 여기저기에서는 불안에 찬 동료들이 전쟁을 준비하고 있었고, 나는 징집되었다.

나는 팔 년 동안 가상의 행성들을 빚고 살아 있는 대기권을 구성해 언제부터인가 내 동료 우주생물학자들이 '번의 외계용 휴대 도감'이라고 부르는 물건을 만들었다. 기본적으로는 온갖 분광학 데이터에 그런 특징적 데이터를 만들어 낼 수 있는 외계 생명의 단계와 유형을 연관시켜 정리한 분류 카탈로그였다. 내 모델들을 시험하기 위해 나는 지구를 멀리서 바라보았다. 우리의 대기권을 위성에 반사되는 흐릿하고 희미한 빛의 픽셀들로 보았다. 그 픽셀들을 내 시뮬레이션에 넣으면 그 스펙트럼에 쓰인 검은 선들이 내가 개발하는 모델들의 타당성을 확인해 주고 또 조정할 수 있게 도왔다.

하지만 내 일생의 작업은 정체기에 들어서 있었다. 수백 명의 동료들과 마찬가지로 나 역시 데이터를 기다렸다. 저 밖에 있는 진짜 행성들의 진짜 데이터를 말이다. 인류는 우주가 호흡을 하는지 아닌지 발견하기 위한 첫 걸음을 내디뎠으나, 그 한 걸음은 허공에 멈춰 선 상태였다.

케플러 망원경*은 우리가 꿈꾸던 것 이상으로 성공했다. 보는 곳마다 우주를 새로운 행성들로 채워 줬다. 케플러가 후보로 꼽은

---

* 통과 현상을 이용해 외계 행성을 찾기 위해 2009년 3월에 발사된 우주 망원경.

수천 개의 행성들은 연구자 부족으로 확정을 기다리고 있었다. 우리는 이제 지구 같은 행성이 흔하다는 사실을 알았다. 내가 감히 희망한 것보다 많았고, 또 가까웠다.

그러나 케플러는 단 하나의 행성도 제대로 보지는 못했다. 머나먼 항성들이 보내는 상상할 수 있는 가장 희미한 조광을 찾아 넓은 그물을 쳤고, 백만분의 몇십 정도의 정확도로 그 빛을 수집했다. 항성 광도의 미세하게 감소하는 데이터가 그 앞을 지나가는 보이지 않는 행성들을 드러냈다. 그 생각을 하면 나는 여전히 놀랍기만 하다. 5만 킬로미터 떨어진 가로등 앞을 지나가는 나방을 보는 것과 비슷하지 않은가.

하지만 케플러는 내가 원하는 것을 줄 수 없었다. 저 바깥에 확실히 살아 있는 행성이 있다는 사실을 알려 주지는 못했다. 나도 왜 그게 나에게 이토록 큰 의미가 있는지 모르겠다. 많은 사람들이 관심도 두지 않는 일인데 말이다. 심지어 내 아내조차도 이렇든 저렇든 신경 쓰지 않았다. 물론 로빈은 신경을 썼다.

행성이 숨을 쉬는지 확실히 알려면, 대기권의 상세한 스펙트럼 지문을 계산할 만큼 선명하고 직접적인 적외선 이미지가 필요했다. 우리에겐 그런 사진을 구할 힘이 있었다. 로빈의 평생보다 오랫동안, 얼리사와 내가 함께한 시간보다 오랫동안, 나는 내가 만든 모든 모델에 더하여 우주가 불모지인지 살아 있는 곳인지 확실하게 해 줄 우주 망원경을 계획한 수많은 연구자 중 한 사람이었다. 우리가 지지하는 망원경은 허블 망원경보다 백배는 강력했다. 그에 비하면 현존하는 가장 좋은 망원경도 선글라스를 끼고 안내견과 동행하는 노인의 수준이었다.

세상에 실질적인 차이를 만들지도 않으면서 엄청난 돈과 노력을 들이는 일이기도 했다. 이 일이 미래를 풍요롭게 만들거나, 질병을 치료하거나, 우리의 광기가 빚어낸 홍수에서 누군가를 지켜 주지는 않을 터였다. 그저 우리 인간이 나무에서 내려온 순간부터 품고 지낸 질문에 답을 해 줄 뿐이었다. 신의 마음은 생명에 기울었는가, 아니면 우리 지구 생명체들은 여기 있을 권리가 없는가 하는 질문.

그날 밤, 보스턴에서 샌프란시스코만까지 대륙 전체에서 회담이 열렸다. 미연방의회는 우리의 유사 지구 탐색기 프로젝트, 즉 플래닛 시커에 대한 지원금을 끊겠다고 위협했다. 내 동료들은 우리 일생의 과업을 지키기 위해 황급히 집단 지성의 정족수를 모았다. 우리는 원거리 회의를 했다. 스무 개가 넘는 비디오 창과 비슷한 수의 오디오 채널이 연결되었다가 끊어졌다 했다. 각각이 말을 할 때마다 내 스크린에는 그 말을 하는 노쇠한 동업자의 얼굴이 꽉 찼다. 셔츠는 음식 얼룩투성이에 웹캠조차 똑바로 바라보지 못하는 남자, 문장마다 "사실상"이라는 말을 마구 뿌려 대는 남자, 몇 년 동안 간호사로 일한 후에 이 세상에서 제일가는 행성 사냥꾼 대열에 합류한 여자, 아프가니스탄에서 사제 폭탄에 자식을 잃은 남자, 나처럼 열네 살에 폭음을 시작했다가 나와는 달리 최근까지도 고삐를 잡지 못한 남자.

- 잊지 말아요. 연방의회는 이미 두 번이나 차세대*를 끝내겠다고 위협했어요.

- 차세대가 문제예요! 수십 년 동안 예산을 다 말려 버렸어요.

차세대 망원경은 우리들에게 아픈 손가락이었다. 이 주력 망원경은 십 년이 늦어졌고 예산은 40억 달러를 초과했다. 물론 우리 모두가 그 망원경을 원했다. 그러나 그건 행성 사냥이라기보다는 우주론의 문제였다. 또한 다른 모든 프로젝트의 돈을 빨아들였다.

- 시커를 밀고 나가기에 이보다 더 나쁜 시절은 없을 거예요. 대통령 트윗 봤어요?

당연히 우리 모두가 보았다. 하지만 에탄올 중독자이기도 한 이 뛰어난 관찰자께서는 그 내용을 텍스트 창에 전시해야 한다고까지 느낀 모양이다.

왜 우리가 투자 수익을 '1원도 돌려주지 않을 나라'에 돈을 더 쏟아부어야 합니까? 소위 '과학'은 사실을 날조하고 미국인들에게 그 값을 청구하는 짓거리를 멈춰야 해요!

---

* NextGen. 제임스 웹 우주 망원경이라는 이름이 붙기 전의 명칭.

― 외국인 혐오자와 고립주의자들 보라고 저러는 거죠. 내향자들.

― 그 내향자들이 워싱턴의 귀를 장악했어요. 이 나라는 천문학에 싫증났다고요.

― 그럼 우리 외향자들이 워싱턴에 가서 다시 주장을 해야겠네요.

동족들이 전투를 구상하고 있으니 심장이 내려앉았다. 나에겐 지금 내 모든 시간을 앗아 가고 있는 프로젝트 외에 다른 대의에 쓸 시간이 하나도 없었다. 그리고 워싱턴 여행이 뭘 해 줄 것 같지도 않았다. '시커'는 끝없는 미국 내전에서 또 한번 벌어지는 가짜 전투에 불과했다. 우리는 다른 지구의 발견이 인류의 집단적인 지혜와 공감을 증진시켜 주리라 주장했다. 대통령 쪽 사람들은 지혜와 공감이 우리의 생활수준을 박살 내려는 집단주의 음모라고 했다.

나는 화면에서 눈을 돌리고 거실을 보았다. 얼리사가 와인을 한잔 마시면서 마치 체스터에게 읽어 줄 소네트를 찾을 시간이 다 됐다는 듯한 모습으로 아끼는 에그 체어에 앉아 다리를 흔들고 있었다. 나를 보더니 놀랍도록 선명한 웃음을 지었다. 작고 하얀 이, 넓은 분홍빛의 잇몸이 다 보였다. 얼리사는 내가 이렇게 하잘것 없는 대화로 극심하게 스트레스를 받는 이유를 이해하지 못하고 고개를 내저었다. 나는 얼리사에게 체스터만큼 나를 사랑하는

지 묻고 싶었다. 주머니쥐 한 마리가 남편과 아이를 버릴 만큼 가치 있었는지 묻고 싶었다. 하지만 유령에게 묻는 것도 질문이라고 친다면, 내 머릿속에 떠오른 질문은 그보다 더 나빴다. 얼리사, 내 아이가 맞아?

신호라도 받은 것처럼, 나의 숙련된 독심술사가 행성 탐사 중계기를 휘두르며 서재 문 앞에 나타났다.

'아빠. 못 믿을 거야. 미국인의 절반이 우리가 이미 외계인들의 방문을 받았다고 믿는대.'

내 화면 속의 회의장에 웃음이 터졌다. 거대 석유 업체 때문에 아들을 잃은 남자가 나라 반대편에서 외쳤다. '워싱턴에 있는 사람들에게 어떻게 이야기하고 싶어요?'

이웃집에서 전화가 걸려 왔다. 로빈이 집 뒤편에 있다고 했다. "아주 조용해요. 꼼짝도 안하고요. 뭔가 잘못된 것 같은데요."

나는 이렇게 대답하고 싶었다. '물론 뭔가 잘못됐겠죠. 그 애는 사물을 제대로 보거든요.' 하지만 나는 알려 줘서 고맙다고 인사했다. 이웃집 여자는 그저 아무도 너무 멀리 가 버리지 않도록 끊임없이 동네를 감시하고 있을 뿐이었다.

나는 문제의 범죄자를 찾으러 어스름 깔린 마당으로 나갔다. 로빈은 오후 늦게, 아직까지 늦여름의 초록색 잎을 펼치고 있는 자작나무를 그리겠다고 분필 상자를 들고 나갔다. 작은 캔버스 스툴도 챙겼다. 나는 싸늘한 풀밭에 앉은 아들을 찾아내 그 옆에 앉았다. 청바지가 금방 축축해졌다. 밤이면 이슬이 맺힌다는 사실을 깜박했다. 우리는 이슬을 아침에만 발견하니까.

"어디 보자." 로빈은 파스텔로 이루어진 인질을 넘겨줬다. 나무는 이제 회색이었고, 그림도 마찬가지였다. "이건 네 눈을 믿어야겠구나. 난 하나도 안 보여."

로빈의 작은 웃음소리가 흔들리는 잎사귀의 꿍음에 묻혔다. '이상하지, 아빠? 왜 어둠 속에서는 색이 사라지는 거야?'

나는 빛의 성질이 아니라 우리의 눈 때문이라고 대답했다. 로빈은 이미 그런 결론에 도달했다는 듯 고개를 끄덕였다. 로빈은 앞에서 숨을 내뱉는 나무를 똑바로 향했고 두 손을 얼굴 양옆으로 들어 올려 비밀 서랍을 찾는 것처럼 허공을 도닥였다.

'이건 더 이상해. 어두워지면 어두워질수록 내 눈 옆을 더 잘 볼 수 있어.'

나도 시험해 보았다. 말 그대로였다. 이유가 흐릿하게 기억이 났다. 망막 가장자리에 간상세포가 늘어서였던가. "보물찾기에 좋을지도 모르겠구나." 로빈은 실험 자체에만 관심이 있는 것 같았다.

"로비? 커리어 박사님이 네 훈련 비디오를 다른 사람에게 보여

256

쥐도 되는지 알고 싶어 하셔."

나는 이틀 동안 그 질문을 피했다. 다른 사람들이 로빈의 변화를 평가하는 게 싫었다. 커리어가 얼리사에 대한 내 기억을 망친 것도 싫었다. 이제 그놈은 내 아들을 손에 넣은 상태였다.

나는 젖은 풀밭에 드러누웠다. 나는 커리어에게 적개심밖에 없었다. 그런데도 이름을 붙일 수 없을 만큼 큰 의무감을 느꼈다. 어떤 좋은 양육자도 자식을 상품으로 만들지 않을 것이다. 그러나 로빈과 같은 새로운 눈을 지닌 아이가 만 명이 생긴다면 그 애들이 지구에서 살아가는 방법을 우리에게 가르쳐 줄지도 몰랐다.

로빈은 여전히 실험을 하느라 나무를 마주보고, 곁눈질로 나를 보았다. '어떤 다른 사람들?'

"기자들. 의료 종사자들. 전국에 뉴로피드백 센터를 지을 수도 있는 사람들."

'사업으로 말이야? 아니면 사람들을 돕고 싶은 거래?'

나도 같은 질문을 하고 싶었다.

'그게 있지, 아빠. 박사님은 날 도와줬어. 많이. 그리고 엄마를 다시 데려다줬어.'

흙 속에 있던 커다란 무척추동물이 내 다리 뒤쪽을 물었다. 로빈이 손톱으로 흙을 파더니 작은 손에 50킬로미터의 균사에 감싸인 1만 종의 박테리아를 끌어냈다. 아들은 손의 흙을 털더니 내 옆에 누워 내 팔을 베개 삼아 머리를 기댔다. 우리는 오랫동안 별들을 올려다보기만 했다. 볼 수 있는 모든 별과, 볼 수 없는 별들의 절반을.

'아빠. 난 깨어나는 기분이야. 모든 것의 안에 내가 있는 것 같아. 우리가 어디에 있는지 좀 봐! 저 나무. 이 풀!'

얼리사는 수가 적더라도 중요한 사람들 한 무리가 동질감을 회복한다면, 경제학은 생태학이 될 거라 주장하곤 했다. 나에게도, 입법자들에게도, 자기 동료들과 블로그 팔로워들에게도 그랬다. 우리가 다른 것들을 원하게 될 거라고. 저 밖에서 우리가 있는 의미를 찾게 될 거라고.

나는 제일 좋아하는 여름 별자리를 가리켰다. 내가 이름을 말하기 전에 로빈이 말했다. '거문고라는 건, 하프 비슷한 거지?'

머리를 땅에 대고 있으니 고개를 끄덕이기가 힘들었다. 로빈이 하늘 저편을 가리키는데, 달이 떴다.

'아빠가 빛은 저기부터 여기까지 거의 순간에 온다고 했지? 그렇다면 달을 보는 사람은 모두가 동시에 같은 걸 본다는 뜻이야. 혹시라도 우리가 따로 떨어지면, 달을 커다란 빛 전화기로 쓸 수 있을 거야.'

다시 한번 로빈이 나를 넘어서 생각하고 있었다. "너는 커리어 박사님이 네 비디오를 사람들에게 보여 줘도 괜찮은 것 같아?"

로빈이 으쓱이느라 내 팔을 쳤다. '사실 내 비디오도 아닌걸. 아마 모두의 것이겠지.'

얼리사가 함께 있었다. 내 반대편 팔을 베고 누워 있었다. 나는 아내를 떨쳐 내지 않았다. '똑똑하기도 해라.' 아내가 말했다.

'엄마가 이 나무를 얼마나 사랑했는지 기억해?' 지난 이 년 동안 얼리사가 뭘 좋아했는지 나에게 묻던 아들이, 이제는 되려 나에게 일깨워 주고 있었다. '이 나무를 하숙집이라고 불렀어. 이 나무에 사는 온갖 생물들을 다 헤아려 본 사람이 없다고 했어.'

정말 그랬느냐고 물으려 아이의 엄마를 돌아보았지만, 얼리사는 사라지고 없었다. 1미터쯤 떨어진 곳에서 그해의 마지막 반딧불이들이 불을 밝혔고 로빈은 숨을 들이켰다. 우리는 가만히 누워서 반딧불이들이 깜박이는 모습을 지켜보았다. 반딧불이가 줄을 지어 여름밤의 한가운데를 천천히 떠다니는 모습이 마치 우리가 가 본 모든 행성에서 찾아온 성간 우주선들이 우리 집 뒷마당을 침공하며 내는 불빛 같았다.

나는 마틴 커리어에게 전화를 걸었다. "그 영상 써요. 하지만 아이의 얼굴은 완전히 가리는 게 좋겠습니다."

"약속할 수 있습니다."

"그리고 혹시라도 이 일이 우리에게 영향을 미친다면, 당신에게 개인적으로 책임을 묻겠습니다."

"이해합니다. 시오, 고마워요."

나는 통화를 끊었다. 확실히 끊어지길 기다렸다가 그다음에 욕을 했다.

뒤늦은 소리지만, 이제 세상은 모든 것이 마케팅이다. 대학은 브랜드를 구축해야 했다. 모든 자선 행위는 대대적으로 선전해야 했다. 우정은 이제 공유와 '좋아요'와 링크로 측정됐다. 시인과 사제들, 철학자와 어린아이의 아버지들, 우리 모두가 끊임없이 노골적인 흥정을 벌였다. 물론 과학도 광고를 해야 했다. 나 혼자 뒤늦게 순진함을 졸업했다고나 할까.

그래도 마틴 커리어는 품위 있는 세일즈맨이었다. 관심 있는 이들에게 결과를 홍보하면서 데이터를 왜곡하지 않았다. 새로운 기술의 가장 먼 가능성까지 제시하면서도 임상적인 한계는 분명하게 말했다. 업그레이드에 중독된 세상에서, 기자들은 마틴이 조심스럽게 힌트를 던지는 미래의 황금시대 스토리를 사랑했다.

10월쯤에는 대중 매체에서 커리어의 연구소를 조명하기 시작했다. 로빈과 나는 「테크 라운드업」 쇼에 나온 커리어를 보았다. 《새로운 과학》과 《주간 요약》, 《지금의 심리학》에 발표된 논문을 보았다. 커리어는 나타나는 곳마다 적당히 자신을 맞춰서 조금씩 다른 사람이 되어 있었다.

그러다가 《타임스》에 반 페이지짜리 기사가 나왔다. 기사는 마틴 커리어를 낙천적이지만 신중하게 그렸다. 실시간으로 로빈의 감정을 스캔했던 기계 옆에 앉은 마틴의 사진에 이런 설명이 붙어 있었다. "두뇌는 네트워크가 얽힌 네트워크입니다. 완전한

260

지도를 그리는 일은 영영 없을 겁니다." 사진 속 남자는 턱을 괴고 있었다.

기사 내내 커리어는 디코디드 뉴로피드백을 주류 심리 상담의 후계자로 위치 지었다. "다만 훨씬 빠르고 더 효율적이죠." 이 방법이 얼마나 탄탄한지에 대한 주장을 견고한 숫자가 뒷받침했다. 그는 이것이 감정 텔레파시라는 시각은 무시했다. "강력한 예술 작업이 미치는 효과와 비교하는 쪽이 가장 어울립니다." 마틴이 안내하는 이 기술을 보면 디코디드 뉴로피드백이 차세대 혁신이라고 느낄 만했다.

행복은 바이러스와 같다. 이 세상에서 자족을 얻은 한 사람이면 수십 명을 감염시킬 수 있다. 전염성 행복의 유행을 보고 싶지 않은가?

기자들에게 시달린 커리어는 이렇게 말했다. "그런 유행의 임계치는 생각보다 낮을지도 모릅니다."

커리어는 표준 편차와 유의확률과 치료 이득에 대한 주장 이외에도 대개 커브 끝에 있는, 감질나는 데이터 지점에 대해 언급했다. 바로 분노 보따리로 훈련을 시작했다가 꼬마 부처가 되어 졸업한 아홉 살짜리 소년의 이야기였다. 커리어의 프레젠테이션 속에서 때로 아이는 어머니를 잃었고 때로는 정서 장애와 씨름했으며 때로는 그저 불특정 '고난'에 고통받는 소년이었다. 그 후에 비디오가 나왔다. 첫 훈련을 받은 날 실험자들과 대화하는 모자이크 된 로빈이 삼십 초, 관 안에서 화면을 보고 훈련하는 모습이 사십오 초 그리고 일 년 후에 사랑하는 지니와 대화하는 로빈의 모습이 일 분. 처음 그 편집 영상을 본 나는 헛숨을 들이켰다. 내 아들의 저런 자세와 태도, 멜로디 같은 목소리라니. 마치 실험적인 면역 치료의 비포 애프터 같았다. 같은 사람이 아니었다. 같은 종이라고 보기도 힘들 정도였다.

커리어가 이 영상을 틀 때마다 갈채가 쏟아졌다. 미국 공중보건학회의 연회에서는 무려 600명이 이 영상을 보았다. 발표 후 리셉션에서 커리어는 한 무리의 치료사들에게 이 놀라운 실험 뒤에 숨겨진 더욱 놀라운 이야기를 슬쩍 흘렸다. 그렇게 로빈의 미래가 내 손에서 빠져나가기 시작했다.

나는 로빈에게 미시시피강에 대한 보물찾기 숙제를 냈다. 네가 미네소타에 있는 빙하호에서 루이지애나를 거쳐 멕시코만까지 가는 물방울이라고 상상해 봐. 어떤 주들을 지나갈까? 어떤 물고기와 식물들을 볼 수 있을까? 가는 길에 어떤 풍경을 보고 어떤 소리를 들을까? 아무 문제도 없어 보였다. 삼십 년 전이라면 나도 할 수 있었을 숙제였다. 하지만 삼십 년 전에는 그 강이 다른 강이었다.

그 무렵 자주 그랬듯이 로빈은 목표를 초과했다. 보물찾기가 일주일짜리 여정으로 변했다. 로빈은 지도와 도표는 물론이고 각종 보트와 바지선과 다리 스케치에, 화려한 수상 스포츠가 가득한 물속 장면 전체를 그렸다. 어느 날 로빈은 해가 뜨면 조사에 사용하는 에나멜 태블릿을 들고 사무실 내 책상 옆에 나타났다. '중계기 업그레이드를 요청함.'

"무슨 문제가 있어?"

'정말이지, 아빠. 아빠는 행성 탐사 중계기라고 부르지만, 이건 어린애용 브라우저일 뿐이잖아. 아무 데도 못 간단 말이야.'

"어딜 가고 싶은데?"

로빈은 무엇을 찾고 있는지와 그것들을 찾을 방법을 말했다.

"좋아. 오늘은 '시오' 계정을 써. 하지만 다 끝나면 네 계정으로 돌아가는 거야."

'좋았어, 아빠가 최고야. 내가 언제나 그랬지. 비번은 뭔데?'

"네 어머니가 제일 좋아하는 새. 하지만 거꾸로 날아."

로빈은 그렇게 뻔한 비밀번호를 고른 나를 안타까운 눈으로 보았지만, 곧 환희에 차서 공부하러 돌아갔다.

그러나 둘 다 일을 마친 저녁 식사 시간에는 다시 가라앉았다. 나는 로빈의 기운을 북돋아야 했다. "미시시피강의 삶은 어때?"

로빈은 멀리서 토마토 수프를 조금 떴다. '실은, 별로 좋지 않아.'

"말해 봐."

'아주 나빠, 아빠. 정말 알고 싶어?'

"그 정도는 감당할 수 있어."

'어디에서 시작해야 할지 모르겠어. 그러니까 우리 철새의 절반이 미시시피를 이용하는데, 서식지를 잃고 있어서 이제 이용하질 못해. 그거 알고 있었어? 농부들이 농작물에 뿌리는 화학 약품들이 강으로 흘러가서 양서류를 돌연변이로 만들고 있어. 그리고 사람들이 화장실에서 오줌과 똥으로 배출하는 온갖 약물들도 문제야. 물고기들이 완전히 마약 중독이 됐어. 이젠 강에서 헤엄도 치지 못해! 그리고 빠져나가는 곳은? 강어귀는? 수천 제곱 킬로미터가 죽음의 지대야.'

그 얼굴을 보니 비밀번호를 알려 준 게 후회스러웠다. 진짜 교사들은 이런 일을 어떻게 감당할까? 데이터를 속이거나 뻔한 사실을 무시하지 않고 어떻게 미시시피 현장 학습을 해내는 걸까? 세상은 학생들이 제대로 알면 안 될 곳이 되어 버렸다.

로빈은 식탁 위에 팔을 올리고 턱을 괴었다. '나도 사실 이건 확인해 보지 않았는데, 있지? 아마 다른 강들도 상황이 똑같이 나쁠 거야.'

나는 식탁 주위를 돌아서 아들의 의자 뒤에 섰다. 내 두 손이 아이의 어깨를 짚었다. 아들은 고개를 들지 않았다.

'사람들이 이걸 알아?'

"아마 그럴 거야. 대부분은."

'그런데도 고치지 않는 건 왜……?'

보통 나오는 대답은 '경제학'일 것이다. 하지만 그건 미친 소리였다. 나는 학교에서 아주 중요한 무엇인가를 빠뜨리고 배웠다. 그리고 여전히 뭔가를 놓치고 있었다. 나는 아들의 정수리를 쓰다듬었다. 내 움직이는 손가락 아래 어딘가에 훈련으로 개조된 세포들이 있었다. "뭐라고 말해야 할지 모르겠다, 로빈. 아빠도 알았으면 좋겠어."

로빈은 쳐다보지도 않고 손만 뻗어 내 손을 잡았다. '괜찮아, 아빠. 아빠 잘못은 아니야.'

이것만은 로빈의 생각이 틀렸다.

'우린 그냥 실험이야, 맞지? 그리고 아빠가 늘 말하듯이, 부정적인 결과가 나온 실험이라고 실패한 실험은 아니야.'

"그래." 나는 맞장구쳤다. "부정적인 결과에서 많은 것을 배울 수 있지."

로빈은 원기를 되찾고는 일어나서 프로젝트를 끝낼 준비를 했다. '걱정 마, 아빠. 우리는 못 알아낼지 몰라도 지구는 알아낼 거야.'

나는 미오스라는 행성에 대해, 우리가 나타나기 전에 십억 년

265

동안 그곳이 어떻게 번성했는지를 이야기했다. 미오스 사람들은 장거리 우주선을 만들고, 컴퓨터를 가득 채워 장기 탐사를 떠났다. 그 우주선은 수백 파섹을 여행하다가 원자재가 가득한 한 행성을 발견하고 착륙해서 수리를 하고, 우주선과 승조원 전체를 복제했다. 그다음에는 똑같은 우주선 두 척이 각기 다른 방향으로 떠나서 또 수백 파섹을 가다가, 새로운 행성을 발견하면서 같은 과정을 되풀이했다.

'얼마나 오랫동안?' 아들이 물었다.

나는 어깨를 으쓱였다. "그 사람들을 막을 게 없었어."

'침공하거나 뭐 그럴 곳을 정찰하는 거야?'

"어쩌면."

'그리고 계속 나뉜다고? 그럼 그런 우주선이 백만 개는 있겠네!'

"맞아. 그 다음엔 이백만이 되고, 사백만이 되겠지."

'맙소사! 나중에는 그 사람들로 가득 차겠다!'

"우주는 커." 내가 말했다.

'그 우주선들이 미오스에 보고는 했어?'

"그래. 갈수록 보내는 전언이 도착하는 데 오래 걸리긴 했지만 말이야. 그리고 우주선들은 미오스가 응답하기를 멈춘 후에도 계속 보고를 보냈어."

'미오스가 어떻게 됐는데?'

"그 우주선들은 영영 알지 못했지."

266

'미오스가 없어졌는데도 계속 간 거야?'

"그렇게 프로그램이 됐거든."

그렇게 말하자 아들은 멈칫했다. '되게 슬프다.' 로빈은 침대에 앉아서 손으로 허공을 밀어냈다. '하지만 그 사람들은 괜찮을지도 몰라, 아빠. 그 사람들이 뭘 볼 수 있을지 생각해 봐.'

"그 사람들은 수소 행성과 산소 행성, 네온 행성과 질소 행성, 물이 가득한 세계, 규산염 세계, 철 세계 그리고 1조 캐럿짜리 다이아몬드에 감싸인 액체 헬륨 행성들을 보았지. 행성은 언제나 더 있었어. 언제나 다른 행성들이 있었지. 십억 년 동안 계속."

'많네.' 아들이 말했다. '그거면 충분했을지도 몰라. 미오스가 없어졌더라도.'

"그 사람들은 분열했고 복제했고 아직 그럴 이유가 있다는 듯이 은하계에 퍼져 나갔어. 그러다가 처음 떠난 배의 고고고고고고고손자 배 하나가 G형 항성 주위를 도는 작고 이상한 행성계에 있는, 얕은 바다가 있는 바위 행성에 착륙했어."

'그냥 말해, 아빠. 지구야?'

"우주선은 승조원들이 이제까지 본 적 없이 복잡한 우뚝 솟아 물결치는 야생의 구조물들 한가운데 평야에 착륙했어. 이 정교하고 흔들리는 구조물들은 다양한 주파수로 빛을 반사했지. 많은 수가 꼭대기에서 놀라운 형상을 선보였는데 그 형상들은 좀 더 낮은 주파수로 공명했고……."

'잠깐, 식물이야? 꽃이잖아. 그럼 그 우주선들이 조그만 거야?'

나는 부정하지 않았다. 로빈은 반쯤은 의심하면서도 반쯤은 반한 얼굴이었다.

'그 다음엔 어떻게 됐어?'

"우주선 승조원들은 파도치는 거대한 초록색과 빨갛고 노란 꽃들을 오랫동안 연구했어. 하지만 그것들이 무엇인지, 어떻게 작동하는지 알아내지 못했지. 그 사람들은 벌들이 꽃에 날아들고 꽃들이 해를 따라가는 모습을 보았어. 꽃들이 시들어 씨앗으로 변하는 모습도 보았어. 씨앗이 떨어져서 싹이 트는 모습도 보았어."

아들이 이야기를 막으려고 손을 들어 올렸다. '알아내고 나면 그게 그 사람들을 죽일 거야, 아빠. 그 사람들은 통신기를 잡고 은하계에 퍼진 다른 모든 미오스 우주선에다 정지하라고 말할 거야.'

그 말을 듣자 소름이 돋았다. 그건 내가 상상한 결말이 아니었다. "왜 그렇게 말하니?" 내가 물었다.

'그 사람들은 알게 될 테니까. 꽃들은 어딘가로 가는데, 우주선은 아니라는 걸.'

강의가 있는 날이면 나는 로빈을 캠퍼스에 데려갔다. 로빈은 내 연구실 책상에 자기 책을 늘어놓았고, 내가 강의를 하거나 회의를 하는 동안 혼자서 긴 나눗셈을 익히고 단어 문제를 풀고 시를 해독하고 왜 연구실 창밖에 보이는 나무들이 당근색과 금색으로 변해 가는지를 배웠다. 이제 로빈은 공부를 하는 게 아니었다. 그저 사물을 가지고 놀면서 펼쳐지는 내용을 즐겼다.

대학원생들은 로빈 가르치기를 좋아했다. 어느 10월의 긴 오전 세미나를 끝내고 연구실에 간 나는 람다-CDM 우주 모형*에 내재하는 소규모 위기에 대해 연구하는 비브 브리튼이 내 아들 맞은편에 앉아서 머리를 감싸 쥐고 있는 모습을 보았다.

"보스. 잎사귀 안에서 무슨 일이 일어나는지 생각해 본 적 있어요? 그러니까, 정말로 생각해 본 적 있냐고요. 빌어먹을 대혼란이에요."

로빈은 자기가 초래한 혼란이 즐거운지 히죽거리며 앉아 있었다. '욕하지 말아요!'

"뭐?" 비브가 말했다. "아냐, 나 욕 안 했어. 네가 말한 내용이 엄청나다는 소리야."

다 그런 식이었고, 그 이상이었다. 초록색 지구는 돌아가며 대기를 모으고, 필요한 것보다 훨씬 많은 형상을 만들었다. 그리고 로빈은 그 모든 것에 주목했다.

우리는 호숫가에 가서 점심을 먹으며 물고기를 보았다. 로빈

---

* 람다는 우주 상수, CDM은 차가운 암흑물질을 말한다. 이 모델을 표준 우주 모형이라고도 한다.

은 편광 선글라스를 쓰면 거울면 아래에서 완전히 새로운 세상을 볼 수 있다는 사실을 알아낸 참이었다. 우리가 넋 놓고 10센티미터짜리 지성체들을 보고 있는데 내 어깨 너머로 1미터도 떨어지지 않은 곳에서 누군가가 외쳤다.

"시어도어 번?"

돌아보니 내 또래의 여성이 가슴팍에 무광택의 은색 컴퓨터를 안고 있었다. 터키석 장신구를 잔뜩 걸쳤고, 주름 잡힌 회색 튜닉은 스키니진 위로 흘렀다. 조심스러운 콘트랄토 음성이 자기 자신의 대담함에 당황한 것처럼 들렸다.

"죄송합니다. 우리가 아는 사이인가요?"

그 여자의 미소는 부끄러운 듯도 하고 즐거워도 보였다. 여자는 내 아들을 돌아보았다. 로빈은 제일 좋아하는 애니미즘 의식에 따라 먹기 직전 아몬드버터 샌드위치를 두드리고 있던 중이었다. "네가 로빈이구나!"

어떤 예감으로 목덜미가 뜨거워졌다. 내가 무슨 일인지 묻기도 전에 로빈이 말했다. '엄마 생각이 나는 분이네요.'

그 여자는 의아한 듯 로빈을 보더니 웃음을 터뜨렸다. 얼리사와 나의 조상들도 아프리카에서 왔지만, 그 사람보다 훨씬 오래전이었다. 여자는 나를 다시 돌아보았다. "이런 식으로 갑작스럽게 죄송하지만, 잠시 시간 있으신가요?"

나는 정확히 무슨 시간을 말하느냐고 묻고 싶었다. 그러나 황홀의 감정을 훈련한 내 아들이 말했다. '시간은 백만 분 있어요.

270

지금은 물고기 시간이에요.'

여자는 폰트와 색깔이 어지럽게 디자인된 명함을 내밀었다. "전 디 라미라고 해요. 「오바 노바」의 프로듀서죠."

수십만 명의 구독자가 있었고, 개별 영상도 백만 뷰를 훌쩍 넘는 채널이었다. 나는 일 분도 본 적이 없었지만, 그 채널에서 뭘하는지는 알았다.

디 라미가 로빈을 돌아보았다. "커리어 교수님의 훈련 영상에서 널 봤단다. 굉장하던데."

"누가 우리에 대해 말해 준 겁니까?" 목소리에서 분노를 감출수가 없었다.

"알아서 숙제를 했죠."

그랬다. SF를 읽으면서 자란 사람치고 나는 인공 지능과 안면인식, 크로스필터링, 상식 그리고 이 행성의 집단 지성 맛보기가무엇을 할 수 있는지에 대해 놀랄 만큼 무지했다. 나는 겨우 멍청하고 정중한 태도를 벗어던졌다. "뭘 원해요?"

로빈은 내가 낯선 사람에게 무례하게 대하자 놀란 눈치였다. 아이는 강하고 빠르게 계속 샌드위치를 두드렸다. '아빠. 「오바 노바」라면, 어깨 쪽 피부 아래에서 말파리를 부화시킨 남자에 대한이야기를 했던 데지?'

디 라미가 외쳤다. "와, 우리 채널을 보는구나!"

'세상이 얼마나 멋진지에 대한 영상만요.'

"그렇지! 우린 너에게 일어난 일이 이제까지 우리가 본 가장 멋진 일에 꼽힌다고 생각한단다."

로빈은 설명을 구하려 나를 보았다. 나도 마주보았다. 로빈의 얼굴에 깨달음이 번졌다. 이 인플루언서들은 로빈에게 전 세계의 낯선 사람들로부터 100만 '좋아요'를 벌어다 줄 수 있는 완벽한 삼 분짜리 영상을 원했다. 「소년, 죽은 어머니의 두뇌 안에서 다시 살다」, 아니면 그 반대일 수도 있고.

삶은 실수의 축적으로 구성된다. 디 라미가 내 아들을 구경거리로 만들겠다는 계획을 들고 나타났을 즈음에는 내가 저지른 양육 실수가 얼마나 많은지 더 세지도 못할 지경이었다.

로빈은 자신이 지구의 온갖 기묘하고 다양한 주민들 옆에 놓일 만한 하나의 에피소드가 되는 것도 재밌을 거라 생각했다. 내가 디 라미를 돌려보내고 몇 시간이 지난 후에 아이스크림을 먹으면서 그런 주장을 폈다. '아빠, 솔직히 생각해 봐. 난 정말 오랫동안 비참했어. 그런데 이제는 안 그래. 사람들이 그 사실에 대해 알고 싶을 수도 있지. 그리고 교육적일 거야. 아빠에겐 교육이 전부잖아. 게다가 재밌는 쇼이기도 하고.'

이틀 후에 디 라미에게 전화가 왔다. "당신은 내 아들을 이해

못해요." 나는 말했다. "그 애는…… 유별나요. 아이를 구경거리로 삼을 순 없어요."

"구경거리가 되지 않을 거예요. 합리적인 관심의 대상이고, 경의를 담아 대할 거예요. 우리가 찍는 동안 함께 계셔도 됩니다. 선생님을 불편하게 하는 내용은 다 피할게요."

"죄송하지만, 로빈은 특별한 아이에요. 보호가 필요합니다."

"저도 이해합니다. 하지만 선생님이 직접 참여하시든 아니든 영상은 만들 거라는 점을 아셔야 해요. 이미 접근할 수 있는 재료는 모두 저희가 보기에 타당하다 싶은 방향으로 이용할 수 있어요. 아니면 선생님이 직접 참여해서 한마디 해 주실 수도 있겠죠."

스마트폰은 기적이었고, 우리를 신으로 바꿔 놓았다. 그러나 한 가지 면에서는 원시적이었다. 옛날 전화기처럼 수화기를 쾅 하고 내려놓을 수 없다는 것.

내 아들은 아직 엄밀히 말하면 익명이었다. 그러나 「오바 노바」의 조사자들이 찾아냈다면, 다른 이들도 곧 알아낼 것이다. 나는 실수를 저질렀고, 지금 아무것도 하지 않으면 상황은 더 나빠질 뿐이었다. 적어도 아직은 이야기가 대중에게 노출되는 방식을 내가 관리할 수 있었다. 나는 이틀 후에 분노를 가라앉히고 디 라미에게 전화했다.

"마지막 편집본에서 한마디 해야겠습니다."

"그 정도는 해 드릴 수 있죠."

"아들의 본명을 말하거나, 지금보다 더 쉽게 찾아낼 만한 말은 해선 안 됩니다."

"좋습니다."

내 아들은 몽유병에 걸린 세상이 볼 수 없는 것을 보고 상처받는 아이였다. 색다른 치료법이 아들을 조금 더 행복하게 만들어 준 것은 사실이다. 로빈의 제 모습 그대로를 카메라에 비춘다면 「오바 노바」가 커리어의 영상과 설득에서 끌어내려고 하는 선정적인 이야기를 능가할 수 있을지도 몰랐다.

로빈은 우리가 행성 탐험을 하지 않고 지구에 있는 집에서 보내기로 결정한 어느 날 밤에, 거실 소파에 앉아서 내 품에 안긴 채로 이렇게 말했다. '커리어 박사님 말대로야. 쓸모가 있을지도 몰라.'

나는 그 미편집본을 볼 때까지도 로빈에게 무슨 일이 벌어지는지 이해하지 못했다. 영상 안에서, 아이의 이름은 제이였다. 제이가 카메라에 담기자 장면이 숨을 쉬기 시작했다. 제이가 호숫가에 있는 오리와 회색 큰다람쥐와 피나무들을 바라보자, 그 시선이 그들을 카메라가 재평가할 외계인으로 바꿔 놓았다.

다음 장면, 제이는 커리어의 연구소 fMRI 관 안에 누워서 화면에 뜬 형상을 마음으로 움직이고 있다. 둥근 얼굴에는 사심이 없었지만, 자기 기술에 즐거워하는 모습이 조금 사악해 보인다. 디 라미의 목소리는 어떻게 제이가 몇 년 전에 저장된 또 다른 감정들에 자신의 마음을 일치시키는 방법을 배우는지 설명한다. 하지만 그 설명은 핵심을 잘못 짚었다. 제이는 창작에 푹 빠진 어린아이다.

다음 장면에서 제이는 가지를 활짝 뻗은 버드나무 아래 벤치에서 디 라미와 마주 앉아 있다. 디 라미가 묻는다. "하지만 그게 어떤 느낌이죠?"

제이의 코와 입이 살짝 씰룩거린다. 신이 난 두 손이 설명을 하느라 이리저리 움직인다. '좋아하는 사람들과 좋은 노래를 부를 때 어떤지 알죠? 사람들이 다 다른 음으로 노래를 하는데, 다 합쳐 들으면 좋게 들릴 때 말이에요.'

디 라미는 삼십 초 정도 슬픈 얼굴을 한다. 어쩌면 친구들과 같이 노래한 지 얼마나 오래 되었는지 생각했는지도 모르겠다. "어머니와 대화하는 것처럼 느껴지나요?"

제이의 이마에 주름이 잡힌다. 그 질문이 별로 마음에 들지 않는 거다. '아무도 큰 소리로 말하거나 하진 않아요. 그런 걸 묻는다면요.'

"하지만 어머니를 느낄 수 있나요? 그게 어머니라고 알 수 있어요?"

제이는 어깨를 으쓱인다. 옛 로빈이다. '그건 우리예요.'

"어머니가 함께 있다고 느끼는 건가요? 훈련을 받을 때?"

로빈은 고개만 돌린다. 아이는 설명하기엔 너무 큰 무엇인가를 보고 있다. 로빈은 한 손을 머리 위로 뻗어서 제일 낮게 드리운 버드나무 가지를 잡고는, 손가락 사이로 다시 흘려보낸다. '엄마는 바로 여기 있어요.'

영상은 깜박이다가 잘려 나간다.

두 사람이 호숫가를 걷는다. 제이는 마치 까다롭지만 그렇다고 재난은 아닌 소식을 전하려는 의사처럼 디 마리의 등에 손을 댄다. 디 라미가 말한다. "정말 많이 아팠겠어요."

나는 매번 그 여자에게 소리를 지르고 싶다. 하지만 제이는 질문이 아니라 세상에 관심을 둔다.

"아픔이 언제 시작됐죠? 어머니가 돌아가셨을 땐가요, 그 전인가요?"

제이는 '돌아가시다.'라는 표현에 얼굴을 찌푸린다. 하지만 대충 의미를 이해한다. '우리 엄마는 돌아가지 않았어요. 죽었죠.'

디 라미의 걸음이 흐트러지더니 멈춰 선다. 로빈의 말에 충격을 받아 귀를 기울이려는지도 모른다. 아니면 이 대사가 나가면 '좋아요'를 몇천 개는 더 받으리라 생각하고 신이 났는지도 모른다. 내가 잔인하게 구는 건지도 모른다.

"하지만 어머니의 두뇌 활동 패턴과 자신을 일치시키는 방법을 배웠죠. 그러니까 이젠 어머니의 일부가 제이 안에 있는 거잖아요?"

제이는 미소를 지으며 고개를 젓지만, 반대한다는 뜻은 아니다. 이제 아이는 어른들이 그걸 이해하지 못한다는 사실을 안다. 제이는 풀과 하늘과 호숫가에 자란 참나무와 피나무를 향해 두 손을 뻗는다. 상쾌한 공기에 두 손을 뻗고, 손짓으로 보이지 않는 먼 이웃들, 우주, 친구들의 집, 주의회 의사당 그리고 다른 주까지 다 가리킨다. '모두가 모두의 안에 있죠.'

비디오가 훈련 초기의 영상으로 넘어간다. 다른 소년이다. 둥글게 파인 플라스틱 의자에 구부정하게 앉아서, 조심스럽고 단조로운 목소리로 질문을 회피하고 있다. 소년은 작은 차질만 생겨도 입술을 깨물고 으르렁거린다. 세상은 그 소년을 벌하려 한다. 이어서 아이가 그림을 그리면서 선과 색채에 행복해하는 모습이 나온다. 나는 그 영상을 셀 수도 없이 많이 보았다. 나 혼자만 재생 수를 천 번은 올렸을 것이다. 하지만 다른 두 모습을 나란히 보면 여전히 충격적이다.

이어서 다시 제이와 디 라미가 호숫가에 있다. "예전 제이는 정말 아프고 화나 보였어요."

'많은 사람들이 아프고 화나 있어요.'

"하지만 제이는 이제 아닌 거죠?"

제이가 까르륵 웃는 모습이 커리어의 영상 속 소년과 극명한 대조를 이룬다. '네, 이젠 아니에요.'

나무 아래 벤치에서 디 라미는 제이의 공책 한 권을 무릎에 올려놓고 책장을 넘긴다. 제이가 그림에 대해 설명한다. '걔는 환형동물이에요. 굉장하죠. 그렇죠? 걔는 거미불가사리예요. 이것들요? 얘네는 물곰이에요. 완보동물이라고도 하죠. 물곰은 우주에서도 살아남을 수 있어요. 정말이에요. 화성까지 둥실둥실 떠갈 수도 있어요.'

컷이 미디엄숏으로 넘어가고, 제이는 디 라미에게 뭔가를 보여 주려 오솔길을 걸어간다. 카메라가 클로즈업을 잡는다. 조그마한 땅에 모여 있는 식물의 동글동글한 톱니 잎사귀에 아침에 내린 비로 조그마한 물방울이 가득 맺혀 있다. 제이는 아직 가지에 달려 있는 열매의 꼬투리를 가리킨다. '이렇게 잡아 보세요. 조심해요! 문지르면 안 돼요!'

제이는 마치 농담을 던지면서도 결정적인 반전을 감추지 못하는 듯한 모습이다. 오므린 손이 닿아서 꼬투리가 팟 하고 열리자 놀란 디가 소리를 지른다. 손바닥을 펴 보니, 기묘한 녹색 똬리가 폭발해서 흩어져 있다. "와! 이게 뭐죠?"

'끝내주죠? 물봉선화라고 해요. 씨앗은 먹을 수 있어요!'

제이는 폭발한 똬리는 골라내고 연두색 알을 집는다. 디 라미는 카메라를 보고 우스꽝스러운 표정을 짓더니 ("부디 그 말이 맞았으면 좋겠네요!") 입안에 털어 넣는다. 그리고 놀란 표정. "음. 견과류 맛이네요!"

내 아들에게 그 식물에 대해 가르쳐 준 적이 있었는지 기억나지 않는다. 과거에 저 아이의 엄마가 될 여자에게 배운 기억은 선명하게 난다. 그날부터 지금까지의 세월이 손바닥 위에 파편처럼 놓여 있다.

비디오 안에서 내 아들은 그 식물의 다른 이름은 말하지 않는다. '건드리지 말아요'라는 이름을. 그저 이렇게만 말한다. '어딜봐야 하는지 알면 먹을 건 많아요.'

'다들 망가졌어요.' 제이가 디 라미에게 말한다. 두 사람은 바닷가에 뒤집힌 채 놓인 카약에 앉아서 하나뿐인 낮은 태양이 뿜어내는 색을 본다. 돛을 활짝 편 보트 두 척이 어두워지기 전에 부두에 돌아오려고 앞서거니 뒤서거니 하며 물 위를 달린다.

'그래서 우리가 행성 전체를 망가뜨리는 거예요.'

"우리가 망가뜨린다고요?"

'그러면서 아닌 척하죠. 방금처럼요.' 디 라미의 얼굴에 떠오른

부끄러움은 정지 프레임에서만 드러난다. '무슨 일이 일어나는지 알면서, 다들 외면해요.'

디 라미는 제이가 자세히 설명하기를 기다린다. 사람들이 어디가 잘못되었으며 무엇이 사람들을 치료할 수 있을지를.

제이는 말한다. '선글라스를 가져올 걸 그랬어요.'

디 라미는 웃는다. "왜요?"

제이는 호수 쪽을 가리킨다. '저 안에 물고기가 있거든요! 선글라스를 쓰면 볼 수 있어요. 강꼬치고기를 본 적 있어요?'

"모르겠네요."

이해할 수 없는 대답에 제이의 얼굴에 구름이 드리운다. '알 거예요. 꼬치고기를 본다면 알 수밖에 없어요.'

근처에서 어린아이 둘과 그 부모가 바닷가를 걷는다. 제이는 열정적으로 인사한다. 촬영하는 사람들에 대해서는 잊어버린 듯 즐거워서 두 팔을 빙글빙글 돌린다. 부모는 제이가 세 종류의 오리를 가리키며 울음소리를 흉내 내자 미소 짓는다. 제이는 그들에게 물벼룩과 다른 수중 갑각류들에 대해 이야기한다. 모래벼룩 찾는 법도 가르쳐 준다. 어린 남자아이와 여자아이는 열심히 듣는다.

저속 촬영으로 황혼이 내린다. 쇼의 주제곡이 아득하게 시작된다. 제이와 제이의 새로운 절친은 뒤집힌 배에 앉는다. 주위에 둥글게 도시의 불빛이 깜박거리며 켜진다. 제이가 말한다. '우리 아빠는 우주생물학자예요. 저 위에 생명이 있는지 찾죠. 아무 데

도 없거나, 어디에나 있거나예요. 어느 쪽이면 좋겠어요?'

디 라미는 제이가 가리키는 어두운 하늘을 올려다본다. 마치 입과 눈이 인식하기를 거부하는 감정 패턴에 마음을 일치시키는 훈련이라도 하는 것처럼 표정이 흔들린다. 어쩌면 나에게 한 약속을 어기고 마지막 몇 마디를 최종 비디오에 넣을 방법을 궁리하는지도 모른다. 윤리 같은 문제로 제외하기엔 너무 좋은 대사니까.

위를 바라보는 디 라미의 모습 위로 목소리가 겹쳐진다. "우리는 대부분 여기에 우리밖에 없다고 생각합니다. 하지만 제이는 그렇지 않아요."

장면이 되돌아가고, 다시 로빈이 보인다. 로빈은 누구에게나 주는 무차별적인 사랑을 품고 디 라미를 바라본다. 그렇게 짧았던 며칠 만에도 똑같다. 내면부터 불을 밝힌 듯 환한 얼굴이다. 디 라미는 어스름 속에 구겨진 미소를 띠고 아이를 마주하여 내려다본다. 화면 안에서는 아무 말도 하지 않지만, 나중에 편집으로 더해진 목소리가 연이어 말한다.

"제이와 시간을 보낸다는 건 사방에서 친족을 보는 일이고, 당신으로 끝나지 않는 거대한 실험에 참여하는 일이며, 무덤 너머에서 보내는 사랑을 느끼는 일입니다. 다른 사람은 몰라도 저는 그 피드백을 듣고 싶군요."

하지만 마지막 대사는 로빈에게 주어진다. 로빈은 순수한 격려를 담아 미소 지으며 말한다. '진심으로요. 어느 쪽이 더 멋질까요?'

✧

　　마틴 커리어는 「오바 노바」에서 영상을 푼 지 일주일 후에 전화했다. 목소리만 들어도 감정 바퀴를 뱅글뱅글 도는 것 같았다. "아들이 바이럴이 됐네요."

　　"무슨 소립니까? 무슨 일이 생긴 거예요?" '바이럴'이라는 말을 듣고 바이러스를 떠올린 나는 로빈의 스캔에서 뇌염이라도 나온 건가 생각했다.

　　"세 대륙의 여섯 개 회사에서 문의가 들어왔어요. 훈련을 받고 싶다는 개인은 다 제외하고도요."

　　나는 온갖 말을 다 떠올렸다가 삼켰다. 그리고 결국 이렇게 말했다. "당신이 진짜 싫습니다."

　　침묵이 돌아왔다. 어색한 침묵이라기보다는 생각하는 침묵이었다. 결국 그냥 하는 말이라고 판단한 모양이다. 커리어는 내가 별말 안 했다는 듯이 지난 며칠간 일어난 모든 일을 읊어 대기 시작했다.

　　「오바 노바」는 로빈의 영상을 일명 "세상이 또 끝나고 있다. 자 이젠 어쩔 것인가?"라는 묶음 영상의 일부로 내보냈다. 동시에 전면적인 소셜 미디어 캠페인을 벌였다. 다른 팀들도 하다못해 매일 할당량을 채우기 위해서라도 그 뉴스를 다뤘다. 로빈의 영상은 어느 여성 인플루언서의 강한 관심을 끌었는데 이 여성은 온 세상을 돌면서 사람들이 별로 원하지 않는 물건을 처리할 수 있게 돕는 내용의 수익성 높은 채널을 갖고 있었다. 지구 곳곳에서 헤아릴 수 없이 많은 사람들이 이 여성의 거친 사랑에 중독되었고, 250만 명이 스스로를 그 사람과 친구라고 여겼다. 이 인플루언서는 물봉선화 꼬투리를 감싸 쥔 로빈의 이미지를 첨부해서 링크를 게시했다. 함께 달아놓은 말은 이랬다.

혹시 오늘 아침에 아직 심장 폭격을 못 받았다면, 이걸 한번 봐.

인플루언서는 몇 개의 수수께끼 같은 이모티콘을 덧붙이며 사람들을 초대했다. 그러자 온갖 다른 인플루언서와 인플루언서가 아닌 사람들이 그 게시물을 재게시하기 시작했고, 그 결과 엄청난 수의 스트리밍으로 「오바 노바」의 서버는 한 시간 동안 다운되었다. 잠시 공급이 중단되는 것만큼 무료 콘텐츠에 홍보가 되는 일이 또 있을까.

마틴 커리어의 말을 들으니 유행은 화요일과 수요일에 가장 맹렬했다. 목요일과 금요일에는 주류들이 움직였고, 주말이 지나는 사이에는 뒤늦게 본 사람들이 들끓었다. 누군가가 영상을 떠서 몇몇 아카이브 사이트에 업로드한 모양이었고, 또 누군가는 로빈의 클립을 잘라내고 필터에 걸러서 으스스한 말들이 더 으스스하게 들리게 만들었다. 사람들은 그 영상을 메시지 보드에, 채팅에, 문자에, 메일 서명란에 쓰고 있었다……

나는 한 손으로 휴대폰을 붙잡고 반대쪽 손으로 태블릿을 검색했다. 흔한 단어 세 마디를 인용으로 검색하자 로빈이 나왔다. 멀고 먼 은하계에서 온 방문자처럼 보이고 말하는 로빈이.

"썅."

로빈의 방에서 웃음소리가 새어 나왔다. '나 욕한 거 들었어!'

"내가 이걸 어떻게 해야 할까요? 아이에게 뭐라고 말해야 합니까?"

"시오, 사실은, 기자들에게도 연락이 오고 있어요."

그렇다면 순식간에 집 현관 앞에 기자들이 들이닥칠 터였다. "안 돼요." 나는 거의 뱉어 내듯이 말했다. "더는 안 돼요. 이 일은 끝입니다. 더는 아무와도 말하지 않겠어요."

"좋습니다. 사실은 그렇게 조언하려고 했어요."

마틴 커리어의 목소리는 침착하기까지 했다. 하지만 마틴은 잠깐의 유행으로 엄청난 이득을 보았고 로빈은 아니었다.

나는 우리가 어느 정도의 곤란에 처했는지 다 알 수 없었다. 이 모든 바이럴 효과가 터질 때처럼 순식간에 사그라들 수도 있었다. '좋아요'를 누르며 여기저기 영상을 뿌리고 있는 사람들 대부분이 아마 끝까지 보지도 않았을 것이다. 그런 일은 날씨와 같았고, 하루가 지나기 전에 또 '좋아요'를 누르고 돌려 볼 영상이 몇 개나 더 나올 터였다.

마틴 커리어는 나에게 걱정하지 말라고 했지만, 전자기파의 파도를 탄 오류 정정 비트들은 거대한 폭포처럼 지구의 표면을 휩쓸었다. 수직으로 35,786킬로미터*의 우주 공간으로 솟구쳤다가 초속 3억 미터**의 속도로 다시 쏟아져 내렸다. 섬유 도관을 통과하는 평행광 다발을 따라가다가, 몇 센티미터 높이에 있는 정전식 터치 스크린의 수억 개 지점에서 전자를 조종하는 방황하는 손가락 수천 개의 변덕에 따라 무선을 타고 허공으로 뛰쳐나갔다. 로빈의 스트리밍은 인간이 찾아 헤매는 엄청난 규모의 기분 전환 중 가장 작은 조각이었다. 그날 만들어지고 소비되는 피드의 한 조각으로 치면, 몇억 비트의 정보라고 해도 8코스 정찬 요리 끝에 먹는 딸기 표면 한 알을 갉아먹는 수준이었다. 하지만 이 비트들이 곧 내 아들이었고, 재구성된 비트들은 늦은 오후의 호숫가에서 잘 알지도 못하는 사람에게 '모두가 모두의 안에 있어요.'라고 말하는 아이의 얼굴을 기록하고 있었다.

마틴 커리어가 말했다. "이 일이 어떻게 돌아가는지 침착하게 지켜봅시다."

마틴과의 통화를 뚝 끊어 버리기가 갈수록 쉬워졌다.

---

*   위성의 공전과 지구 자전 주기가 일치하는 고도. 정지 궤도라고 부르며 많은 위성이 위치하고 있다.
**   빛의 속도.

◆

　코그가 매디슨에 왔다. 전에도 여기에 온 적은 있었지만, 지난 몇 년간은 아니었다. 그때 그들은 행성 대기를 뚫고 지나가는 빛의 흡수선을 이용해서 1000조 킬로미터 떨어진 거리의 생명을 찾아내는 일에 대한 나의 프레젠테이션을 찍었다. 그 이후로 코그는 시 낭송 아카데미 강연을 넘어 세상 사람들이 과학 연구에 대해 배우는 가장 주된 방법이 되었다.

　모든 코그 강연은 오 분 안에 실시간 시청자들에게 전달된다. 코그 매디슨 사이트에서 제일 유저 평점이 높은 영상은 코그 위스콘신 사이트로 올라간다. 코그 위스콘신에서 제일 상위의 영상들은 코그 미드웨스트로, 그다음에는 코그 미합중국으로, 마지막으로는 모두가 갈망하는 코그 월드클래스로 올라간다. 오직 클립을 끝까지 다 본 시청자만이 투표를 할 수 있다. 투표자들은 투표자들대로 평가 순위표가 올라간다. 이런 식으로 지식은 민주화되고 과학은 크라우드소싱과 먹기 편한 한 입 거리의 세계로 편입됐다. 내 강연은 코그 위스콘신 최상위에 올라갔다가, 내가 신에 대해 언급하지 않고 우주를 말한다는 이유로 격분한 몇천 유저들 덕분에 더 올라가지 못했다.

　코그 매드2의 주최 측에서 나에게 이메일을 보냈다. 나는 처음 몇 줄을 훑어보고 지난번에 내가 한 경험을 상기시키며 유감스럽다는 답장을 보냈다. 이 분 후에 그들은 내가 너무 성급하게 훑어 보고 만 메일을 좀 더 구체적으로 설명하는 메일을 다시 보냈다. 그들이 원하는 건 내가 아니었다. 그들은 마틴 커리어가 디코디드 뉴로피드백에 대해 실시하는 강연에 로빈 번이 카메오로 출연하기를 원했다.

나는 격분했고, 커리어의 연구소까지 400미터를 달려갔다. 그렇게 달린 덕분에 사무실에 있는 마틴을 마주쳤을 때 바로 공격하지 못할 정도로 힘이 빠졌다. 나는 고함을 지르는 데 그쳤다. "이 멍청한 개새끼야. 약속한 게 있었잖아."

마틴 커리어는 움찔했지만 물러서지는 않았다. "무슨 말을 하는 건지 전혀 모르겠는데요."

"코그에 내 아들이 누군지 알려 줬어."

"그런 짓은 안 했습니다. 심지어 코그와 대화도 안 했어요!" 마틴은 전화기를 꺼내어 이메일을 열었다. "아. 여기 와 있군요. 내가 당신 아들의 무대에 합류할 생각이 있는지 알고 싶다네요."

둘 다 그제야 이해했다. 코그는 곧장 나에게 온 것이었다. 그들은 디 라미와 「오바 노바」가 이미 한 짓보다 더한 짓을 하지는 않았다. 이렇게 많은 일이 진행 중이니 진짜 제이가 누구인지 알아내는 정도는 사소했다. 내 아들은 세상에 던져졌다. 너무 많은 배가 출항해 버렸다.

두 손이 덜덜 떨렸다. 나는 책상 위에 놓인 장난감을 하나 집었다. 미끄러져 움직이는 나무 조각 십여 개로 이루어진 둥지를 열면 나무 새가 풀려나게 되어 있었다. 문제는 아무것도 미끄러져 움직이려 하지 않는다는 점이었다. "내 아들이 공공 재산이 됐군요."

"그렇네요." 마틴 커리어치고 그 정도면 사과에 가까웠다. 마틴은 숙련된 심리학자답게 내 얼굴을 보았다. 나는 새 둥지는 부서졌고 해결할 수 없다는 사실을 증명하느라 바빴다. "하지만 그 애는 많은 사람에게 희망을 줬습니다. 이 이야기에 사람들이 감동을 받았어요."

"사람들은 갱스터 영화에도 감동받고 삼화음으로 된 노래에도 감동받고 휴대폰 광고에도 감동받아요." 나는 다시 흥분하고 있었다. 패닉 상태였다. 커리어는 그저 나를 관찰하며, 내가 다시 입을 열고 말을 내뱉기를 기다렸다. "로빈에게 물어보지요. 나나 당신이 대신 결정할 순 없으니까."

커리어는 얼굴을 찌푸리면서도 고개를 끄덕였다. 나의 무엇인가에 질겁한 모양이었고, 그럴 만했다. 나는 열 살도 채 안 된 내 아들이 되어, 처음으로 어른이란 무엇인지 꿰뚫어 본 듯한 기분이었다.

288

✦

　로빈은 생각에 잠겼지만 신중했다. '날 원하는 거야, 사실은 제이를 원하는 거야?'

　"확실히 너를 원해."

　'멋진데. 하지만 내가 뭘 해야 해?'

　"넌 아무것도 할 필요 없어. 원하지 않는다면 하겠다고 할 필요도 없어."

　'내가 받은 훈련과 엄마의 두뇌에 대해서 말하길 바라는 거야?'

　"그런 건 네가 나가기 전에 커리어 박사님이 설명하겠지."

　'그럼 난 뭘 하는데?'

　"그냥 너로 있으면 돼." 그 말이 내 입에서 나오니 무의미해졌다.

　로빈의 눈에 아득한 빛이 어렸다. 몇 년 동안이나 낯선 사람과의 만남을 피했던 내 소심한 아들이, 지금은 큰 무대에서 일반 대중에게 생명의 비밀을 알려 줄 수 있다면 얼마나 재미있을까를 계산하고 있었다.

　강연 일주일 전, 심장이 말을 듣지 않았다. 로빈이 동의하도록 내버려 둔 것이 후회스러웠다. 이 강연을 망친다면 평생 상처가 될 수도 있었다. 압도적으로 잘한다면 코그 사이트의 사다리를 올라가서 지금의 열 배는 더 되는 사람들에게 사랑받을 터였다. 어느 쪽이든 생각하면 마음이 아팠다.

강연 전날 밤, 로빈은 그날의 마지막 수학 수업을 끝낸 후에 서재로 찾아왔다. 나는 채점하지 못한 학부생 시험지를 쌓아 놓고 격렬하게 가만히 있는 중이었다. 로빈은 내 의자 뒤로 걸어와서 두 손을 내 승모근에 얹었다. 그러더니 예전에 내가 긴장 풀라고 자주 하던 말을 외쳤다. '젤리 되기!'

나는 몸을 축 늘어뜨렸다.

'꽉 조이기!'

나는 다시 몸을 긴장시켰다. 그렇게 몇 번을 반복하고 나서 로빈이 의자 팔걸이에 걸터앉았다. '아빠, 진정해! 내가 무슨 연설을 해야 하는 건 아니잖아.'

로빈이 잠자리에 들고 나는 지역 코그 주최자에게 전화를 걸었다. 마틴과 나를 상대하는, 트로츠키처럼 생긴 남자였다. "한 가지 조건이 더 있습니다. 강연을 찍은 후에, 제가 반대하면 올리지 마세요."

"그건 커리어 박사님에게 달렸습니다."

"어쨌든 전 거부권이 필요합니다."

"그게 가능할지 모르겠군요."

"그렇다면 내일 제 아들이 무대에 서는 일은 없을 겁니다."

이기고 싶은 마음이 별로 없을 때야말로 협상에서 이길 수 있다는 건, 우스운 일이다.

✦

　300명이 강당을 채웠고, 오전 발표자들이 강연을 끝내면서 사람들이 오갔다. 쇼타임 십오 분 전, 우리 셋은 무대 뒤로 갔다. 기술자가 마틴 커리어와 로빈에게 마이크를 달고 표시 동선을 시험했다.

　"무대 앞을 내려다보면 빨간 시계가 보일 겁니다. 사 분 사십오 초에……." 기술자는 집게손가락으로 목을 긋고 꾸르륵 소리를 냈다. 마틴은 고개를 끄덕였고, 로빈은 웃었다. 나는 바닥에 토하고 싶었다.

　마틴 커리어가 관객들의 박수갈채 속에 중앙 무대에 설 때까지만 해도 강연이 진행 중이라는 사실을 깨닫지 못했다. 나는 로빈에게 팔을 두르고 있었다. 손을 놓는다고 아이가 무대로 뛰쳐나갈 리도 없건만. 기술자가 로빈의 건너편에 서서 휴대용 모니터를 휘두르며 헤드셋에 대고 무언가 소곤거렸다.

　커리어가 대중에게 연구 발표를 얼마나 자주 했는지를 감안하면 나름 신선하게 들리는 강연이었다. 커리어는 아직도 그 실험 결과가 얼떨떨하다는 듯이 말했다. 오십 초를 들여서 뉴로피드백을 설명하고, 사십 초를 들여 fMRA와 AI 소프트웨어를 설명하고, 삼십 초 동안 그 효과를 요약했다. 삼 분째에는 로빈의 영상 클립으로 넘어갔다. 관객들은 눈에 띄게 감탄했다. 어둡고 꽉 찬 극장

291

옆에서 나와 나란히 그 영상을 다시 보는 내 아들도 그랬다. '세상에. 저게 나한테 일어난 일이야?'

사 분째에 비밀이 나왔다. 커리어는 그 비밀을 마치 평범한 데이터 포인트처럼 투하했다. 죽음으로써 아이를 내리막으로 몰아넣었던 어머니가 다시 돌아와서 소년의 영혼을 건강하게 치유했다. 내 팔에 안겨 있는 로빈이 움찔거렸다. 나는 옆에 선 작은 행성을 내려다보았다. 내가 어깨를 너무 세게 잡았나 싶었지만, 로빈은 내리막으로 떨어지다가 구원받은 소년에게 매료된 것처럼 웃고 있었다.

무대 위를 혼자 장악한 마지막 삼십 초 동안, 커리어는 해석에 굴복했다. "우리는 이 기술의 잠재력을 슬쩍 보았을 뿐입니다. 완전한 가능성은 오직 미래에만 드러나겠지요. 한 사람의 분노를 다른 사람의 평온으로 달래는 세상을 상상해 보십시오. 여러분의 사사로운 공포가 모르는 사람의 용기에 누그러드는 세상 그리고 피아노 교습받듯이 쉽게 훈련으로 고통을 물리칠 수 있는 세상을요. 우리는 여기, 이 지구에서 두려움 없이 사는 방법을 배울 수 있습니다. 이제 제 친구를 반갑게 맞이해 주세요. 로빈 번입니다."

내 옆에 있던 자그마한 몸이 내 팔을 떨쳐 내고 멀어졌다. 나는 로빈이 무대를 가로지르는 동안 내 목덜미를 잡았다. 아들이 너무 작아 보였다. 언젠가 뉴욕 머킨홀에서 로빈만한 아이가 모차르트의 피아노 콘체르토 8번을 연주하는 모습을 본 적이 있다. 그 여자아이의 손은 너무 작아 다섯 번째 건반까지 펴지지도 않았다.

어떻게 그런 연주를 하는지, 왜 부모가 그런 일을 하게 두었는지 모르겠다. 그런데 지금 그때와 같은 혼란을 느꼈다. 내 아들이 자기만의 악기를 연주하는 조그마한 영재가 되었다. 로빈이 종종걸음으로 빛이 넘실대는 무대로 걸어가자 관객들이 요란하게 박수를 쳤다. 중앙 무대에 도착한 로빈은 한 손을 가슴팍에 대고 깊숙이 허리를 숙였다. 박수와 웃음소리가 커졌다.

그 영상을 어찌나 자주 보았던지, 내가 분명히 그 어두운 강당에 앉아 있었다고 기억할 지경이다. 커리어는 분명 로빈이 미소를 지으며 손을 흔들고 나서 두 사람이 함께 작별 인사를 하리라 생각했을 것이다. 그러나 두 사람에게는 아직도 무슨 일이든 일어날 수 있는 긴 일 분이 남아 있었다.

관객 모두가 로빈에게 직접 듣고 싶어 한다. 그게 어떤 경험인지, 어떤 느낌인지, 정말로 엄마인지 같은 질문을 던졌으면 한다. 그러나 커리어는 다른 걸 묻는다. "훈련을 시작할 때와 지금 사이에 제일 큰 차이가 뭐죠?"

로빈은 입과 코를 문지른다. 침묵이 길어진다. 살짝 자신감을 잃은 듯한 커리어의 모습에 관객들이 웅성댄다. '실제로 살면서요?'

말이 살짝 혀짤배기처럼 나온다. 관객들이 킥킥거린다. 커리어는 로빈이 어디로 가려는지 전혀 모른다. 하지만 커리어가 상황을 궤도로 되돌리기 전에, 내 아들이 선언한다. '아무것도요!'

관객들이 다시 웃지만, 편안한 웃음은 아니다. 그 질문은 로빈을 짜증 나게 한다. 그 말에는 '무슨 일이 일어나는지 알죠.'라는 의미가 담겼다. 침묵의 규범에도 불구하고 모두가 안다. 이 끝없는 선물 같은 세상이 사라지고 있다는 것을. 하지만 로빈은 허벅지 옆에서 오른쪽 손목을 기묘하게 돌린다. 수만, 수십만의 시청자는 몰라도 나만은 그 동작을 해석할 수 있다.

'그냥 이젠 무섭지 않을 뿐이에요. 전 정말 큰 존재에 섞여 들어가 있어요. 그게 제일 멋진 부분이죠.'

커리어는 몸짓으로 다시 환호하는 관객들 쪽을 가리킨다. 그러면서 로빈의 머리에 한 손을 올린다. 내 아들의 엄마의 예전 연인이. 십 초를 남기고 강연이 끝난다.

니타르에서, 우리는 앞이 거의 보이지 않았다. 우리의 주된 감각 열 개 중에서 시각이 제일 약했다. 하지만 빛나는 박테리아의 가느다란 흐름 외에는 볼 필요가 별로 없기도 했다. 여러 개의 귀가 색채 같은 것을 들을 수 있었고, 피부의 압력을 통해 주위 환경을 극도로 정확하게 감지했다. 우리는 아주 먼 거리에 걸쳐 작은 변화를 맛보았다. 여덟 개의 서로 다른 심장이 서로 다른 템포로 뛰는 덕분에 시간에도 예리하고 민감해졌다. 열경사도와 자기장이 우리가 어디에 있어야 하는지 알려 줬다. 대화는 전파로 했다.

우리의 농업, 문학, 음악, 스포츠 그리고 시각 예술은 지구와 비할 만했다. 하지만 우리의 위대한 지성과 평화로운 문화는 결코 연소 기관이나 인쇄나 금속 가공이나 전기 등의 고등 산업 같은 것을 생각해 내지 않았다. 니타르에는 녹은 마그마와 연소하는 마그네슘을 비롯하여 여러 종류의 타는 것들이 있었다. 하지만 불은 없었다.

'멋지다.' 아들이 말했다. '나 탐험할래.'

나는 표면에서 너무 멀리 가지 말라고, 특히 배기구 근처에는 가지 말라고 했다. 하지만 아들은 어렸고, 니타르의 가장 큰 도전에 가장 고통받는 것도 어린이들이었다. '영원'이라는 말이 '결코'라는 말과 같은 행성은 젊은이에게 가혹했다.

로빈은 위쪽으로 향하는 짧은 모험에서 돌아왔다. 쭈그러져 있었다. '위에는 하늘밖에 없어.' 로빈이 불평했다. '그리고 하늘은 바위처럼 단단해.'

로빈은 그 하늘 위에 무엇이 있는지 알고 싶어 했다. 나는 비웃지는 않았지만 도움이 되지도 못했다. 로빈은 주위에도 물어보았고 또래 세대와 내 세대, 양쪽에게 무자비한 조롱을 당했다. 그때 아이는 하늘을 뚫겠다고 맹세했다.

나는 굳이 말리려고 하지 않았다. 몇백 매크로 박동 동안 그 프로젝트를 가지고 놀다가 끝나겠거니 생각했다.

아들은 길고 곧고 달궈진 앵무조개 껍질의 날카로운 끄트머리를 이용했다. 작업은 고되고 지루했다. 구멍을 내뻗은 촉수 깊이만큼 파는 데 수백만의 심장 고동이 필요했다. 하지만 결국 하늘 높은 곳에서 돌무더기가 떨어졌고, 그건 니타르에 결코 일어나지 않는 진기한 일이었다. 그 구멍은 농담의 표적이자 의심의 대상, 새로운 종교 숭배 의식이 되었다. 여러 세대들이 아들의 작디작은 진척을 지켜보았다. 아들은 자기 전에 가진 온 세상의 모든 시간을 들여 구멍을 팠다.

수만 생애가 지나고, 드디어 로빈은 허공을 뚫었다. 그리고 몰려드는 어마어마한 이해 속에서, 니타르의 그 누구도 살아남지 못한 거대한 진화 속에서 내 아들은 '얼음'과 '지표면'과 '물'과 '대기'와 '간힘'과 '별빛'과 '다른 곳'과 '영원'을 발견했다.

로빈은 워싱턴 여행 때문에 어쩔 줄 몰랐다. 나는 우주에서 생명을 찾는 수색 작업을 돕기 위해 워싱턴으로 갈 예정이었다. 나의 가장 헌신적인 종일반 학생도 함께였다.

'내가 여행을 위해 뭔가 만들게. 알았지?'

로빈은 그게 무엇인지 말해 주지 않았다. 하지만 로빈의 법적인 교사로서, 나는 언제나 온라인에서 찾아낸 우울한 사회과학 수업 재료(돈은 어떻게 모을까? 이익이란 무엇일까? 직업이 필요해!)보다 나은 뭔가를 찾고 있었다. 그래서 직접 준비한 발표물을 들고 우리 나라의 수도로 가는 것이 공민학 현장 학습으로 딱이라고 생각했다.

로빈은 나에게 차에서 기다리라고 하고는 평생 저축한 돈을 들고 화방에 들어갔다. 그리고 몇 분 후에 봉투를 꼭 끌어안고 나왔다. 집에 도착하자 그 비밀스러운 보물을 가지고 재빨리 방으로 들어가서 작업에 착수했다. 문에는 안내문이 걸렸다. 로빈의 풍선 같은 글씨는 새로운 피드백 훈련을 거듭할수록 좀 더 장난기가 어렸고, 좀 더 얼리사와 비슷해졌다.

작업 구역
방문객 사절

숨기기엔 너무 부피가 큰 50센티미터 너비의 고기 포장지 두 루마리가 사용된다는 점을 제외하면 전혀 무엇을 하는지 알 수가 없었다. 질문을 던져 봤자 엿보지 말라는 엄한 경고만 겨우 끌어낼 뿐이었다. 우리 둘은 그렇게 합동 현장 학습을 준비했다. 내 아들이 자기만의 비밀 프로젝트를 준비하는 동안 나는 의회의 제3자 검토 패널에 제출할 증언을 다듬었다.

문제의 패널은 간단한 권장 사항을 제시하라는 과업을 맡았다. 아직 답을 모르는 세상에서 제일 오래되고 제일 심오한 질문에 답하거나 아니면 다 버리고 떠나거나. 내 수십 명의 동료들은 며칠에 걸쳐 나사가 제안한 '플래닛 시커' 임무 측에서 증언하고 있었다. 우리가 할 일은 단순했다. 예산 책정 소위원회의 도끼로부터 망원경을 구하고 그로 인해 몇 년 안에 세상이 가까운 우주를 들여다보고 생명을 볼 수 있게 만드는 것.

집권당은 다른 지구를 찾아나서는 것이 영 내키지 않는 모양이었다. 검토 패널 수장들은 나날이 쌓여 가는 나사의 취소 프로젝트 무덤에 우리의 플래닛 시커를 추가하겠다고 위협했다. 하지만 세 대륙에 있는 과학자들이 무심하고 객관적인 척하는 태도를 포기하고, 우리가 아는 모든 방법을 동원해서 탐사를 주장했다. 그래서 미친개라는 별명으로 통하던 어느 사기꾼의 아들이자, 오수 정화조 청소로 인생 첫걸음을 내디뎠던 아이가 인류 역사상 가장 강력한 안경, 즉 망원경을 위해 증언하려고 워싱턴행 비행기에 몸을 실었다. 그리고 내 아들도 자기만의 캠페인을 들고 따라왔다.

로빈은 앞장서서 통로를 달리며 모든 승객에게 활짝 웃는 얼굴로 인사를 건넸다. 내가 자기 가방을 머리 위 짐칸에 넣을 때는 잔소리를 했다. '조심해, 아빠! 쑤셔 넣지 마!' 녀석은 창가 자리에 앉고 싶어 했다. 마치 피라미드를 짓는 현장이라도 되는 듯이 수하물 적재함과 지상 요원들을 바라보았다. 이륙할 때는 긴장해서 내 손을 꽉 잡았지만 일단 공중에 뜨자 멀쩡해졌다. 비행 중에 로빈은 승무원들을 매료시켰고 내 오른쪽에 앉은 사업가에게는 혹시 후원하고 싶어질지 모르는 몇 가지 훌륭한 비영리사업에 대해 이야기했다.

우리는 시카고에서 비행기를 갈아타야 했다. 로빈은 게이트 구역에서 사람들을 스케치하고 그 초상화를 선물로 줬다. 중앙 홀 저편에서 세 아이가 마치 살아 있는 비디오 밈을 보는 게 처음이라는 듯이 서로 속닥거리며 손가락질을 했다.

두 번째 이륙에는 로빈이 덜 불안해했고, 마지막으로 접근할 때 구름을 뚫고 내려가자 엔진 소리 속에서도 크게 들릴 정도로 소리쳤다. '우와! 워싱턴 기념비야! 책에 나온 거랑 똑같아!'

우리 근처에 있던 몇 줄이 웃음을 터뜨렸다. 나는 로빈의 어깨 너머로 가리켰다. "저게 백악관이야."

로빈이 숨죽인 목소리로 대꾸했다. '와, 엄청 예뻐!'

"정부의 세 부서는?" 내가 퀴즈를 냈다.

로빈이 손가락을 내밀며 질문을 받아넘겼다. '행정부, 입법부 그리고…… 판사들이 있는 곳.'

우리는 호텔로 가는 택시 안에서 의사당을 보았다. 로빈은 경외심에 휩싸였다. '저 사람들에게 뭐라고 말할 거야?'

나는 준비한 말을 보여 주었다. "그 사람들도 질문을 할 거야."

'어떤 질문?'

"아, 뭐든지 물어볼 수 있지. 왜 비용이 계속 올라가는지나, 뭘 발견할 희망이 있는지, 왜 더 싼 방법으로 생명을 찾을 수 없는지, 영영 건설되지 않는다면 무슨 차이가 생기는지 등."

로빈은 택시 창밖을 보며 기념물들에 감탄했다. 조지타운에 들어서자 호텔이 가까워지고 택시가 느려졌다. 로빈은 생각의 구름에 휩싸여, 나의 정치적인 위기를 풀어 보려 궁리하고 있었다. 나는 셋이 바깥에 나갈 때면 얼리사가 자주 그랬듯이 로빈의 머리카락을 정리해 주었다. 나는 우리가 조그마한 우주선을 타고서 여행하는 듯 느껴졌다. 온 우주의 한복판에 성기게 퍼진 국부 성단을 표류하는 조밀하고 큰 막대 나선 은하의 가장자리, G형 항성의 거주 가능 영역 안쪽에 있는 작은 바위 행성의 세 번째로 큰 대륙 해안가에 위치한 초강대국의 수도를 누비는 기분이랄까.

택시가 호텔의 원형 도로에 멈춰 서자 운전사가 말했다. "다 왔습니다. 컴포트인 호텔이에요."

내가 택시 리더기에 카드를 넣자 스웨덴 북부의 녹아 가는 툰

드라에 자리를 잡고 있는 서버 팜*에서 쏟아 낸 크레딧이 운전기사가 내민 가상의 손에 전달됐다. 로빈이 내려서 트렁크에 든 자기 가방을 꺼내더니, 가장 현대적인 체인 호텔을 바라보다가 깊고 감탄 어린 휘파람을 불었다. '세상에, 우리 왕처럼 사는구나.' 하지만 도어맨이 가방을 들어 주려고 하자 거절했다. '안에 든 게 있어서요!'

로빈은 포토맥 지역이 내려다보이는 9층의 소박한 방에서 다시 한번 휘파람을 불었다. 아들의 공민학 수업은 아래로 펼쳐진 방사상의 대로에 펼쳐져 있었다. 로빈은 창문에 손을 얹고 온갖 가능성을 바라보았다. '가자!'

우리는 자연사 박물관 2층에 있는 '뼈의 방'에 몰두했다. 즐비하게 늘어선 해골들은 로빈의 뇌간을 낚아 걸고는 놓아주지 않았다. 로빈은 농어류가 담긴 케이스 앞에 스케치북을 들고 서서, 모든 갈비뼈의 방향과 굵기 변화에 관심을 쏟았다. 나는 조금 떨어진 곳에서 내내 아이를 응시할 수밖에 없었다. 헐렁한 바람막이와 느슨한 청바지를 입은 로빈은 수십억 년 동안 기록을 했고, 눈부시게 번창했다가 흔적도 없이 사라져 버린 어느 행성에 대해 큐레이션하는 작고 노쇠한 떠돌이 종족의 노인처럼 보였다.

우리는 채식 식당을 하나 찾아냈고 걸어서 호텔로 돌아갔다. 방에 올라간 로빈은 다시 진지해져서는 침대 가장자리에 앉아서

---

* 일련의 컴퓨터 서버와 운영 시설을 한곳에 모아 놓은 시설.

얼굴 앞에 두 손을 포갰다. '아빠? 나는 내일까지 기다렸다가 보여 주고 싶었지만, 혹시 그냥 지금 보여 줘도 될까?'

로빈은 짐 가방으로 가더니 여행 중에 조금 구겨진 고기 포장지 두루마리를 꺼냈다. 그걸 침대 발치 바닥에 놓고, 자꾸 다시 말리려는 한쪽 끝에 베개를 고정해 놓고 펼쳤다. 우리 둘의 키를 합친 것보다 긴 배너였고 그림과 표식, 온갖 색깔의 잉크들로 꾸며져 있었다. 아래쪽에는 이런 말이 적혔다.

우리가 해친 것을 치유합시다.

로빈은 그 두루마리를 밝고 대담한 디자인으로 채웠다. 이것도 내가 보기에는 엄청나게 큰 캔버스에 그림을 그리던 얼리사에게서 직접 배운 기술 같았다. 로빈보다 성숙한 손이 그린 것 같은 생명체들이 글자를 고리처럼 둘러싸고 있었다. 사슴뿔산호의 숲은 하얗게 바래 있었다. 조류와 포유류는 불타는 숲에서 달아나고 있었다. 8센티는 되는 꿀벌들이 배너 아래쪽에 누워 있었는데, 다리를 들어 올리고 눈에는 작게 ×자가 쳐진 모습이었다.

'그건 꽃가루의 매개자가 줄어든다는 뜻이야. 사람들이 이해할까?'

나는 알 수 없었다. 말을 할 수도 없었다. 사실 그때 로빈은 내 대답을 기다리고 있지 않았다.

'하지만 사람들을 우울하게 만들 순 없어. 그러면 겁만 먹잖아.

좋은 삶을 보여 줘야 해.'

로빈은 배너 한쪽 끝을 들어 올리더니 반대쪽을 잡으라고 했다. 우리는 긴 두루마리를 통째로 뒤집었다. 앞면이 지옥이었다면, 뒷면은 평화로운 왕국이었다. 이번에 배너 중간을 채운 말은 두 줄이었다.

살아 있는 모든 것들이
고통에서 해방되기를.

글자 양쪽에 생명체들이 가득했다. 깃털과 털이 뒤덮인, 가시가 있는, 별 모양인, 잎 모양인, 지느러미가 있는, 덩치가 크거나 가늘거나 유선형인, 좌우 대칭인, 가지를 뻗은, 방사상의, 리좀* 형의, 알려졌거나 알려지지 않은, 더할 수 없이 다채로운 색깔과 형태의 생명체 모두가 짙은 초록색 숲과 새파란 바다 사이에 배치되어 있었다. 얼리사의 두뇌 지문 훈련을 통해 손과 눈이 자유로워진 로빈은 전보다 더 빛나는 그림을 그렸다.

아이는 그 작품을 내려다보며 원래 어때야 했는지를 생각했다. '지성체는 철자를 어떻게 쓰는지 몰랐어.'

"나한테 물어보면 되잖아."

'하지만 그러면 아빠가 알게 되잖아.'

---

* 들뢰즈와 가타리가 쓴 은유적 용어로, 가지가 흙에 닿아서 뿌리로 변화하는 지피식물들을 표상한다.

"로비야, 이게 더 나아."

'진짜로? 솔직하게 말해, 아빠. 난 솔직한 반응만 듣고 싶어.'

"로비, 진심이야."

로빈은 가늘게 뜬 눈으로 내려다보더니 고개를 저었다. '사람들이 알기만 하면 좋겠어. 우리 모두가 어마어마한 부자라는 걸.' 로빈은 보물이 가득하다는 듯이 움켜쥔 두 손을 눈앞에 들어 올렸다.

"그걸로 뭘 하고 싶은 거니?"

'참, 그렇지. 아빠가 패널에게 이야기를 다 하고 나면, 아빠랑 내가 같이 바깥 어딘가 멋진 건물들이 있는 곳을 배경 삼아 이걸 들고 서서, 누군가에게 사진을 부탁할 수 있을 거라고 생각했어. 그런 다음에 내 이름을 태그로 써서 업로드하면 사람들이 내 영상을 검색할 때 그거 말고 이걸 보게 되는 거지.'

우리는 배너를 말아 놓고 잘 준비를 했다. 어둠 속에서도 호텔 방에는 목적을 알 수 없는 수십 개의 LED 불빛이 반짝거렸다. 덕분에 두 개의 침대에 몸을 뉘인 우리는 끝없는 조사 임무 중에 물을 보급하려고 어딘가에 잠시 멈춘 워프드라이브 탐사선 지휘 본부 안에 있는 척할 수도 있었다.

아들의 목소리가 어둠을 시험했다. '그래서 그 사람들 말이야. 그 사람들 진짜야?'

"무슨 사람들?"

'내 영상에 링크를 건 그 모든 사람들?'

로빈의 목소리에는 과학적인 의심이 깃들어 있었다. 나는 심장이 내려앉고 머리가 빙빙 도는 것 같았다. "그 사람들이 왜?"

'그중에 얼마나 많은 수가 나를 그저 비웃고 있었을까?'

방 안은 대여섯 가지 주파수로 웅웅거렸다. 어떤 대답도 배짱이 없게 여겨졌다. 나는 시간을 끌다가 겨우 답을 내놓았다. "사람들이란, 로비야, 사람들은 이상한 종이야."

로빈은 생각에 잠겼다. 자기 얼굴이 공공재가 된다는 게 무슨 의미인지도 가늠해 보는 듯했다. 얼굴이 시무룩해졌다.

"로비야, 정말 미안하다. 아빠가 큰 실수를 저질렀어."

하지만 창문으로 새어드는 불빛으로 로빈이 고개를 젓는 모습이 보였다. '아냐, 아빠. 다 좋은걸. 걱정하지 마. 그 신호 기억해?'

로빈은 빛 웅덩이 속에서 빗자루처럼 팔을 들고 오므린 손을 앞뒤로 비틀었다. 언젠가, 몇 달 전에, 다른 지구에서 가르쳐 준 수신호였다. 로빈이 직접 개발한 수신호. '다 괜찮아.'

'사람들이 가끔 이런 걱정하는 거 알잖아. 저 사람이 나한테 화났나? 하고 말이야. 글쎄, 혹시 누군가가 궁금해한다면, 난 온 세상이 다 마음에 들어.'

로빈은 아침 뷔페에 신이 났다. 같은 몸집의 어떤 생명체도 하루에 다 먹을 수 없을 만큼 오트밀 시리얼과 블루베리 머핀, 아보카도 토스트를 쌓아 올렸다. 말하는 도중에 입에서 초콜릿 헤이즐넛 버터가 줄줄 흘렀다. '이렇게 좋은 현장 학습은 없었어. 심지어 아직 시작도 안 했는데!'

그날 아침, 증언을 하기 전에 내셔널 몰을 걸을 계획이었다. 우리는 무엇을 볼지에 대해 잠시 대화했다. 로빈은 자연사 박물관에 다시 가고 싶어 했다. '식물 보러 가야지. 아빠? 이건 아는 사람이 별로 없지만, 식물은 거의 모든 일을 다 해. 다른 모든 것들이 식물에게 기생할 뿐이야.'

"맞는 말씀입니다!"

'그렇잖아. 빛을 먹는다고? 완전 미친 거지! SF보다 더 멋져!' 그러더니 로빈의 얼굴이 어두워졌다. '그런데 SF에서는 그게 왜 그렇게 무섭다고 생각하는 거야?'

내가 대답하기도 전에 우리의 자리 끝에서 내 나이의 두 배는 된, 키가 작고 새를 닮은, 고글 같은 안경을 쓴 여자가 나타났다. "아침 식사를 방해해서 미안해요." 여자는 로빈을 보면서 말했다. "그렇지만 넌…… 네가 그 아이니? 그 아름다운 비디오에 나오는?"

내가 뭘 원하느냐고 묻기도 전에 로빈이 미소 지었다. '그럴 가

능성도 있죠.'

여자는 뒤로 물러섰다. "그럴 줄 알았다. 너에겐 뭔가가 있어. 정말 대단하구나!"

'모두가 대단해요.' 로빈이 말했다. 바이럴 영상의 반향에 둘 다 웃음을 터뜨렸다.

여자는 나를 돌아보았다. "당신 아들인가요? 저 아이는 정말이지 대단해요."

"그렇죠."

내가 퉁명스럽게 굴자 여자는 미안하다는 말과 고맙다는 말을 뒤섞으며 물러났다. 들리지 않을 만큼 멀어지자 로빈이 나를 노려보았다. '맙소사, 아빠. 친절하게 구셨잖아. 못되게 대할 필요는 없었어.'

나는 내 아들을 되찾고 싶었다. 인간이라는 대형 두 발 동물은 믿을 게 못 된다는 사실을 알고 있던 아들을.

국회의사당 길 건너편에 있는 레이번 하우스 오피스 빌딩에서 검토 패널을 만났다. 로빈은 애국심에 들떠서 워싱턴을 구경하느라 뭉그적거렸다. 제 시간에 약속 장소에 도착하기 위해서는 아들을 끌고 가야 했다. 나무 벽에 깃발을 줄줄이 늘어뜨린 방은 휑뎅그렁했다. 가죽을 씌운 의자가 몇 줄로 길게 늘어서서 높은 연단을 바라보았는데, 연단 위에 놓인 육중한 나무 테이블에는 이름표와 플라스틱 물병이 놓여 있었다. 방 뒤쪽에는 커피와 간식이 가득한 사이드 테이블이 여러 개였다.

우리는 보안을 느리게 통과하여, 나라 곳곳의 동료들이 가득 찬 방에 도착했다. 몇 사람은 원격 회의에 불청객으로 들어왔던 로빈을 기억했다. 몇몇이 로빈을 놀리거나 혹시 너도 발표를 하느냐고 물었다. '장담하는데 저라면 설득할 수 있을걸요.' 로빈이 호기롭게 대답했다.

회의가 시작되었다. 나는 로빈을 옆자리에 앉혔다. "자리 잘 잡아라. 점심시간은 멀었어." 로빈은 스케치북과 파스텔 그리고 물속에서 숨 쉬는 방법을 배우는 소년을 다룬 그래픽노블 한 권을 들어 보였다. 농성 준비는 완벽했다.

연단에는 어제의 미국처럼 생긴 정치가들이 가득했다. 그들은 나사 공학자 한 명에게 '플래닛 시커'의 가장 최근 계획이 어떻게 되는지로 발표를 시작하라고 요청했다. 플래닛 시커는 목성 궤도 근처에 자리를 잡고 나서 육중한 자가 조립 거울을 전개할 예정이었다. 그럼 다음 몇천 킬로미터 떨어진 곳을 날던 두 번째 기구 '오컬터'가 정확한 위치에 들어가서 개별 항성에서 오는 빛을 완전히 가리면 '시커'가 그 항성의 행성들을 볼 수 있다. 공학자는 설명했다. "손을 들어서 손전등 불빛을 막으면, 손전등을 든 사람을 볼 수 있는 것과 비슷합니다."

내가 듣기에도 미친 소리였다. 첫 번째 질문은 텍사스 서부 지구에서 온 의원이 던졌다. 길게 잡아끄는 말투가 대중 소비 성향에 맞춰진 듯 들렸다. "그러니까 시커 부분만 해도 차세대 망원경만큼이나 복잡하다는 말이군요? 심지어 그 날아다니는 램프 갓을 더하기 전에도? 그런데 그 망할 차세대는 지상에서 띄우지도 못하고 있잖습니까!" 공학자는 이의를 제기했으나, 국회의원에게 짓밟혔다. "차세대는 수십 년이 늦어진 데다 예산 또한 수십억을 초과했어요. 지금 요청하는 예산으로 그 두 배는 복잡한 물건을 어떻게 만들 수 있다는 겁니까?"

거기에서부터 질의는 내리막길을 달렸다. 다른 공학자 두 명이 피해를 복구하고 자신감을 되찾으려 시도했다. 다른 한 명은 무너져 버렸다. 오전 일정은 시작하기도 전에 끝날 태세였다. 로빈은 꼼지락거리지도 않고 몇 시간째 몰두하고 있었다. 솔직히 나도 아이가 옆에 있다는 사실을 잊었다. 겨우 점심시간이 되었을 때, 로빈은 나에게 그림이 그려진 페이지를 들어 보였다. 마치 시커를 통해서 본 것 같은 행성으로, 원반 모양에 오직 생명에 의해서만 생길 수 있는 파란색과 초록색과 흰색의 격류가 소용돌이치고 있었다.

찬란한 이미지였다. 나는 그 그림을 내 발표 슬라이드에 넣고 싶었다. 한 시간 정도가 남아 있었다. 우선 나는 로빈을 데리고 주문 제작한 도시락을 받기 위한 줄에 섰다. '베가인*'이라는 표시와

'알타이르인'이라는 표시의 도시락이 있었다. "이걸 보면 웃어야 하는데 말이다." 나는 아들에게 말했다.

'난 너무 시리우스인**이라 그래.'

"천문학자의 농담 책을 봤구나."

'그 책 덕분에 빅뱅을 겪었어.'

우리는 구석자리에 틀어박혔다. 로빈이 도시락을 먹는 동안, 나는 푸르른 그림을 바닥에 놓고 스마트폰으로 찍어서 그 사본을 메일에 담아 노트북으로 전송한 후, 자르고 편집해서 오후에 방 안 가득한 사람들에게 틀어 줄 가상의 회전목마 끝에 삽입했다. 내가 자랄 때 읽은 어떤 SF도 이런 현실은 예측하지 못했다.

점심 식사 이후에는 '시커' 같은 장비가 연구에 필요한 몇몇 과학자들이 나왔다. 내가 세 번째 발언자였다. 나는 온 방이 혈당치 저하 상태에 돌입할 즈음 딱 맞춰서 발표석에 섰다. 나는 생명을 찾는 데 직접적인 광영상에 비할 수단은 없다는 점을 강조했다. 우리가 가지고 있는 가장 좋은 외계 행성 사진을 보여 줬다. 작은 회색 얼룩으로밖에 보이지 않았다. 언젠가 내 학위 논문 지도 교수가 우리는 결코 살아서 그 행성을 보지 못할 거라 단언했던 것을 생각하면 이 정도만 해도 굉장한 일이었다.

다음 슬라이드는 조금 더 극적이었다. 시커가 오컬터에 가려

---

* Vegan. 채식주의자와 같은 단어가 된다는 점을 이용한 말장난. 베가와 알타이르는 한국에서 직녀성과 견우성으로 불리며, 은하수를 사이에 둔 유명한 밝은 별 한 쌍이다.

** 진지하다는 뜻의 시리어스를 이용한 말장난.

진 눈을 통해 보면 그 행성이 어떻게 보일지를 최선을 다해 추정한 디지털 시뮬레이션이었다. 마치 의회가 "빛이 있으라." 하자 우주가 그 의무를 따른 것처럼 온 방 안이 숨을 삼켰다. 나는 그 정도로 좋은 사진과 데이터라면 그 행성에 생명이 있는지를 밝힐 수 있다고 말했다. 그리고 끝으로 로빈의 그림을 비추면서 칼 세이건의 말을 인용했다. "우리의 용기 있는 질문과 심오한 해답이 우리 세상을 중요하게 만든다."

그런 다음에 덜 용기 있을 질문들에 대비했다. 텍사스 서부에서 온 의원이 총격에 나섰다. "박사님의 대기 모델이 흥미로운 생명이 있는 행성과 세균밖에 없는 행성의 차이를 알아낼 수 있습니까?"

나는 박테리아가 가득한 먼 행성이 발견된다면 이제까지 발견된 것 중에 가장 흥미로울 거라고 대답했다.

"어떤 행성에 지적인 생명체가 있는지 그 여부는 알 수 있습니까?"

나는 그게 어떻게 가능한지에 대해 이십 초 정도 설명해 보려 했다.

"그럴 확률은 얼마나 되나요?"

그 질문에는 대충 얼버무리고 싶었지만, 그런다고 도움이 되지는 않을 터였다. "가능성이 높다고 생각하는 사람은 없습니다."

사방에 실망감이 퍼졌다. 다른 의원이 물었다. "차세대 망원경이 발사된다면, 차세대로도 그 연구를 할 수 있습니까?"

나는 그 엄청난 망원경조차도 대기를 직접 보기에는 부족한 이유를 설명했다. 몬태나에서 온 노쇠한 의원이 두 망원경을 뭉뚱 그려서 말했다. "만약 이 비싼 장난감들이, 우주에서 가장 흥미로운 존재들이 그 수십억 달러를 바로 여기, 우주에서 가장 흥미로운 이 행성에서 더 잘 쓸 수도 있다는 사실만 알려 준다면 어떨까요?"

나는 그제야 이 사람들이 이 프로젝트를 반대하는 이유를 깨달았다. 비용 초과는 핑계에 불과했다. 이 나라의 집권당은 설령 무료라 해도 시커에 반대했을 것이다. 다른 지구를 찾는다는 건 바벨탑과 같은 대우를 받아 마땅한 세계화주의자의 음모였다. 우리 같은 학계 엘리트들이 우주 여기저기에서 생명을 찾아낸다면, 인류가 주님과 맺은 특별한 관계에는 도움이 되지 않으리라.

나는 형편없는 기분으로 연단에서 내려왔다. 점점 조여드는 어지러움 속에 비틀비틀 내 자리로 돌아가는데, 아들이 외치는 소리가 들렸다. '아빠! 완전 멋있었어!' 나는 아들에게 얼굴을 숨겼다.

그 후에 우리는 청문회장 바깥 홀에 모였다. 나는 동료들과 함께 전장을 검토했다. 몇 명은 아직도 낙관적이었다. 나머지는 희망을 버렸다. 버클리에서 온 한 무례한 남자는 내가 통계를 더 쓰고 어린아이의 그림을 뺐으면 더 잘되었을 거라고 했다. 하지만 이 세상에서 가장 뛰어난 행성 사냥꾼 한 명은 로빈의 얼굴이 붉어질 때까지 로빈에게 수선을 떨었다. "정말 아름다운 아이로구나!" 그 여자는 로빈에게는 그렇게 말하고, 나에게는 이랬다. "운이 좋으시네요. 내 아들들은 왜 별보다 스타워즈를 더 사랑하는지 이해가 안 가요."

✧

우리는 인디펜던스 광장을 걸었다. 로빈이 내 손을 잡았다. '난 아빠가 굉장하다고 생각했어. 무슨 생각해?'

내 생각은 어린아이가 듣기에 적당하지 않았다. "인간이란."

'인간이란.' 아들도 맞장구를 치더니, 혼자 웃고는 국회의사당 돔 꼭대기에 있는 자유의 여신상을 올려다보았다. '외계인들은 민주주의보다 나은 시스템을 찾아냈을까?'

"글쎄다, 무엇이 더 나은지도 다른 행성에서 보면 다르겠지."

로빈은 그 기억을 미래의 우리에게 전송하며 고개를 끄덕였다. '다른 행성에서는 모든 게 달라 보여. 그래서 우리가 다른 행성을 찾아야 하는 거야.'

"아까 내가 그 말을 했더라면 좋았겠구나."

로빈은 국회의사당을 끌어안으려고 두 팔을 벌렸다. '이것 봐. 모함(母艦)이야!'

우리는 나무 사이를 뚫고 구불구불 이어지는 오솔길을 따라갔다. 로빈은 우리를 계단 쪽으로 몰고 갔다. 로빈이 무슨 생각을 하는지 알아차리자 또 심장이 내려앉았다. 고기 포장지로 만든 배너가 우주선의 안테나처럼 배낭에서 삐죽 튀어나와 있었다.

'좋은 자리야, 그렇지?'

공포와 흥분 사이에는 뉴런 몇 개의 차이밖에 없을 것이다. 마침 오전에 함께 발표했던 나사 공학자 한 명이 걸어왔다. 나는 남자에게 손을 흔들고 말했다. "해 보자, 로비야!" 일 분에서 이 분이면 끝날 테고, 그러면 적어도 둘 중 하나는 승리해서 집에 돌아갈 테니까.

로빈이 배너를 꺼내는 동안, 공학자와 나는 그날 청문회에 대해 조심스럽게 분석했다. 공학자는 말했다. "그건 그냥 연극이었어요. 당연히 예산은 내어 줄 겁니다. 그 사람들은 석기 시대 사람이 아니에요."

나는 혹시 나와 내 아들의 사진을 찍어 줄 수 있느냐고 물었다. 우리는 로빈의 대작을 펼쳤다. 산들바람이 우리의 손에서 배너를 낚아채 가려고 했다. '아빠! 조심해!' 우리가 잡아당기자 배너가 길게 펼쳐지더니, 태양풍을 가득 안은 우주 탐사선의 머리 돛처럼 부풀어 올랐다. 오후 햇살을 담뿍 받으니 호텔 방에서는 미처 보지 못했던 생명체들이 자세히 보였다.

공학자는 열렬하게 반응하며 비뚤배뚤한 치아를 활짝 드러냈다. "이야! 네가 만든 거니? 진짜 멋진데. 내가 이런 그림을 그릴 수 있었다면 아마추어 무선 같은 건 시작도 안 했겠다."

내가 휴대폰을 넘겨주자, 공학자는 변화하는 빛 속에서 각기 다른 각도와 거리로 사진을 몇 장 찍었다. 소년과 그 아버지, 죽어 가는 새와 짐승들, 배너 아래쪽에서 벌어지는 곤충 아포칼립스 그리고 배경에는 자유에 바쳐졌지만 짓기는 노예들이 지은 사암과 석회암과 대리석 모자이크 건물. 그날 회의에 참석한 천문학자 몇 명이 멀리서 우리를 보았고, 다가와서는 배너를 보고 감탄하며 공학자에게 사진 찍는 방법에 대해 훈수를 두었다. 공학자는 내 휴대폰을 뒤집어서 로빈에게 렌즈를 보여 줬다. "디지털카메라는 우리 나사에서 만들어 낸 거란다. 난 화성 궤도에서 잃어버린 십억 달러짜리 카메라 만드는 일을 도왔지."

천문학자 한 명이 고개를 들었다. "애초에 나사 깡패들이 그 물건에 카메라를 달게 만든 건 우리예요!"

평범한 시민들과 민주주의 현장 관광객들이 로빈의 배너와 즐겁게 서로 고함을 질러대는 세 노인에게 이끌려 걸음을 멈췄다. 내 어머니 또래의 한 여성은 로빈에게 호들갑을 떨었다. "네가 만들었다고? 전부 혼자서 다?"

'누구도 혼자의 힘만으로 뭔가를 하지는 못해요.' 로빈이 어릴 때 얼리사가 해 주곤 했던 말이었다. 어떻게 그걸 기억하는지.

우리는 배너를 뒤집었다. 구경꾼들은 반대쪽을 보고 환호했고 푸르른 그림을 자세히 보려고 우리를 둘러쌌다. 항공우주 공학자는 사진을 새로 찍기 위해 부산스레 돌아다니며 사람들을 밀어냈다. 인도 저편에서 누군가가 외쳤다. "그럴 줄 알았어!" 돌고 도는

315

십억의 소셜미디어 세계 어딘가에서, 십 대 후반의 여자애 하나가 기묘한 새소리를 내는 기묘한 어린 남자애가 담긴 포스팅을 보았던 모양이다. 이제 그 여자애는 이 즉석 집회 주위를 빙빙 돌면서 휴대폰을 손가락으로 휙휙 넘겨 가며 「오바 노바」 비디오 캐스트의 자취를 따라갔다. "쟤가 제이야! 죽은 엄마와 연결된 남자애!"

로빈은 듣지 못했다. 중년 여성 두 명에게 어떻게 지구라는 행성을 다시 살릴 것인지 설명하느라 바빴다. 로빈은 농담을 하며 지어낸 이야기를 들려주고 있었다. 아이를 알아본 여자애가 연락을 보내기 시작했는지, 잠시 후에는 내셔널 몰 동쪽 끝에서 다른 십 대 몇 명이 이쪽으로 다가왔다. 누군가 배낭에서 우쿨렐레를 꺼냈다. 그들은 「빅 옐로우 택시」를 불렀다. 「왓 어 원더풀 월드」도 불렀다. 사람들이 휴대폰으로 사진을 찍고 포스팅을 하고 있었다. 과자를 나눠 먹고 즉석 소풍을 펼쳤다. 로빈은 천국에 있었다. 아들과 나는 가끔 한 번씩 교대하고 싶어 하는 십 대 네 명에게 들고 있던 배너를 건넸다. 로빈의 어머니가 조직하려고 했을 법한 모임이었다. 내 아들의 인생에서 가장 행복한 순간이었을지도 모른다.

나는 축제에 휩쓸린 나머지 국회의사당 경찰 두 명이 퍼스트 스트리트 노스웨스트에 순찰차를 세우고 내린 것을 알아차리지 못했다. 십 대들이 야유하기 시작했다. '우린 그냥 재미있게 놀고 있을 뿐이야. 가서 진짜 범죄자나 잡아!'

나는 경찰관과 이야기할 수 있도록 배너를 인도로 내려야 했는데 십 대 두 명이 그걸 집어 들더니 연을 날리듯 펄럭이며 돌아다니기 시작했다. 덕분에 열기가 떨어지기는커녕 더 뜨거워졌다. 로빈은 그 사이를 누비며 지지자들과 경찰 사이를 중재하려고 했다. 내 아들의 가슴팍은 경찰의 권총 찬 허리띠에 겨우 미쳤다.

선임 경관의 명판에는 저퍼스 경사라고 적혀 있었다. 배지 번호는 앞으로 읽으나 뒤로 읽으나 같은 소수였다. "이런 집회 허가는 받지 않으셨습니다." 경관이 말했다.

나는 어깨를 으쓱했다. 그러지 말았어야 했는지도 모르겠다. "시위 집회가 아닙니다. 우린 그냥 제 아들이 만든 배너를 들고 국회의사당 앞에서 사진을 찍고 싶었을 뿐이에요."

저퍼스 경사가 로빈을 보더니, 법과 질서를 복잡하게 만드는 말썽거리라는 듯 눈을 가늘게 떴다. 나만큼이나 경사도 길고 힘든 하루를 보낸 게 분명했다. 워싱턴은 잘 돌아가고 있지 않았다. 나도 그 점을 기억했어야 했다. 약자에 대한 괴롭힘이 아래로 아래로 떨어지고 있었다. "공공건물 입구에 모이거나, 입구를 막거나, 불편을 끼치는 행위는 불법입니다."

나는 국회의사당 입구를 쳐다보았다. 야구공을 던지기도 힘들 만큼 멀어 보였다. 그쯤에서 포기했어야 했다. 그러나 내 아들에게 큰 희망을 안긴 일을 두고 경찰이 멍청하게 굴고 있었다. "우리가 하고 있는 일은 그런 게 아닙니다."

"또는 차도나 인도에 모이거나, 차도나 인도를 막거나, 불편을 끼치는 행위도요. 또는 법 집행관이 그만하라고 한 이후에도 계속

해서 모이거나, 막거나, 불편을 끼치거나 재개할 경우도 마찬가집니다."

나는 경관에게 위스콘신 운전면허증을 내밀었다. 저퍼스 경사와, 명판에 로저 패긴이라고 적힌 동료는 순찰차로 돌아갔다. 내가 마지막으로 법을 어기다가 잡힌 것은 고등학교 때, 편의점에서 와인을 슬쩍 하다가였다. 그 후에는 주차 위반도 하지 않았다. 하지만 지금 나는 어린아이에게 지구상의 생명 파괴에 이의를 제기하라고 부추기고 있었다. 널리 용인되는 행위는 아니었다.

오 분 후, 두 경관은 나와 로빈에 대해 알아낼 수 있는 모든 정보를 알아냈다. 즉각적으로 입수할 수 있는 정보는 전부 다. 사실 로빈과 내가 내전에서 어느 편에 서 있는지 알기 위해 추가 자료를 구할 필요도 없었다. 우리의 배너가 말하고 있었으니.

내 아들이 공부하고 있는 권력 분립에 대한 교육 내용에는 없었지만, 국회의사당 경찰은 대통령이 아니라 국회의 책임하에 있다. 그러나 그런 구별은 지난 사 년간 사라지는 추세였다. 이제는 국회 자체가 백악관의 지시를 받았고, 임명받은 판사들은 이에 협조했다. 이 나라의 절반도 안 되는 사람들 덕분에 꾸준히 일어난 규범 파괴는 사법부, 입법부, 행정부를 대통령의 비전 아래에 합쳐 놓았다. 법은 그렇게 말하지 않았지만, 이 두 경관은 이제 대통령을 따랐다.

경관들은 순찰차를 떠나서 다시 우리가 모여 있는 곳으로 걸어왔다. 이들이 사람들을 헤치며 다가오자, 배너를 들고 있던 십

대 두 명이 경관들을 둘러싸고 빙빙 돌기 시작했다. 저퍼스가 선 자리에서 몸을 돌렸다. "당장 흩어지세요."

"이 문제는 흩어지질 않아요." 배너를 든 십 대가 말했다.

하지만 모여든 사람들 대부분이 이미 정치적인 의지를 최대치로 발휘한 후였기 때문에 흩어지기 시작했다. 저퍼스와 패긴이 배너를 든 십 대들에게 다가오자, 두 아이는 로빈의 작품을 버리고 달아났다. 배너는 인도에 힘없이 휘날렸다. 로빈과 나는 그 뒤를 쫓았다. 아직도 그 배너에는 구겨진 자국과, 내가 더 날리지 말라고 밟은 자국이 남아 있다. 분명 천산갑이었을 그림 바로 위에.

경관들은 우리가 강풍을 맞으면서 배너를 펴고, 털고, 마는 모습을 지켜보았다. '아마 지금 슬프신가 봐요.' 로빈은 저퍼스에게 말했다. '살아 있다는 게 조금 슬픈 시기예요.'

"계속 말아라." 저퍼스 경사가 말했다. "가자."

로빈은 손을 멈췄다. 나도 같이 멈췄다. '곤충들이 죽으면, 우린 먹을 것을 키우지 못하게 될 거예요.'

패긴 경관이 배너를 빼앗아 마저 말아 이 쇼를 마무리하려 했다. 그 움직임에 로빈은 화들짝 놀랐고, 자신의 작품을 더 세게 가슴팍에 끌어안았다. 작은 존재가 반항하자 패긴은 로빈의 손목을 움켜잡았다. 나는 잡고 있던 배너의 끝을 던지고 소리쳤다. "내 아들에게 손대지 마!" 두 경관이 다 나에게 덤벼들었고, 나는 체포당했다.

✦

경관들은 로빈 앞에서 내게 수갑을 채웠다. 그러더니 우리를 순찰차 뒷자리에 밀어 넣고 문을 잠근 후에 국회의사당 경찰 본부까지 네 블록을 달렸다. 내가 억지로 지문을 찍는 모습을 로빈이 경악과 공포 때문에 새빨개진 얼굴로 보고 있었다. 경찰은 워싱턴 D.C. 형법 22항 1307조 위반으로 나를 기소했다. 내게 주어진 선택지는 좋지 않았다. 재판 날짜를 받고 워싱턴까지 다시 올 수도 있고, 통행 방해죄를 인정하고 340달러 더하기 행정 비용을 지불하고 끝낼 수도 있었다. 사실상 '놀로 컨텐더리*'였다. 어쨌든 내가 법을 어기긴 했으니까.

우리는 어둠 속을 걸어서 호텔로 돌아갔다. 로빈은 나에게 애정 공세를 퍼부었다. 웃음을 멈추지도 못했다. '아빠. 아빠가 그런 일을 하다니 믿을 수가 없어. 생명의 힘을 지지하러 일어서다니!' 나는 아들에게 지문을 찍느라 꺼메진 손가락을 보여 줬다. 아들은 좋아했다. '이제 기록이 남았네. 범죄자야!'

"그런데 그게…… 왜 재밌는 거니?"

로빈은 패긴이 했던 것처럼 내 손목을 낚아채더니, 컨스티튜션 애비뉴에 멈춰 세웠다. '아빠 아내는 아빠를 사랑해. 난 확실히

---

* 불항쟁 답변. 유죄를 인정하지는 않지만 다투지 않겠다는 의미.

알아.'

✦

다음 날 아침에 우리는 겨우 시카고까지 갔다. 오헤어 국제공항은 대중에게 알릴 만큼 안전하지 않은 보안 강화 상태였다. 우리가 게이트로 가는 동안에도 방탄 옷을 입은 무장 경비원들과 군견들이 중앙 홀을 돌아다녔다. 나는 로빈이 개들을 못 쓰다듬게 말려야 했다.

게이트에는 비행기 연료와 스트레스 페로몬 냄새가 뒤섞여 있었다. 우리가 미친 날씨라고 부른 기후 탓에 연착과 결항이 산사태처럼 쌓였다. 매디슨으로 가는 연결편은 연기됐다. 우리는 네 대의 텔레비전 앞에 앉았는데, 화면마다 각기 다른 이데올로기 스펙트럼을 비추고 있었다. 중립-진보 화면에서는 북부 평원 주들*에서 드론 배달 독극물이 더 나왔다는 뉴스를 내보냈다. 보수-중도 화면은 남쪽 국경에 배치된 사설 용병 군대를 다뤘다. 나는 휴대전화를 꺼내 쌓여 있는 이틀치 일거리를 공격했다. 로빈은 앉아서 놀라운 것들을 공부하는 얼굴로 사람들을 구경했다.

---

* 통칭 Upper plains, 노스다코타, 사우스다코타, 몬태나를 묶어 칭한다.

눈을 들어 확인할 때마다 우리가 기다리는 비행기가 십오 분씩 뒤로 밀렸다. 게이트 직원 한 명이 단숨에 해치울 일을 최대한 느릿느릿 처리하고 있었다.

게이트 구역 내의 모든 휴대폰에 경고음이 울렸다. 모두의 휴대폰 화면에 새로운 국가 공지 서비스가 보낸 문자가 번쩍였다. 지난 두 달간 누구의 반대도 받지 않고 행정 명령을 연속으로 내리면서 더욱 대담해진 대통령의 메시지였다.

미국이여, 오늘의 경제 수치를 보십시오! 믿을 수가 없는 수준입니다! 우리는 다 함께 거짓을 멈추고 반대론자들을 침묵시킬 것이며, 패배주의자들을 패배시킬 것입니다!

나는 휴대폰을 무음으로 돌리고 일을 재개했다. 로빈은 스케치를 했다. 게이트 구역의 사람들을 그리는 줄 알았는데, 다시 보니 방사충과 연체동물과 극피동물들이었다. 지구를 1950년대의 정신 나간 《어스타운딩 스토리즈》 잡지처럼 보이게 만드는 생명체들.

나는 왼쪽 의자의 꼼지락거림을 무시하고 일했다. 덩치가 있는 한 여성이 두리번거리며 휴대폰에 대고 질책했다. "거기 무슨 일 있어?"

휴대폰은 젊은 여자 배우의 새침한 목소리로 대답했다. "일리노이주 시카고 지역에서 오늘 있을 최고의 이벤트 목록입니다."

여자와 눈이 마주쳐서 나는 텔레비전 모니터로 시선을 피했다. 독일의 루르강에는 몇 킬로미터 길이의 아크릴로니트릴 수증기 구름이 퍼지고 있었다. 열아홉 명이 죽고 수백 명이 병원에 실려 갔다. 조그마한 앞발이 내 팔을 잡았다. 로빈이 눈을 크게 뜨고 나를 보았다.

'아빠? 훈련이 어떻게 내 뇌의 배선을 바꾸는 줄 알아?' 로빈의 손짓은 중앙 홀 전체를 가리켰다. '다른 사람은 다 이런 상태인데.'

내 왼쪽에 앉은 여자가 다시 말했다. "놈들이 우리에게 말해주지 않는 뭔가가 있어. 기계들도 무슨 일인지 모른단 말이야." 나는 그 여자가 나에게 말하는 건지, 디지털 비서에게 말하는 건지 분간하지 못했다. 주변 사람들은 자기만의 주머니 우주에 빠져서 고개를 처박고 손가락을 놀리고 있었다.

목소리가 울려 퍼졌다. "탑승 구역에 계신 여러분. 저희는 앞으로 두 시간 동안 이 공항에서 어떤 비행기도 뜨지 못한다는 통지를 받았습니다."

사방에서 고함이 터져 나왔다. 좌절한 생명체가 공격할 태세를 갖추는 느낌이었다. 내 왼쪽에 앉은 여자는 오픈 샌드위치를 먹을 때처럼 휴대폰을 들어 올렸다. "방금 비행기가 없다고 했어. 응, 비행기가 아예 안 뜬대."

또 다른 목소리가 울려 퍼졌다. 어찌나 균질한지, 인조 음성임이 틀림없었다. "숙소가 필요하신 승객께서는 서비스 센터로 오셔서 호텔 디스카운트 바우처 복권에 응모하시기 바랍니다."

로빈이 발가락으로 내 종아리를 톡톡 쳤다. '오늘 밤에 집에 갈 수 있긴 한 거야?'

내 답변은 중앙 홀 저편의 고함 소리에 묻혔다. 나는 로빈에게 가만히 앉아 있으라고 한 다음 소란이 있는 쪽으로 가보았다. 게이트 세 개를 건너간 곳에서 좌절한 승객 한 명이 휴대폰의 펜으로 발권 담당 직원의 손을 찍은 모양이었다. 자리로 돌아왔더니, 옆자리 여자가 휴대폰에 대고 말하고 있었다. "다 은폐하려는 거야, 맞지? HUE 사람들이라니까. 내 말 맞지? 생각보다 더 깊이 파고들어 있어."

나는 이제 공공장소에서 특정 이야기를 노출해도 불법이라는 경고를 해 주고 싶었다.

로빈은 게이트를 보면서 노래를 흥얼거렸다. 가까이 몸을 기울여 들어 보니 「하이 홉스」*였다. 그림의 떡이라도 먹고 말겠다는 희망. 로빈이 아기 때, 얼리사가 목욕시키면서 불러 주던 노래였다.

---

* High hopes. 미국 가수 프랭크 시나트라의 노래.

우리는 어찌어찌 집까지 갔다. 로빈은 놓쳤던 뉴로피드백 훈련을 받으러 갔고 나는 급한 불을 껐다. 며칠 후, 로빈은 나를 탐조에 데려갔다. 로빈은 꼼짝 않고 바라보기를 세상에서 제일 좋아하게 되었기에 자연스럽게 탐조가 나에게도 가장 좋은 결과를 주리라 생각한 모양이다. 그 생각은 틀렸다. 나도 꼼짝 않고 보기는 했다. 하지만 내가 볼 수 있는 것은 아내가 나와 탐조 가기를 포기하기 전에 함께 가자고 했던 수십 번의 탐조 여행뿐이었다.

우리는 시내에서 20킬로미터쯤 떨어진 보존 지역으로 갔다. 호수와 초원과 숲이 합쳐지는 지점이었다. '바로 여기야.' 로빈이 선언했다. '새들은 가장자리를 좋아하거든. 이쪽 세상에서 저쪽 세상으로 왔다 갔다 하며 날기를 좋아해.'

우리는 어느 바위 옆의 키 큰 풀밭에 앉아서 최대한 몸을 웅크렸다. 선명하게 반짝이는 날이었다. 우리는 얼리사의 낡은 스위스 쌍안경 하나를 같이 썼다. 로빈은 개개의 새를 찾기보다는 공기라는 바다를 채우는 새 울음소리에 더 관심이 많았다. 아들이 알려 주기 전까지 나는 그토록 다양한 울음소리가 있는지조차 알지 못했다. 유난히 독특한 노랫소리가 들렸다. "이야. 저건 뭐니?"

로빈이 입을 딱 벌렸다. '진심이야? 이걸 몰라? 아빠가 제일 좋아하는 새잖아.'

어치와 홍관조가 여럿에, 한 쌍의 동고비와 한 마리의 댕기박새가 있었다. 로빈은 줄무늬새매까지 식별해 냈다. 노란색, 하얀색, 검은색으로 이루어진 무엇인가가 휙 지나갔다. 얼리사의 쌍안경에 손을 뻗었지만, 그 새는 내가 쌍안경을 눈에 대기도 전에 사라졌다. "무슨 새인지 봤어?"

하지만 로빈은 미할당 주파수로 허공에서 날아오는 모종의 신호를 받느라 집중하고 있었다. 오랫동안 움직임 없이 지평선을 가늠하더니 마침내 말했다. '모두가 어디에 있는지 알 것도 같아.'

나는 잠시 후에 기억해냈다. 너무나 오래전, 스모키산맥에서 보낸 별이 가득한 밤에 로빈이 품었던 질문, 페르미 역설. "그렇다면 평화롭게 답을 넘겨다오. 무조건."

'아빠가 어딘가에 큰 장애물이 있을지도 모른다고 말했던 거 기억나?'

"그레이트 필터* 가설 말이지."

'처음에, 그러니까 분자가 생물로 변할 때 그레이트 필터가 있을지도 모르고. 아니면 처음 세포를 진화시킬 때, 아니면 세포가 한데 뭉쳐지는 방법을 배울 때 필터가 있을 수도 있어. 아니면 처음 뇌가 생길 때.'

"병목이 잔뜩 있구나."

'그냥 생각하는 거야. 우린 육십 년이나 우주를 보고 들었어.'

---

* 대여과기라고도 한다.

"증거가 없다는 게 없다는 증거는 아니야."

'알아. 하지만 그레이트 필터가 우리 이전에 있는 게 아니라, 우리 앞에 있는지도 몰라.'

그리고 어쩌면 우리는 막 그 단계에 진입했는지도 몰랐다. 무모하고 폭력적이며 신과 같은 자각, 많고도 많은 자각, 급격하게 폭발하는, 기계의 도움을 받고 수십억으로 불어난 자각…… 오래 지속하기에는 너무나 불안정한 힘.

'왜냐하면, 그게 아니라면…… 우주가 얼마나 오래됐다고 했지?'

"140억 년."

'그게 아니라면 외계인들이 여기 있을 거야, 사방에. 그렇지?'

로빈의 두 손이 사방을 가리켰다. 그러다가 태고의 존재가 허공을 수놓자 멈췄다. 로빈이 처음 보았을 때는 아직 점에 불과했다. 캐나다 두루미 한 가족이 셋이서 느슨한 대형을 이룬 채 어린 새가 아직 한 번도 보지 못한 겨울 주거지를 향해 남쪽으로 날아왔다. 늦게 길을 떠나는 셈이었다. 하지만 가을 자체가 몇 주 늦기도 했고, 그만큼 또 내년 봄은 일찍 도착할 터였다.

셋은 출렁이는 실로 이어진 듯이 다가왔다. 끝이 검은색으로 물든 회색 숄 같은 날개가 호선을 그리다가 떨어졌다. 날개 깃털의 길고 검은 끄트머리는 허깨비의 손가락처럼 나긋거렸다. 새들은 화살처럼 부리부터 발톱까지 쭉 뻗고 날았다. 그리고 중간, 그러니까 늘씬한 목과 다리 사이에는 아무리 거대한 날개를 퍼덕인다 해도 허공에 띄울 수 없을 것 같은 큰 몸뚱이가 자리했다.

다시 소리가 들리자 로빈이 내 팔을 꽉 잡았다. 처음에는 한 마리, 또 한 마리, 그러다가 셋 모두가 등골이 오싹해지는 화음을 펼쳐 냈다. 어찌나 가까이 날아왔는지, 둥그런 머리의 흩어지는 붉은 털까지 보일 정도였다.

'공룡이야, 아빠.'

새들은 우리의 머리 위를 날아 지나갔다. 로빈은 두루미들이 멀리 사라질 때까지 가만히 보고 있었다. 어쩌다가 숲과 물과 하늘의 가장자리인 이곳에 왔는지 모르겠다는 듯, 겁먹고 작아진 모습이었다. 한참 만에 손목을 붙들고 있던 아들의 손가락에 힘이 풀렸다. '우리가 외계인을 어떻게 알겠어? 새들조차 알 수가 없는데.'

시밀리스는 아주 멀리서도 보였다. 완벽한 남색 구체가 가까운 항성의 빛을 받아 반짝였다.

'저게 뭐야?' 내 아들이 물었다. '분명히 사람이 만들었겠는데.'

"저건 태양 전지야."

'행성 전체를 덮은 태양 전지라고? 미쳤네!'

우리는 행성 주위를 몇 바퀴 돌면서 확인했다. 시밀리스는 내리쬐는 광자 에너지를 남김없이 포집하려는 행성이었다.

'그건 자살행위야, 아빠. 태양 에너지를 다 독차지하면 식량은 어떻게 키워?'

"시밀리스에서는 다른 뭔가가 식량일지도 모르지."

우리는 그게 무엇인지 보려고 행성 표면으로 내려갔다. 니타르만큼 캄캄했지만 춥기는 더 추웠고, 일정하게 울리는 배경음을 제외하면 고요했다. 우리는 그 음을 따라갔다. 호수와 바다가 있었는데 하나같이 두꺼운 얼음에 갇혀 있었다. 우리는 한때는 울창한 숲이었을 찢기고 흩어진 나뭇가지들을 지나쳤다. 텅 빈 공터들 그리고 바위와 죽은 나뭇가지만 널린 풀도 없는 초지들이 있었다. 도로는 버려졌고, 마을과 도시는 비었다. 하지만 파괴나 폭력의 흔적은 없었다. 모든 것이 알아서 천천히 붕괴했다. 마치 모든 주민이 걸어 나가서 하늘로 올라간 듯한 세계였다. 하지만 그 하늘에는 태양 패널이 덮여 전속력으로 전자를 공급하고 있었다.

우리는 진동음을 따라 어느 계곡으로 내려갔다. 그곳에서 처음으로 아직 멀쩡한 건물들을 찾았다. 로봇들이 경계를 늦추지 않으며 지키고 수리하는 거대한 산업 병영이었다. 거대한 도관들이 태양 전지가 포집한 에너지를 건물 단지로 보내고 있었다.

'이건 누가 지었어?'

"시밀리스 주민들이."

'이게 뭔데?'

329

"컴퓨터 서버 팜이야."

'다들 어떻게 된 거야, 아빠? 사람들은 어디로 갔어?'

"다 저 안에 있어."

아들은 얼굴을 찌푸리며 그 모습을 그려 보려고 했다. 바깥보다 안이 무한하게 큰, 회로망으로 이루어진 건물. 동력이 다할 때까지 죽고 부활하고, 저장하고 재시작하며 영원히 이어지는 부유하고 제한도 없고 끝도 없는 독창적인 문명들. 희망과 공포와 모험과 욕망의 천년들.

한때는 짖는 원숭이처럼 울부짖지 않고는 아침에 일어나지도 못하던 아이가 열 살 생일을 기념하겠다고 침대에 있는 나에게 아침 식사를 가져다줬다. 과일 콩포트, 토스트 그리고 피칸 치즈를 접시 위에 예술적으로 담고 그 옆에 그림으로 그린 국화 꽃다발을 곁들였다.

'일어나, 아빠. 나 오늘 훈련 있어. 그리고 가기 전에 해야 할 숙제도 잔뜩 있어. 아빠 덕분에!'

로빈은 커리어의 연구소까지 걸어가고 싶어 했다. 우리 집에서 6킬로미터는 떨어져 있으니 가는 데에만 두 시간은 걸어야 했

다. 하루의 절반을 그런 모험에 써 버리다니 나로서는 이해가 안
가 미칠 노릇이었지만, 로빈이 나에게 원한 생일 선물은 그게 다
였다.

새파란 하늘 아래 단풍나무가 오렌지 빛으로 타올랐다. 로빈
은 제일 작은 스케치북을 들고 갔다. 그걸 옆구리에 끼고, 걸으면
서 스케치를 했다. 평범한 것들을 보고 걸음을 늦췄다. 개미집, 회
색 다람쥐, 인도에 떨어진 잎맥이 감초처럼 새빨간 참나무 잎사
귀. 내 아들과 아이 엄마는 세속적인 나를 한참 뒤에 두고 앞서 가
버렸다. 나에게는 얼리사가 나에게 드러낸 적 없는 문제의 '황홀'
을 방문하여 둘이서만 있을 시간이 필요했다. 마틴 커리어는 이미
한 번 내 훈련을 거절했다. 하지만 오늘 아침이야말로 최후통첩을
날릴 때였다.

내가 계속 재촉했지만 결국 우리는 연구소에 십 분 늦게 도착
했다. 나는 사과하면서 문을 열고 들어갔다. 지니와 다른 연구 조
수 몇 명이 모여서 대화를 나누고 있다가 우리를 보더니 화들짝 놀
라서 흩어졌다. 지니는 괴로워하며 고개를 내저었다. "죄송해요.
오늘은 훈련을 취소해야겠어요. 제가 전화를 했어야 하는 건데."

무슨 일인지 알 수가 없었다. 하지만 내가 더 묻기 전에 마틴
커리어가 뒤쪽 복도에서 나타났다. "시오, 이야기를 좀 나눌 수 있
을까요?"

우리는 사무실로 향했고, 지니가 로빈의 어깨를 낚아챘다. "바
다 민달팽이 보고 싶니?" 로빈의 얼굴이 환해지며 지니를 따라

갔다.

마틴 커리어가 그렇게 느리게 움직이는 모습은 처음 보았다. 커리어는 나에게 앉으라고 손짓하면서, 본인은 앉지 않고 창가를 서성였다. "우리의 연구가 보류됐어요. 인간 연구 대상자 보호실에서 어젯밤에 정지 명령을 내렸습니다."

나는 아들의 안전부터 생각했다. "기술에 무슨 문제가 있습니까?"

커리어가 휙 돌아서 나를 마주보았다. "얼마나 유망한 기술인지 빼고요?" 그러더니 미안하다는 손짓을 하고 마음을 추슬렀다. "인간 연구 대상자 보호 규정을 어겼는지 검토 중이니 보건복지부에서 전체든 부분이든 지원금을 받은 실험은 전부 중단하랍니다."

"잠깐만요. 보건복지부가요? 그럴 리가 없는데."

내 유별난 반발에 커리어가 다시 떫은 표정을 지었다. 그리고 책상 앞에 앉더니, 키보드를 두드리고 잠시 후 화면에 뜬 내용을 읽어 주었다. "귀하의 실험이 연구 대상자의 온전성, 자율성 그리고 존엄성을 침해했을지도 모른다는 우려가 있습니다."

"존엄성?"

커리어는 어깨를 으쓱였다. 말이 되지 않았다. 디코디드 뉴로 피드백은 좋은 결과를 보이는 복잡하지 않은 자체 조절 치료법이었다. 나라 전역의 연구소들에서 이보다 훨씬 의심스러운 임상 시험을 수행했다. 매일 수만 아이들의 신체 내부에 더 과격한 실험이 행해지고 있었다. 그런데 워싱턴의 누군가가 전혀 새로운 인간 연구 대상자 보호 지침을 시행하고 싶어 한다니.

"정부가 독단으로 합리적인 과학 연구를 막는 일은 없어요. 혹시 권력자 누군가와 소원해진 것 아닙니까?"

나는 마틴 커리어가 숨을 들이마시는 모습을 보고서야 깨달았다. 커리어는 아무 짓도 하지 않았다. 전 세계의 밈이 된 내 아들이 했다. 선거가 다가오는데, 양당 지지도는 막상막하였다. 혼돈을 추구하는 행정부의 대리인들은 뉴스거리가 될 조치 하나로 '인간의 존엄성을 지키는 십자군 전쟁'을 노리고, 환경 운동을 때리고, 과학을 함부로 대하고, 납세자의 돈을 아끼고, 근거지에는 고깃덩이를 던져 주고, 상품 문화에 대한 새로운 위협을 막았다.

마틴이 내 눈을 보았다. 그 자체가 뉴로피드백이었다. 나만큼이나 그 생각에 곤혹스러워하고 있음을 알 수 있었다. 절약의 법칙*은 더 단순한 설명을 요구했으나, 우리 둘 다 그런 답을 생각해 내지 못했다. 마틴은 컴퓨터 앞에서 의자 바퀴를 밀어내더니 두 손으로 얼굴을 주물렀다. "말할 필요도 없겠지만, 이러면 이 기술이 특허를 딸 기회가 사라집니다. 내가 편집증적인 사람이라면……." 마틴은 그 생각을 끝까지 말하지 않을 만큼 편집증적인 사람이었다.

"어떻게 할 겁니까?"

"조사관들의 말을 잘 듣고 탄원 위원회에 호소해야죠. 달리 할

* '가장 단순한 답이 진실이다.'라는 법칙.

수 있는 일이 있습니까? 어쩌면 잠시 방해하는 걸지도 모르죠."

"그럼 그 사이에는……?"

마틴은 미심쩍은 눈으로 나를 보았다. "치료를 더 받지 않으면 로빈이 어떻게 될지 알고 싶은 거군요."

부끄러웠지만, 그의 말대로였다. 이것이 진화가 우리에게 놓은 덫이었다. 종 전체가 위태로울지도 모르는데 나는 여전히 내 아들 걱정부터 했다.

"정직하게 답하자면, 모릅니다. 우리에겐 피드백 과정 중인 실험 대상자가 56명 있어요. 하나같이 훈련 도중에 강제적으로 이탈되는 겁니다. 우린 해도가 없는 바다에 있어요. 그다음에 무슨 일이 일어날지에 대해서는 데이터가 없습니다." 마틴은 사무실 안을, 영감을 주는 포스터들과 3D 두뇌 게임들을 둘러보았다. "운이 좋다면 로빈은 이미 영구 궤도에 도달했겠지요. 혼자서 계속 훈련할 수도 있습니다. 반면 뉴로피드백도 다른 운동과 비슷할 수 있습니다. 연습을 멈추면, 건강 상태가 저하하고 처음 시작했을 때로 되돌아가는 거죠. 생명이란 항상성의 기계니까요."

"변화가 생기면 어떡하죠?"

마틴은 과학자 대 과학자로서 부탁을 하고 싶어 하는 것 같았다. "할 수만 있다면 내가 평가할 수 있도록 계속 데려와 달라고 부탁하고 싶군요. 하지만 이 조사가 끝날 때까지는 불가능해요."

"알겠습니다." 하지만 아무것도 알 수 없었다.

✦

집까지 걸어가는 길의 로빈은 유난히 철학적이었다. '그래도 실험이잖아, 그렇지? 무슨 일이 일어나든, 흥미로운 배움은 있을 거야.'

아들이 나를 위로하는 건지, 과학적인 방법론을 가르치는 건지 알 수 없었다. 집중할 수도 없었다. 나는 지금부터 선거일까지, 정치적인 변덕 외에는 변변한 근거도 없이 중지당할 수도 있는 합법적인 과학 연구들을 모조리 떠올리고 있었다. 마틴의 말마따나 우리는 해도가 없는 바다에 떨어졌다.

"일시적이야. 그냥 한동안 보류시킨 거야."

'훈련이 위험하다거나 뭐 그런 생각이래?'

단풍나무 잎사귀가 지나치게 오렌지색이었다. 메일 알림이 울렸다. 공기에서 3000킬로미터 하고도 사흘 떨어져 있는 겨울의 냄새를 맡을 수 있었다. 로빈이 내 소매를 당겼다.

'이거 워싱턴 일 때문은 아니겠지?'

"아, 아니야, 로비야. 당연히 아니지."

로빈은 내 말투를 듣고 움찔했다. 메일 알림이 다시 울렸다. 로빈이 인도에 멈춰 서더니 이루 말할 수 없이 이상한 말을 했다. '아빠? 혹시 아빠가 바다에 가거나 전쟁에 나가면…… 혹시 아빠한테 무슨 일이 일어나면 말이야. 혹시나 아빠가 죽어야 하면? 그

335

러면 난 가만히 있으면서 아빠가 걸을 때 손이 어떻게 움직이는지를 생각할 거야. 그러면 아빠는 아직 여기에 있을 거야.'

저녁을 먹은 후에 로빈은 각 주를 상징하는 꽃을 그려 넣은 카드로 퀴즈를 내달라고 했다. 자기 전에는 하루가 한 시간밖에 안 되지만, 한 시간이 일 년보다 긴 행성 이야기로 나를 즐겁게 해줬다. 그곳에서 일 년은 매번 길이가 달랐다. 시간은 위도에 따라 빨라지다가 느려졌다. 어떤 노인들은 젊은이들보다 젊었다. 오래전에 일어난 일들이 때로는 어제보다 가까웠다. 모든 것이 너무나 혼란스러운 나머지 사람들은 시간을 기록하기를 포기하고 '지금'에 만족했다. 좋은 세상이었다. 나는 로빈이 그런 세상을 만들어내서 기뻤다.

로빈이 잘 자라고 내 입술에 뽀뽀를 해서 깜짝 놀랐다. 여섯 살 때나 고집하던 버릇이었다. '날 믿어, 아빠. 난 백퍼센트 좋아. 우리끼리도 훈련을 계속할 수 있어. 아빠랑 나랑.'

그 11월의 첫 화요일에는 온라인 음모 이론들, 훼손된 투표용지 그리고 무장한 투표 시위자들 무리가 여섯 개 경합 주의 투표 신뢰성을 약화시켰다. 미국은 사흘간 혼돈에 빠졌다. 토요일이 되자 대통령은 선거 전체가 무효라고 선언했다. 재선거를 지시하면서, 안전하게 이행하려면 최소 삼 개월은 더 필요하다고 주장했다. 유권자 절반은 이 계획에 반대하며 들고 일어났다. 나머지 절반은 재투표를 열렬히 지지했다. 의심이 전부이고 사실은 '좋아요' 버튼에 만족하는 이곳에서는 다시 하는 것 외에 나아갈 길이 없었다.

나는 프록시마 센타우리에서 온 인류학자에게라면 이 위기를 어떻게 설명할 수 있을까 생각했다. 이까짓 기술력에 빠진 이까짓 종족이 사는 여기에서는, 단순한 머릿수 세기조차도 불가능해졌다. 우리가 내전을 벌이지 않는 것은 오직 어리둥절한 탓이었다.

지나치게 따뜻한 늦가을의 어느 날, 뒷마당에 앉아서 색연필을 메스처럼 쥐고 공책에 그림을 그리고 있는 로빈을 보았다. 로빈은 눈앞의 풀밭에 내 그림자가 드리우자 얼른 공책을 닫았다. 그 태도에 내가 더 놀랐다. 로빈은 수학 숙제였던 두 자리 곱셈 공부를 갑작스레 시작했고 공책이라는 범죄의 증거물은 풀과 흙으로 흡수되라는 듯이 다리 밑으로 밀어 숨겼다.

정말이지 로빈의 사사로운 생각을 다시 뒤지고 싶지는 않았다. 하지만 정황상 그 공책을 보는 쪽이 현명하겠다 싶었다. 나는 로빈이 계절의 이동 중에 마지막 밀크위드*에 앉은 제왕나비를 찾으러 철로로 자전거를 타고 간 오후가 올 때까지 꼬박 사흘을 기다렸다. 그리고 로빈의 책장과 침대 속 비밀 장소들을 꼼꼼히 뒤져서 공책을 찾아냈다. 현장 관찰 기록 사이에 두 페이지에 걸친 선과 색채의 얼룩이 있었다. 마치 어린아이가 그린 칸딘스키 그림 같았다. 그 그림에는 타서 없어지기 직전인 몇 세대의 예술가들이 공유하는 모더니즘적인 흥분이 담겨 있었다. 로빈은 그 밑에 작고 떨리는 필체로 적어놓았다. '엄마가 어떤 느낌인지 기억해! 넌 기억해 낼 수 있어!!!'

월요일 오전에는 로빈의 침실에 들어가서 아침을 먹으라고 깨워야 했다. 아들이 제일 좋아하는 두부 스크램블을 만들어 놓았건만 간질여서 깨우려고 했더니 아이가 소리를 질렀다. 제 목소리에 자기도 놀란 얼굴이었다. '아빠! 미안해. 나 정말 피곤하거든. 잠을 잘 못 잤어.'

---

* 미국 원산의 박주가리과의 한 속으로 줄기나 잎을 자르면 유액을 분비하는 식물. 공처럼 둥글게 꽃이 핀다.

"방이 너무 따뜻했나?"

로빈은 눈을 감고, 눈꺼풀 안쪽에 맺히는 움직임의 잔상 같은 것을 바라보았다. '새들이 아예 없어졌어. 그런 일이 일어났어. 꿈속에서.'

아들은 활기를 되찾고 일어났다. 우리는 아침을 먹고 적당한 하루를 보냈다. 로빈은 이제 숙제를 하는 데에 전보다 더 오랜 시간을 썼다. 우리는 공원에서 공놀이를 했고 로빈이 이겼다. 집에 오는 길에는 독수리가 울부짖는 비둘기를 잡는 현장을 보았고, 로빈은 살을 찢는 부리를 보고 흠칫하긴 했지만 집에 돌아오자 그 기억을 되살려서 그림을 그렸다.

나는 수업에 너무 뒤처진 나머지 종신 재직권이 취소당할 위기에 처했다. 하지만 저녁을 먹은 후에 나는 아들의 양 어깨를 쥐고 말했다. "저녁 시간은 어떻게 보내고 싶니? 은하계 이름만 대."

로빈은 답을 알고 있었다. 책망하듯이 한 손가락을 들어 올려 나에게 소파에 가 앉으라고 명령하더니, 석류 주스 한 잔을 (그러니까 와인에 제일 가까운 뭔가를) 따라 주고 책장에 가서 너덜너덜한 시집을 하나 가져와 내 손에 쥐여 주었다.

'체스터가 제일 좋아하는 시를 읽어줘.' 내가 웃음을 터뜨리자 아들은 내 정강이를 걷어찼다. '농담 아니야.'

"어떤 시를 제일 좋아했는지 잘 모르겠구나. 너희 엄마가 좋아하던 시를 읽을까?"

로빈은 어깨도 으쓱이지 않고, 작은 두 손만 살짝 움직였다.

나는 아들에게 예이츠의 「나의 딸을 위한 기도」를 읽어 줬다. 얼리사가 제일 좋아하는 시는 아니었을지도 모른다. 그저 나에게 읽어 준 기억이 있을 뿐인지도 모르겠다. 긴 시였다. 내가 삼십 대였을 때 진득하게 듣기에도 길었으니 로빈에게는 지질학 연대 하나가 지나가는 느낌이었을 것이다. 하지만 아이는 가만히 앉아서 들었다. 아직 그 정도의 집중력은 남아 있었다. 건너뛰고 끝부분으로 갈까 하는 유혹을 느꼈지만, 이십 년 후에 로빈이 나에게 속았음을 알게 하고 싶지 않았다.

9연까지는 괜찮았는데, 그 대목은 읽으면서 길게 한 번씩 멈춰야 했다.

그런 점을 생각하면 모든 증오가 날아가

영혼은 원래의 순수를 되찾으며

마침내 스스로 기뻐하고, 스스로 충족하고

스스로 두려워하는 것을 배우리라

그리고 자신의 의지가 곧 하늘의 의지임을 알게 되니

그러면 모든 사람이 얼굴을 찌푸려도

사방에서 바람이 울부짖어도

모든 풀무가 다 폭발하더라도

내 딸은 여전히 행복할 수 있으리라

그 긴 여정 내내 로빈은 가만히 앉아 있었다. 내가 낭송을 끝낼 때까지 꿈쩍도 하지 않았다. 끝이 난 후에도 내 옆에서 몸을 말고 있다가, 또렷한 소프라노 음성으로 말했다. '이해를 잘 못했어, 아빠. 아마 체스터가 나보다 더 잘 알아들었을 거야.'

나는 몇 달 전에 로빈에게 개를 키우는 문제에 대해 다시 이야기하자고 약속했다. 그 약속을 지키지 않은 건 오직 내 이기적인 비겁함 때문이었다. 나는 몸통으로 아들을 슥 건드렸다. "아직 로비의 생일 선물을 안 줬잖아. 우리 새로운 체스터를 찾아볼까?"

나는 그렇게 말하면 아들이 활기를 찾으리라 생각했다. 로빈은 고개도 들지 않았다. '그럴까, 아빠. 도움이 될지도 몰라.'

첫 번째 붕괴는 쇼핑몰 신발 가게에 들렀다가 차를 타고 돌아오던 중에 일어났다. 집에서 여섯 블록쯤 떨어졌을까, 우리가 사는 조용한 동네 가장자리에서 내가 다람쥐를 치었다. 다람쥐들은 자동차를 포식 동물이라고 생각하는 것이 문제다. 자연 선택은 다람쥐에게 돌아서서 상대에게 곧장 뛰어드는 방식으로 추격자를 피하라고 가르쳐 놓았다.

다람쥐가 내 차 바퀴 아래로 몸을 던지면서 쿵 소리가 났다. 털가죽 때문에 둔하게 들렸다. 로빈은 몸을 획 돌려서 뒤쪽 도로에 누운 지성체를 바라보았다. 나도 백미러로 아스팔트 위의 덩어리를 보았다. 내 아들은 비명을 질렀다. 닫힌 차 안에서 무슨 뜻인지 알 수 없는 비명이 길게 이어지다가 피가 얼어붙는 듯한 소리로 변했다가 다시 한 마디로 응축됐다. '아빠.'

로빈이 안전벨트를 풀고 문을 열었다. 나도 비명을 지르면서 아들이 달리는 차에서 뛰쳐나가지 못하도록 왼팔을 붙잡았다. 주택가 길 옆에 차를 세웠다. 로빈은 아직도 울부짖으며 내 손을 뿌리치고 뛰어내리려 하고 있었다. 나는 로빈이 몸부림치기를 멈출 때까지 안았다. 그러나 몸부림이 멈춰도 울부짖음까지 멈추지는 않았다. 로빈은 겨우 조금 진정하자마자 다시 나를 맹비난했다.

'아빠가 죽였어! 빌어먹을 아빠가 죽였다고!'

나는 사고였다고, 일이 너무 빨리 벌어져서 어떤 선택도 할 수가 없었다고 말했다. 사과도 했다. 그래 봤자 달라지는 것은 없었다.

'속도를 늦추지도 않았잖아! 심지어…… 엄마는 주머니쥐를 죽이지 않으려다가 죽었는데, 아빠는 페달에서 발도 떼지 않았어!'

아들의 머리를 쓰다듬으려 했지만, 로빈은 나를 밀어냈다. 그리고 몸을 돌려 뒤쪽 창을 내다보았다. "로비야." 불러봤지만, 아들은 길거리에 누운 덩어리에서 시선을 떼지 않았다. 무슨 말이라도 해 보라고, 어떤 기분인지 말해 달라고 했다. 하지만 로빈은 두 손에 얼굴을 파묻었다. 나는 차를 다시 출발시켜 집으로 향하는 수밖에 없었다.

집에 도착하자 로빈은 곧장 방으로 향했다. 저녁 식사 시간에 문을 두드렸더니, 살짝만 열고 식사를 안 해도 되느냐고 물었다. 나는 혹시 원한다면 방에서 먹어도 된다고 했다. 아들이 좋아하는 구운 사과 한 그릇을 가져다 두기도 했다. 그러나 일곱 시 삼십 분에 다시 가 보았을 때, 그릇에는 손댄 흔적도 없었다. 로빈은 불 꺼진 방에서 체크무늬 파자마를 입고 머리 뒤에 두 손을 깍지 긴 채 침대에 누워 있었다.

"행성 이야기 해 줄까?"

'아니, 사양할래. 나도 하나 있어.'

나는 서재에 앉아서 일하는 척했다. 잘 만한 시간이 오기까지 영원처럼 긴 시간이 걸렸다. 그리고 나는 손목을 죄는 자그마한 손 때문에 악몽에서 깨어났다. 로빈이 내 침대 옆에 서 있었다. 어둠 속이라 표정을 읽을 수가 없었다. '아빠. 나 뒷걸음질치고 있어. 느낄 수 있어.'

나는 졸려서 멍한 채 누워 있었다. 로빈은 더 설명해야만 했다.

'그 쥐처럼 말이야, 아빠. 앨저넌처럼.'

낮이 짧아져 가는 가운데 나는 로빈이 공부를 계속 하도록 애

썼다. 아들은 내가 같이 앉아서 공부하는 것을 좋아했지만 내가 돌아서서 다시 일을 하려고 하면 바로 멍한 상태에 빠졌다.

우리는 힘겹게 동지(冬至)와 크리스마스 휴일을 헤쳐 나갔다. 나는 얼리사의 가족에게 우리는 다른 곳에서 따로 연말을 보내기로 했다고 거짓말했다. 그렇게 상호 합의에 따라 우리 둘이서 그 주간을 보냈다. 털신을 신고 매디슨 외곽에 있는 눈 덮인 옥수수밭을 걸었다. 로빈은 현장 기록에서 잘라 낸 스케치로 트리 장식을 만들었다. 새해 첫날, 로빈이 원한 것이라곤 나에게 크리스마스 선물로 받은 '미합중국 동부의 노래하는 새' 놀이 카드로 끝없이 집중 게임을 하는 것뿐이었다. 로빈은 그러다가 여덟 시에 잠들었다.

1월 내내 로빈은 조금씩 컬러에서 흑백으로 변해 갔다. 2월 초, 나는 로빈에게 아무것도 하지 않을 일주일의 방학 시간을 줬다. 그 시간이 필요했다. 아들은 몇 달 만에 다시 컴퓨터로 농장 게임을 시작했다. 내가 그만하라고 하자 화를 냈다. 그 주가 끝나기 전, 로빈은 학교 과제로 돌아가고 싶어 했다. 한 번에 삼십 분 이상 앉아 있을 집중력은 없었지만 뭐라도 배우려는 마음은 간절했다. 나는 이 상황이 오래 지속되면 아들을 의사에게 데려가야 한다는 사실을 알았다.

'보물찾기 과제를 내 줘, 아빠. 뭐든 좋아.'

"워싱턴에서 쓰고 남은 고기 포장지가 얼마나 되지?"

로빈은 얼굴을 찡그렸다. '워싱턴 얘기는 하지 마. 나 때문에

아빠가 곤란했잖아.'

"로빈! 그만해."

'나 때문에 커리어 박사님의 연구소도 다 폐쇄됐어. 그리고 이
제는 아빠도 무슨 일이 벌어질지 알지!'

"그건 사실이 아니야. 이틀 전에 커리어 박사와 이야기했는데
연구소가 곧 돌아갈 가능성이 있대."

'얼마나 빨리?'

"그건 잘 모르겠구나. 아마 여름 무렵 정도일까." 말하는 순간
에는 진짜 같았다. 그리고 내 거짓말에 로빈이 정신이 반짝 든 프
레리도그처럼 일어나 앉았으니, 지금 다시 거짓말을 하래도 할 것
이다.

처형이 유예되었다는 생각이 로빈에게 힘을 줬다. 훈련을 다
시 한다는 상상만으로도 거의 훈련과 비슷한 효과가 났다. 우주
어딘가에는 언제나 그런 생명체들이 있다. 로빈은 반성하느라 잠
잠해지더니 신발 끈을 만지작거리며 시선을 신발에 고정한 채 말
했다. '그 종이라면 잔뜩 있어.'

정확하게는 3미터 길이가 있었다. 우리는 그중에 30센티미터
를 잘라 냈다. "2.7미터. 완벽해. 이걸 거실에 깔아."

'정말로?' 약간의 설득이 필요했지만 곧 로빈은 종이를 거실
한가운데에 깔았다.

"좋아. 2.7미터가 45억 년이야. 30센티마다 5억 광년인 셈이
지. 연대표를 만들어 보자."

345

로빈이 살짝 활기를 되찾고 한 손가락을 들어 올리더니, 방에 가서 펜과 붓이 담긴 바구니를 들고 돌아왔다. 그다음에는 우리 둘 다 바닥에 엎드려서 작업에 착수했다. 나는 주요 중간 지점을 연필로 표시했다. 두루마리 끝에서 30센티 지점에 명왕누대의 끝. 바로 그다음에 생명의 시작. 로빈은 펜으로 그 최초의 미생물들을 그렸다. 확대경으로 보아야 할 정도로 작은 색색의 점 수백 개였다. 그다음 1.2미터는 무지개색의 세포들로 채웠다.

1.5미터 지점, 나는 경쟁이 네트워킹으로 바뀌고 지구에 복합 세포들이 우글거리는 시점을 표시했다. 로빈의 세포들은 조금 커졌고 약간의 질감을 획득했다. 60센티를 더 가자, 그 세포들은 벌레와 해파리, 해초와 해면으로 피어났다. 그날 밤, 작업을 멈췄을 즈음 로빈은 거의 제 모습을 되찾은 상태였다.

'즐거운 하루였어.' 내가 이불을 덮어 주자 로빈이 선언했다.

"같은 의견이야."

'그리고 아직 큰 것들까지는 그리지도 않았어.'

다음 날 아침에 일어나서 보니 로빈은 이미 거실에서 그림을 더하고 손질하고 다듬으면서 내가 큰 사건 시작점을 찍어 주기를 기다리고 있었다. 나는 두루마리 반대쪽 끝에서 30센티가 조금 넘는 지점에 캄브리아기 대폭발을 표시했다.

'아빠, 남은 자리가 없어. 모든 게 겨우 시작됐는데. 더 긴 종이가 있어야겠어.'

로빈은 두 팔을 바깥쪽으로 펼쳤다가 떨어뜨렸다. 열정과 고통은 동일한 것이 되었다. 나는 아들에게 과제를 맡겨 두고 연체된 내 모델링 작업으로 돌아갔다. 로빈은 오전 내내 연대표 작업에 달라붙어 있었다. 종이 위에 대형 동물의 행렬이 펼쳐졌다. 점심도 완성되어 가는 걸작 위에 앉아 바닥에서 먹었다. 로빈은 자랑스러움과 노여움에 입을 크게 벌리고 일어서서 뒤로 물러섰다. 그렇게 내려다보며 잠깐 연구하더니, 다시 작업 한가운데로 돌아갔다.

그날 오후 내내 우리는 나란히 일을 했다. 내가 한두 번 확인하기는 했지만, 로빈의 거대한 여정은 전속력으로 흘러가고 있었고 다른 사람의 도움을 받고 싶어 하지도 않았다. 다섯 시, 계속된 코딩으로 사시가 된 기분이었다. 나는 작업을 멈추고 저녁 식사를 만들었다. 워낙 좋은 하루였기에 아들에게 보상을 해 주고 싶었다. 버섯 버거와 감자튀김이었다.

식사를 준비하는 동안에는 뉴스를 들으려고 이어폰을 꼈다. 중국과 우크라이나에서 밀 수확량 사분의 일을 죽인 검은녹병이 네브래스카에서도 발견되었다. 녹아내리고 있는 북극에서 흘러나온 담수가 태평양으로 합류되어, 마치 연기 기둥을 뚫고 나가는 손처럼 보호 해류를 휘저었다. 텍사스 가축 사육장에는 끔찍한 전염병이 돌았다.

나는 아들이 거실 바닥에 엎드려 있다는 사실을 잊고 발끈해 화를 냈다. 내가 뭔가 지저분한 말을 했는데, 그 소리가 내 생각보다 컸던 모양이다. 이어폰 때문에 로빈의 목소리를 듣지 못하고 있다가 아이가 셔츠를 잡아당기고 나서야 깜짝 놀라 펄쩍 뛰었다. 로빈은 당황해서 방어적인 태도를 취했다. '어, 날 그냥 무시하지 마! 무슨 일 있어?'

"아무것도 아니야." 나는 이어폰을 빼고 뉴스 앱을 멈췄다. "그 냥 뉴스 때문에 그래."

'나쁜 뉴스야? 나쁜 뉴스구나. 아빠 되게 심하게 욕했어.'

나는 실수를 했다. "아무것도 아니야, 로비야. 걱정 마."

로빈은 저녁 식사 내내 부루퉁해 있었고 식사를 난폭하게 먹었다. 하지만 너무 빨리 나를 용서하는 것 같았다. 내가 코코아 아몬드를 꺼낼 즈음에는 다시 웃고 있었다. 로빈이 왜 그러는지 추측도 하지 않다니, 내가 멍청했다.

식사를 마친 후, 로빈은 거실 바닥으로 돌아갔고 나는 컴퓨터 앞으로 돌아갔다. 내가 물이 가득한 행성에서 화산이 터질 경우의 알고리즘을 수정하고 있는데 저편에서 쿵쿵 소리가 들렸다. 나는 다시 욕을 뱉었다. 마치 소형 포유류가 로빈의 침실 벽 속으로 들어가서 기둥 사이에 둥지를 트는 듯한 소리였다. 내가 자리를 박차고 나가서 집을 구하려고 하면 아들의 상태가 다시 나빠질 터였다.

다시 쿵쿵 소리가 났는데, 너무 규칙적이어서 인간이라고밖에 생각할 수 없었다. 이제는 배관공이 심각한 실수를 저지를 때 같은 소리가 났다. 나는 확인하러 갔다.

소리의 진원지는 로빈의 침실이었다. 침실 문을 열었더니, 로빈이 행성 탐사 중계기를 쥐고 구석에서 몸을 만 채 벽에 머리를 들이받고 있었다. 마치 궁극의 고행을 실험하듯이 느리고, 부드럽고, 탐사하는 듯한 박치기였다.

나는 고함을 지르며 달려갔다. 내가 벽에서 채 아이를 떼어 놓기 전에 로빈이 벌떡 일어나더니 내 품에서 벗어나 방 밖으로 뛰쳐나갔다. 나는 바로 따라가려다 로빈의 태블릿 화면을 보았다. 화면에서는 발광한 소들이 비틀거리며 서로 부딪치고 있었다. 몸에 대한 통제력을 잃은 것이다. 한 마리는 혼란에 빠져 바닥에 쓰러졌다. 클로즈업 장면이 수백 마리의 비틀거리는 동물들을 공중에서 촬영한 장면으로 넘어갔다.

뉴스가 온 인터넷상에 다 퍼졌다. 뇌 전염병이 산업 규모의 효율성까지 갖추고 사육장에서 사육장으로 퍼지며 텍사스의 450만 마리 소들을 갈가리 찢고 있었다. 로빈은 내 계정으로 접속해서 그 내용을 보았다. 내가 한 번도 바꾸지 않은 그 비밀번호를 입력했을 것이다. 제 엄마가 제일 좋아하는 새, 그 새는 지금 뒤로 날고 있었다.

바깥에서 터진 비명소리가 괴로운 영상 위에 겹쳤다. '그만! 이제 그만해! 그만!' 나는 밖으로 달려 나갔다. 로빈은 캄캄한 뒷마당에 혼자 있었다. 어떤 위협도 없었다. 울부짖는 내 아이 말고는 아무도 없었다. 로빈은 내가 도착하자마자 푹 쓰러졌다. 내가 끌어안으려 하자 비명소리가 더 지독해졌다. '그만 됐잖아. 그만해. 그만하라고!'

나는 무릎을 꿇고 로빈의 얼굴을 감쌌다. 나의 속삭임의 반은 위로였고, 반은 재갈 물리기였다. "로비야, 쉿. 됐어, 괜찮을 거야."

괜찮다는 말에 로빈은 다시 비명을 터뜨렸고 나는 무너졌다. 너무나 통제 불능인 비명이 내 귓가에 울렸다. 내가 움찔하자 로빈이 풀려났다. 그리고 내가 채 일어서기도 전에 로빈은 마당 건너편을 가로질러 집 모퉁이를 돌고 있었다. 나는 그 뒤를 쫓아 안으로 다시 들어갔다. 아들은 다시 자기 방 구석에 몸을 말고 벽을 들이받고 있었다. 나는 문을 뚫듯이 달려 들어가서 아들과 벽 사이에 몸을 던졌다. 하지만 내가 도착한 순간 로빈도 그 순간을 끝내고 내 품에 축 늘어졌다. 그 입에서 나온 소리는 비명 못지않게 끔찍했다. 길고 낮은 패배의 웅얼거림이었다.

나는 아이를 가만히 안고 머리를 쓰다듬었다. 로빈은 맞서지 않았다. 얼리사는 나에게 가장 필요한 순간에 내 귓가에 속삭이기를 그만두었다. 내 두뇌는 로빈이 다시 뛰쳐나가지 않게 할 만한 말을 미친 듯이 찾아 헤맸다. 하지만 무슨 말이든 어리석게만 여겨졌다. 우리는 사육장에는 보조금까지 주지만, 피드백 훈련은 금지된 곳에 살았다. 애초에 아이를 이 행성에 데려오지 말았어야 했다.

"로비야. 다른 곳들도 있어."

로빈이 고개를 들어 나를 노려보았다. 눈이 작고 매서웠다. '어디?'

아들의 몸이 축 늘어졌다. 분노가 기운을 다 빼놓은 것이다.

나는 아이가 잠시 누워 있게 두었다가 일으켜서 부엌으로 데려가
이마에 얼음찜질을 했다. 로빈은 정신없는 상태로 욕실에서 세수
를 하고 이를 닦았다. 혹이 생겼다. 오른쪽 눈 위에 시커멓고 통통
한 천년짜리 알이 자리를 잡았다.

로빈은 책을 읽고 싶어 하지도 않았고 읽어 주기를 바라지도
않았다. 우주여행도 맹렬히 거부했다. 침대에 누워서 천장만 보았
다. '왜 나한테 숨겼어, 아빠?'

바로 이런 일이 일어날까 두려워서였다. 그게 정직한 대답이
었건만, 나는 여전히 답을 숨겼다. "내가 숨기지 말았어야 했어."

'이제 어떻게 되는 거야?'

"소들을 쓰러뜨릴 거야. 어쩌면 벌써 그랬는지도 몰라."

'죽인다는 거지.'

"그래."

'그 병이 퍼질까? 동물들을 그렇게 가득 모아 놨는데? 그리고
온 세상에 퍼질까?'

나는 모르겠다고 말했다. 하지만 지금은 안다.

작은 침대에 누운 로빈은 말도 안 되게 창백했다. 로빈은 이불
밑에 들어가 있던 손을 빼 내 눈을 가렸다. '아빠도 봤어? 소들이
어떻게 움직이는지?' 고요한 가운데 로빈의 온몸이 자기 직전의
격렬한 전기 충격처럼 들썩였다. 로빈은 균형을 잡으려 내 손을
움켜잡았다. 로빈의 손은 힘이 다 빠져 있었다.

'지난 달이었다면…….' 로빈은 그렇게 말하고 길을 잃었다.

'지난주였다면? 나도 감당할 수 있었을 거야.'

"로비야. 누구나 오르락내리락 할 수 있어. 넌⋯⋯."

'아빠?' 극도로 겁에 질린 목소리였다. '난 나로 다시 돌아가기 싫어.'

"로비야. 세상이 끝나는 느낌일 테지만 사실 그렇지 않아."

아들은 이불을 끌어올려 얼굴을 덮었다. '가 버려. 아빠는 무슨 일이 일어나는지 몰라. 아빠랑 이야기하기 싫어.'

나는 가만히 있었다. 무슨 말이라도 했다가 또 로빈이 비명을 지르며 어두운 마당으로 뛰쳐나갈지 몰랐다. 그렇게 몇 분이 흘렀다. 로빈이 누그러드는 것 같았다. 잠이 오는지도 몰랐다. 내 아이는 얼굴에서 이불을 내리고 베개에서 머리를 들었다.

'왜 아직 여기 있어?'

"뭐 잊은 거 없어? 모든 지성체가⋯⋯."

로빈이 힘없이 한 손을 들어 올렸다. '나 기도문을 바꾸고 싶어. 살아 있는 모든 것들이, 우리에게서 해방되기를.'

방문자들은 그다음 월요일에 나타났다. 열 시도 되지 않아서였다. 나는 이메일로 나사 사람들이 플래닛 시커에 대해 보낸 최신 소식을 읽고 있었다. 좋지 않았다. 로빈은 식탁 위에 누워서 캐나다 지역을 배우고 있었다. 방문자들은 현관 벨을 눌렀는데, 큼직한 코트를 입은 여자 하나와 남자 하나였고, 남자는 가슴팍에 서류 가방을 안고 있었다. 나는 문을 살짝 열었다. 두 사람은 손을 내밀어 신분증을 제시했다. 캐리스 사일러와 마크 플로이드, 보건복지부 소속 아동, 청소년, 가족 관련 부서의 사회복지사였다. 나는 그들을 안에 들이지 않을 권리가 있었지만, 그 권리를 행사하는 건 현명한 선택 같지 않아 보였다.

나는 두 사람의 외투를 받아 들고 거실로 안내했다. 로빈이 저 멀리에서 외쳤다. '누가 왔어?' 잠깐이지만 영상 속의 그 아이 같았다. 제이 같았다. 로빈은 낮 시간에 집에 낯선 사람들이 방문한 사실에 어리둥절해서 거실로 왔다.

"로빈?" 캐리스 사일러가 물었다. 로빈은 호기심을 품고 그 여자를 쳐다보았다.

내가 말했다. "아빠 손님이 오셨어, 로비야, 잠시 자전거 타러 갈래?"

"잠시 앉아요." 마크 플로이드가 명령했다.

로빈이 나를 쳐다보았다. 내가 고개를 끄덕이자 얼리사가 제일 좋아하던 회전 에그 체어에 올라가서 발판 위로 다리를 흔들었다.

플로이드가 로빈에게 물었다. "무슨 공부를 하고 있나요?"

'공부 아닌데요. 그냥 지리 게임이에요.'

"어떤 게임이죠?"

'아빠가 만들어 낸 게임이요.' 로빈은 엄지손가락으로 나를 가리켰다. '아빠는 아는 게 많긴 한데, 가끔 실수를 해요.'

플로이드는 학습 내용을 캐물었고, 로빈은 대답했다. 주 정부에서 로빈의 커리큘럼을 확인하려 했다면 만족스러운 대답을 받은 셈이었다. 캐리스 사일러는 둘 사이에 오가는 질문과 답을 지켜보다가, 몸을 앞으로 기울이고 물었다. "머리를 다쳤나요?" 그리고 마침내 모든 것이 이해가 갔다. 사일러는 일어서서 가까이 다가가더니 로빈의 오른쪽 이마에 파란 종기처럼 솟아난 멍을 살폈다. "어쩌다가 이랬어요?"

로빈은 낯선 사람에게 자신의 동물적 자아가 무슨 짓을 했는지 말하기를 꺼렸다. 그래서 나를 쳐다보았고, 나는 보일락 말락 살짝 고개를 끄덕였다. 분명히 사일러와 플로이드도 보았을 것이다.

'부딪쳤어요.' 머뭇거리는 대답이었다.

사일러가 두 손가락으로 로빈의 머리카락을 넘겼다. 나는 내 아들에게서 손 떼라고 하고 싶었다. "어쩌다가요?"

로빈의 입에서 사실이 흘러나왔다. '벽을 들이받았어요.' 정직함이 로빈의 몰락을 불렀다.

"어떻게요?" 사일러는 보건 교사처럼 물었다.

로빈은 다시 당황스러운 시선으로 나를 보았다. 손님들이 그 시선을 가로막았다. 아들은 멍을 건드리면서 아래를 보았다. '꼭 말해야 해요?'

이번에는 셋 다 나를 돌아보았다. "괜찮아, 로비야. 말해도 돼."

로빈은 오 초 정도 반항심에 차서 고개를 들었다가, 다시 떨궜다. '화가 났어요.'

"무엇 때문에요?" 캐리스 사일러가 물었다.

'소들 때문에요. 화나지 않으세요?'

사일러는 신문 도중에 멈칫했다. 나는 순간 그 여자가 부끄러움을 느꼈나 생각했다. 그러나 그 얼굴의 미세 근육이 가리키는 감정은 당혹감이었다. 무슨 이야기를 하는지 전혀 모른다는 뜻이었다.

상황이 엉뚱하게 돌아갔다. 나는 로빈과 눈을 마주치고 현관 쪽으로 고갯짓을 했다. "부엉이 확인하러 갈래?" 로빈은 어른의 어리석음을 이해하지 못하고 어깨를 으쓱였다. 그러고는 손님들에게 작별 인사를 중얼거리고 밖으로 나갔다. 로빈이 나가고 문이 닫히자 나는 신문자들을 돌아보았다. 직업적인 중립을 가장한 얼굴들을 보니 화가 났다.

"전 화가 난다고 아이에게 손가락 하나 올린 적이 없습니다. 대체 여기서 뭐하는 겁니까?"

"제보를 받았습니다." 플로이드가 대답했다. "누군가 전화를 건다는 게 보통 일은 아니죠."

"로빈은 겁에 질려 있었어요. 이번 바이러스성 광우병 때문에 엄청나게 분개했습니다. 제 아이는 살아 있는 것들에게 예민하거든요." 나는 굳이 다른 말을 덧붙이지 않았다. 나도 겁에 질렸어야 했고, 우리 모두가 겁에 질려야 마땅하다는 말을. 여전히 그 일은

355

어린아이 특유의 공포로 보였다.

마크 플로이드가 서류 가방에 손을 넣어 폴더를 하나 꺼내더니, 우리 사이에 놓인 커피 테이블 위에 펼쳤다. 이 년간의 서류와 기록들이 빼곡했다. 로빈이 3학년에 처음 받았던 정학부터 내가 워싱턴에서 내 아들을 이용한 공개 시위로 체포된 일까지.

"이게 뭡니까? 우리에 대한 정보를 수집하고 있어요? 온 나라 안의 문제아 전원에 대해 이렇게 정보를 수집합니까?"

캐리스 사일러가 나를 보고 얼굴을 찌푸렸다. "네. 맞습니다. 그게 우리의 일이에요."

"내 일은 내가 아는 최선의 방법으로 내 아들을 돌보는 겁니다. 지금 그렇게 하고 있고요."

그 후에는 어떻게 되었는지 잘 기억이 나지 않는다. 내 두뇌에 넘쳐흐른 화학 물질 때문에 사회복지사들의 말을 거의 듣지 못했다. 하지만 요점은 분명했다. 로빈은 아동 보호 체제의 능동 감시 사례이며, 우리는 체제로부터 감시당하고 있다는 것이었다. 다음에 다시 학대나 부적절한 돌봄을 암시하는 일이 있으면 주 정부가 끼어들 것이다.

나는 가까스로 더 소란을 일으키지 않고 두 사람을 돌려보낼 만큼 뉘우치는 태도를 유지할 수 있었다. 현관 계단에 서서 사회복지사의 차가 멀어지는 모습을 보다 보니 로빈이 블록 끝에서 자전거를 멈추고, 언제쯤 안전하게 집으로 돌아올 수 있는지를 살피는 모습이 보였다. 나는 어서 오라고 손을 흔들었다. 로빈은 안장에 제대로 앉아서 힘껏 페달을 밟았고, 날 듯이 내려서면서 자전거를 잔디밭에 팽개쳤다. 내 아들이 총총히 달려와서 내 허리를 꽉 끌어안았다. 내가 겨우 녀석을 떼어내자 로빈은 말을 했다. 로빈의 입에서 나온 첫마디는 이랬다. '아빠, 내가 아빠 인생을 망치고 있어.'

생물종이 이루는 강은 길다. 그리고 그 강이 이제까지 펼쳐 보인 수십억 가지의 해답 중에서 인간과 소는 꽤 가까운 친척이다. 생명의 가장자리에 있는 무언가를, 오직 열두 개의 단백질만 지정하는 RNA의 한 가닥을 살짝만 수정하면 기꺼이 다른 숙주를 시도해 볼 수 있다는 사실은 그리 놀랍지 않다.

로스앤젤레스, 샌디에이고, 샌프란시스코, 덴버, 어느 곳의 인구밀도도 산업형 가축 사육장의 밀도와 비할 바가 아니다. 그러나 인간의 기동력과 치열함은 밀도를 벌충했다. 그래도 2월에는, 아무도 아직 그렇게까지 걱정하지 않았다. 대통령은 소고기 산업을 찢어발기는 바이러스 문제를 무대의 뒤로 감췄다. 일주일, 또 일주일, 대통령은 선거를 계속 미루면서 몇몇 주의 디지털 보안이 아직 적당한 수준이 아니며 아직도 여러 적들이 개입을 시도하고 있다고 주장했다.

3월의 세 번째 화요일이 오고, 마침내 투표가 열렸을 때 지쳐 있던 나라 전체가 놀랐다. 그러나 또 다른 부정 의혹이 묵살당하고 대통령이 승자가 되었을 때는 나라의 절반만 충격을 받았다.

신호는 제니아에서 왔다. 제니아는 바람개비 은하의 한쪽 나선팔 끝 쪽에 위치한 수수한 항성계에서도 비교적 작은 행성이었다. 그곳에서, 지구 연도로 보면 몇 년 동안 이어지는 밤이 시작되던 때에 어린아이와 비슷한 어떤 존재가 손전등은 아니지만 그 비슷한 무엇인가를 지구의 밤하늘과 상당히 다른 하늘을 향해 들어 올렸다.

그 아이의 옆에는 아이의 아버지에 가장 가까운 생명체가 서 있었다. 제니아에서는 새로운 아이를 탄생시킬 때마다 지적 생명종 전체가 작은 생식 세포질을 하나씩 기증했다. 하지만 함께 키우지는 않았다. 제니아인 한 명이 아이를 하나씩 맡아 키웠다. 제니아에서는 모두가 모두의 부모이자 아이였고, 모두의 누이인 동시에 형제였다. 한 사람이 죽으면 모두가 죽는 것이면서 아무도 죽지 않는 것이었다. 제니아에서는 두려움, 욕망, 굶주림과 피로,

358

슬픔······ 그 외의 모든 덧없는 감정들이 모두가 공유하는 호의 속으로 사라졌다. 마치 낮에 하늘이 뜨면 따로따로 빛나는 별들이 잠시 사라지는 이치와 같았다.

"저기." 아버지 비슷한 존재가 자식 비슷한 존재에게 연설하는 투로 말했다. "조금 더 높이, 바로 거기야."

이 작은 존재는 지적인 토양 위에 떠 있는, 살아 있는 혈연 관계의 뗏목 위에 누워 있었다. 지구인에게는 뭐라 형언할 수 없는 형태의 도움이 팔이 아닌 팔을 살살 몰고 가는 느낌이 들었다.

"저기?" 어린 존재가 물었다. "바로 저기야? 그런데 왜 저기선 통 대답을 안 하지?"

나이든 존재는 소리도 빛도 아닌, 주변 공기 속에 일어나는 변화로 대답했다. "우린 저들이 수천 세대가 지나도록 신호를 퍼부었어. 우리가 생각할 수 있는 시도는 다 해 봤지. 그래도 저들의 관심을 끌 수가 없었어."

어린 존재가 뿜어낸 일련의 화학 물질은 웃음 아닌 웃음이었고 또 그보다는 온전한 판결이자 우주생물학 이론이었다. "굉장히 바빴나 보다."

낮이 길어졌다. 햇빛이 되돌아왔다. 내 아들은 돌아오지 않았다. 아들은 자기가 나를 저버렸다는, 또 자기보다 먼저 죽은 모든 생명체를 저버렸다는 확신에 사로잡혔다. 얼리사의 에그 체어에 몸을 말고 앉거나, 식탁 앞에 등을 굽히고 앉아서 수업 내용을 멍하니 보기만 했다. 한 시간이 지나도록 그렇게 구겨진 채로 꼼짝도 하지 않았다. 한 번은 로빈이 자기의 얼굴 앞에 두 손바닥을 펴고 여전히 손을 거쳐 가고 있는 생명의 기운에 혼란스러워하는 모습을 본 적도 있었다.

내 힘으로 아들을 도울 수 있었다. 두려움과 원칙을 생각할 때는 지났다. 미래의 위험을 몇 가지 감수하면 지금 아이가 겪는 고통을 덜 수 있었다. 로빈에겐 약이 필요했다.

어느 날 밤에는 목욕이 끝난 후에도 로빈이 욕실에서 나오지 않아서 무슨 일인지 보러 갔다. 로빈은 소년다운 가느다란 몸에 수건을 감고 서서 물끄러미 거울을 보고 있었다. '사라졌어, 아빠. 내가 뭘 기억할 수 없는지조차 기억할 수가 없어.'

이것이 내가 제일 그리워하는 로빈의 모습이다. 빛이 꺼진 후에도 로빈은 여전히 자신을 관찰하고 있었다.

며칠 후면 나도 봄방학이었다. 나는 비밀리에 준비하고 있던 생각을 던졌다. "어마어마한 보물 사냥을 할까?" 아들의 어깨가 처졌다. 발견은 더 하고 싶지 않다는 뜻이었다. "아니야. 로비야. 이번엔 진짜 보물찾기야."

로빈은 미심쩍은 눈으로 나를 보았다. '무슨 뜻이야?'

"파자마 입고 나서 아빠 서재에서 만나자."

로빈은 호기심에 거부하지 않고 내 말을 따랐다. 아들이 책상 옆에 나타나자 나는 수십 개의 이름이 가득한 종이 한 장을 건넸다. 스프링뷰티* 뾰족잎 노루귀,** 트레일링 아르뷰터스,*** 주교모자 선인장,**** 파이어핑크.***** 여섯 종류의 연령초.******

"이게 다 뭔지 알아?" 고개를 끄덕이려고 할 때는 몰랐다 해도, 고개를 다 끄덕였을 즈음에는 알아차렸을 것이다. "이 중에서 얼마나 많이 찾아서 그릴 수 있어?"

로빈은 팔다리를 덜덜 떨며 괴로워하다가 으르렁대듯 나를 불렀다. '아빠!' 나는 아들의 팔을 잡고 진정시켰다.

"실제로 말이야. 살아 있는 모습을."

로빈이 폭발하지 않은 건 어리둥절해서였다. 아들은 나에게 제발 합리적으로 굴라는 듯 손을 내저었다. '어떻게? 어디에서?' 마치 추락한 사람에게는 두 번 다시 꽃이 피지 않는다는 듯이.

---

*   Spring beauties. 야생초의 일종.

**   Sharp-lobed hepatica. 미나리과의 꽃 식물.

***   Trailing arbutus. 진달래과에 속하는 낮은 관목.

****   Bishop's cap. 멕시코에 서식하는 선인장의 일종. 난봉옥 선인장이라고도 부른다.

*****   Fire pink. 독특하고 화려한 붉은 야생화.

******   Trillium. 연령초속을 통칭하는 식물.

"스모키산맥은 어때?"

로빈은 믿지 못하겠다는 듯 고개를 내저었다. '정말이야? 정말?'

"완전 정말이지, 로비야."

'언제?'

"다음 주는 어때?"

로빈은 내가 거짓말을 하는지 확인하려는 듯 얼굴을 살폈다. 몇 주 만에 처음으로 내 아들에게서 희망이 흘러넘쳤다. '이번에도 같은 오두막에서 지낼 수 있어? 바깥에서 잘 수 있어? 아빠랑 엄마가 갔던 그 급류에 갈 수 있어?' 굉장한 생명력이 다시금 로빈을 휩쓸었다. 녀석은 야생화의 이름이 잔뜩 적힌 종이를 눈높이로 들어 올리고 끙끙거렸다. '어떻게 이 많은 꽃을 일주일 안에 다 익히지?'

나는 마음속으로 숲에서 돌아오면 병원 예약을 잡고 새로운 치료를 시작하겠다고 맹세했다.

✧

달리는 길에도 로빈은 가만히 있지를 못했다. 이제는 아이가 아주 사소한 생각에만 사로잡혀도 끝없이 안심시켜야 했다. 아이는 끊임없이 과거에 대해 물었다. 일리노이주를 거의 다 지나고 인디애나와 켄터키를 통과하는 내내 얼리사에 대해 이야기했다. 제 엄마가 어디에서 성장했고 학교에서는 무슨 공부를 했는지 알고 싶어 했다. 아빠와 엄마가 어떻게 만났으며 결혼하기까지 얼마나 걸렸는지, 자기가 태어나기 전에 우리가 어디어디를 다녔는지 물었다. 우리가 신혼여행 때 스모키에서 같이 한 일을 모조리 알고 싶어 했으며, 얼리사가 이 산맥에서 무엇을 제일 좋아했는지도 궁금해했다.

나를 달달 볶지 않을 때면 내가 사 준 애팔래치아 야생화 책을 공부했다. 꽃의 색깔별로 색인을 달고 개화 시기별로 정리한 책이었다. '춘계단명이 뭐야?'

나는 발음을 바로잡아 주고 봄에만 피고 죽는다는 뜻이라고 설명했다.

'왜 그렇게 빨리 죽는 거야?'

"숲 바닥의 그늘 속에서 자라거든. 나무들이 잎을 내밀어서 햇빛을 가리기 전에 싹을 틔우고 꽃봉오리를 맺고 꽃을 피우고 열매를 맺고 씨를 떨구기까지 다 해야 해."

'엄마가 제일 좋아하는 봄 야생화는 뭐였어?'

나도 예전에는 알았을 텐데. "기억이 안 나는구나."

'엄마가 제일 좋아하는 나무는 뭐였어? 제일 좋아한 나무도 기억이 안 나?'

나는 그나마 아는 것도 잊어버리기 전에 그만 물어보라고 한

다음 말했다.

"엄마가 제일 좋아한 새는 말해 줄 수 있지."

그러자 로빈이 나에게 고함을 지르기 시작했다. 긴 여행이었다.

나는 그 오랜 옛날에 우리가 지냈던 오두막을 그대로 빌리는 데 성공했다. 주위를 둘러싼 덱이 숲과 별을 향해 열려 있는 곳. 우리는 나무 그림자를 쫓으며 가파른 자갈길을 굴러갔다. 로빈이 차에서 뛰어내리더니 한 번에 두 계단씩 뛰어 올라갔다. 나는 가방을 들고 따라갔다. 들어가 보니 전등 스위치마다 '복도', '현관', '부엌', '머리 위' 라벨이 그대로 붙어 있었고 찬장에도 여전히 똑같은 색색의 지시 사항이 붙어 있었다.

로빈이 거실에 뛰어들더니 곰과 엘크와 카누 행렬이 수놓인 소파에 몸을 던졌다. 그리고 삼 분 후에는 잠이 들었다. 숨소리가 어찌나 평화롭던지, 나는 그대로 밤새 자게 내버려 두었다. 로빈은 새벽빛이 쏟아져 들어 올 무렵 겨우 깼다.

그날 아침에는 둘이서 길을 나섰다. 나는 축축한 바위 턱을 뒤로 하고 남쪽 태양을 마주보는 공원으로 얼마 들어가지 않아 등산로를 찾아냈다. 20미터를 갈 때마다 정신없이 가득한 온실보다 더

많은 식물종이 들어찬 암석 노출지와 마주쳤다. 한 덩어리만 뜯어
내어 성간 우주선 화물칸에 채우면 머나먼 슈퍼 지구를 테라포밍
하는 데 쓸 수 있을 정도였다.

로빈은 야생화 목록을 꼭 쥐고 걸었다. 왼쪽 오른쪽에서 새로
운 꽃을 찾기는 했지만, 이름을 짚어 내는 데에는 자신감이 없었
다. '이거 나도바람꽃*이야, 아빠?'

로빈은 휴대용 도감에 실린 사진과 똑같은 모양을 찾아냈다.
"모르겠다. 네 생각은 어떠니?"

'음, 꽃잎이 딱 맞아떨어지진 않아. 그리고 가운데의 작은 부분
이 많이 길어.'

나는 사진을 보고 다시 로빈을 보았다. 아들이 자신감을 잃은
게 보였다. 네 달 전이었다면 거꾸로 책을 고쳐 줬을 것이다. "스
스로를 믿으렴, 로비야."

로빈은 조바심을 치며 허공에 손을 내저었다. '아빠. 그냥 말
해 줘.'

나는 그 추측이 맞다고 확인해 줬다. 로빈은 어설픈 작은 나도
바람꽃을 그렸다. 다시 꽃을 찾다가 진짜와 가짜 솔로몬의 인장**
을 두고 고민한 다음 둘 다 그렸다.

로빈에게 조금이라도 평화를 주는 일은 그림 그리기뿐이었다.

---

* Rue anemone. 미나리아재빗과의 여러해살이풀. 봄에 흰색 또는 분홍색 꽃이 핀다.
** 이 두 둥굴레속의 식물은 비슷하게 생겨서 각각 진짜와 가짜 솔로몬의 인장(true/false Solomon's seal)이라는 이름이 붙었다.

손에 잘 깎은 연필을 들고 통나무에 걸터앉으면 아직도 괜찮았다. 하지만 클레이토니아 안쪽을 채운 흐릿한 자주색 선을 그림으로 되살리는 데에 영원 같은 시간이 걸렸다. 노란 송어 백합은 불안하게 그려졌다고 화를 냈다. 그리고 사실대로 말하면 스케치 실력도 한 달 전의 비현실적이고 탁 트여 대담했던 그림에 비하면 조금 퇴보했다.

확인 목록을 채웠다. 로빈은 열 가지를 발견했고, 그다음에는 이 지역에 살지 않는 사람이라고는 상상도 못할 정도로 빠르게 활짝 핀 춘계단명 십여 종을 찾아냈다. 새로운 발견을 할 때마다 끈질긴 만족감이 아이의 마음을 채웠다. 로빈은 능선을 따라 800미터를 채 걷기 전에 내가 숙제로 낸 야생화를 모두 찾아냈다. 아이는 실험 내용이 협조적으로 꽉꽉 들어찬, 햇빛에 뒤덮인 젖은 바위벽을 돌아보았다. '무슨 일이 일어나든 봄은 계속 돌아와. 그렇지, 아빠?'

양쪽 모두 강력한 반론이 있었다. 지구에는 불지옥부터 눈덩이까지 다 있었다. 화성은 대기를 잃고 차디찬 사막이 되었고, 금성은 두들겨 대는 바람과 제련소보다 더 뜨거운 표면으로 내려앉았다. 생명은 하룻밤 사이에 박살이 날 수 있었다. 내가 만든 모델들이 그렇게 말했고, 이 행성의 바위들도 그렇게 말했다. 지금 우리가 사는 곳은 빠르게 변하고 있었다. 표본 하나만 가지고 예측을 하기는 불확실했다.

"맞아." 나는 아들에게 말했다. "봄은 믿을 수 있지."

로빈은 혼자 고개를 끄덕이고 능선을 앞서 나갔다. 우리는 180도 커브를 돌아서 평평한 구간에 들어섰다. 한 걸음을 내딛을 때마다 숲이 더 열렸다. 푸르른 월계수 관목이 탁 트인 참나무와 소나무들에 자리를 내주었다. 내 휴대폰에서 핑 소리가 났다. 이 위쪽까지 신호가 들어오다니 놀라웠다. 지구상에서 통신이 없는 모든 곳에 서비스를 펴는 게 통신망의 일이긴 했다.

나는 내용을 확인했다. 그럴 수밖에 없었다. 로빈의 일곱 살 생일 때 호랑이처럼 얼굴을 분장한 얼리사와 로빈이 함께 찍은 사진을 밀어 잠금 화면을 풀었다. 여섯 개의 문자함에 열일곱 개의 메시지가 나를 기다렸다. 나는 고개를 들어 다시 편해진 걸음걸이로 산길을 앞서 내려가는 로빈을 보았다. 그리고 문자를 슬쩍 보았다. 최악을 두려워하며 가정했음에도, 그게 무슨 내용일지는 미처 상상하지 못했다.

차세대 망원경이 죽었다. 삼십 년의 계획과 궁리, 120억 달러, 22개국 수천 명의 뛰어난 사람들이 해낸 작업, 모든 천문학계의 희망 그리고 다른 행성들의 윤곽을 처음으로 제대로 볼 기회가. 새로 재선된 대통령이 기쁘게 그 계획을 죽여 버렸다. 아래와 같이.

미수에 그친 쿠데타 이후 믿는 자들에게 저지른 가장 큰 사기극!

내 동료들은 폐허 속에서 허둥거리며 격분과 슬픔과 불신의 감정을 쏟아내고 있었다. 나는 무슨 말인가를, 상황 파악 못 하는 연대의 말을 다섯 마디쯤 썼다. 대기 상태로만 두고 보낼 수는 없었다.

길 아래에서는 로빈이 독미나리 발치에 무릎을 꿇고서 뭔가를 열심히 보고 있었다. 나는 휴대폰을 치우고 그쪽으로 내려갔다. 내가 다가가자 로빈이 일어섰다. '혹시 엄마가 이 길을 걸은 적 있어?'

죽음만큼 맹렬한 것은 사랑일지니. "뭘 보고 있었니?"

아들은 협곡 저 아래, 로도덴드론 사이의 한 지점을 보고 있었다. '그런 적 있어?'

"아마 아닐걸. 왜?"

'그럼 우리 그냥 강으로 가도 될까? 엄마가 좋아했던 곳으로?'

"아직 이르잖니. 점심은 먹고 나서 내려갈 계획이었지. 오늘 밤에는 거기에서 야영할 거야."

'그냥 지금 갈 수 없어? 제발?'

우리는 능선 위로 돌아가서, 드러난 바위와 여기저기 무리 지은 꽃다발들을 따라가다가 산비탈로 다가갔다. 나는 로빈의 걸음을 늦추고 주위를 보게 하려고 했다. "파이어핑크를 확인해 볼까? 올라올 때는 필락말락 했잖아. 한 시간 만에 꽃이 얼마나 많이 피는지 믿을 수 있겠니?"

로빈은 파이어핑크를 보고 놀랍다고 말했지만, 마음은 이미 다른 곳에 가 있었다.

우리는 산 아래로 내려가서 차로 돌아갔다. 나는 다른 산길 입구로 차를 몰았다. 우리가 일 년 반 전에 올라갔던 길. 아내와 내가 그보다 십 년 전에 신혼여행으로 걸었던 길. 걸으면서 나는 인간사 어디에도 없지만 이제는 사방에서 튀어나오는 수천 개의 외계 행성 이야기로 아내를 유혹했었다.

'작은 녹색 인간을 찾을 때까지 얼마나 걸려?'

"얼마 안 남았어." 나는 아내에게 그렇게 말했다. "인간형이 아닐지도 몰라. 녹색이 아닐지도 모르고. 하지만 우리 둘 다 살아서 외계인을 보게 될 거야." 하지만 우리 둘 다 보지 못하리라.

차에서 미리 싸 둔 배낭을 꺼내 짊어지는데, 로빈이 무언가 감지했다. 아들은 400미터쯤 걷고 첫 번째 굽이가 나올 때까지 기다렸다가, 갓 피어난 채진목 아래에 멈춰서 나를 곁눈질했다. '아빠 무슨 일 있지?'

내 두뇌의 원시적인 부분은 이미 일어난 일이라도 큰 소리로 말하지만 않으면 달라질 수도 있지 않을까 상상했다. "아무것도 아니야. 아빠가 그냥 좀 생각에 잠겼네."

'나 때문이지? 맞지?'

"로비야. 말도 안 되는 소리 하지 마!"

'내가 소리를 지르는 바람에 아동보호국과 문제가 생겼잖아. 그 사람들이 아빠에게서 날 빼앗을 거야. 그렇지?'

둘 다 배낭을 메고 있을 때 키가 절반만 한 사람을 끌어안기는 어렵다. 내가 끌어안으려고 시도하자 로빈의 의심만 굳어졌다. 아들은 나를 밀어내고 길을 걸어가더니, 멈춰 서서 몸을 돌리고 손가락을 들어 올리며 경고했다.

'나를 보호하려고 진실을 숨기면 안 돼.'

"안 그래." 나는 손으로 허공에 구불구불한 선을 그렸다. 세로로 10센티를 긋고 가로로 6센티를 그었다. '용서해 줘, 내가 실수를 많이 하지.'라는 뜻이었다. 로빈이 고개를 아주 살짝 끄덕였다. '나도 마찬가지야'라는 뜻이었다.

"미안하다, 로비야. 나쁜 소식이야. 워싱턴에서 나온 소식."

'그 사람들이 시커를 죽였어?'

"더 나빠. 차세대를 죽인대."

로빈은 두 귀를 덮고 반쯤 공중에 뜬 새처럼 조용한 비명을 내질렀다. '그건 미친 짓이야. 그 오랜 시간을 들였는데. 그렇게 일을 하고 돈을 썼는데. 그 사람들 아빠가 한 말은 하나도 안 들은 거야?'

나는 쓴웃음을 삼켰다.

'시커는 어떻게 돼?'

"이젠 어림도 없지."

'영영 안 되는 거야?'

"내가 살아 있는 동안에는."

로빈은 고개를 멈추지 못하고 계속 흔들었다. '기다려 봐. 그건 옳지 않아.' 아들은 머릿속으로 계산하면서 얼굴을 찌푸렸다. 차세대 우주 망원경을 상상하고, 설계하고, 짓는 데 걸린 세월, 플래닛 시커를 계획하느라 낭비한 세월, 누구든 다시 우주 망원경을 만들자고 제안하기까지 흘러야 할 세월 그리고 나에게 남은 세월.

수학은 로빈의 장기가 아니었다. 하지만 특별히 잘할 필요도 없었다.

'그럼 차세대는 어떻게 할 거래?'

전 세계 천문학자들과 열 살짜리들의 잠을 망쳐 놓을 게 확실한 질문이었다. 허블의 5만 배는 멀리 보려고 120억 달러를 들인 장비가, 열여덟 개의 육각 거울을 만분의 1밀리미터의 오차도 없이 정확하게 배열해서 우주의 저편을 보려고 했던 장비가 버려져서 조각조각 뜯겨 나가다니…… 역사상 가장 비싼 난파선이리라.

'아빠, 모든 게 뒷걸음질을 쳐.'

말 그대로였다. 그리고 나는 이유를 몰랐다.

산길이 한 명만 지나갈 수 있는 너비로 좁아졌고 우리는 앞뒤로 서서 긴 로도덴드론 터널을 통과했다. 나는 배낭의 무게와 진실의 힘에 눌려 힘겹게 나아가는 아들의 모습을 뒤에서 지켜보았다. 우리는 산마루에 이르렀다가 물가로 1.5킬로미터쯤 이어지는 내리막을 걷기 시작했다. 나는 갑자기 멈춰 선 로빈과 부딪칠 뻔했다.

'저 바깥에 있는 모든 문명들 말이야. 다들 왜 우리의 소식을 전혀 못 듣는지 궁금해할 거야.'

✦

　우리는 가파른 강 안으로 구부러져 들어간 야영지에 도착했다. 로빈이 뚱뚱한 배낭을 벗고 다시 어린 소년으로 변신했다.

　'텐트를 치기 전에 먼저 물가에 앉아도 될까?'

　상쾌하고 맑은 날이었고, 아직 몇 시간은 햇빛이 있을 것이다. 비가 올 기미도 없었다. "얼마든지 강가에 앉아 있을 수 있지."

　'얼마든지?'

　"인류를 이해하는 데에 걸리는 시간만큼."

　로빈은 10여 미터 떨어진 강가까지 나를 끌고 갔다. 개울물에서 초록과 갓 태어난 것들의 냄새가 났다. 우리는 물 가까이에서 각자 앉을 만한 바윗돌을 찾았다. 로빈이 빠르게 흐르는 물에 손을 넣어 보더니 차가움에 얼굴을 찡그렸다. '발을 담가도 될까?'

　차세대가 죽었다. 시커도 죽었다. 내 모델들은 영영 시험도 해 보지 못할 것이다. 내 판단은 빗나갔다. 하얀 폭포의 힘과 자유가 허공을 가득 채웠다. "그래도 되지."

　나는 부츠와 두꺼운 등산 양말을 벗고 멍든 발을 소용돌이치는 물속에 담갔다. 살을 에도록 차가운 물이 안도감과 고통 사이의 경계를 오갔다. 나는 얼음장 같은 물에서 다리를 빼고 나서야 감각이 마비되어 있었음을 깨달았다. 로빈은 얕은 물에서 다리를 흔들어 발을 데우려 하고 있었다.

"이만하면 지금은 됐다. 그렇지?"

로빈은 뻣뻣해진 다리를 물살 위로 올렸다. 종아리 가운데쯤부터 아래가 벽돌처럼 붉었다. '붉은발얼가니새가 됐네!' 아들은 아픈지 발가락을 손에 쥐고 녹이려 했다. 웃음소리가 울음소리와 똑같았다. 로빈이 뭔가를 찾아서 물속을 뒤지는데, 무엇인지 묻기가 두려웠다. 언젠가 다른 시대, 다른 세상에서, 다른 소년이 나에게 어머니는 도롱뇽이 되었다고 말한 적이 있었지. 나는 이 하루를 구해 줄 만한 뭔가가 나올까 싶어서 아들과 함께 하류를 바라보았다.

로빈이 먼저 찾아냈다. '왜가리다!'

로빈에게 아직 그런 고요함이 남아 있을 줄이야. 왜가리는 한쪽 발을 물속에 깊이 담근 채 멈춰 서 있었다. 로빈도 최면에 걸린 것처럼 오랫동안 그렇게 서 있었다. 둘은 서로를 응시했다. 얼굴 앞쪽을 향한 아들의 눈과, 옆으로 향한 왜가리의 눈. 로빈에게서 뉴로피드백의 효과가 빠지긴 했어도, 일렁이는 피드백에 집중하는 방법까지 잃지는 않았다. 언젠가 우리는 이 살아 있는 세계를 어떻게 연마할지 다시 배울 것이며, 그때가 되면 가만히 있는 게 하늘을 나는 것과 비슷해질 것이다.

키 큰 새가 천천히 걸었다. 오 분에 반걸음씩. 마치 서 있는 유목 조각 같았다. 물고기마저 새의 존재를 잊었다. 왜가리가 마침내 잽을 날렸을 때, 로빈은 날카로운 비명을 질렀다. 왜가리는 거의 몸을 기울이지도 않고 2미터 너머를 공격했고, 놀랍도록 커다란 식사 거리를 입에 물고 일어섰다. 새의 가는 목구멍을 넘어가기엔 너무 커 보이는 물고기였다. 그러나 신축성 있는 식도가 열렸고, 일 분쯤 지나자 물고기는 튀어나오는 흔적조차 없이 말끔하게 뱃속으로 사라졌다.

로빈이 와 하는 함성을 지르자 그 소리에 놀란 왜가리가 날아올랐다. 몸을 구부리고 발을 걷어차더니 거대한 두 날개를 펄럭였다. 떠오르는 모습은 마치 익룡 같았고, 날아오르면서 낸 꺽꺽 소리는 감정 자체보다 더 오래되었다. 어색한 이륙은 곧 우아한 비행으로 변했다. 로빈은 왜가리가 관목 위를 빠져나가서 사라질 때까지 바라보았다. 그 거대한 생물이 사라진 자리를 계속 바라보다가 나를 돌아보고 말했다. '엄마가 여기 있어.'

우리는 신발을 다시 신고, 상류 쪽으로 방향을 돌려 돌투성이 강둑을 따라 백 미터쯤 이동해 내 가족 전원이 헤엄쳤던 장소에 도착했다. 모두가 동시에 헤엄친 적은 없다 해도…… 나는 급류 아래의 웅덩이에 다가갔다가 큰 소리로 욕을 했다. 로빈이 듣고 충격 때문에 얼굴이 하얘졌다. '뭔데, 아빠? 뭐야?'

로빈은 내가 가리킨 자리를 보았다. 개울물 여기저기에 돌탑이 쌓여 있었다. 양쪽 강둑은 물론이고 개울 한가운데에 놓인 바윗돌 위에도 쌓아 올린 돌멩이들이 보였다. 신석기 시대의 선돌이나 퍼즐 하노이의 탑 같았다.

로빈은 여전히 이해하지 못하고 놀란 얼굴로 나를 보았다.

'저게 뭐가 문젠데, 아빠?'

"저건 너희 엄마에게 최악의 악몽이었어. 저런 돌탑은 강에 사는 모든 것들의 집을 망치거든. 다른 행성에서 온 생명체들이 우리의 하늘에 나타나서 우리 동네를 몇 번이고 몇 번이고 망가트린다고 상상해 보렴."

로빈의 눈이 잉어와 송어와 도롱뇽과 담수 조류와 가재와 수인성 유충과 멸종 위기의 민물 메기와 헬벤더 도롱뇽을 찾아 헤맸다. 모두가 이 표현 예술에 희생당하고 없었다. '그렇다면 우리가 직접 무너뜨려야겠네.'

나는 너무 지친 기분이었다. 인생을 물가에 내려놓고 싶었다. 그러나 우리는 작업에 착수했다. 손이 닿는 대로 돌탑을 다 무너뜨렸다. 나는 우르르 무너뜨렸고, 로빈은 맑은 물속에 돌멩이를 놓기 좋은 자리를 가늠하며 한 번에 하나씩 해체했다. 우리가 가까운 강둑까지 작업을 마치자, 로빈이 개울 한가운데에 쌓인 돌탑을 쳐다보았다. '나머지도 해치우자.'

돌멩이를 가득 안고 산맥 속을 흐르는 이 강의 총 길이는 4000미터였다. 인간의 손길이 그 모든 곳에 미칠 것이다. 우리가 여름과 가을 내내 매일같이 돌탑을 무너뜨린다 해도 다음해 봄이면 다시 돌탑이 쌓여 있을 것이다.

"저긴 너무 멀어. 물살도 너무 강하고. 얼마나 차가운지 몰라."

열 살배기가 장기전을 앞에 두고 떠올릴 법한 눈빛. 로빈은 내가 막기 직전까지 걸어 들어가더니, 천 년 묵은 이끼가 덮인 바위에 앉았다.

'엄마라면 했을 거야.'

도롱뇽이 된 아이의 엄마.

"오늘은 안 돼, 로비야. 이제 막 눈이 녹아서 물이 너무 차가워. 7월에 다시 오자. 그때도 돌탑이 여기저기 쌓여 있을걸. 내가 장담할게."

로빈은 숲을 뚫고 산 아래로 흘러 내려가는 초록색 물길을 지긋이 바라보았다. 개똥지빠귀의 노랫소리가 아이를 달래는 것 같았다. 로빈의 숨소리가 깊고 느려졌다. 각다귀 한 무리가 물 위를 날았고 발치의 웅덩이 주위에는 이르게 나온 청백색 반점의 노랑나비들이 허둥거렸다. 여기에서는 누구도, 아무리 내 아들이라 해도 분노를 오래 간직하기 힘들었다. 로빈은 너무 빨리 친구로 돌아와서 나를 쳐다보았다. '저녁 식사로는 뭘 만들지? 내가 스토브 담당해도 돼?'

야영지에서는 아무도 우리를 건드릴 수 없었다. 우리는 강둑 가까이에 텐트를 치고 슬리핑백을 바닥에 깔았다. 까맣게 그을린 장소에 부엌을 만들었고 로빈이 토마토와 콜리플라워와 양파를 넣은 렌틸콩을 요리했다. 식사를 하고 난 무렵에는 나를 완전히 용서할 태세였다.

우리는 예전과 똑같이 물가의 나이 든 두 그루의 플라타너스에 배낭을 걸었다. 백합 나무와 히코리 나무 사이로 보이는 하늘이 어찌나 맑은지, 우리는 다시 한번 운명을 시험하며 텐트 덮개를 열어놓았다. 곧 사위가 어두워졌다. 우리는 투명한 그물망 아래 나란히 누워서, 밤의 모든 구역 규칙을 다시 만들고 있는 별들이 가득한 흑청색 하늘을 올려다보았다.

로빈이 어깨로 나를 쿡 찔렀다. '그러니까 은하수에는 별이 수십억 개 있다고?'

이 아이가 있어 준 덕에 내 세상은 좋아졌다. "수천억 개야."

'그러면 우주에 은하계는 얼마나 많아?'

내 어깨가 로빈의 등을 쿡 찔렀다. "마침 잘 물어봤다. 얼마 전에 영국 연구팀이 어쩌면 은하계가 2조 개일지도 모른다는 논문을 발표했거든. 우리의 생각보다 열 배는 많은 거야!"

로빈은 확신을 얻고는 어둠 속에서 고개를 끄덕였다. 아이는 손으로 하늘을 내저으며 질문을 던졌다. '사방에 별이잖아. 우리가 셀 수 있는 것보다 더 많단 말이지? 그런데 왜 밤하늘엔 빛이 가득하지 않아?'

오래된 포유류의 위협 전술이 되살아나며 내 온몸의 털이 곤두섰다. 내 아들이 올베르스의 역설*을 재발견하다니. 너무나 오

---

* 1823년 독일 천문학자 올베르스가 주장한 내용으로, 정확히 같은 질문을 던졌다.

랫동안 내 곁을 떠나 있던 얼리사가 돌아와 내 반대쪽 귓가에 입술을 대고 말했다. '쟤는 정말이지 대단해. 당신도 알지?'

나는 로빈을 위해 최대한 알기 쉽게 설명했다. 우주가 변함이 없고 영원하다면, 그러니까 언제나 그대로였다면 밤은 무수한 태양의 빛으로 낮처럼 환했을 것이다. 그러나 우리 우주는 겨우 140억 년밖에 되지 않았고, 모든 별은 점점 더 빠른 속도로 우리에게서 멀어지고 있었다. 이곳은 별들이 밤을 지워 버리기에는 너무 젊고, 너무 빨리 팽창했다.

바싹 붙어 있다 보니 로빈의 생각이 저 어둠 속으로 질주하는 것을 느낄 수 있었다. 로빈의 눈은 이 별에서 저 별로 하늘 곳곳을 뛰어다녔고 그림을 그리며 자기만의 별자리를 만들고 있었다. 로빈이 입을 열었을 때 나온 소리는 작았지만 현명했다. '슬퍼하지 마. 그러니까, 망원경 말이야.'

나는 놀랐다. "왜?"

'어느 쪽이 더 클 것 같아? 외우주……?' 로빈은 손가락으로 내 머리를 건드렸다. '아니면 내우주?'

머릿속 한구석에서, 어린 시절 성경이었던 올라프 스테이플던의 『스타메이커』의 문장이 떠올랐다. 그 책에 대해 생각하지 않은 지 수십 년이었다. '우주 전체는 존재 전체보다 무한히 작다……. 우주의 매 순간마다 그 기저에는 무한한 존재 전체가 있다.'

"내우주." 나는 말했다. "물론 내우주지."

'좋아. 그렇다면, 우주 망원경을 발사하지 못한 수백만 개의 행

성도 망원경을 발사한 수백만 개의 행성과 똑같이 운이 좋은지도 몰라.'

"그럴지도." 나는 대답하고 로빈에게서 고개를 돌렸다.

'저기, 저 행성.' 로빈이 가리켰다. '저기엔 무슨 일이 일어나?'

나는 말했다. "저 행성에서는 사람이 반으로 갈라졌다가, 모든 기억을 다 갖춘 두 사람으로 다시 자라날 수 있어. 하지만 평생 딱 한 번만이야."

로빈은 하늘 저편으로 팔을 휘둘렀다. '그럼 저기는? 저기 저 행성은?'

"저기에서는 사람의 피부를 뒤덮은 색소체가 언제나 그 사람의 감정을 정확히 알려 줘."

'멋지다. 저기에서 살고 싶어.'

우리는 오랫동안 우주를 떠다녔다. 멀리멀리, 보름까지 이틀 남은 상현달이 산맥 위로 떠올라 별들을 가릴 때까지 여행을 했다. 로빈이 아직 남아 있는 밝은 별 하나를 가리켰다. 저렇게 밝다니, 목성이 틀림없었다.

'저기에서는? 기억이 절대 희미해지지 않고, 사라지지도 않아.'

"이런. 뼈가 부러진 기억도? 다른 사람과 싸운 기억도?"

'엄마의 살갗에서 나는 냄새도. 왜가리를 본 기억도.'

나는 로빈의 손가락이 가리키는 방향을 보았다. 별빛이 완연히 떠오른 달빛에 흐려지고 있었다. "저 행성에 가고 싶니?"

로빈의 슬리핑백 밖으로 어깨가 솟아올랐다. "모르겠어."

숲에서 무엇인가가 울었다. 새도 아니었고, 내가 들어 본 어떤 포유류의 소리도 아니었다. 그 울음소리는 어둠을 꿰뚫고 강물 소리 너머로 오래도록 울려 퍼졌다. 소리의 이유는 고통일 수도 있고 기쁨일 수도 있고, 비탄일 수도 있고 축하일 수도 있었다. 로빈이 움찔하더니 내 팔을 잡았다. 내가 아무 소리도 내지 않았건만 나더러 조용히 하라고 했다. 그 소리가 더 먼 곳에서 다시 울렸다. 또 다른 소리가 응답을 유도하며, 거칠기 그지없는 합창을 이뤘다.

그러다가 소리가 멎고, 밤은 다른 음악 소리로 가득 찼다. 로빈이 몸을 돌려 나를 더 세게 붙잡았다. 달빛이 얼굴을 비추고 있었다. 살아 있는 모든 생명체는 그들이 느끼도록 만들어진 모든 것을 느낄 것이니.

'저 소리 잘 들어 봐.' 아들이 나에게 말했다. 그러고는 영영 희미해지지 않고 영영 사라지지 않을 말을 더했다. '우리가 어디 있는지 믿을 수 있어?'

아늑한 텐트의 어둠 속, 내 얼굴에서 불과 30센티미터 떨어진 곳에서 얼리사가 속삭였다. '그게 왜 그렇게 중요해?'

그때 우리는 내 발에서 피가 날 때까지 여덟 시간을 등산했고,

거친 폭포 속에서 함께 헤엄도 쳤다. 나는 너무나 지친 나머지 야영용 스토브를 켜고 저녁을 요리하는 데에 안간힘을 써야 했다. 뭘 먹었는지도 기억이 나지 않는다. 그저 아내가 더 달라고 했던 기억만 난다.

나는 바람을 넣은 베개에 얼굴을 처박고 일주일간 죽어 있고 싶었다. 아내는 밤새도록 나를 깨워 놓고 철학 이야기를 하고 싶어 했다. '생명이 다른 어딘가에서 생겨났다 한들 무슨 차이가 있어? 여기에 생명이 생겼어. 그게 전부 아니야?'

나는 머리가 돌아가지 않는 상태였다. 주어와 동사를 맞추기도 버거웠다. "한 번은 우연이지. 두 번은 필연이고."

아내가 내 가슴을 누르며 말했다. '이 결혼이라는 거 마음에 들어.' 그 발견으로 모든 문제가 해결되었다는 듯 놀란 목소리였다.

"어디서 어떤 흔적이라도 찾아낸다면, 우린 우주가 생명을 원했다는 걸 알게 돼."

아내는 심하게 웃어 댔다. '아, 우주야 생명을 원하고말고.' 아내는 몸을 굴려, 그 작지만 행성 같은 몸을 내 위에 올렸다. '그리고 지금도 원해.'

잠시 동안은 우리가 전부였다. 그러다가 아니게 되었다. 그 후에 잠이 들었나 보다. 나는 신비로운 소리를 듣고 다시 깨어났다. 어둠 속에서 누군가가 노래를 하고 있었다. 처음에는 얼리사인 줄 알았다. 부드럽게 순환하는 세 개의 음표. 끝없이 새로운 음조를 시험하는 짧디짧은 멜로디. 나는 얼리사를 보았다. 어둠 속에서도 얼리사는 그 어련한 3음계가 베토벤이라도 되는 듯 놀란 눈을 크게 뜨고 있었다. 얼리사는 공포에 질린 척하며 내 팔을 잡았다.

'여보! 그들이 착륙했어. 여기 왔다고!'

얼리사는 가수의 이름을 알고 있었다. 하지만 그때 미처 묻지 못했으니, 이제는 영영 알지 못하리라. 아내는 그 새소리가 잠잠해질 때까지 귀를 기울였다. 그 노래 뒤에 남은 정적은 순식간에 다른 생명체들의 소리가 메웠다. 마치 우리를 둘러싼 여섯 종류의 나무들을 뚫고 사방으로 번져 가는 그물망 같았다. 아내는 순전한 황홀감에 빠져 있었다. 우리 아들이 한순간 익히게 될 그 환희에.

'이게 생명이야.' 아내는 말했다. '이걸 언제까지나 간직할 수 있다면……'

한때와 영원 사이에는 정말이지 작은 차이밖에 없다.

나는 자각도 없이 잠들었다가, 텐트 지퍼가 열리는 소리에 깼다. 어떻게 로빈이 내가 알아차리기도 전에 옷을 입고 텐트에서 반쯤 나갔는지 알 수가 없었다. "로빈?"

'쉬이잇!' 로빈이 그러는 이유를 알 수가 없었다.

"너 괜찮아?"

'난 좋아, 아빠. 완전 좋아.'

"어딜 가는 거야?"

'이게 최우선 순위야, 아빠. 금방 돌아올게.' 달빛 속에서 아들은 자전하는 지구처럼 손을 비틀어 흔들었다. 다 괜찮다는 의미의 오래된 신호였다. 나는 바람을 넣은 베개에 머리를 다시 고쳐 베고, 두꺼운 슬리핑백의 입구를 목까지 여민 후 잠들었다.

그리고 정적 때문에 깨어났다. 깨자마자 두 가지를 깨달았다. 첫째는 내가 생각보다 길게 잤다는 것이고, 둘째는 로빈이 곁에 없다는 사실이었다.

나는 옷을 입고 텐트를 나섰다. 우리가 기둥을 박은 풀밭은 이슬에 젖어 있었다. 로빈의 신발과 양말이 공터 옆에 놓여 있었다. 손전등도 마찬가지였다. 필요가 없었으리라. 맑은 하늘에 뜬 달이 지구를 청회색 판화로 바꿔 놓았으니. 뿌리와 돌멩이 사이를 누비기가 가로등 불빛 속을 걷는 것처럼 쉬웠다.

이름을 불렀지만, 물소리 외에는 아무것도 들리지 않았다. 나는 야영지를 돌면서 더 크게 외쳤다. "로빈? 로비야! 이 녀석아!" 1미터쯤 떨어진 개울물에서 숨죽인 신음 소리가 들렸다.

나는 재빠르게 강둑으로 달려갔다. 은색 달빛 속에서 급류의 물살이 파편처럼 튀었다. 언젠가 로빈은 이렇게 말한 적이 있다. '어두워질수록 주변 시야로 더 잘 볼 수 있어.' 나는 이리저리 두리번거리며 하류에서 상류까지 죽 살폈다. 물 한가운데에서 로빈이 바윗돌을 끌어안고 몸을 웅크리고 있었다.

나는 1.5미터쯤 되는 물속을 뛰어들어 갔다가 미끄러운 곳을 밟았다. 그대로 발밑의 돌에 미끄러져 넘어졌고 오른쪽 무릎과 왼쪽 팔꿈치를 부딪치며 피부가 까졌다. 얼어붙듯이 차가운 물에 휩쓸려 10미터를 떠내려가다가 겨우 다른 큰 돌을 붙잡았다. 나는 손과 무릎을 대고 돌에서 돌로 기어 상류로 다시 올라갔다. 한 발자국을 옮길 때마다 몇 분은 걸리는 것 같았다. 바윗돌에 접근하자 모든 것이 보였다. 로빈은 돌탑을 무너뜨리려고 왔던 것이다. 강을 안전한 집으로 바꾸려고.

로빈은 가슴 위쪽까지 흠뻑 젖은 채 온몸을 떨고 있었다. 내게 손을 뻗으려 했지만, 팔은 허공에서 힘없이 흔들렸다. 입에서는 말이 되지 않는 불분명한 소리가 흘러나왔다. 내 손에 닿은 아이의 온몸은 겁에 질린 짐승처럼 떨렸다. 너무 추운 상태였다.

시간이 흩어졌다. 나는 어떻게 해야 할지 결정할 수가 없었다. 로빈의 맥박이 너무 약해서 안아 올리기도 두려웠다. 아들을 데리고 다시 폭포를 통과하려면 차가운 물속에 몸이 잠길 텐데, 버티지 못할지도 몰랐다. 나는 강둑으로 가려고 로빈을 안아 들었다. 그러나 두 걸음 만에 미끄러져서 아이를 물에 빠뜨렸다. 로빈이 끔찍한 소리를 질렀다. 누구도 두 팔에 뭔가를 들고 똑바로 서서 그 젖은 돌 위를 가로지를 수는 없었다.

나는 아까까지 아이가 끌어안고 있던 작디작은 섬 위에 로빈을 올리고 그 옆으로 올라갔다. 바지와 셔츠를 벗기려는데, 젖은 옷이 피부에 붙어 시간이 한없이 걸렸다. 티셔츠가 좁은 바윗돌에 달라붙었고, 작은 청바지는 하류로 쓸려 갔다. 로빈의 오한이 점점 심해졌다. 몸을 닦으려고 해 보았지만, 수분이 증발하면서 한기만 심해질 뿐이었다.

나는 진정하고 집중하려고 온 힘을 다했다. 뭔가 따뜻한 것으로 아이를 감싸야 했는데, 내 옷도 넘어지면서 젖은 상태였다. 로빈의 호흡이 얕고 힘겨운 한숨이 되어 나왔다. 나는 아이의 무릎을 가슴팍에 대고, 내 젖은 셔츠를 벗고 끌어안았다. 하지만 내 피부도 차갑게 젖어 있었다.

나는 고개를 들었다. 세상은 은빛으로 잔잔하기만 했다. 강물조차도 현실이라기에는 너무 느리게 흘렀다. 우리는 등산로 입구에서 몇 킬로미터 떨어져 있었다. 산맥이 모든 휴대폰 신호를 막았다. 제일 가까이 있는 사람도 능선 너머에 있었다. 그래도 나는 소리를 질렀다. 내가 소리를 지르자 괴로워진 로빈의 신음도 심해졌다. 기적적으로 누군가 내 소리를 듣는다 해도 제 시간에 우리를 발견하지는 못할 터였다.

나는 아들의 이름을 부르며 몸을 문지르고 쓰다듬었다. 쓰다듬다가 때리기도 했다. 로빈은 어느새 신음을 멈추었고 다른 어떤 반응도 하지 않았다. 그 작은 몸에서 목적의식이 빠져나갔다. 내가 아무리 문질러도 붉은 살갗은 푸르게 변했다. 다시 몸을 숙여 젖은 품 안에 아이를 감쌌지만, 소용이 없었다. 따뜻하게 하려면 다른 방법이 필요했다. 옷도 입지 않은 채 차가운 봄 공기 속에 몇 분 더 있으면 아이가 죽을 터였다.

385

나는 고개를 들었다. 잘 마른 보온 슬리핑백이 깔린 텐트는 강둑 바로 위, 6미터도 떨어지지 않은 곳에 있었다. 나는 바위 위의 로빈에게 몸을 웅크리고 공기 한 겹으로 아이의 상체를 감싸 보려고 했다. 몸은 계속 떨렸지만 심장 소리가 들리지 않았다.

어떤 목소리가 '시도는 해야지.'라고 속삭였다. 나는 아이를 바윗돌 위에 올려놓고 허겁지겁 물가로 갔다. 돌투성이에 나무가 늘어선 강둑 위로 비틀거리며 올라갔다. 내가 격투를 벌이는 바람에 텐트 지퍼가 찢어졌다. 나는 슬리핑백을 움켜쥐고 다시 강으로 달려갔다. 강둑에서 슬리핑백을 내 목에 두르고 어찌어찌 넘어지지 않고 바위까지 가는 데 성공했다. 나는 슬리핑백을 아이에게 휘감고 입구를 닫은 후에, 내 몸으로 덮었다. 최선을 다해 보호하면서 강물 소리 사이로 아이의 숨소리를 찾으려 했다.

나는 오랜 시간이 지나고 나서야 이제 내 아이에겐 내가 필요 없다는 사실을 받아들였다.

모두가 어디에 있는지 알아낼 수 없는 행성이 하나 있었다. 그 행성은 고독 때문에 죽었다. 그런 일이 우리은하에서만 수십억 번이나 일어났다.

대학은 나에게 특별 휴가를 주었다. 장례식이 끝나고 로빈의 친척들이나 우리를 친구로 여겼던 사람들과 한참을 보낸 후, 나는 두 번 다시 누구에게도 말할 필요를 느끼지 못했다. 집에 틀어박혀서 로빈의 공책을 읽고 로빈의 그림을 훑어보고 내가 아들과 함께한 시간 속에서 기억하는 모든 것을 적는 것만으로도 충분했다.

사람들이 음식을 가져왔다. 내가 적게 먹을수록 더 가져왔다. 나는 고지서를 내거나 풀을 깎거나 설거지를 하거나 뉴스를 볼 힘도 없었다. 상하이에서는 200만 명이 집을 잃었다. 피닉스에는 물이 없어졌다. 바이러스성 광우병이 소에서 사람으로 옮겨 갔다. 누가 깨닫기도 전에 몇 주가 흘렀다. 나는 낮이면 잠을 자고 밤이면 일어나서 여기만 빼고 어디에나 있는 지성체로 가득한 방에 대고 시를 읊었다.

나는 전화를 받지 않았다. 가끔 한 번씩 음성 메일을 훑고 문자를 슬쩍 보기만 했다. 대답해야 할 연락은 없었다. 어차피 대답할 말도 없었다.

그러다가 어느 날, 마틴 커리어가 보낸 문자를 보았다. '로비와 같이 있고 싶다면, 가능해요.'

✦

"좋아요." 내가 더는 미워하지 않는 남자가 말한다. "긴장을 풀고 가만히 있어요. 화면 중앙에 뜬 점을 봐요. 이제 그 점을 오른쪽으로 움직여요."

나는 방법을 모른다. 마틴은 그게 세상에서 제일 쉬운 일이라고 한다. 점이 저절로 움직일 때까지 기다리라고. 그 후에는 그 마음 상태에 머물라고.

마틴은 나를 위해 많은 위험을 감수하고 법을 어기고 있다. 우리 모두가 곧 법을 어길 테지만, 마틴은 보통 범죄자 이상이다. 마틴은 가지고 있지도 않은 예산을 쓰고, 곧 어떤 값을 치르더라도 얻기 힘들어질 에너지를 이 기계에 공급하고 있다. 직원들은 모두 해고했기에 스캐너도 직접 작동시킨다. 다른 많은 곳들처럼 그의 연구소도 폐쇄되고 있다.

나는 관 속에 누워서 로빈의 두뇌 지문에 나를 맞춘다. 작년 8월, 로빈이 최상이었을 때 기록한 지문이다. 이 공간에 들어오기만 했는데도 숨쉬기가 나아진다. 나는 그 점을 움직이는 방법, 점을 키우고 줄이고 색을 바꾸는 방법을 익힌다. 두 시간이 순식간에 지나간다. 마틴 커리어가 말한다. "내일 다시 올래요?"

나는 마틴이 왜 나를 돕는지 잘 모른다. 동정심만은 아니다. 많은 과학자들이 그렇듯, 마틴도 속죄를 너무나 사랑하는 사람이

다. 그리고 무슨 이유에선지 나의 진전에 열정을 쏟는다. 왜 그러는지 설명하려면 훨씬 고등한 두뇌 과학이 필요하리라. 사실은 우주생물학에 맞는 질문이다. 골디락스 존에 있는 행성들은 비와 용암과 약간의 에너지를 힘과 의지로 바꿀 수 있다. 자연 선택은 이기심을 잘라 내어 정반대쪽으로 돌릴 수 있다.

나는 다음 날도, 그다음 날도 연구소에 간다. 내 감정을 로빈의 감정과 일치시켜 클라리넷 음을 올렸다 내리고, 속도를 높였다가 낮췄다가 바이올린 음으로 바꾸는 방법을 익힌다. 피드백이 나를 인도하고, 나의 두뇌는 내내 그 피드백이 사랑하는 대상을 닮는 방법을 배운다.

그러던 어느 날, 내 아들이 그곳에 있다. 내 머릿속에 확실하게 자리 잡고 있다. 아직 아들의 안에 있던 아내도 함께다. 두 사람이 그때 느꼈던 것을 지금 나도 느낀다. 외우주와 내우주, 어느 쪽이 더 크냐고?

로빈은 아무 말도 하지 않는다. 할 필요가 없다. 나는 아들이 나에게 뭘 원하는지 안다. 로빈은 그저 저 바깥에 무엇이 있는지 보고 싶을 뿐이다. 빛은 일 초에 30만 킬로미터를 달린다. 우주의 이쪽 끝에서 저쪽 끝까지 가로지르려면 블랙홀과 펄사*와 퀘이사**, 중성자와 앞선입자***와 쿼크별, 금속성과 청색 거성, 이중성계와 삼중성계, 구상성단과 초소형성단, 왕관은하와 조석은하와 헤일로은하, 반사성운과 펄사풍 성운, 항성 원반과 성간 원반, 은하간 원반, 암흑물질과 암흑에너지, 우주 먼지와 필라멘트와 거시공동****들…… 우리가 이름을 붙인 제일 작은 단위보다도 훨씬 더 작은 진동 속에 접혀 들어간 법칙들로부터 자아낸 모든 것을 거쳐 930억 년이 걸린다. 우주는 살아 있고, 내 아들은 아직 시간이 있을 때 내가 얼른 우주를 돌아보기를 원한다.

우리는 함께 방문했던 행성 궤도로 높이 솟아오른다. 로빈도 나도 같은 생각을 떠올린다. '우리가 방금까지 어디 있었는지 믿을 수 있어?'

아, 이 행성은 훌륭한 곳이었다. 그리고 우리도 훌륭했다. 뜨거운 태양과 쏘는 듯한 비와 살아 있는 흙냄새, 어떤 계산으로도 결코 가질 수 없는, 변화하는 세상의 공기 곳곳을 수놓는 끝없는 생명들의 노랫소리만큼이나 훌륭했다.

---

* 빠르게 자전하며 규칙적으로 강력한 전파를 방출하는 중성자별.
** 강력한 블랙홀에 의해 만들어지는 거대 발광체.
*** 기본입자보다 더 작은 단위의 입자로 아직 발견되지 않았다.
**** 우주거대구조에서 나타나는 밀도가 극히 낮은 공간. 보이드.

후기, 또는 한 가지 해석

내 주위에서도 아는 사람이 몇 명 없는 사실을 하나 고백할까. 나는 영화를 보다가 숲이 불타는 장면을 보면 화가 난다. 스크린 속이 현실이 아니라는 사실을 명확히 인지하고 있는 데다, 심지어는 그 거리감을 더 벌리고 싶어서 판타지나 SF영화를 볼 때마저도 그렇다. 얼마 전에도 마블 히어로 영화를 보다가 공중 기지가 숲으로 떨어져 불이 번지는 장면에서 잠시 욕을 했다. 실제 숲이 타지 않았다는 사실을 잘 알면서도 말이다.

하지만 나는 정신적인 방어벽을 잘 세우고 성장한 어른이기에 그 반응이 일어나면 바로 따라오는 '저건 진짜가 아니야.'라는 속삭임이 분노를 잠재운다. 사실 이 기제는 현실 배경 영화를 볼 때도, 더 나아가서는 현실의 뉴스를 볼 때도 작동한다. 계속 화를 내면서 살 순 없으니까, 그런 고통을 감당할 여력은 없으니까, 내가 스크린 너머의 저곳에 가서 뭘 할 수 있는 것도 아니니까, 나를 온전히 유지해야 뭐든 할 수 있으니까 등의 이유로 거리를 두거나 외면하거나 잊는다.

정도의 차이는 있지만 대부분 사람들이 그렇게 산다.

여기에 그런 방어 기제를 전혀 갖고 있지 않은 아이, 로빈이 있다. 이 아이의 상상력은 너무나 생생하고, 다른 생명체의 고통에 대해 무방비하게 공감하고 고통을 겪는다. 심지어 로빈은 얼마 전에 어머니를 잃었고, 사랑하던 개도 잃었다. 게다가 다른 아홉 살 아이들은 '아, 너는 그렇구나.' 하고 넘어가 주지 않는다. 이 고통을 어떻게 해야 할까.

로빈의 아버지 시오는 약을 해결책으로 삼고 싶지 않다. 향정신성 약물 전체에 대해 부정적이거나, 정신 질환을 의지로 극복하자는 소리를 하는 것은 아니다. 아홉 살 어린아이에게 약물이 어떤 효과를 미칠지가 두렵고, 그게 해결책이라는 생각도 들지 않으며, 아이를 있는 그대로 사랑하기 때문이다. 결국 아버지는 새로운 방법을 찾는다. 디코디드 뉴로피드백이라는 신기술이다. AI를 이용해 타인의 감정 지문을 그대로 경험하도록 훈련하는 이 기술은 실제로 나와 있지만, 소설은 한 발자국을 더 나아가 상상의 영역으로 확장한다. 이 기술이 사람을 고통에서 해방시킬 수 있다면 어떨까 하는 질문으로.

여기에서 잠시 『앨저넌에게 꽃을』 이야기를 해야겠다.

소설 초반에 시오와 로빈은 그레이트 스모키산맥에서 집으로 돌아가면서 오디오북으로 이 소설을 듣는데, 이 책의 내용을 아는 독자는 이 대목에서 로빈의 결말을 예감하고 마음의 준비를 하게 된다.

작가 다니엘 키스가 1959년에 단편으로 먼저 발표하고, 1966년 장편으로 개작해 출간한 『앨저넌에게 꽃을』은 SF계의 여러 상을 휩쓸고 대중적으로도 크게 성공한 고전이다. 이후 수많은 작품에 영향을 미쳤으며 미국만이 아니라 일본이나 한국에서도 여러 차례 영화, 연극, 드라마화되었다. 간단히 '지적장애인 주인공 찰리가 실험적인 수술을 받아 천재가 되지만, 다시 퇴행하고 마는 이야기.'로 요약할 때 어디선가 본 이야기 같다면, 그 영향을 받은 작품을 봤을 가능성이 있다.

잠깐, 주인공 이름이 찰리라고? 그러면 앨저넌은 누구야? 비슷한 생각을 한 사람이 많아서 그런지, 번역이나 영화나 연극 제목에는 앨저넌이 들어가지 않는 일이 많았다. 영화 「찰리」나 번역서 『빵가게 찰리의 행복하고도 슬픈 날들』, 한국판 드라마 「안녕하세요 하느님」이 좋은 예다. 앨저넌은 찰리보다 먼저 실험을 받은 생쥐의 이름이다. 이 둘은 운명 공동체이며, 찰리는 앨저넌의 퇴행과 죽음을 다 지켜보면서 스스로에게도 같은 일이 일어날 것을 안다. 천재 쥐가 되었다가 고통스럽게 죽은 앨저넌의 모습은 찰리의 눈으로만 서술될 뿐, 따로 목소리가 없다. 로빈이 이 소설을 오디오북으로 듣다가 가장 충격받은 대목이 앨저넌의 죽음이었다는 지점은 로빈이 다른 동물에 대해 갖는 공감 능력만을 위한 장면이 아니다. 『앨저넌에게 꽃을』의 찰리는 자기 자신의 변화를 관찰해서 쓰는 화자이자 주인공이다. 반면 『새들이 모조리 사라진다면』의 화자는 엄연히 아버지 시오이며, 아들 로빈의 변화를 관찰하고 기록하고 있다.

물론 모든 좋은 소설이 그러하듯 『앨저넌에게 꽃을』도 시작과 결말보다는 그 사이의 중간 과정이 제일 중요하다. 서서히 지능이 높아져 가는 찰리가 알게 되고 겪게 되는 일들, 그리고 퇴행하면서 하는 경험들은 정말 슬프고, 인간에 대해 많은 생각을 하게 한다. 찰리는 수술을 받고 나서 똑똑해지지만 그만큼 불행해진다. 이전에는 친구라고 생각했던 사람들이 사실은 자신을 비웃고 있었음을 이해하면서 불행해지고, 다른 사람들의 의도는 쉽게 읽지만 사람의 마음을 이해하고 연민하는 방법을 배우지 못해 고독하다. 소설 후반부에서, 다시 퇴행하기 전의 찰리는 이렇게 말한다. 지능만으로는 아무 의미가 없다는 사실을 알게 되었다고, 인간적인 애정이 뒷받침되지 않은 지능이나 교육은 아무 가치도 없다고. 그래서 『앨저넌에게 꽃을』은 의학의 힘으로는 인간성 문제를 해결할 수 없다는 이야기로 많이 읽힌다.

『새들이 모조리 사라진다면』에서 로빈의 고통을 덜어 준 실험도 그 지점에서 출발한다. 이 실험도 어떤 면에서는 대상자의 지능을 높인다. 다만 그 지능은 IQ가 아니라 EQ에 가깝다. 실험을 통해 로빈에게 주어진 것은 감정을 제대로 느끼는 능력, 공감 능력, 그리고 흔들림 없이 자신을 다스리는 능력이다. 지능이 높아지면서 불행해졌던 찰리와 반대로, 로빈은 고통에서 벗어나서 행복해진다. 다른 생명체들에 대한 공감은 더 높아지지만, 그 고통에 잡아먹히지 않고 바라볼 수 있게 되었기 때문이다.

이는 마치 내면에 평화를 얻고 나면, 외부의 문제들은 마음속의 평온에 어떤 영향도 미치지 못한다던 달라이 라마의 말을 떠올리게 한다. 그 마음은 무관심이 아니다. 외면이 아니다. 고통스럽지 않은 것도 아니다. 적극적으로 고통에 관심을 기울이고 이해하면서도 그 무게에 눌리지 않고 자신을 온존할 수 있는 마음 상태다. 절망하거나 죄책감을 이기지 못하는 사람은 상황을 직시하지 못하며, 아예 튕겨내거나 심하게는 적극적으로 그 상황을 공격하기도 한다. "기후 위기는 가짜다." 같은 현상은 때로 그래서 생겨나며, 누구보다 열렬하게 신념을 갖고 싸우던 사람이 180도 돌아선 전향자가 되는 일도 때로 그렇게 일어난다.

문제는 지능이 아니라 인간성이라는 『앨저넌에게 꽃을』과 마찬가지로, 이 소설에서도 문제는 기술이 아니라 인간성이다. 찰리의 퇴행은 실험 자체의 실패였으나, 로빈의 뒷걸음질은 인간 사회와 정치 때문에 일어난다. 산불이 자꾸 나니 국유림을 베어 버리겠다는 대통령과 그 지지자들 때문에 실험이 중단되고, 로빈은 원래 상태로 돌아간다. 아니, 어떤 면에서는 전보다 더 나쁘다. 세상은 무너져 가고 있고, 우리 집 뒷마당만은 안전하다는 것은 환상이며, 봄은 언제나 돌아온다는 명제조차 사실이 아니게 될지 모른다.

그리고 최악의 결말이 오고야 만다.

끝까지 책을 읽고 난 독자들은 많은 경우 혼란을 느낄 터이다. 화자인 아버지 시오의 이 마지막 독백은 대체 무슨 의미일까. 헛된 현실 도피일까? 아니면 사랑하는 이들을 뒤따라간 걸까? 실제로 일어난 일이기는 할까? 아니면 정말로 무엇인가를 깨달았을까? 그야말로 당혹(Bewilderment)이다.

원제인 비월더먼트(Bewilderment)의 첫 번째 의미는 '당혹'이다. 책을 덮은 독자가 느낄 감정이 딱 그것이다. 당혹하고, 어리둥절하고, 혼란스럽다. 그러나 동시에 이 단어의 유래를 따라가 보면, 그 당혹감은 자연에 푹 빠져서 숲으로 걸어 들어갔다가 길을 잃고 헤매는 모습에서 연상되는 감정이다. 이는 단어의 생김새에서 다가오는 Be wild로 이어진다. 텅 빈 밤하늘 아래 맨몸으로 누워 있는 듯한 아득한 경외는 두려움인 동시에 경이감이기도 하다. 작가가 좋아하는 존 뮤어의 말대로, "우주로 들어가는 가장 명확한 방법은 야생의 숲을 통하는 것이다(『오버스토리』에서 재인용)." 자연이 나와 관계없고 분리된 무엇이라고 생각하면 두렵기만 할 뿐이고, 자연과 연결되는 감각을 느낀다면 황홀감을 느낄 수도 있다. 이 두 가지 감정은 등을 맞대고 붙어 있다.

이 결말을 절망으로 읽을지 희망으로 읽을지는 독자에게 달려 있다. 나는 그래도 희망에 걸어 보고 싶다. "살아 있는 모든 것들이 고통에서 해방되"는 해탈의 상태가 정확히 로빈의 어머니가 순간순간 피워냈던 마음이자, 로빈이 잠시나마 도달했던 마음 상태이며, 로빈의 아버지가 찾을 상태이기 때문이다. 어쩌면 우리도 갈 수 있을지도 모르는 곳.

소설 속에서와 달리 제임스웹 우주망원경은 무사히 우주에 올라가서 사진을 찍기 시작했으며, 아직은 신종 광우병이 세상을 휩쓸지 않았으니까. 바라건대 아직은 시간이 있으니까.

이 글에서 한 가지 독해를 제시했지만, 이건 하나의 해석일 뿐이다. 『새들이 모조리 사라진다면』은 여러 층위가 있는 작품이며 다양한 각도로 읽을 수 있다.

우선 작가 리처드 파워스의 전작 『오버스토리』와 한 쌍으로 보고 지금 우리에게 시급한 문제인 기후 위기를 생각해 봐도 좋겠다. 작가의 직전 작품 『오버스토리』가 원시림을 구하기 위해 모인 아홉 인물의 삶을 뿌리부터 가지 끝까지 펼쳐내며 식물의 세계를 이해시키는 크고 장대한 야심작이었다면, 『새들이 모조리 사라진다면』은 언뜻 작은 이야기처럼 보인다. 동물권을 다루기도 하지만 아버지와 아들, 두 사람의 여정이 소설 대부분을 차지하며 바깥세상이 어떻게 돌아가고 있는지는 언뜻언뜻 파편처럼 비칠 뿐이기 때문이다. 그러나 어느 순간에 또 이 작품은 더 큰 세계를 다루려는 야심을 드러낸다. 독자가 쉽게 이입할 수 있는 힘없는 개인을 통해서, 아득한 우주로까지 확장되는 이야기다.

다른 각도로 우주에 우리 말고 다른 생명이 있느냐는 질문을 이야기해 볼 수도 있겠다. 우주생물학자인 시오가 지구 외의 다른 곳에 존재하는 생명을 찾으려 하는 과학자이기에, 소설은 고독을 두려워하고 다른 생명과의 교류를 간절히 찾으면서도 동시에 여기 지구의 다른 생명체들에게는 무관심한 인간의 모순을 정확히 보여 준다. 또 시오가 아들을 위해 밤마다 들려주는 다양한 행성에 대한 상상은 여기가 전부가 아니라는 감각과 더불어 SF팬들에게는 소소한 즐거움을 주기도 한다.

또 이 소설에서 이 시대에 아이를 어떻게 키워야 하는가 하는 고민과 고뇌를 들여다볼 수도 있다. 사실 한국에서는 결말을 읽고 아버지의 잘못이라고 생각할 독자들이 있지 않을까 하는 걱정도 든다. 당장 옳지 않다 해도 무조건, 약을 먹이건 윽박지르건 해서 아이를 평범하게 살게 하는 것이 부모로서 마땅한 일이 아니냐고 말이다. 그에 대한 답은 나에게 없고, 작가에게도 없을 것이다. 소설은 답을 주는 것이 아니라 질문하는 일이기 때문이다.

한 권의 책을 번역하다 보면 정말 여러 번을 읽게 된다. 읽고, 읽고, 읽고, 또 읽어야 한다. 속독할 수도 없다. 한 단어, 한 글자도 빠뜨리지 않고 읽어야 한다. 그러다 보면 출간 직전쯤에는 지긋지긋해지는 책도 있다. 반면 어떤 책들은 읽을수록 재미있고 읽을 때마다 새로운 것들이 보인다. 이 소설도 그랬고, 그래서 즐거웠다.

작품 자체로 감동을 주었을 뿐 아니라 질문에 빠르고 친절하게 답해 준 작가 리처드 파워스, 든든하게 감수를 맡아 주신 해도연 님 그리고 작업 과정 내내 고민을 즐겁게 만들어 주신 믿음직한 편집자 이혜인 님께 감사드린다.

이수현

감수 해도연

과학소설 작가, 과학저술가, 천문학 박사, 연구원. 새벽에 글을 쓰고 낮에 일을 하
며 밤에 가족과 시간을 보낸다. 소설집 『위대한 침묵』, 연작소설 『베르티아』, 과학
교양서 『외계행성: EXOPLANET』 등을 썼고 다양한 장르의 앤솔러지와 잡지에 중
단편을 게재했다.

새들이 모조리 사라진다면

1판 1쇄 발행 2022년 5월 30일
1판 3쇄 발행 2022년 8월 1일

지은이 리처드 파워스
옮긴이 이수현

발행인 양원석 **편집장** 김건희 **책임편집** 이혜인
디자인 형태와내용사이
영업마케팅 조아라, 정다은, 이지원, 박윤하

펴낸 곳 (주)알에이치코리아
주소 서울시 금천구 가산디지털2로 53, 20층 (가산동, 한라시그마밸리)
편집문의 02-6443-8868   **도서문의** 02-6443-8800
홈페이지 http://rhk.co.kr **등록** 2004년 1월 15일 제2-3726호

ISBN 978-89-255-7842-2 (03840)